Klarant Verlag

Emily Frederiksson *lebt mit ihrer Familie an der Schleswig-Holsteinischen Ostseeküste. Die Autorin liebt das Meer, die Menschen und die langen Spaziergänge am Strand. Daher liegt es auf der Hand, dass sie sich bei der Wahl der Schauplätze für die Küste entschieden hat. Emily schreibt ihre romantischen Liebesromane mit Witz, Herz und viel Gefühl – mal mit Musik, mal ohne. Ihre Leser sollen sich über ein Happy-End freuen und wundervolle Lesestunden genießen!*

Emily Frederiksson

Aussicht auf Meer

Dünenträume

Klarant Verlag

Klarant Verlag, www.klarant.de
ISBN: 978-3-95573-840-5
1. Auflage 2018
Umschlagabbildung: Klarant Verlag

Printed in the EU

Prolog

„Ernsthaft, Enno? So dumm kannst du doch nicht gewesen sein“, brüllte Henry und starrte seinen Freund fassungslos an. Andere Besucher der Bar reckten bereits ihre Hälse, hofften wahrscheinlich auf eine kleine Rangelei, die ihnen ein nettes Schauspiel nach Feierabend bot. Doch so weit würde es nicht kommen. Enno und Henry lieferten sich verbale Auseinandersetzungen, handgreiflich waren sie dem jeweils anderen gegenüber allerdings noch nie geworden. Körperlich wäre ein solcher Kampf auch sehr unausgeglichen gewesen. Enno entsprach von seiner Statur her einem nordischen Hünen – blond, breitschultrig und mindestens einen Kopf größer als Henry. Henry hingegen wirkte immer schon ein wenig blässlich, was dazu führte, dass er häufig unterschätzt wurde. Aber Enno wusste um die genialen Leistungen, die das Gehirn seines Freundes vollbringen konnte. Im Gerichtssaal mutierten nicht selten sogenannte harte Kerle zu windelweichen Warmduschern, wenn der Herr Anwalt erst mal in Fahrt kam.

„Geht’s vielleicht ein bisschen leiser?“ Die gezischte Aufforderung des Barkeepers ließ beide abrupt die Köpfe herumschnellen. Sie waren so in ihr Gespräch vertieft gewesen, dass sie alles um sich herum vergessen hatten. Abwehrend hob Enno die Hand, als er den mürrischen Gesichtsausdruck seines Gegenübers registrierte. Das Letzte, was er gebrauchen konnte, war zusätzlicher Stress.

„Ich habe sie geliebt, verstehst du das?“ Enno funkelte Henry wütend an. „Verdammt noch mal. Ich bin davon ausgegangen, dass wir den Rest unseres Lebens zusammen verbringen. Was glaubst du, warum zwei Menschen heiraten?“ Hastig griff er nach dem halb vollen Glas mit bernsteinfarbener Flüssigkeit und leerte es in einem Zug. Normalerweise sprachen die beiden über die Arbeit, Sport oder die neuesten Automodelle. Doch seit Wochen gab es fast ausschließlich ein Thema: Ennos gnadenloser Untergang.

„Da würden mir eine Menge Gründe einfallen, ohne dass ich die emotionale Schiene befahren muss.“ Das Schulterzucken, mit dem Henry seine Worte untermauerte, ließ darauf schließen, dass er aus dem Stand heraus ganz sicher einige Beispiele hätte anführen können.

„In deinem Herzen tummeln sich unzählige Paragraphen. Besitzt du überhaupt irgendeine Form von Gefühl?“ Nachdenklich musterte Enno seinen Freund und fragte sich allen Ernstes, wie seine Frau Paula es mit dem verrückten Kerl nur aushalten konnte.

„Kann ich mir in meinem Job nicht leisten.“ Henry grinste selbstzufrieden. „Sieh doch, was aus dir geworden ist.“ Kaum hatten die

Worte seine Lippen verlassen, ersetzte ein reuevoller Blick das Funkeln in den sonst so munteren Augen seines Freundes. „Hey, tut mir leid. Aber deine Situation ist gelinde ausgedrückt beschissen. Wir werden Himmel und Hölle in Bewegung setzen müssen, damit dir wenigstens ein Hemd und eine Hose bleiben."

„So schlimm?" Enno hatte Henry in der letzten Stunde mit schonungsloser Offenheit erklärt, zu welchen Aktionen er sich hatte hinreißen lassen. Rückwirkend betrachtet kam er sich wie der letzte Trottel vor, abgezockt und hintergangen, ohne dass er auch nur den geringsten Verdacht geschöpft hatte.

„Ich werde versuchen, dass du in einem Stück aus der Sache herauskommst. Versprechen kann ich dir aber nichts, also sieh dich schon mal nach Alternativen um. Such dir einen neuen Job. Wenn wir den Gläubigern versichern können, dass du an einer einvernehmlichen Lösung interessiert bist, haben wir mehr Chancen, uns außergerichtlich zu einigen."

Was glaubte Henry eigentlich, was er den lieben langen Tag so tat? Seine Finger waren schon ganz wund, so oft, wie er auf seinem Telefon herumgetippt und unzählige Nummern eingegeben hatte. Als erfolgversprechend konnte er all seine Bemühungen jedoch nicht bezeichnen – deprimierend, niederschmetternd oder auch demütigend traf es da schon eher.

„Weißt du, wann ich das letzte Mal zu Hause gewesen bin?" Enno atmete langgezogen aus und fuhr sich mit den Fingern durch seine akkurat geschnittenen Haare. Er fühlte sich ausgelaugt und kraftlos, als hätte man ihm sämtliche Energie entzogen. „Im Moment kreisen meine Gedanken einzig und allein darum, wie ich die totale Katastrophe noch verhindern kann", flüsterte er kaum hörbar.

„Ist Marie schon weg?"

Seine Assistentin und Henry waren die einzigen Menschen, denen er noch vertraute. Doch Marie hatte bereits vor zwei Wochen ihren Arbeitsplatz geräumt und seither dröhnte in den Büroräumen die gleiche Stille von den Wänden wider, wie sie es im übrigen Gebäude tat. Keine Maschinengeräusche, keine Lieferwagen auf dem Vorplatz, keine motivierten Mitarbeiter.

„Sie hat einen anderen Job angeboten bekommen", erklärte Enno mit monotoner Stimme und orderte zwei weitere Gläser Hochprozentiges per Handzeichen.

„Verstehe." Einige Sekunden schwiegen beide, bevor Henry erneut das Wort ergriff: „Weißt du, anfangs dachte ich, das alles sei ein verdammter

Scherz. Wie konntest du dieser selbstverliebten Tussi nur so viel Macht einräumen?“

Auch ohne Namensnennung wusste Enno, wen Henry meinte. Resigniert ließ er den Kopf auf den Tresen sinken, verschränkte die Hände hinter dem Kopf und versuchte für einen Moment, keinen Gedanken zuzulassen - vergeblich. Seit Wochen befand sich sein Leben auf einer Talfahrt und näherte sich unausweichlich dem Abgrund. Begleitet von einem kraftlosen Seufzer hob Enno seinen Blick und ließ einen bedeutungsvollen Moment verstreichen, ehe er antwortete.

„Ich hielt es für eine gute Idee.“ Diese Worte auszusprechen kam dem Gefühl sehr nahe, das einen überkommt, wenn man mehr als ein Glas Whisky zu viel getrunken hat. Übelkeit stieg in Enno auf und er musste sich stark zusammenreißen, dass er das, was sich in seiner unmittelbaren Umgebung befand, nicht kurz und klein schlug. Blindes Vertrauen hatte sein Leben zerstört und ihn in eine Perspektivlosigkeit gedrängt, von der er bereits jetzt wusste, dass er sie höchstwahrscheinlich nie wieder loswerden würde.

„Die Idee hat dich deinen Kopf gekostet.“ Henry zog ein beglaubigtes Schriftstück aus seiner Aktentasche, das Enno mit einem zornigen Blick begutachtete. Eine derartige Maßnahme hatte er fast schon erwartet, doch die Endgültigkeit, mit der die Unterschrift auf dem Papier alle Hoffnungen zunichtemachte, ließ alle Sicherungen in ihm durchbrennen. „Es tut mir leid, dass ich der Überbringer der schlechten Nachricht bin, aber ab sofort hast du in der Firma Hausverbot. Das Schreiben des gegnerischen Anwalts kam vor einer Stunde.“

Mit einer schwungvollen, wutgeladenen Bewegung fegte Enno die Gläser vom Tisch, rammte seine Faust auf die Holzplatte des Tresens und sprang so abrupt von seinem Stuhl auf, dass dieser polternd zu Boden fiel.

„Das kann sie nicht machen!“ Er konnte seinen Zorn kaum noch kontrollieren. „Warum tut sie das, Henry? Warum?“

Den Schmerz in seinen Fingerknöcheln ignorierte er genauso wie das dumpfe Pochen in seinem Kopf. Was bedeutete schon körperlicher Schmerz, wenn der Seele unermesslicher Schaden zugefügt wurde?

„Woher soll ich wissen, was in dieser Frau vorgeht, wenn nicht einmal du eine ungefähre Ahnung davon hast?“

Henry zuckte mit den Schultern und Enno musste sich eingestehen, dass sein Freund recht hatte. Es wurde Zeit, sich die Niederlage einzugestehen, so bitter diese Erkenntnis auch sein mochte. Er hatte die vielen erbitterten Schlachten und den Krieg gegen eine Frau verloren, von der er einmal behauptet hatte, dass er sie für immer lieben würde.

Aus den Augenwinkeln registrierte er Henrys Bemühungen, den aufgebrachten Barkeeper milde zu stimmen. Mehrere Geldscheine wechselten den Besitzer und Enno verließ, ohne ein weiteres Wort zu verlieren, das Lokal.

Er lehnte an der Mauer des Backsteingebäudes mitten in der Hamburger HafenCity, als Henry sich zu ihm gesellte und leise, unverständliche Flüche von sich gab. „Ich habe keinen Plan B", gestand Enno.

„Du kannst wirklich keinen weiteren Ärger gebrauchen, also halte dich gefälligst zurück!"

Enno legte seinen Kopf in den Nacken und starrte orientierungslos in den Abendhimmel. Bis zu dem Zeitpunkt, als Henry ihm das Dokument vorgelegt hatte, hatte er auf ein halbwegs passables Ende dieses Desasters gehofft. Doch jetzt waren alle Illusionen verflogen und der Mantel der Düsternis hüllte ihn ein.

„Fahr nach Hause. Versuche noch einmal, mit ihr zu reden. Erinnere sie an die glücklichen Tage, eure gemeinsame Zeit. So grausam kann selbst sie nicht sein."

Henrys Optimismus in allen Ehren, aber was folgte, nachdem Enno zu Hause ankam, hatte sich keiner der beiden in seinen kühnsten Träumen vorstellen können.

1. Kapitel

„Isabell, wann gedenkst du endlich hier zu sein?“ Hätte sie doch nur auf die Nummer des Anrufers geschaut, bevor sie das Gespräch angenommen hatte! Unwillkürlich beschleunigte Isa ihre Schritte, umschiffte entgegenkommende Passanten und konzentrierte sich darauf, dass der brühend heiße Kaffee, den sie gerade in einem Coffeeshop erstanden hatte, nicht überschwappte. „Die Raumausstatter werden innerhalb der nächsten Viertelstunde mit den Stoffmustern für die neuen Juniorsuiten eintreffen, im Service haben sich heute Morgen drei Frauen krankgemeldet und die Tischler hängen im Zeitplan deutlich zurück.“

Was für ein perfekter Start in den Tag, schoss es ihr durch den Kopf und sie wäre am liebsten postwendend in ihr gemütliches Appartement zurückgekehrt und hätte sich nur allzu gern vor dem Alltag versteckt.

„Der reibungslose Ablauf des Tagesgeschäfts liegt in deinem Zuständigkeitsbereich. Soll ich mich darum auch noch kümmern?“ Der strenge Ton ihres alten Herrn dröhnte in ihrem Kopf und automatisch fühlte sie sich wie eine dumme Göre, die trotz abgeschlossenen Studiums im Sektor Hotelmanagement und einiger zusätzlicher Wirtschaftskurse an der Universität nichts von ihrem Tun verstand. Wenn die Angestellten ihr nicht immer wieder aufmunternde Worte zusprechen und ihr mit lieben Gesten zu verstehen geben würden, dass sie ihre Arbeit sehr wohl schätzten, hätte sie schon längst das Handtuch geworfen – familiengeführtes Hotel in der dritten Generation hin oder her.

„Das Taxi ist im Stau stecken geblieben und deswegen muss ich jetzt den Rest des Weges zu Fuß gehen – sonst wäre ich noch viel später dran“, rechtfertigte sich Isa und ärgerte sich gleichzeitig darüber, ihrem Vater gegenüber wieder einmal den Kopf einzuziehen.

Seit langem hatte sie mal wieder in ihrem Appartement übernachtet, um ein wenig räumlichen Abstand zum Job, ihrem Vater und der alltäglichen Tretmühle zu bekommen. Sie hatte die Ruhe bitter nötig. Leider ließ sich ihr Kopf nicht so leicht davon abbringen, über die Geschehnisse im Hotel nachzugrübeln. Der Umbau des blauen Flügels stockte und drückte somit die Buchungszahlen.

„Warum bist du denn nach dem Empfang gestern Abend nicht in deinem privaten Zimmer geblieben? Jetzt hast du durch deine Fahrerei unnötig Zeit vertrödelt.“

Isa konnte sich nur zu gut vorstellen, wie ihr Vater hinter seinem Schreibtisch saß, die Morgenpost vor sich aufgeschlagen und in der Hand die übliche Tasse Kaffee. Dass er sich nun an ihrer statt darum kümmern musste, dass der Laden lief, störte seine Morgenroutine und das wiederum konnte er zum Tod nicht ausstehen.

„Auch wenn du es nicht vermutest, es existiert ein Leben außerhalb des Hotels." Isas Herz begann mit jedem Wort schneller zu schlagen. Sich gegen ihren Vater aufzulehnen, kostete sie Energie, Energie, die sie viel lieber für die schönen Dinge im Leben nutzen würde. Abends kaputt und ausgelaugt ins Bett zu fallen, war für Isa ein Zustand, den sie fast schon als normal bezeichnen würde. Manchmal dachte sie, dass die Angestellten mit ihren geregelten Arbeitszeiten besser dran waren. Was nutzten der Name *Holthusen* und die damit verbundenen Privilegien, wenn man sie nicht auskosten konnte. Eine Vierzigstundenwoche kannte sie nur von den Abrechnungen, die ihr die Personalabteilung jeden Monat mit den Mitarbeiterabrechnungen vorlegte.

„Sei nicht undankbar und sieh zu, dass du das Chaos hier schnellstmöglich in den Griff bekommst." Damit legte er auf.

Wunderbar.

Für Isas Vater stand schon immer sein Ansehen in der feinen Hamburger Gesellschaft im Vordergrund. Dass er im Gegensatz zu seinen Freunden keinen männlichen Erben vorweisen konnte, frustrierte ihn. Egal was Isa auch tat, reichen würde es ihrem Vater nie und er ließ es sie spüren, wieder und wieder. Und doch riss sie sich täglich ein Bein aus, um ihn zumindest ansatzweise zufrieden zu stellen. Er war ihr Vater und wie jedes Kind sehnte sie sich nach Anerkennung und Liebe.

Und ihre Mutter? Sie brauchte die glamourösen Auftritte in Gegenwart der anderen verwöhnten Ehefrauen und deren Schmeicheleien wie die Luft zum Atmen. Isa hingegen hasste die versnobten Kreise, in denen sich ihre Eltern bewegten seit jeher. Sie rebellierte dagegen an – lehnte Einladungen ab, sagte, was sie dachte. Und genau das war und würde immer ein Punkt bleiben, an dem sie sich mit ihren Eltern rieb.

Schmerzhaft. Unnachgiebig. Provokant.

Isa musste aufpassen, dass sie vor Wut nicht den Pappbecher zerdrückte, in dem sich ihr Morgenkaffee befand. Natürlich hatte sie in ihrer schicken Küche die neuesten technischen Errungenschaften stehen, doch was brachten sie ihr, wenn sich im Vorratsschrank keine Kaffeebohnen befanden? Zwar hatte sie sich auf die Schnelle mit einer *to-go-Version* ihrer dringend benötigten Koffeindosis versorgt, aber nachher würde sie als Erstes in ihrer morgendlichen Runde im Hotel die Küche aufsuchen. Hannes, seines Zeichens Chef de Service und seit Jahren mit ihren Gepflogenheiten vertraut, hatte mit Sicherheit einen weiteren Kaffee und ein Brötchen mit Erdbeermarmelade bereitstehen. Ohne ihn wäre sie so manches Mal mit einem Grummeln im Magen in den Tag gestartet, weil sich unvorhergesehene Dinge eben plötzlich ergaben und nicht planen ließen. Bei dem Gedanken verspürte sie ein dumpfes Ziehen in der Mitte ihres Bauches. Seit Tagen plagte sie dieser plötzlich auftretende Schmerz immer mal wieder aus heiterem Himmel. Sie sollte sich wirklich angewöhnen, regelmäßiger zu essen. Vielleicht gab es dafür ja eine App, in etwa so wie jene, die einen an die Einnahme von Medikamenten erinnerte.

„Verdammt, passen Sie doch auf!“ Im selben Augenblick, als Isa die rüden Worte vernahm, blieb sie mit ihrem Fuß an etwas Weichem hängen. Dummerweise geriet sie dadurch ins Straucheln, verlor das Gleichgewicht und konnte sich gerade noch an einer Hauswand abstützen. Die ungebremste Kollision führte dazu, dass der raue Putz die Haut ihrer Hände aufritzte und dadurch einen fiesen, brennenden Schmerz verursachte. Verdammt, das tat weh. Dieser Tag würde definitiv in einer Katastrophe enden. Stand Merkur ungünstig zum Saturn oder warum ging heute alles daneben?

„Es tut mir leid, Entschuldigung.“ Völlig verdattert sah sie zu dem Mann nach unten, der, zu ihren Füßen hockend, sich offensichtlich gerade seinen Schuh zubinden wollte. Er zog sein Shirt hektisch von seinem Körper weg. „Oh mein Gott“, presste Isa hinter vorgehaltener Hand heraus, als sie sah, was sie angerichtet hatte.

„So ein Mist!“ Der Fremde sprang auf und zerrte sich den Stoff, der seine besten Zeiten offensichtlich bereits hinter sich hatte, vom Leib. Ein schneller Blick auf seine Erscheinung verriet ihr, dass sie offenbar über einen Landstreicher gestolpert war. Auf dem Boden hatte sich eine Kaffeepfütze um den leeren Pappbecher gebildet. Glücklicherweise hatte sein danebenstehender Rucksack mit der Isomatte augenscheinlich keine Koffeindusche abbekommen. Wenigstens was. Isa richtete ihr Augenmerk auf den Mann, der ihr mit freiem Oberkörper verwirrt gegenüberstand. Die viel zu langen Haare konnten mal wieder eine Wäsche vertragen, ebenso wie sein Gesicht eine Rasur. Seine Haut hingegen schimmerte in der Morgensonne goldbraun und die darunterliegenden Muskeln zeichneten sich deutlich erkennbar ab. Wow. Einen solchen Sixpack hatte Isa seit Ewigkeiten nicht bewundern dürfen und bei genauerem Betrachten konnten sich auch seine Brustmuskeln sehen lassen.

„Haben Sie sich verbrannt?“, lenkte Isa mit einer mehr als überflüssigen Frage ihre Aufmerksamkeit schleunigst auf den untrüglichen Sachverhalt, der sich ihr bot. Schließlich hatte sie sich den Kaffee in der XXL-Variante erst vor wenigen Minuten aus dem

Coffeeshop an der Ecke geholt. Allein als sie daran genippt hatte, hatte sie sich schon die Zunge verbrüht.

„Scheiße, das war heiß." Das zusammengeknüllte Shirt in einer Hand, tupfte der bärtige Zeitgenosse auf seinem Oberkörper herum und gab leise, zischende Laute von sich. Seine Haut zeigte mittlerweile krebsrote Flecken, wobei Isa sich nicht vom Anblick des muskelbepackten Mannes losreißen konnte. Sie schüttelte über sich selbst den Kopf, dass sie in solch einer peinlichen Situation Gedanken an sein Äußeres verschwendete und sich nicht darum bemühte, den angerichteten Schaden zu begrenzen.

„Ich habe bei der Arbeit einen Verbandskasten. Da finden wir sicher auch eine Salbe gegen Verbrennungen oder möchten Sie sicherheitshalber lieber einen Arzt aufsuchen?" Himmel, sie musste ins Hotel, und zwar schnell. Ihr lief die Zeit davon. Nervös sah sie erst auf ihre Armbanduhr und dann zweifelnd in eisblaue Augen, die sie unschlüssig anstarrten.

„Keinen Arzt." Er senkte den Kopf und sah auf seine nackte Brust. „Was bedeutet *bei der Arbeit*?" Fragend blickte er auf und Isa überlegte fieberhaft, wie sie den Unbekannten ins Hotel schleusen konnte, ohne die Aufmerksamkeit der Angestellten auf sich zu ziehen. Sein Aussehen konnte man alles andere als sauber bezeichnen, die Schuhe hatten offenbar schon etliche Kilometer hinter sich gebracht und ein Besuch beim Frisör sollte ihrem Geschmack nach auch mal wieder in Angriff genommen werden.

„Ich arbeite in dem Hotel dort drüben." Sie zeigte auf das imposante Gebäude am Ende der Straße – weiße Fassade, verzierte Balustrade und grünes Kupferdach. Seine Augen weiteten sich und Isa konnte es förmlich in seinem Kopf arbeiten sehen. Langsam zog er sein kaffeenasses Shirt wieder an und kratzte sich am Hinterkopf. *Wie alt mochte er sein*?, überlegte Isa. In einer ersten Schätzung tippte sie auf Anfang dreißig, vielleicht etwas jünger.

„Sind Sie sicher, dass die mich da reinlassen? Ich gehe mal davon aus, dass mein Aufzug nicht mal annähernd dem Dresscode entspricht." Das hatte er vollkommen richtig erkannt, stellte Isa fest. Josh, der mit Argusaugen jeden scannte, der bis auf zwanzig Meter an den Eingang der Nobelherberge herankam, würde ihn ohne mit der Wimper zu zucken davonjagen. Nachdenklich sah der großgewachsene Mann an sich hinunter, begutachtete seinen Rucksack, der ganz manierlich aussah und richtete seinen Blick dann erneut auf Isa.

„Es wird vielleicht auch so gehen", beeilte sie sich zu erklären. Die Verlegenheit stand ihm ins Gesicht geschrieben. Sie schob alle Vorsicht beiseite. Was sollte ihr schon passieren? Sie würde ihm die Salbe in die Hand drücken, als Entschädigung vielleicht noch schnell ein paar Reste vom Frühstücksbüfett in eine Tüte packen und ihn dann wieder vor die Tür setzen.

„Lassen Sie mich nur machen." Wenn sie den Seiteneingang benutzten und mit dem Lastenaufzug in die oberen Etagen fahren würden, hätten sie um diese Zeit die besten Chancen, ungesehen ins Haus zu gelangen. Aufgrund der Bauarbeiten in den unteren Etagen des Seitenflügels wurden die Zimmer fünfhunderteins bis siebenhundertdreiundzwanzig derzeit nicht belegt. Beste Voraussetzungen, Mister Unbekannt in ihre eigene Suite zu schleusen.

Enno sah unschlüssig auf die junge Frau, die im wahrsten Sinne des Wortes über ihn gestolpert war. Nachdem er sich seit über zwei Wochen die Tage und vor allem die Nächte mehr recht als schlecht um die Ohren gehauen hatte, waren seine Kraftreserven langsam aufgebraucht. Glücklicherweise hatten sich die Tiefsttemperaturen um die zehn Grad eingependelt und er konnte nachts in einem der anliegenden Parks an einen Baum gelehnt für ein paar Stunden wegdösen. Von der Möglichkeit, erholsamen Schlaf zu finden, konnte Enno jedoch nur träumen. Nicht allein, dass ihm unzählige Gedanken im Kopf herumschwirrten oder er Angst hatte, erneut Opfer eines Angriffs zu werden, wie er es in seiner ersten Nacht unter freiem Himmel hatte erleben müssen. Da er keine Schätze besaß, war er mit ein paar Tritten davongekommen, die den Frust der anderen zum Ausdruck gebracht hatten. Nein, er hatte regelrecht Panik davor, dass die Erinnerungen ihn ohne Vorwarnung im Traum überfielen und es ihm daraufhin erneut den Magen umdrehte. Sein Leben glich einem Schrotthaufen allererster Güte. Die Aussicht, sich kurzzeitig in einem gepflegten Haus, überhaupt in einem Haus aufzuhalten, erschien ihm mehr als verlockend. Zwar befand sich Enno im Augenblick in der vertrackten Situation, ohne Obdach zu sein. Trotzdem flackerte regelmäßig ein kleines Fünkchen Hoffnung in seinem Kopf auf. Was auch immer er tun musste, um es am Leben zu erhalten, er würde mit aller Kraft darum kämpfen.

„Was ist Ihr Job in dem Kasten?" Die Frage stellte er sich wirklich. In dem Businesskostüm, mit der eleganten Handtasche und den ordentlich frisierten haselnussbraunen Haaren wirkte sein Gegenüber nicht unbedingt wie eine einfache Angestellte. Bei der Überlegung schoss es ihm in den Sinn, dass der Anstand, von dem er nach den dunklen Wochen hoffentlich nichts eingebüßt hatte, verlangte, sich wenigstens vorzustellen.

„Sagen wir mal so – Mädchen für alles ist ganz sicher ein wichtiger Punkt in der Stellenbeschreibung.“ Bei ihrer Aussage verspannte sie sich sichtlich, aus welchem Grund erschloss sich ihm nicht.

„Nur für den Fall, dass es Sie interessiert, für wen Sie Ihren hübschen Kopf riskieren“, begann er und konnte sich beim Anblick ihres erschrockenen Gesichtes ein Grinsen nicht verkneifen, „mein Name ist Enno.“ Sie ergriff in einer hölzern wirkenden Bewegung seine ausgestreckte Hand, die dringend mal wieder mit Seife und Bürste in Kontakt kommen sollte, wie er peinlich berührt feststellte.

„Isabell oder einfach nur Isa.“ Trotz ihrer gepflegten Erscheinung hatte sie keine Scheu, seine ungewaschene Hand für einen kurzen Moment fest zu umfassen und das imponierte ihm. „Werde ich es bereuen, Sie mit ins Hotel zu nehmen?“ Offenbar zweifelte sie mittlerweile an ihrer Entscheidung.

„Nein, werden sie nicht“, beantwortete er aufrichtig ihre Frage, heftete seinen Blick allerdings resigniert auf den Boden. So weit war es immerhin schon gekommen: Die Menschen zweifelten seine Loyalität an. „Ich kann verstehen, wenn Sie ihr Angebot zurücknehmen. Ehrlich. Auf keinen Fall möchte ich Ihnen wegen einer Bagatelle Probleme bereiten.“ Und das meinte er vollkommen aufrichtig. Er wusste aus schmerzlicher Erfahrung, was es bedeutete, in Schwierigkeiten zu geraten, weil man zu offenherzig durchs Leben ging und den falschen Menschen vertraute.

Während sie sich in Richtung Hotel aufmachten, plapperte Isa nervös weiter. Enno vermutete, dass sie so ihren kleinen Schock überspielte, und fand das ziemlich niedlich. „Eine Verbrennung ist keine Bagatelle und ich bin es Ihnen zumindest schuldig, dass ich mich um die Verletzung kümmere. Schließlich habe ich den Schaden verursacht. Nicht auszudenken, wenn sich die Haut entzündet oder so.“ Den Blick auf seine Brust geheftet hielt Isa sich krampfhaft am Riemen ihrer Handtasche fest.

„Den Schaden?“ Enno drehte den Kopf, um sie betrachten zu können. Auch wenn das Brennen auf seiner Haut nicht an Intensität verloren hatte, musste er schmunzeln. Ihre Entschlossenheit und gleichzeitige Skepsis hatten etwas an sich, das ihn faszinierte.

„Nun ja, ich meine … Sie wissen schon.“ Unnötigerweise fuchtelte Isa mit einer Hand in der Luft herum. Klar wusste er genau, was sie ausdrücken wollte. Aber er hatte seit ewigen Zeiten kaum Gelegenheit gehabt, sich von der ganzen Scheiße abzulenken, die ihn überrollt hatte, dass er sich für den Moment dem Vergnügen hingab, seine neue

Bekanntschaft ein bisschen aufzuziehen. Wann hatte es für ihn das letzte Mal einen Grund zum Lachen gegeben?

„Vielleicht sollte ich Schmerzensgeld einfordern.“ Seine laut ausgesprochene Überlegung brachte Isa dazu, anzuhalten.

„Sie wollen Geld?“ Mit hochgezogenen Augenbrauen musterte sie ihn. Er hielt ihrem kritischen Blick mühelos stand.

„Durch Ihre Tollpatschigkeit habe ich Schmerzen, richtig fiese Schmerzen und die Folgeschäden lassen sich zum jetzigen Zeitpunkt noch gar nicht abschätzen. Womöglich bleiben Narben zurück.“ Er zuckte beiläufig mit den Schultern und behielt nach außen hin seine Mimik unter Kontrolle, innerlich lachte er sich jedoch kaputt und fühlte sich plötzlich von all seinem Ballast befreit. Isas Gesichtszüge entgleisten allerdings bei seinen Worten. „Hey, ich mache einen Scherz. Keine Sorge, von mir haben Sie nichts zu befürchten“, ruderte er sofort zurück, als er den Anflug von Panik in ihren Augen ablesen konnte.

„Aber Sie haben recht.“ Isa blinzelte ihre Verwirrung weg und ihr Blick wurde ruhiger. „Es tut mir wirklich sehr leid.“ Ihre leise gesprochenen Worte klangen absolut ehrlich.

„Wie wäre es mit einem Deal?“ Wenn Isa ihn ins Hotel schmuggeln konnte, gäbe es vielleicht eine Gelegenheit, ihn irgendwo duschen zu lassen. Nötig hätte er es. Dringender als dringend.

„Was für einen Deal?“ Das Misstrauen in ihren Augen ärgerte ihn. Doch was konnte er anderes erwarten? Er war der Fremde, der unglücklicherweise ihren Weg gekreuzt hatte oder besser gesagt, dummerweise in ihrem Weg gesessen hatte. Außerdem wirkte er ganz bestimmt nicht ansehnlich, sein Odeur ließ garantiert zu wünschen übrig.

„Sie lassen mich ein Bad benutzen, mich duschen und rasieren, dann sind Sie aus Ihrer Schuld entlassen.“ Er rieb sich abwartend über sein mit Barthaaren überwuchertes Kinn und hoffte inständig, sich nicht zu weit vorgewagt zu haben. Aber die Aussicht, warmes Wasser auf seine Haut prasseln zu lassen, ohne dass sich die sorgenvolle Stimme im Hinterkopf meldete und ihm ungefragt zuflüsterte, dass ihm währenddessen seine letzten Besitztümer geklaut werden konnten, ließ ihn unvorsichtig werden.

Auf Isas Stirn bildeten sich tiefe Falten, so als würde sie über die Option nachdenken, seinem Vorschlag tatsächlich nachzukommen. „Das ließe sich einrichten.“

Enno riss seine Augen weit auf. „Wow! Also, ich habe nicht wirklich damit gerechnet, dass …“ Aber keinesfalls wollte er, dass sie sich genötigt fühlte, egal wie groß sein Begehren auch sein mochte.

Niemandem war damit geholfen, wenn Isa Ärger bekam, das war es nicht wert. „Isa, Sie müssen das nicht tun. Geben Sie mir einfach die Salbe und dann verschwinde ich wieder. Meinetwegen warte ich auch auf der gegenüberliegenden Straßenseite." Und das meinte er mehr als ernst.

„Ich habe gesagt, dass ich Sie mitnehme und im Allgemeinen stehe ich zu meinem Wort. Also los, da vorn ist der Nebeneingang." Die Entschlossenheit, mit der Isa sich auf das Gebäude zubewegte, ließ seine Skrupel verpuffen. Hoffentlich würde sie ihren wohlwollenden Vorschlag nicht irgendwann bereuen müssen.

„Sie sind der Boss." Obwohl Enno die Feststellung locker formulierte, zuckte Isa unerwartet zusammen. *Was habe ich nun wieder von mir gegeben?*, überlegte er und zog nachdenklich die Brauen zusammen.

2. Kapitel

Der ehemalige Boteneingang wurde in der Umbauphase vom Hauspersonal nicht genutzt. Isa schloss auf, setzte einen Fuß über die Schwelle und bedeutete Enno mit einer Kopfbewegung, dass er ihr folgen solle. Überall hingen Abdeckfolien, standen Farbeimer, lagen Verpackungsmaterialien und wie auf jeder anderen Baustelle hing feiner Staub in der Luft. Enno sah sich neugierig um und sie lächelte. Ein Fünf-Sterne-Hotel fand man hier erst nach einer stundenlangen Putzaktion. Niemand würde sich hier um Isa und ihre Begleitung scheren, geschweige denn die Nase rümpfen, weil Enno etwas abgerissen aussah. Am Ende des kurzen Ganges befand sich ein Aufzug, der lediglich dazu benutzt wurde, die Utensilien der Handwerker in die oberen Etagen zu befördern.

„Kommen Sie." Isa hielt die Folie, die vor der Kabinentür angebracht war, beiseite und ließ Enno den Vortritt.

„Und wohin fahren wir jetzt?", fragte er mit einem Leuchten in den Augen, als hätte er lange keinen Anlass zur Freude gehabt. Und Isa dachte, dass sie sich schon sehr täuschen musste, wenn diese Aktion hier ihm nicht genauso viel Spaß bereitete wie ihr. Seine ganze Körperhaltung strahlte Vergnügen aus. Sie hatte sich längst von ihrem Tagesplan verabschiedet und sortierte in Gedanken die Punkte auf ihrer To-do-Liste neu. Auch heute würde es wieder *Feierabend inklusive open end* heißen. In diesem Augenblick war es ihr tatsächlich egal. Auf eine verrückte Art und Weise mochte sie Enno.

„Seien Sie nicht so ungeduldig." Jetzt, wo sie den schwierigsten Teil hinter sich gebracht hatten, fiel es Isa leichter, ihre angespannte Haltung aufzugeben. In die fünfte Etage würde sich niemand verirren, also bestand kein Anlass zur Besorgnis. Das Einzige, das Isa noch einen minimalen Rest Unbehagen bescherte, war der Gedanke daran, was dieser Enno für eine Geschichte mit sich herumschleppte. Sicher, dem ersten Anschein nach war er ein Obdachloser und die versprochene Dusche hatte er dringend nötig, weswegen sie sich auch auf den Deal eingelassen hatte. Aber an seinen Haaren, auch wenn sie für ihren Geschmack zu lang waren, konnte Isa erkennen, dass ihm vor nicht allzu langer Zeit jemand, der etwas von seinem Fach verstand, einen ordentlichen Schnitt verpasst hatte. Außerdem war ihm die Kleidung wie auf den Leib geschneidert, nur eben zerschlissen und fleckig, nicht nur von ihrem Kaffee.

„Danke", sagte Enno unvermittelt und wusste wahrscheinlich gar nicht, was Isa dieses schlicht ausgesprochene Wort bedeutete. Es hatte

Seltenheitswert in ihrem Leben. Wenn sie einen Job erledigt hatte, erntete sie kaum Anerkennung. In den Augen ihres Vaters galt es als selbstverständlich, dass sie sich für die Belange des Hotels einsetzte. Wozu also ein Wort der Dankbarkeit äußern? Wie hatte er es einmal ausgedrückt? *Verlange nichts, was du nicht schon bekommen hast, schließlich habe ich dir deine Ausbildung finanziert. Folglich wirst du deine Arbeitskraft auch meinem Hotel zur Verfügung stellen.* Alles andere würde er niemals akzeptieren.

„Das ist nur eine kleine Wiedergutmachung.“ Sie spürte, wie ihre Wangen aus Verlegenheit wärmer wurden und atmete erleichtert auf, als sie die fünfte Etage erreicht hatten und sie aus der Enge des Aufzuges flüchten konnte. „Kommen Sie. Die Zimmer auf dieser Etage sind allesamt unbelegt. Keine Menschenseele wird uns hier begegnen.“

„Wurden sie wegen der Bauarbeiten gesperrt?“ Helles Tageslicht flutete vom großen Fenster am Ende des Ganges herein. Isa öffnete ihre Tasche und suchte nach der Universal-Keycard, bevor sie das erste Zimmer öffnete, das sie erreichten.

„Weswegen sonst sollten wir auf die Belegung verzichten?“ Ihr Vater war wegen der Verzögerung seit Tagen verstimmt. Es wäre eine Katastrophe gewesen, wenn in der Stadt eine Messe stattfinden würde und sie aufgrund der geringeren Kapazität Gäste auf umliegende Hotels umbuchen müssten. „Bitte sehr.“ Mit einer einladenden Handbewegung ließ Isa ihrem Gast den Vortritt. Enno betrat das geräumige Doppelzimmer mit Blick auf die Alster und blieb wie angewurzelt stehen.

„Das ist Wahnsinn. Sie handeln sich sicher Probleme ein, wenn Sie mich hier reinlassen.“ Isa konnte Ennos Hemmungen verstehen. Die Wände hatten vor kurzem einen frischen Anstrich bekommen, das edle Mobiliar deutete auf eine gehobene Klasse hin und die Ausstattung des Bades ließ keine Wünsche offen.

„Ich gehe fest davon aus, dass Sie hier lediglich das Bad benutzen und keine Rockerparty feiern. Die Minibar ist aus bekannten Gründen nicht bestückt, also können Sie sich auch nicht betrinken.“ Seine Mundwinkel zuckten und Isa schmunzelte über seine Reaktion.

„Und ich habe gehofft, einen guten Tropfen vorzufinden. Nicht mal ein Bier?“, hakte er nach und grinste jetzt.

„Nicht mal das.“ Das Summen ihres Handys beendete ihren kleinen Schlagabtausch und Isa erschrak, als die Uhrzeit auf dem Display aufleuchtete. „Mist.“ Sie legte einen Zeigefinger auf ihre Lippen und signalisierte Enno so, still zu sein. „Ja?“

„Wo, verdammt noch mal, treibst du dich rum?“, dröhnte die verärgerte Stimme ihres Vaters an ihr Ohr.

„Ich bin im Hotel, genauer gesagt auf der Baustelle.“ Ennos Brauen schossen in die Höhe. Also hörte er zu. Auch gut. Sie drehte ihm den Rücken zu und erwartete eine weitere Schimpftirade ihres alten Herrn.

„Wurde auch Zeit. Sorg dafür, dass bis zum Ende der Woche die Arbeiten abgeschlossen sind. Übers Wochenende soll der Putztrupp die Endreinigung vornehmen. Am Montag erwarten wir eine Reisegruppe, dann werden etliche Zimmer in den oberen Etagen benötigt. Außerdem muss das mit dem Krach endlich aufhören.“ Als wenn Isa das nicht selbst wüsste. Aber sie verbiss sich klugerweise einen Kommentar. Dabei fiel ihr siedend heiß ein, dass sie eines der Zimmermädchen bitten muss, auch in Zimmer fünf einundzwanzig alles wieder gästetauglich herzurichten. Sie würde Lara fragen. Sie war verschwiegen und für einen kleinen Extrabonus sicher bereit, Zusatzaufgaben zu übernehmen.

„Wird erledigt“, brachte sie gerade noch heraus, als der Einsatz einer Bohrmaschine einen ohrenbetäubenden Lärm verursachte. „Ich kann leider nichts mehr verstehen. Wir sehen uns dann am Mittag.“ Kaum hatte sie zu Ende gesprochen, hatte ihr Vater das Gespräch auch schon von sich aus beendet. Er hasste diese Unruhe im Haus.

„Ihr Job ist nicht besonders lustig, oder?“ Fast hätte sie vergessen, dass sie nicht allein in diesem Zimmer stand und zuckte zusammen, als Ennos Stimme plötzlich dicht hinter ihr ertönte. „Entschuldigung, ich wollte Sie nicht erschrecken.“

„Nein, alles gut.“ Isa drehte sich um und zeigte Richtung Bad. „Alles, was Sie benötigen, finden Sie dort drinnen. An der Wand hängt ein Spender für Duschcreme und Handtücher liegen auf dem Wandvorsprung.“

„Nochmals danke. Ich weiß nicht, womit ich das verdient habe.“

„Vielleicht sind Sie mein soziales Projekt für heute.“ Was als Witz gemeint war, kam bei ihrem Gegenüber leider überhaupt nicht als solcher an. Ennos Ausdruck verfinsterte sich in Bruchteilen von Sekunden.

„Auch wenn das Angebot sehr verlockend erscheint, sollte ich vielleicht doch besser verschwinden.“ Das Grummeln in seiner Stimme entging Isa nicht.

„Blödsinn. Sie duschen jetzt in aller Ruhe. Es tut wirklich not.“ Sie zog die Nase kraus und Enno zuckte entschuldigend mit den Schultern. „In der Zwischenzeit werde ich die Verbrennungssalbe auftreiben. Gehen Sie auf keinen Fall weg, bevor ich zurück bin.“ Sie hielt ihm den Zeigefinger vor die Nase und drohte ihm auf eine neckische Weise.

„In Ordnung. Ich hatte heute sowieso nichts weiter vor.“ Und da kam es wieder zum Vorschein, dieses vorwitzige Funkeln in seinen Augen. Für einen kurzen Moment sahen sie sich beide lediglich an und Isa widerstand dem Drang, ihn zu berühren, ihm die Sorgenfalten auf seiner Stirn glattzustreichen. Wie war er nur in eine Situation geschlittert, in der er genauso fehl am Platz wirkte, wie ein Schneemann neben einem blühenden Fliederbusch? So wie er sich benahm, hatte er ganz sicher schon andere Zeiten erlebt, rosigere, glücklichere. Was hatte ihn zu dem werden lassen, den er jetzt darstellte? Bevor Isa ihre Frage unbeabsichtigt laut aussprechen konnte, drehte sie sich um, verließ das Zimmer und begann endlich damit, sich um die wirklichen Aufgaben des Tages zu kümmern. Die Rettung eines Landstreichers sollte die Routine im Hotel nicht durcheinanderbringen.

~~~~~

Enno ließ seit Minuten das lauwarme Wasser über seinen Körper laufen. Darauf bedacht, die angegriffene Haut über dem Brustbein und dem rechten Oberkörper nicht noch mehr zu reizen, stand er mit dem Rücken zum Wasserstrahl. Um keinen Preis wollte er riskieren, dass der beißende Schmerz wieder zunahm. Es kribbelte in seinen Fingern und zu gern hätte er ausprobiert, welche Funktionen diese Duschkabine besaß. Sie entsprach genau den Vorstellungen, die man von einer solchen in einem Luxushotel nur haben konnte – geräumig und mit allen technischen Finessen ausgestattet. Er genoss das Gefühl, einfach die Augen schließen zu können, um sich all den Schweiß, Staub und auch ein wenig Ballast von der Haut zu spülen. Langsam ließ er den Kopf in den Nacken fallen, öffnete den Mund und verzog ihn gleichzeitig zu einem sehr breiten Grinsen. In was für eine seltsame Situation war er hier nur geraten? Diese Isa musste unglaublich vertrauensselig sein, wenn sie die verrückte Idee in die Tat umsetzte, einen Fremden, und dann auch noch so ein Exemplar wie ihn, in ein Hotel wie dieses zu schleppen. Schließlich erwarteten Gäste, die hier eincheckten, unter Garantie ein gewisses Maß an Sicherheit und natürlich Stil. Wozu sonst stand Security, verkleidet als netter Herr mit Hut, der jedem freundlich zunickte, vor dem Haupteingang und scannte die Personen, die das Hotel betreten wollten? Hatte Isa keine Angst davor, dass es ihm plötzlich in den Sinn kam, durch die öffentlich zugänglichen Räume zu spazieren? Nicht, dass er das tatsächlich vorhatte. Aber konnte Isa das wissen?

Sich dessen bewusst, dass er mittlerweile Unmengen von Wasser verschwendet hatte, drehte er den verschnörkelten Hahn zu, zog eines
~~~~~

der flauschig weichen Handtücher aus der Halterung, die neben der Dusche angebracht war und trocknete sich ab. Ohne Scheu, nackt durch das Hotelzimmer zu spazieren, hielt Enno auf seinen Rucksack zu. Für den Fall, dass Isa bereits zurückkam, würde er vorher den Schließmechanismus der Tür hören, dieses typische Klicken, das entstand, wenn die Magnetkarte vor das Schloss gehalten wurde.

Er zog das letzte saubere Shirt und Boxershorts aus dem Rucksack heraus, die unter seinen anderen Kleidungsstücken, den in Folie eingepackten Papieren, einer Halbliterflasche Wasser und verschiedenen Müsliriegeln vergraben waren. Viel war ihm nicht geblieben, nachdem das Schicksal ihm übel mitgespielt hatte und seitdem er sprichwörtlich von der Hand in den Mund lebte. Weil er es liebte, den dicken und wunderbar weichen Teppichboden unter seinen nackten Füßen zu spüren, lief er ziellos durch das Zimmer. Ohne wirklich etwas zu erwarten, öffnete er den Kleiderschrank, in dem ein Tresor eingebaut worden war und schloss ihn wieder. Die Garderobe neben der Tür war solide verarbeitet – kein Pseudoholz, sondern echtes, massives. In aller Ruhe ließ er seine Finger über die Flächen streichen, prüfte die Stabilität und spürte die Sehnsucht, selbst wieder Hand anlegen zu können. Doch all seine Bemühungen in diese Richtung waren bisher ergebnislos verlaufen und seine Aussichten schwanden mit jedem weiteren Tag. Ehe der Frust überhandnehmen konnte, wandte Enno sich ab und ging zum deckenhohen Fenster hinüber, das die gesamte Breite des Raumes einnahm. Er achtete darauf, sich nicht zu nah an der geschlossenen Gardine zu bewegen. Im Grunde spielte es keine Rolle, denn vermutlich konnte niemand von der Straße aus erkennen, dass hier oben jemand unerlaubterweise stand. Enno wollte aber kein unnötiges Risiko eingehen und auf keinen Fall wollte er, dass seine gute Fee in Erklärungsnot geriet. Ohne tatsächlich etwas von dem Ausblick wahrzunehmen, starrte er einfach in die Ferne und wurde von einer Sekunde auf die andere unsagbar müde. Er legte sich quer über das mit blütenweißem Leinen bezogene Bett, gab dem Drang nach, die Augen zu schließen, und schlief innerhalb eines Wimpernschlags ein.

~~~~~

Das Problem der Unterbesetzung im Housekeeping konnte von Isa recht schnell gelöst werden. Sie organisierte kurzerhand zwei Aushilfen, Studentinnen, die für ein paar zusätzliche Stunden und dem damit verbundenen Extralohn, sehr dankbar waren. Normalerweise kamen die Aushilfskräfte nur am Wochenende zum Einsatz, aber in den
~~~~~

Semesterferien konnten einige von ihnen auch unter der Woche einspringen. Ihre zweite, buchstäbliche Baustelle verlangte wesentlich mehr Geschick, um ans Ziel zu kommen und ihren Vater somit zufriedenzustellen. Handwerker waren wirklich ein besonderes Volk. Seit einigen Minuten hörte sie sich bereits an, dass gut Ding einfach Weile brauche, Sorgfalt Zeit koste und nichts so heiß gegessen, wie es gekocht werde. Blablabla. Sie hatte es so satt, als dummes Weibchen dazustehen, das man mit belanglosen Floskeln abspeisen konnte.

„Am Dienstag hatten Sie mir zugesagt, dass wir zum Wochenende fertig sind", mahnte sie den Tischler und forderte sein Versprechen ein. Doch der zog nur seine Augenbraue hoch. „Was? Erinnern Sie sich nicht an Ihre eigenen Worte?" Isa war definitiv genervt und gab sich nicht mal Mühe, ihre Emotionen zu verbergen. Irgendwann war es auch um ihre Selbstbeherrschung nicht mehr gut bestellt.

„Sicher erinnere ich mich, schöne Lady. Aber erinnern Sie sich daran, dass ich explizit von diesem Wochenende geredet habe?" Es war zum Verrücktwerden. Immer wieder drehte er ihr die Worte im Munde um und wand sich heraus.

„Wollen Sie mir allen Ernstes erklären, dass Sie nicht dazu im Stande sind, die Möbel in angemessener Zeit aufzubauen? Das kann doch nicht so schwierig sein. Der Termin für die Endreinigung steht und ab Montag ziehen die Gäste ein. Punkt." Mit verschränkten Armen wartete Isa auf eine Reaktion ihres Gegenübers. Sein gemurmeltes *Hmpf* deutete sie als Signal, dass die Jungs von der Tischlerei nun endlich Gas gaben.

„Wir werden heute vielleicht ein wenig länger machen." Der mürrische Blick, der Isa traf, beeindruckte sie nicht im Mindesten. Lieferanten, Handwerker, Reiseveranstalter – jeder versuchte auf seine Art, das Beste für sich herauszuschlagen. Und Isa stand ihnen in nichts nach, auch wenn ihre Verhandlungspartner sie anfangs gerne unterschätzten.

„Damit bin ich mehr als einverstanden. Ansonsten sehe ich mich gezwungen, das Kleingedruckte in unserem Vertrag noch mal genauer unter die Lupe zu nehmen."

„Dafür, dass Sie eine Frau sind, kämpfen Sie mit ganz schön harten Bandagen." Der Chef der Tischlerei kratzte sich über die Bartstoppeln an seinem Kinn und grinste. Sollte sie das in irgendeiner Weise beeindrucken?

„Sie haben überhaupt keine Ahnung davon, wie es ist, wenn ich erst mal anfange zu kämpfen. Das hier ist lediglich eine Aufwärmrunde gewesen." Sie setzte ein zuckersüßes Lächeln auf und verschwand aus dem Baustellenbereich. Mit jedem Schritt, mit dem sich Isa entfernte, löste sich ihre nervöse Anspannung. Sich immer wieder behaupten zu müssen, die Kohlen aus dem Feuer zu holen und dabei die Erwartungen zu erfüllen, die ihr Vater an sie stellte, kostete so unglaublich viel Energie.

Sie steuerte den Aufzug an und fuhr ins Erdgeschoss. Schon im langen Gang zur Küche, vorbei an unzähligen Servierwagen, nahm Isa den himmlischen Duft wahr, der ihr verführerisch um die Nase wehte. Sie liebte es zu kochen, zu backen, liebte es, in der Küche kreativ zu sein.

„Hey, da kommt ja unsere Lieblingstesterin für die neuesten Dessertkreationen.“ Dag, der Chef de Cuisine und Herrscher über Töpfe und Pfannen, erschien mit einer Schüssel in der Tür des Kühlraums. Freudestrahlend schlenderte er auf Isa zu und positionierte die Schüssel abwartend auf einem der Edelstahltische. „Dein Erscheinen könnte nicht perfekter sein, Frau Direktorin.“

Isa hasste es, wenn der aus Schweden stammende Chefkoch sie so nannte. Wie oft hatte sie ihm bereits erklärt, dass sie eine Angestellte wie alle anderen war und ihr alter Herr niemals die Zügel aus der Hand geben würde. Doch sie hatte es längst aufgegeben, ihn zu korrigieren. Dag ignorierte all ihre Argumente und lachte sie immer wieder von Neuem aus. Sein *Schätzchen, jeder in diesem Laden weiß, dass du das Goldstück bist und dich nicht wie dein Vater auf den Lorbeeren deiner Vorfahren ausruhst, glaube mir*, hatte sie im Gegenzug jedes Mal mit einem undamenhaften Schnauben bedacht.

„Was hast du da?“ Voller Vorfreude verfolgte sie seine flinken Handgriffe, als der in ihren Augen beste Koch der Welt, Sahne unter eine karamellfarbene Masse hob.

„Verrate ich noch nicht. Zuerst musst du probieren und mindestens drei Zutaten herausschmecken.“ Das schien ihr eine lösbare Aufgabe zu sein. Also nickte Isa und bewegte ihre Hand Richtung Schüssel. „Finger weg. Ist noch nicht fertig.“ Dag konnte es auf den Tod nicht ausstehen, wenn seine unvollendeten Kreationen unter die Lupe genommen wurden. Isa unterdrückte ein Kichern. Verrückterweise fühlte sie sich in dieser bis aufs Letzte durchorganisierten Sterneküche pudelwohl. Immer wenn sie ein wenig Trost und Zuspruch benötigte, verkroch sie sich bei Dag. In ihm hatte Isa vor gut eineinhalb Jahren einen Freund gefunden, den sie außerhalb dieser Mauern vermisste. Nächtelang hatten sie in dieser Küche neue Gerichte ausprobiert und stundenlang geredet.

„Wo hat Hannes mein Frühstück hingestellt?“, fragte sie und verfolgte gespannt die letzten Schritte zur Vollendung der Süßspeise.

„Da, wo er es jeden Tag hinstellt.“ Dag verdrehte die Augen und Isa sah über seine Schulter zu einem kleinen Tisch in der hintersten Ecke. Normalerweise würde sie sich ein paar Minuten stehlen und ihrem

Morgenritual nachgehen. Aber der heutige Tag verlief von Anfang an komplett anders als gewöhnlich. Ihre Gedanken wanderten zu dem großen Unbekannten mit den blauen Augen. *Ich sollte mich langsam beeilen, damit er nicht denkt, ich hätte ihn vergessen*, überlegte Isa. Gleichzeitig fragte sie sich, ob es für sie schlussendlich nicht besser wäre, wenn er nach den Annehmlichkeiten einer Dusche einfach sang- und klanglos verschwinden würde.

„Kann ich noch ein zweites Brötchen bekommen und eine ganze Kanne Kaffee?“ Enno konnte sicher auch ein ordentliches Frühstück vertragen, befand Isa und tippte sich mit dem Zeigefinger auf die Unterlippe. Was würde er wohl gerne essen? Süß oder herzhaft? Warm oder kalt?

„Es ist dein Hotel, somit auch deine Küche. Was immer du willst, es gehört dir.“ Mit einem Wink in Richtung Rückgabe deutete er an, dass sie sich an dem, was die Gäste vom Frühstücksbüffet übriggelassen hatten, bedienen sollte. Der Käse und die Wurst aus der Auslage konnten sowieso nicht erneut angerichtet werden, ebenso wie das Rührei und die kleinen Gebäckstücke.

„Aber du bist der Herr der Küche. Also frage ich lieber, bevor du mir auf immer und ewig den Zutritt verweigerst.“ Sie grinste, wusste sie doch, dass er dies niemals tun würde.

„Habt ihr oben in der Büroetage keine hypermoderne Kaffeemaschine, dass du mir eine volle Kanne abschwatzen musst?“

„Haben wir, aber dein Filterkaffee schmeckt um Längen besser.“ Sie klimperte übertrieben mit den Wimpern.

„Du kannst dir mittags doch auch den Zimmerservice in dein Büro bestellen.“

„Nein, lass nur, ich nehme mir ein bisschen was mit nach oben, das reicht bis zum Nachmittag.“

Dag schob ihr die Schüssel mit der feinen Creme hinüber und verschränkte abwartend seine Arme vor der Brust. „Fertig.“

Isa beförderte mit einem langstieligen Löffel eine Portion aus der Schüssel in ein Dessertschälchen, steckte sich dann den Löffel in den Mund und schloss die Augen. Eine Weile sagte sie keinen Ton, genoss nur die Aromen, die sich in Windeseile auf ihrer Zunge ausbreiteten. Wow. Sie schluckte voller Genuss die Creme hinunter und konnte ein leises Stöhnen nicht unterdrücken. „Jeder, der davon probiert, wird einen ultimativen Geschmacksorgasmus erleben. Wahnsinn.“ Sie hob langsam flatternd die Lider und sah sich einem breit grinsenden Dag gegenüber.

„Ich höre“, befahl er, immer noch belustigt dreinschauend.

„Vanille, auf jeden Fall Vanille."

„Korrekt. Weiter?" Isa kniff leicht die Augen zusammen und nahm sich einen weiteren Löffel.

„Irgendwas mit Kaffee?" Fragend sah sie zu Dag, der zustimmend nickte.

„Espresso-Pulver und Kaffeelikör."

„Und Sahne." Sie klatschte wie eine Fünfjährige in die Hände und Dag schüttelte amüsiert den Kopf.

„Wie ungemein schwierig, aber genau richtig. Wenn es fertig angerichtet ist, kommen noch Früchte oben drauf. Ich dachte an Clementinen. Der fruchtige Geschmack passt perfekt zur Süße der Creme."

„Wie willst du es nennen?" Eine weitere Portion wanderte zielgerichtet in ihren Mund und ein weiteres, genussvolles Stöhnen folgte. Den Geschmack konnte man nur als puren Wahnsinn bezeichnen und den Mann vor ihr als ultimativen Gott in der Küche.

„Moccatraum." In Dags Blick stand nur eine Frage: *Okay?*

„Genehmigt." Isa zwinkerte ihrem besten Freund zu. Als ob er ihre Zustimmung benötigte. Der Mann konnte zaubern, da gab es keine zwei Meinungen.

„Danke, Frau Direktor." Augenverdrehend und ohne jeglichen Kommentar kehrte Isa ihm den Rücken zu, schnappte sich einen großen Teller und ging hinüber zu den Überresten des Frühstücksbüfetts. Hinter sich hörte sie ein belustigtes Lachen, ignorierte es jedoch geflissentlich.

3. Kapitel

Von nervöser Unruhe übermannt stand Isa im Aufzug und befand sich auf dem direkten Weg zu Zimmer fünf einundzwanzig. Das gedämpfte Surren des Motors lenkte sie kaum von der vorherrschenden Frage in ihrem Kopf ab: Vielleicht hatte Enno ja schon das Weite gesucht? Für den Fall hatte sie zwar umsonst Unmengen von Essen auf ihr Tablett geladen, bräuchte sich allerdings keine Sorgen zu machen, dass ihr im Laufe des Tages der Magen anfangen würde zu knurren. Zu ihren Füßen stand eine kleine Papiertüte mit Kleidung. In dem Fundus an liegengebliebenen Sachen, der sich wahrscheinlich in jedem Hotel auf der ganzen Welt fand, hatte sie nach einer Hose und einem passenden Pulli gesucht. Mit etwas Glück hatte sie die Größe richtig abgeschätzt und Enno konnte nach seiner Dusche in frische Sachen schlüpfen. Isa redete sich ein, dass sie dies alles nur tat, um ihr schlechtes Gewissen zu beruhigen. Schließlich war sie es gewesen, die Kaffee über seine zwar nicht mehr ganz saubere Kleidung verschüttet, sie dadurch aber endgültig zu einem NO-GO hatte werden lassen. Apropos Kaffee – sie hatte Dag um Brandsalbe gebeten, in der Küche gab es natürlich im Erste-Hilfe-Schrank ein entsprechendes Präparat. Fast hätte sie es wegen seiner neuesten Leckerei ganz und gar vergessen. Geschmacksorgasmus, wiederholte sie stumm und lächelte verträumt, vernebelt die Gedanken und weicht einem das Gehirn auf. Dag hatte sie zwar misstrauisch angesehen, jedoch keine Fragen gestellt und die Salbe kommentarlos aufs Frühstückstablett gelegt. War ja schließlich nicht das erste Mal, dass sie sich an der Hausapotheke bediente. Üblicherweise holte sie sich sonst jedoch nur ein Pflaster oder eine Kopfschmerztablette.

Die Türen des Aufzugs öffneten sich und Isa atmete tief ein. Was würde sie erwarten, wenn sie Zimmer einundzwanzig betrat? Sie hatte keine Vorstellung. Vorsichtig ging sie in die Hocke, balancierte das Tablett auf der einen Hand und hob mit der anderen die Tüte auf. Das Geschirr klapperte gefährlich, aber bis auf ein paar Tropfen überschwappenden Orangensaftes, passierte ihr glücklicherweise kein Missgeschick. Das hätte ihr auch noch gefehlt. Nach einer Erklärung für die entstandene Schweinerei hätte sie lange suchen müssen.

Nach einem entschlossenen Klopfen zählte Isa gedanklich bis drei. Sie lauschte kurz, hörte aber keinen Ton und vernahm auch sonst keinerlei Geräusche. Also öffnete sie die Tür und blieb nach wenigen Schritten abrupt stehen. Der Anblick, der sich ihr bot, ließ sie erstarren.

„Du liebe Güte“, flüsterte sie in die Stille des Vormittags hinein. Für einen Moment blieb sie reglos stehen. Als sie sich wieder gefangen hatte, stellte sie das Tablett vorsichtig ab und zog die Kleidung aus der Papiertüte, um sie über die Lehne eines Stuhls zu legen. Unschlüssig stand sie im Raum und dachte angestrengt nach. Enno lag tief schlafend über den beiden Betthälften ausgestreckt, eine Hand unter den Kopf geschoben und ein Bein leicht angewinkelt. Sein Gesicht wirkte vollkommen entspannt. Keine einzige Falte zierte seine Stirn und der Mund stand einen winzigen Spalt offen. Was sollte Isa tun? Ihn zu wecken brachte sie nicht übers Herz. Wenn er am helllichten Tage so fest eingeschlafen war, hatte er die Erholung sicher bitter nötig. Nach der Dusche wirkten seine Gesichtszüge jünger und er sah überhaupt nicht mehr wie jemand aus, der auf der Straße lebte – zumindest vermutete Isa nach wie vor, dass dieser Umstand derzeit sein Leben beschrieb. In einer Großstadt wie Hamburg war es nichts Ungewöhnliches, Obdachlosen zu begegnen. Doch Enno … Irgendetwas regte sich in ihrem Inneren und sie fragte sich erneut, was es mit ihm auf sich hatte. Wie wurde er zu dem, der er heute war? Welche Geschichte steckte hinter diesem Mann? Isa beschloss, ihn schlafen zu lassen. Vielleicht konnten sie später noch ein paar Worte miteinander reden.

Auf Zehenspitzen schlich sie zum Schreibtisch, der seitlich vor dem Fenster stand, nahm sich einen Bogen Briefpapier und einen Kugelschreiber aus der Mappe, die mit allen Informationen für jeden Gast bereitlag und schrieb Enno eine kurze Nachricht. Zusammengefaltet steckte sie das Papier zwischen die Kaffeekanne und die Tasse, in der Hoffnung, dass er ihren Zettel finden würde. Bevor sie das Zimmer verließ, tippte sie auf dem Bedienfeld neben der Tür einen Befehl ein und augenblicklich schloss sich lautlos die Außenjalousie. Das Zimmer lag jetzt in einem dezenten Dämmerlicht und mit einem letzten Blick auf Enno, der sich nach wie vor keinen Millimeter gerührt hatte, schloss Isa von außen die Tür. Für einen Moment lehnte sie sich dagegen. Ohne Zweifel ging sie ein unkalkulierbares Risiko ein. Wie kam sie nur auf die verrückte Idee, einen völlig Fremden, von dem sie weder vollständigen Namen noch sonst irgendwas wusste, ins Haus zu holen? Zusätzlichen Ärger konnte sie wahrlich nicht gebrauchen und würde ihr Vater davon erfahren, würde er ihr, ohne mit der Wimper zu zucken, den Kopf abreißen. Doch eine leise Stimme flüsterte ihr ins Ohr, dass sie das Richtige tat und darauf baute sie. Ihr Instinkt und ihre Menschenkenntnis hatten sie noch nie im Stich gelassen.

Isa stieß sich von der Tür ab und marschierte Richtung Büros davon. Die Arbeit verrichtete sich schließlich nicht von allein. Ihr kompletter Wochenplan war darauf ausgerichtet, dass sie ein ruhiges, entspanntes Wochenende an der Ostsee verbringen konnte. Sie gönnte sich viel zu selten eine Auszeit. Wenn die Sonnenstrahlen auf ihrer Haut kitzelten, mobilisierten sie wie auf Knopfdruck neue Kräfte und die hatte sie nach dem Umbau bitter nötig. Außerdem sehnte sich Isa nach langen einsamen Spaziergängen am Wasser. Niemand wollte etwas von ihr und keiner redete ununterbrochen auf sie ein. Mit diesem Ziel vor Augen schlich sich ein Lächeln auf ihre Lippen und das überragende Gefühl von Vorfreude durchflutete sie. Als sie an ihrem Schreibtisch ankam, ließ sie sich in ihren Stuhl sinken, nahm die ersten Dokumente von einem der unzähligen Stapel und verglich die Statistiken der letzten beiden Monate miteinander. Doch auch diese unliebsame Aufgabe konnte ihrer guten Laune heute nichts anhaben.

~~~~~

Die Dunkelheit verwirrte Enno, das weiche Bett ließ ihn misstrauisch werden und der himmlische Duft nach Kaffee und Brötchen brachte ihn dazu, an seinem Verstand zu zweifeln. Wo zur Hölle war er? Blitzartig setzte er sich auf und zuckte bei dem Schmerz, der sich unerwartet auf seinem Oberkörper ausdehnte, zusammen. Verdammt, das brannte wie Feuer und das Shirt kratzte unangenehm auf seiner Haut. Mit einem Ruck entledigte er sich des Stoffes, betastete die schmerzenden Stellen auf der rechten Seite und bereute es sofort. Bei der Berührung verstärkte sich das Brennen um ein Vielfaches. Fluchend vor sich hinmurmelnd stand Enno auf und betätigte einen Schalter neben dem Bett. Warmes Licht erhellte den Raum und jetzt erinnerte er sich auch wieder. Er setzte sich auf die Bettkante und fuhr sich mit den Handflächen über das Gesicht, als könnte er so die Müdigkeit wegwischen. Wie lange hatte er geschlafen? Suchend blickte er sich um und konnte im Display des Flachbildfernsehers die Uhrzeit erkennen – gleich Viertel vor zwei. Am Nachmittag? Heilige Scheiße! Hatte diese Isa nicht gesagt, dass sie zurückkommen wollte? Die heruntergelassenen Jalousien ließen darauf schließen, dass jemand hier gewesen sein musste und den Duft nach Kaffee hatte er sich auch nicht eingebildet. Auf dem kleinen Beistelltisch stand ein Tablett, beladen mit allerlei Köstlichkeiten und postwendend lief Enno das Wasser im Mund zusammen. Hastig zog er den Tisch zu sich, schnappte sich wahllos eines der Brötchen, schnitt es auf und belegte es mit drei Scheiben Salami. Der erste Bissen brachte
~~~~~

ihn dazu, ein stummes Dankgebet Richtung Himmel zu schicken. Mit der Möglichkeit, sich in aller Ruhe duschen zu können, hatte Isa ihren unbeabsichtigten Angriff längst wieder wettgemacht. Aber ihm auch noch ein solches Mahl zu servieren – damit hatte er im Leben nicht gerechnet. Als er nach der Kanne greifen wollte, um sich Kaffee einzugießen, auch wenn dieser mittlerweile kalt sein sollte, entdeckte er den Zettel, auf dem mit feiner Handschrift eine Nachricht für ihn geschrieben stand:

Enno,
ich wollte Sie nicht wecken. Es sah aus, als hätten Sie den Schlaf nötig. Wenn Sie wach sind, essen Sie erst mal in Ruhe. Ich habe Ihnen eine kleine Auswahl zusammengestellt. Danach können Sie mich mit dem Haustelefon unter der Nummer 3189 erreichen.

Isa

PS: Ich hoffe, die Salbe hilft!

PPS: Die Jalousie lässt sich mit dem Bedienfeld neben der Tür öffnen und gehen Sie bitte nicht, ohne mich angerufen zu haben!

Er lächelte bei ihren letzten Worten. Es wäre ihm im Traum nicht eingefallen, ohne Dank heimlich zu verschwinden. Das, was Isa hier für ihn tat, ging über das übliche Maß an Nächstenliebe hinaus, so viel stand zum jetzigen Zeitpunkt allemal fest.

Vorsichtig hatte er das kühlende Gel aufgetragen und sofort Linderung verspürt. Nachdem er die Jalousien geöffnet hatte, stand er erneut am Fenster und beobachtete die Wasserfontäne auf der Alster. Das Essen hatte er mit Genuss bis auf den letzten Krümel verputzt. Selbst vom kalten Rührei befand sich kein Überrest mehr auf dem Teller. Enno konnte sich nicht erinnern, wann sein Magen das letzte Mal so voll gewesen war, dass er das Gefühl gehabt hatte, einen riesigen Wasserball verschluckt zu haben. Schlagartig besann er sich, dass er hier eigentlich nicht hingehörte. Er zählte nicht zu den Typen, die andere ausnutzten, war nie berechnend und genau das hatte ihm vor Monaten das Genick gebrochen. Isa seinetwegen in Schwierigkeiten zu bringen, war das Letzte, was er wollte. Es reichte, wenn er knietief im Schlamassel steckte. Seufzend stellte er das benutzte Geschirr zusammen, strich das Bettzeug glatt und räumte seine schmutzigen Sachen in den Rucksack.

Dabei fiel ihm auf, dass eine ihm unbekannte Jeans und ein dunkelgrünes Shirt mit einem aufgedruckten Schriftzug über der Lehne des Stuhles hingen. Jetzt hatte sie auch noch dafür gesorgt, dass er in „neuer“ Kleidung das Haus verlassen konnte. Grinsend stieg er in die Hose, streifte sich sein altes Shirt über und zog das grüne darüber. Es passte perfekt, fast, als wäre es für ihn gemacht. Isa besaß offenbar ein gutes Augenmaß. Warum tat sie das für ihn, für einen Fremden, für einen Penner von der Straße, der sein Leben gegen die Wand gefahren hatte? In diesem Moment erschloss sich ihm der Grund nicht und vielleicht würde das nie geschehen. Noch während er darüber nachgrübelte, hielt er den Hörer in der Hand und wählte die Nummer, die ihm seine gute Fee aufgeschrieben hatte.

Das Klingeln ihres mobilen Haustelefons riss Isa aus den Tiefen der Kalkulation für ein Event, das von einem über die Grenzen Hamburgs hinaus bekannten Modeunternehmen in Auftrag gegeben worden war. Die extravaganten Sonderwünsche kosteten sie bereits jetzt den letzten Nerv. Und dabei hatte sie gedacht, dass ihr Vater dies mit seinen Vorhaltungen und Ermahnungen beim Mittagessen schon geschafft hatte. Wie in Zeitlupe drehte sie ihren Kopf zum Display ihres Telefons und im ersten Moment stutzte sie, als sie die Nummer des Anrufers las. Ihre Durchwahl war im Allgemeinen nicht bekannt, aber bei dem „Gast“ aus fünf einundzwanzig sah das ganz anders aus. Ein Lächeln huschte über ihr Gesicht und kurz erinnerte sich Isa daran, dass sie es bewusst vermieden hatte, sich ihm gegenüber mit vollständigem Namen vorzustellen. Dieses Detail wollte sie, solange es ging, geheim halten. Sie streckte die Hand aus, um das Gespräch anzunehmen, und lehnte sich in ihrem Schreibtischstuhl zurück. „Hallo?“

„Isa? Sind Sie das? Entschuldigung, ich …“

Den Klang seiner Stimme zu hören, führte dazu, dass Isa von ihrer geschäftlichen Tonlage in die private wechselte. Jetzt war sie nicht länger Isabell, die Hotelmanagerin, in diesem Augenblick wurde sie einfach zu Isa, einer jungen Frau Mitte Zwanzig, die für jede positive Abwechslung in ihrem Leben dankbar war.

„Schön, dass Sie aufgewacht sind. Geht es Ihnen gut?“ Ein Blick auf die Armbanduhr verriet ihr, dass es bereits kurz nach zwei war. Enno hatte fast fünf Stunden geschlafen.

„Ja, ähm, tut mir leid, dass ich Ihnen noch Umstände gemacht habe. Das lag nicht in meiner Absicht.“

„Haben Sie eine Kleinigkeit gegessen?“ Sie ging absichtlich nicht auf seine kleine Rede ein, denn es gab nichts, wofür er sich entschuldigen musste.

„Habe ich. Danke. Es ist nichts mehr übrig.“ Fast hatte Isa das Gefühl, dass in seinen Worten eine gehörige Portion Heiterkeit mitschwang.

„Tja, dann muss ich mir wohl überlegen, wie ich jetzt was in den Magen bekomme. Ich bin fest davon ausgegangen, dass von den Unmengen, die ich aus der Küche stibitzt habe, auch ein bisschen was für mich abfällt.“ Das Schweigen am anderen Ende der Leitung dröhnte regelrecht in ihren Ohren. „Enno? Sind Sie noch dran?“

„Es tut mir leid. Ich …“

Zum zweiten Mal brach er mitten im Satz ab und Isa hätte sich fast mit dem Hörer gegen die Stirn geschlagen. Seit wann war sie so unsensibel?

„Nein, mir tut es leid. Ich habe einen Witz gemacht.“ Und einen besonders blöden noch dazu, führte sie ihren Gedanken im Stillen weiter aus. „Alles was ich Ihnen hingestellt habe, war natürlich ausschließlich für Sie bestimmt.“

Für eine Weile schwiegen beide. Wie konnte es sein, dass man sich kaum ein paar Stunden kannte und sich doch irgendwie für den anderen verantwortlich fühlte? Denn genau das tat Isa. Irgendetwas hatte ihn zu Boden gerissen und sie wollte ihm dabei behilflich sein, wieder aufzustehen und die ersten Schritte zu wagen. Das war doch verrückt und mit normalem Verstand kaum zu begreifen. Was auch immer es sein mochte und Enno hatte es ganz sicher nicht darauf angelegt, aber: Sie wollte mehr über ihn erfahren, wollte wissen, wie er zu dem Menschen geworden war, der er heute war. Als Enno das Wort ergriff und die Stille beendete, setzte Isa sich vor Schreck kerzengerade auf.

„Ich werde dann gehen und Ihre Gastfreundschaft nicht länger ausnutzen. Das lag niemals in meiner Absicht. Danke für alles.“ Von seinem anfänglichen Frohsinn war nichts mehr vorhanden. Gut gemacht, Isa.

„Sie werden nirgends hingehen, bevor ich mich nicht persönlich davon überzeugt habe, dass es Ihnen gut geht.“ Isa hoffte, dass sie mit der Autorität, mit der sie sprach, ihn dazu bewegte, an Ort und Stelle zu bleiben. „Haben Sie das verstanden, Enno?“ Er räusperte sich.

„In Ordnung.“ Selbst ein dummer Ignorant konnte die Resignation in seiner Stimme nicht überhören. „Ich bewege mich nicht vom Fleck.“

Wahrscheinlich dachte er, dass Isa sicherstellen wolle, dass er nichts entwendet hatte. Dabei wollte sie mit ihrer erhobenen Stimme doch nur erreichen, dass er nicht einfach das Weite suchte und sie die Chance vermasselte, mehr Zeit mit ihm zu verbringen.

„Geben Sie mir fünf Minuten", bat sie mit leiser, ruhiger Stimme, die fast schon einem Flüstern glich. Ohne eine Antwort abzuwarten, legte sie auf, sperrte ihren Computer und verließ mit schnellen Schritten das Büro. Auf dem Weg in den Seitenflügel wurde sie immer wieder von Mitarbeitern aufgehalten, musste Fragen beantworten oder Papiere gegenzeichnen.

„Frau Holthusen, können Sie mir sagen, wann mit der Lieferung der neuen Tischwäsche gerechnet wird? Durch die Themenwoche wird das Restaurant überdurchschnittlich frequentiert. Dementsprechend hoch ist die Wechselrate bei den Tischtüchern und den Stoffservietten. Die Restbestände aus dem Lager sind schon im Umlauf und die Reinigung hängt wieder mal hinterher." Roswitha, eine der Hausdamen, stand mit einem Wäschepaket auf den Armen vor Isa und schürzte die Lippen. Die Verlässlichkeit der extern beauftragten Reinigungsfirma ließ immer mehr nach und wurde langsam zu einem echten Problem in allen Bereichen des Hotels. Isa schrieb sich eine mentale Notiz.

„Ich klemme mich noch mal dahinter", versprach sie, woraufhin Roswitha kurz nickte.

„Das wäre gut, schließlich ist die Sauberkeit ein unverzichtbares Aushängeschild." *Wohl wahr, wohl wahr*, dachte Isa, lächelte und lief weiter.

Doch als sie gerade den Rufknopf für den Aufzug betätigen wollte, verwickelte Gerald Koops aus der Buchhaltung sie in eine zwanglose Plauderei.

„Finden Sie nicht auch, dass der Frühling in diesem Jahr seinem Namen alle Ehre macht? Überall grünt und blüht es, in der Luft liegt so ein herrlicher Duft und die Nächte sind recht mild."

„Das stimmt, es ist wunderbar – und gut für den Umsatz. Können Sie sich noch daran erinnern, dass wir im letzten Jahr die Saison für die Außenterrasse verspätet eröffnet haben, weil der Himmel Unmengen an Wasser auf uns herabregnen ließ?" Die Laune ihres Vaters war damals mit jedem Tag weiter gesunken, an dem ihm das Geschäft mit den Touristen und der Laufkundschaft verwehrt blieb, erinnerte sich Isa mit gequälter Miene. Gegen schlechtes Wetter war jedoch seit Menschengedenken kein Kraut gewachsen, hatte ihre Patentante immer gesagt. Schlussendlich gab es auch gar kein schlechtes Wetter, sondern nur unpassende Kleidung.

Als sie endlich im Aufzug den Knopf für die fünfte Etage drückte, waren bereits mehr als zehn Minuten vergangen.

Abgehetzt und mit dem Gefühl, dass ihr Kopf vor Aufregung glühte, stand sie zum dritten Mal am heutigen Tag vor Zimmer einundzwanzig und hatte keine Vorstellung davon, was sie in den nächsten Minuten erwartete. In Ennos Nähe schwebte sie jedes Mal in Gefahr, unüberlegt zu handeln, ohne vor möglichen Konsequenzen zurückzuschrecken. Isa versuchte irgendwie, ihr inneres Gleichgewicht auszubalancieren, dachte an das Wellenrauschen an ihrem Lieblingsstrand und straffte entschlossen die Schultern. Sie klopfte anstandshalber und öffnete anschließend mit der Schlüsselkarte die Tür. Beim Eintreten bot sich ihr ein Bild, das sie so nicht erwartet hatte. Durch die offene Badezimmertür konnte sie erkennen, dass Enno die benutzten Handtücher ordentlich über dem Rand der Wanne abgelegt hatte. Im Zimmer selbst stand das Tablett mit zusammengestelltem Geschirr auf dem Tisch und die Bettdecke lag aufgeschüttelt und glattgezogen auf den weißen Laken. Was war dieser Enno nur für ein Typ? Es fiel ihr schwer, ihn irgendwie einordnen zu können, und trotzdem fühlte sie sich bei ihm … wohl.

In dem Moment, in dem Isa die Tür hinter sich geschlossen hatte, stand er sofort auf, hielt seinen Rucksack in der Hand und sah aus, als wolle er in der nächsten Sekunde aus dem Zimmer stürmen. Sie musste am Telefon wirklich einen bleibenden Eindruck hinterlassen haben, im negativen Sinne versteht sich.

„Bleiben Sie ruhig sitzen." Mit einer Handbewegung deutete Isa auf eben den Stuhl, von dem er gerade aufgesprungen war.

„Ich muss los." Ennos Lippen verzogen sich zu einem entschuldigenden Lächeln.

„Müssen Sie nicht. Setzen Sie sich." Um ihre Entschlossenheit zu verdeutlichen, setzte Isa sich auf die Bettkante und verschränkte abwartend die Finger ineinander. Dass er nun auf sie herabblicken konnte, gab ihm vielleicht ein wenig Selbstsicherheit ihr gegenüber zurück. Wann genau sie ihm abhandengekommen war, konnte Isa nicht genau sagen. Heute Morgen, als er ihr den Dusch-Deal vorgeschlagen hatte, hatte er jedenfalls noch eine respektable Portion von dem besessen, das sich *gesundes Ego* nannte.

„Sie haben recht, muss ich nicht." Ein kleines Lächeln umspielte seine Lippen. Ohne sie aus den Augen zu lassen, stellte er den Rucksack zurück auf den Boden und ließ sich überraschenderweise direkt neben sie auf das Bett fallen. Die Matratze gab unter seinem Gewicht nach und Isa hüpfte ein wenig nach oben.

„Wohin werden Sie gehen, wenn Sie das Hotel verlassen? Haben Sie ein Ziel oder für heute noch Pläne?" Sie wandte sich ihm zu.

„Ehrlich?" Ennos Blick ruhte auf seinen Knien.

„Ehrlich", wiederholte Isa und versuchte so aufrichtig zu klingen, wie sie ihre Frage meinte.

„Ich habe keine Ahnung.“ Er sprach so leise, dass sie Mühe hatte, ihn zu verstehen. In dieser Sekunde tat er ihr endlos leid. In Hoffnungslosigkeit zu versinken, war vermutlich eine ebenso krasse Erfahrung, wie in einen Brunnen zu fallen und vergebens nach Halt zu suchen. „Wahrscheinlich suche ich mir einen Ort, wo ich eine Weile bleiben kann, wo ich meine Ruhe habe. Um Essen brauche ich mir heute ja keine Gedanken mehr zu machen.“ Er stupste sie leicht mit der Schulter an und wie auf Knopfdruck löste sich bei der Berührung die Anspannung zwischen ihnen auf wie der Morgennebel bei Sonnenaufgang. Vielleicht war das der Grund, weshalb Isa sich vorwagte und mit der Frage herausplatzte, deren Antwort sie brennend interessierte.

„Erzählst du mir, was passiert ist?“ Enno atmete tief ein und ließ ein paar Sekunden später die Luft geräuschvoll aus seiner Lunge entweichen. „Bitte. Es interessiert mich wirklich. Du interessierst mich.“ Als er auch noch sein Kinn auf die Brust fallen ließ, befürchtete Isa bereits, zu schnell vorangeprescht zu sein. Doch als er den Kopf in ihre Richtung drehte und mehrmals blinzelte, glaubte sie so etwas wie grimmige Entschlossenheit in seinem Ausdruck zu erkennen.

„Sie wären die erste ...“ Er schluckte und suchte offenkundig nach Worten. Mehrmals öffnete er seinen Mund, nur um dann doch keine Silbe herauszubringen. „Du wärst die Erste, die nichts mit der ganzen Scheiße zu tun hat und mit der ich trotzdem darüber spreche.“ Enno stand auf, schob die Hände in die Hosentaschen und begann, im Zimmer hin- und herzutigern. „Und das kann ich, glaube ich, nicht. Tut mir leid.“ Wieder griff er nach seinem Rucksack und schwang ihn über die Schulter.

„Okay, das kann ich nachvollziehen.“

Das konnte sie wirklich und aus irgendeinem unerfindlichen Grund wollte sie nicht, dass er ging. Konnte sie so egoistisch sein? *Ja.* Aber in seiner Nähe konnte sie die Anspannung des Tages vergessen. Vielleicht lag es auch einfach daran, dass sie kaum Freunde hatte und sich ihr ganzes Leben nur im Hotel abspielte. Hier mit ihm in diesem Zimmer zu sein kam ihr fast so vor, als befände sie sich auf einer Insel, umgeben von Wasser, das sie ruhiger werden ließ, frischer Luft, die das Atmen erleichterte und Ruhe, nichts als Ruhe.

„Wenn du willst, kannst du bis morgen Abend hierbleiben“, platzte es aus Isa heraus, ohne dass sie ihr Angebot bis zum Ende durchdacht hatte. „Am Wochenende werde ich leider nicht im Haus sein, sonst könntest du auch bis Sonntag bleiben. Ab nächste Woche sind die Zimmer wieder vergeben.“

Wie war das? *In seiner Nähe schwebte sie jedes Mal in Gefahr, unüberlegt zu handeln, ohne vor möglichen Konsequenzen zurückzuschrecken?* Genau so verhielt es sich auch jetzt. Haargenau so! Für mehrere Sekunden lieferten sie sich ein Blickduell. In seinen Augen sah sie eine große Portion Verwunderung, eine Spur Verwirrtheit und etwas, das sie nicht entschlüsseln konnte, weil es unter den anderen Emotionen sorgfältig verborgen lag. Hoffnung? Positive Energie erfasste Isa und sie spürte, wie ihr ganzer Körper von einem sanften Kribbeln erfasst wurde, als wäre sie an eine Stromquelle angeschlossen.

„Ich meine das ernst“, legte sie nach, wusste allerdings noch nicht, wie sich das Vorhaben in der Praxis gestalten sollte. Auch sie war aufgestanden, zog ihrem unerwarteten Gast den Rucksack wieder von der Schulter und verstaute ihn neben dem Bett. Enno ließ alles kommentarlos geschehen und regte sich keinen Zentimeter.

4. Kapitel

„Ich weiß gerade nicht, was ich sagen soll“, gestand Enno und legte sich eine Hand in den Nacken. *Diese Frau ist verrückt*, dachte er und lachte ein verzweifeltes Lachen. Das Angebot war so verlockend und gleichzeitig so komplett außerhalb seiner Vorstellungskraft, dass er ratlos mit den Schultern zuckte. War das hier nur ein erneutes Aufflackern von Zuversicht oder konnte er darauf setzen, dass sich die Abwärtsspirale aufhörte zu drehen und sich in Gestalt dieser faszinierenden Frau ein schwaches Licht am Horizont zeigte?

„Wie lange lebst du schon auf der Straße?“, fragte sie geradeheraus und zeigte überflüssigerweise nach draußen.

Für meinen Geschmack viel zu lange, hätte er am liebsten geantwortet. Seine Hoffnung, eine passable Lösung zu finden, die diesen unhaltbaren Zustand beseitigte, schwand von Tag zu Tag.

„Seit ein paar Wochen.“ Das leise ausgesprochene Eingeständnis brannte wie Säure auf seiner Zunge. Er hätte nie gedacht, jemals so tief fallen zu können. Aber ging es nicht den meisten so, denen der Boden unter den Füßen weggerissen wurde? Heute ist noch alles in bester Ordnung und morgen steht deine Welt auf dem Kopf. Chaos breitet sich aus, Grundfesten werden erschüttert und Vertrauen in Menschen, die man geglaubt hatte zu lieben, zerbricht in eine Milliarde Einzelteile.

„Warum solltest du das für mich tun? Du kennst mich doch gar nicht.“ Er sah sie herausfordernd an, gab ihr die Chance, zurückzurudern. „Vielleicht bin ich ein ehemaliger Knacki oder lauere hübschen jungen Frauen auf, um mich dann über sie herzumachen?“

Seine erste Aussage entlockte ihr keinerlei Regung, bei der zweiten Option zuckte Isa jedoch ganz kurz zusammen. Verdammt, das hatte er nicht beabsichtigt.

„Ich kann nicht sagen, warum. Ich habe keine Ahnung. Aber ich glaube, dass du ein anständiger Kerl bist. Vielleicht hat dir das Leben nur ein bisschen übel mitgespielt?“

Ja, so konnte man es auch ausdrücken. Enno schloss kurz die Augen und ein kaum spürbares Beben erfasste seinen Körper. Die Hände in seinen Hosentaschen verkrampften sich zu Fäusten, mit denen er am liebsten auf irgendetwas eingeschlagen hätte, um seine Wut auf das Geschehene loszuwerden. Doch er riss sich zusammen, kontrollierte seine Atmung und versuchte, sich zu beruhigen.

„Kurz zusammengefasst: Ich habe es mir nicht ausgesucht. Wie heißt es so schön? Zu dem ganzen Unglück kam letztendlich auch noch eine ganze Schiffsladung Pech dazu. Tja, so ist das Leben. Mal liebt es dich und du schwebst auf Wolke sieben und dann schmeißt es dir Knüppel zwischen die Beine und streckt dich zu Boden." Als hätte man ihm von einer Sekunde auf die andere sämtliche Energie entzogen, fiel er auf den Stuhl, der hinter ihm stand und vergrub das Gesicht in den Händen.

„Oder es ignoriert dich", murmelte Isa.

Enno sah auf und musste erkennen, dass seine gute Fee mit ihren Gedanken meilenweit entfernt zu sein schien. Sie drehte ihren Kopf einmal hin und her, als wollte sie einen lästigen Gedanken abschütteln.

„Alles in Ordnung?" Die Sorge um Isa, die sich unerwartet meldete, verdrängte seine eigenen Probleme. Er hatte sich geschworen, keinen Menschen mehr an sich heranzulassen, niemandem mehr zu vertrauen. Umso überraschter war Enno von diesem Anflug an Empfindsamkeit.

„Pass auf." Sie ignorierte seine Frage. „Keine Ahnung weshalb, aber ich glaube, ich kann dir trauen. Bis zum Wochenende kommt hier niemand her. Ab Samstag werden die unteren Etagen grundgereinigt und die Zimmer hier oben noch mal aufgefrischt. Bis dahin …"

Enno entließ Isa nicht aus seinem Blick, als sie abbrach und das Ende des Satzes offenließ. Sie zuckte gleichmütig mit den Schultern, als wäre diese Geste eine Erklärung, warum sie anbot, ihn in diesem Zimmer schlafen zu lassen.

„Wie bitte?" Enno glaubte, sich verhört zu haben. „Was verlangst du dafür? Ich meine, du weißt, dass ich nichts besitze." War sie irre? Für wen hielt sie sich, den Hoteldirektor? Auf keinen Fall sollte sie seinetwegen ein unsinniges Risiko eingehen.

„Du musst mir versprechen, dass du nicht im Hotel herumläufst, auch wenn dir die Sachen gut stehen." Sie zeigte auf Enno und schmunzelte.

„Wo hast du die überhaupt her?" Neu waren sie jedenfalls nicht, aber um Längen besser als seine alten Klamotten, befand Enno und zupfte am Saum des Shirts. Er hatte da so eine vage Ahnung.

„Fundsachen. Normalerweise spenden wir vergessene Kleidung, wenn nach sechs Monaten niemand seinen Anspruch geltend gemacht hat."

„Hm." So was in der Art hatte er vermutet. Isa sah stirnrunzelnd auf die Uhr.

„Ich muss noch mal los. Aber was hältst du davon, wenn …"

Enno hätte sich am liebsten die Haare gerauft. Da tat diese Frau so viel für ihn und war sich dessen wahrscheinlich gar nicht bewusst. Herrgott noch mal, warum beendete sie ihre Sätze denn nicht, wenn sie einen Vorschlag machen wollte?

„Wenn wir was?" Die Unsicherheit, die sie in einzelnen Momenten überfiel, passte so gar nicht zu der taffen Frau, die höchstwahrscheinlich einiges für ihn aufs Spiel setzte, und Enno fragte sich, welchen Ballast sie mit sich herumschleppte.

„Wir könnten später zusammen was essen. Ich besorge uns eine Kleinigkeit. Worauf hättest du Appetit?“

Appetit? Enno richtete sich seit Langem nicht mehr danach, wonach seinem Geschmackszentrum der Sinn stand. Essen musste vor allem satt machen und das möglichst für mehrere Stunden.

„Fleisch?“, fragte er zögerlich und Isa grinste ihn breit an.

„Bratkartoffeln?“ Als sie ihren Kopf schief legte und ihre lockigen Haare zur Seite fielen, wirkte sie auf ihn wahrhaftig wie eine Fee.

„Verarschst du mich?“ Er kniff seine Augen zusammen und fixierte Isa jetzt misstrauisch.

„Nein.“ Das Grinsen lag immer noch auf ihrem Gesicht.

„Gut, denn das wäre ein sehr übler Scherz.“ Und erneut stellte Enno sich die Frage, welchen Preis er dafür zahlen musste, dass ihm ein verschütteter Kaffee am Morgen einen derart hoffnungsvollen Tag bescherte. Isa sah abermals auf ihre Uhr.

„Ich vermute mal, dass ich gegen sechs fertig bin. Du kannst ja in der Zwischenzeit fernsehen.“

„Bleibt mir wohl nichts anderes über. Eine reizende junge Dame hat mir nämlich eine Ausgangssperre verpasst.“

Ihr verlegendes Räuspern ließ ihn lächeln. Ja, sie besaß in seinem Leben definitiv einen Anspruch auf den Platz der guten Fee.

Nachdem Isa mitsamt Geschirr das Zimmer verlassen hatte, sah sich Enno unschlüssig um. Womit sollte er nur die Zeit überbrücken? Der Blick aus dem Fenster verriet ihm, dass es angefangen hatte, zu regnen. Wollte er sich allen Ernstes darüber beschweren, dass er in einem Nobelhotel festsaß? Er lachte laut auf. Was für ein Luxusproblem. Mit einem theatralisch angehauchten Seufzen ließ er sich auf das Bett fallen, überkreuzte die Knöchel und schnappte sich die Fernbedienung für den Flachbildfernseher, der an der gegenüberliegenden Wand hing. Der Sportkanal bot sicher ein interessantes Angebot, bis Isa zurückkam.

Die Zeit flog davon wie Blätter in einem Herbststurm. Isa schaltete den Computer aus, legte das Handy in ihre Umhängetasche und verfrachtete das Mobilteil ihres Diensttelefons auf die Ladestation. Ein herzhaftes Gähnen, das sie seit dem späten Nachmittag in regelmäßigen Abständen unterdrückt hatte, ließ sich nicht mehr zurückhalten. „Wie kann man vom Herumsitzen nur so müde werden“, murmelte sie vor sich hin und erschrak, als sich ihr Blick auf die offen stehende Bürotür richtete.

„Du gehst?“ Jasper Holthusen betrat mit entschlossenem Schritt das Büro seiner Tochter. In seinem Maßanzug, dem weißen Hemd und der dunkelblauen Krawatte bot er ein Bild, das Isa nicht anders von ihm kannte. Ihr Vater und der Ausdruck *konservativ* bildeten eine perfekte Einheit. Sie konnte sich nicht erinnern, ihn jemals in einem anderen Aufzug erlebt zu haben. Sonntagmorgen kuscheln im Bett der Eltern? Fehlanzeige. Leichte Bekleidung im Sommerurlaub auf den Malediven? Niemals.

„Es ist kurz vor sieben“, erwiderte sie und verbannte den Drang, die antrainierte Zurückhaltung ihm gegenüber aufzugeben, in die hinterste Ecke. Sie war genervt, müde und hungrig.

„Und wenn ich mich recht entsinne, bist du heute Morgen zu spät erschienen.“ Er winkte ab. Offenbar gab es Wichtigeres, als mit ihr die Arbeitszeiten zu diskutieren. „Wie steht es mit dem Umbau? Steht der Zeitplan?“

„Selbstverständlich. Die Handwerker werden am Freitag fertig sein. Am Wochenende erfolgt die Grundreinigung und am Montag können die Zimmer wie vorgesehen belegt werden.“ Innerlich verdrehte sie die Augen. Was hatte er denn erwartet?

„Sollte es zu Verzögerungen kommen, mache ich dich persönlich dafür verantwortlich. Du hattest die Aufsicht über die Abläufe.“

Und du stellst dich am Montag vor die Presse und präsentierst die Vollendung des letzten Schritts in der Modernisierungsphase des Hotels, hielt sie gedanklich dagegen. Doch wie in jeder anderen Situation zuvor biss sie sich auf die Zunge und schluckte die Worte unausgesprochen hinunter.

„Es wird alles glatt laufen“, erklärte Isa ihrem Vater, der sie kritisch musterte.

„Das sollte es auch. Im Übrigen erwartet dich deine Mutter am Samstagabend zum Essen.“

„Am Wochenende bin ich an der Ostsee, Vater. Das hatten wir bereits besprochen.“

Oh nein, dieses Wochenende gehörte ihr ganz allein. Wenn nötig, würde sie Himmel und Hölle in Bewegung setzen, um ihre wertvolle Freizeit weder ihrem Job noch familiären Verpflichtungen opfern zu müssen. Zurückzustecken war keine Option.

„Du vergnügst dich, während hier der Teufel los ist? Das kann nicht dein Ernst sein“, donnerte er los. „Du wirst deine Pläne verschieben müssen, und zwar so lange, bis hier alles reibungslos läuft!“ Isa füllte ihre Lunge langsam mit Sauerstoff, in der Hoffnung, dadurch ruhiger zu werden.

„Nein, werde ich nicht.“ Sie sprach leise, aber bestimmt und hielt dem zornigen Blick ihres Vaters stand. „Ich habe wochenlang durchgearbeitet, drei Events organisiert und die Bauarbeiten beaufsichtigt. Mein eigenes Appartement habe ich in dieser Zeit ganze zwei Mal zu Gesicht bekommen. Ich brauche dringend eine Pause.“ Die Tasche hing schon auf ihrer Schulter. Isa schaltete das Licht der Schreibtischlampe aus und schritt auf den Ausgang zu.

„Du hast hier ein Zimmer und rund um die Uhr Zimmerservice. Andere würden ihre rechte Hand für diesen Job geben, den du bekommen hast, weil du zur Familie gehörst.“

Weil du zur Familie gehörst, wiederholte Isa stumm und ignorierte das Stechen in ihrer Brust, das sie nur allzu gut kannte. In den Augen ihres alten Herrn arbeitete sie nicht in seinem Hotel, weil sie einen der besten Abschlüsse auf der Universität erlangt hatte, mitnichten. Ihr wurden auch keine Aufgaben übertragen, die ihre Kompetenz gegenüber Geschäftspartnern unter Beweis stellen konnten. Nein, ihr Vater traute Isa schlichtweg nicht zu, diesen Job erledigen zu können. War er jemals stolz auf sie gewesen? Sie konnte sich nicht erinnern. Zusammengefasst: Sie war die größte Enttäuschung seines Lebens, allein dadurch, dass sie als Mädchen das Licht der Welt erblickt hatte. Mehr hatte es nicht gebraucht.

Ohne ein weiteres Wort an ihn zu richten, verließ Isa das Büro und schlug den Weg Richtung Aufzüge ein. Wie immer nach einer verbalen Ohrfeige ihres Vaters brannten ihre Augen wie Feuer. Doch sie riss sich zusammen, versuchte angestrengt, die Fassung zu wahren. Sich verletzlich zu zeigen, würde nur Wasser auf die Mühlen ihres Vaters schütten. Meistens schaffte sie es bis zu jenem Moment, in dem sich die Türen hinter ihr schlossen. Danach konnte sie zusammenbrechen.

Mit schweren Schritten und gesenktem Kopf schlug Isa den Weg Richtung Küchentrakt ein. Wie schaffte es ihr Vater nur immer wieder, sie von einem Hoch herunterzuholen. Dass sie sich in seiner Gegenwart nur selten behaupten konnte, wurmte sie massiv. Mit einem unangenehmen Grummeln im Bauch stieß sie, heftiger als es notwendig gewesen wäre, die Schwingtür zur Küche auf. Sobald ihr der Duft nach exotischen Gewürzen und frischen Kräutern in die Nase stieg, beruhigte sich ihr aufgewühltes Inneres. Von der Hilfskraft bis zum Chef de Cuisine, ausnahmslos jeder schenkte ihr ein Lächeln, einfach, weil sie hier dazugehörte. Dieses Team konnte man wahrlich als eingespielt bezeichnen und Isas Anwesenheit änderte an der Dynamik der Truppe rein gar nichts. Und genau das gefiel ihr und deswegen fühlte sie sich hier so wohl wie ein Pinguin in der Antarktis.

„Das Essen, das du bestellt hast, steht schon bereit.“ Martin, einer der Jungköche, zeigte mit einem Filetiermesser auf einen der Rollwagen, die üblicherweise zum Transport von Speisen für den Zimmerservice genutzt wurden.

„Danke. Ich bin am Verhungern.“ Mit einem freudigen Lächeln zog Isa den Wagen zu sich und steuerte den Ausgang an, als Dag sie aufhielt.

„Warte mal.“ Er versperrte ihr den Weg, was aber keinesfalls bedrohlich wirkte, sondern vielmehr neugierig. Langsam neigte er den Kopf zur Seite und ließ sie nicht aus den Augen. Isa konnte sich bereits denken, was als Nächstes kam. „Bekommst du Besuch, oder weswegen sollten wir dir gleich zwei Portionen zubereiten?“

„Erstens geht es dich nichts an und zweitens kann ich mir so viel bestellen, wie ich möchte. Bist du nicht derjenige, der immer sagt, dass ich die Chefin bin und machen kann, was ich will?“ Zwar würde sie das nie tun – Selbstsüchtigkeit war keine ihrer Eigenschaften – trotzdem wollte sie Ennos Anwesenheit Dag gegenüber lieber verschweigen. Im Grunde nicht nur ihm. Isa führte den Gedanken nicht weiter, sondern versuchte, sich an ihrem Küchenchef vorbeizuschlängeln, was ihr glücklicherweise auch gelang. So konnte sie sich weiteren Fragen entziehen, denn Dag war die Neugierde in Person.

„Bis morgen und später einen schönen Feierabend.“ Sie winkte in die Runde und zwinkerte Dag zu. „Eine alte Schulfreundin ist für ein paar Tage in der Stadt und kommt gleich vorbei. Wir machen uns einen Mädelsabend mit einem schnulzigen Film und so.“ Warum sie das sagte, war ihr schleierhaft. Wahrscheinlich wollte sie verhindern, dass er hinter ihr herkam. Zuzutrauen wäre es ihm. Manchmal führte er sich auf wie der große Bruder, den sie nicht hatte.

„Mit Schnitzel und Bratkartoffeln? Sehr ladylike.“

Isa presste ertappt die Lippen zusammen.

„Na egal. Ich wünsche euch einen schönen Abend.“

„Danke.“

„Hier, nimm noch eine Flasche Wein mit.“

Das Lächeln, das er ihr schenkte, war ohne Zweifel aufrichtig und ließ sie den Ärger mit ihrem Vater gänzlich vergessen. Dag schaffte es immer wieder mit einer kleinen Geste, ihr das Gefühl zu vermitteln, dass sie ein Mensch war, der es verdient hatte, dass man ihm echte Aufmerksamkeit schenkte, egal, was ihre Eltern von ihr hielten. Mit einer Kopie seines Lächelns auf ihren Lippen verließ sie die Küche und genoss die Aufregung, die mit jedem Schritt an Intensität zunahm, je mehr sie sich der fünf einundzwanzig näherte.

Wie durch Watte drang ein Klicken an Ennos Ohr. Es dauerte eine Sekunde, bis er sich orientiert hatte und wusste, wo er sich befand. *Konnte es sein, dass er unter Schlafmangel litt? Ganz ehrlich, so viel geschlafen hatte er seit Wochen nicht.* Der dicke Teppich schluckte fast alle Geräusche, die Isa verursachte, als sie das Zimmer auf leisen Sohlen betrat. Doch das Klappern von Geschirr und das Geräusch, als die Tür gegen die Wand schlug, weckten seine Lebensgeister. Er sprang aus dem Bett, bevor sie in sein Sichtfeld trat. Hastig schüttelte er seine Benommenheit ab. Enno ahnte, dass seine Frisur auch nicht besser aussah, nachdem er versucht hatte, mit den Fingern die viel zu langen Haare zu bändigen. Aber in diesem Moment war es ihm egal.

„Wow." Beim Anblick von Isa, die einen Servierwagen vor sich her schob, blieben ihm die Worte im Hals stecken. Enno schluckte mühsam. Als Erstes fielen ihm zwei Teller auf, die mit einer polierten Haube aus Edelstahl abgedeckt waren. Außerdem ließ ihm der opulent gefüllte Obstkorb das Wasser im Mund zusammenlaufen. Der Duft nach Kräutern und Gebratenem, der sich im Raum ausbreitete, tat sein Übriges. Träumte er doch noch? „Kann ich dir helfen?", brachte er schließlich mit rauer Stimme hervor. Diese Frau konnte unmöglich real sein.

„Geht schon. Das mit dem Tablett heute Morgen gestaltete sich weitaus schwieriger." Sie schob den Wagen an ihm vorbei und lächelte gezwungen, ohne ihn direkt anzusehen.

„Ist was passiert?", wollte er aufrichtig wissen und trat einen Schritt auf Isa zu.

„Nur das Übliche", wich sie seiner Frage aus. „Also, der Herr …", sie zauberte sich ein Lächeln ins Gesicht und Enno spürte, dass diese Geste sie ganz sicher mehr Kraft kostete, als sie ihn wissen lassen wollte.

„Hey! Lass mich das machen. Du setzt dich hin und lässt dich von mir bedienen."

Isa zögerte überrascht, nickte dann jedoch.

„Danke."

„Du bedankst dich bei mir?" Ungläubig weiteten sich seine Augen. „Da hast du etwas falsch verstanden. Ich bin derjenige, der vor Dankbarkeit auf die Knie fallen sollte." Mit dem Versuch zu scherzen wollte er erreichen, dass sie sich entspannte. Ihre verkrampfte Miene veränderte sich allerdings kaum. *Hm.* „Hast du Feierabend?" Mit dieser belanglosen Frage versuchte Enno, unangenehmes Schweigen zu verhindern.

„Spät genug ist es ja, oder?“ Da hatte sie vollkommen recht. Seit ihrem Zusammenstoß am frühen Morgen und jetzt waren mehr als zehn Stunden vergangen.

„Also“, begann Enno, stockte kurz und hob einen der Deckel über den Tellern an. „Ich kann Ihnen Schnitzel mit Bratkartoffeln empfehlen.“ Mit hochgezogener Augenbraue wartete er ihre Reaktion ab.

„Sehr einfaches Essen, oder?“ Sie zog die Unterlippe zwischen die Zähne, als wäre sie sich nicht sicher, ob ihm das, was sie mitgebracht hatte, genügte.

„Machst du Witze? Das ist das beste Essen seit langer Zeit“, gab er offen zu und legte sich unwillkürlich eine Hand auf den Bauch. Ihre Mundwinkel zuckten und dann brach Isa in schallendes Gelächter aus.

„Wenn du das dem Küchenchef erzählst, fällt er vom Glauben ab.“

Enno schmunzelte und wurde von einem Gefühl abgelenkt, das eine unbekannte Wärme in seinem Bauch erzeugte.

„Tja, was soll ich sagen. Manchmal sind die einfachsten Dinge im Leben die wertvollsten.“ *Und man weiß sie erst zu schätzen, wenn sie einem genommen wurden,* fügte er in Gedanken hinzu. Um sich nicht von quälenden Erinnerungen einfangen zu lassen, klatschte er voller Enthusiasmus in die Hände. „Lass uns das erstklassige Menü verspeisen.“

Und genau das taten sie. Enno holte eines der unbenutzten großen Duschtücher aus dem Bad, breitete es auf dem Boden aus und stellte alles, was Isa mitgebracht hatte, darauf ab.

„Sehr edel“, befand Isa, ließ sich kichernd im Schneidersitz Enno gegenüber nieder und platzierte ihren Teller auf dem Schoß. „Fast wie ein Picknick.“

„Fast.“ Enno zwinkerte ihr zu und konnte sich kaum erinnern, wann er das letzte Mal so ausgelassen gewesen war. „Ich frage mich immer noch, warum du das alles für mich machst?“

„Wenn ich ehrlich sein soll, darfst du keine Antwort von mir erwarten. Ich habe nämlich keine.“ Ohne den Blick vom Teller zu lösen, redete Isa weiter. „Weißt du, nicht alles ist, wie es scheint. In den meisten Fällen versteckt sich hinter einer bunten Fassade tristes Grau. Als ich dich heute Morgen gesehen habe …“

„Du hast mich eben nicht gesehen. Deswegen hast du mich über den Haufen gerannt und zu allem Überfluss mit Kaffee überschüttet“, präzisierte Enno.

„Dem kann ich nicht widersprechen.“ Als sie ihren Kopf wenige Zentimeter anhob, fing er überrascht das schelmische Funkeln in ihren Augen auf. Für einen Moment vergaß Enno die Bratkartoffeln, die er gerade in seinen Mund geschoben hatte und starrte Isa mit einer Mischung aus Faszination und Neugierde an. Diese Frau war ihm ein Rätsel. Mal zeigte sie ihm ihre selbstbewusste, offene Seite und dann wiederum konnte er einen undefinierbaren Schmerz in ihrem Blick ausmachen.

5. Kapitel

„Erzähl mir von dir“, bat Enno und spießte eine der Tomatenscheiben des Beilagensalates auf.

„Nur, wenn du im Gegenzug auch etwas von dir preisgibst.“ Der Drang, endlich Details aus seinem Leben zu erfahren, war zu verlockend.

„Quid pro quo.“ Enno lachte. „Einverstanden. Fangen wir mit einer leichten Frage an: Was machst du hier, mit mir? Warum verbringst du nicht wie alle jungen Frauen den Abend mit deinen Freundinnen in irgendeinem angesagten Club?“

Isa schwieg. Was sollte sie darauf antworten? *Das Leben der High Society hat mich noch nie sonderlich gereizt* oder *Mein Bedarf an oberflächlichen Begegnungen ist gedeckt*?

„Ich verbringe häufig einen Zehn- bis Zwölfstundentag im Hotel. Danach sehne ich mich eher nach Ruhe als nach Party.“ Sie wich seinem Blick aus und schob die Bratkartoffeln von einer Seite des Tellers auf die andere. „Und du?“ Bevor sie ihre Frage weiter ausführen konnte, antwortete Enno bereits.

„Meine Alternativen wären entweder die Suche nach einem einigermaßen sicheren Platz für die Nacht oder die Überlegung, was ich anstellen könnte, um die Aufmerksamkeit junger Damen auf mich zu ziehen, damit sie mir ein Bett anbieten.“

Isa runzelte ihre Stirn. Er machte doch hoffentlich nur einen Witz, oder?

„Entschuldige. Ich wollte dich nicht erschrecken. Das hier“, er wedelte mit den Armen in der Luft herum, „ist auch für mich eine komplett neue Erfahrung. Wahrscheinlich rede ich deswegen so viel Unsinn.“ Seine ruhige Stimme und sein ehrlicher Blick ließen sie glauben, was er sagte.

„Wo wärst du lieber? In den Bergen oder am Meer?“ Isas Frage fand wie von allein den Weg über ihre Lippen. In seiner Gegenwart fiel es ihr überraschend leicht, einfach sie selbst zu sein.

„Am Meer.“

„Ich auch“, beantwortete sie die Frage, die Enno gar nicht gestellt hatte. Kopfschüttelnd griff er nach der Weinflasche.

„Möchtest du noch?“ Im Grunde sollte sie aufhören. Zwei Gläser reichten für den Abend. Andererseits musste Isa weder Auto fahren noch in die Öffentlichkeit. Also nickte sie. „Du hast mir meine Frage geklaut“, sagte Enno, während er nachschenkte. „Ich bin dran.“

„Nur zu. Ich habe nichts zu verbergen.“ Plötzlich vernahm sie das Zuschlagen einer Tür und zuckte zusammen. Schwere Schritte polterten im Etagenflur und entgingen offenbar auch Ennos Aufmerksamkeit nicht. Mit einer flinken Bewegung hechtete er über das Bett und schaltete das Licht aus. Das Licht der Außenfassade spendete kaum Helligkeit.

„Hattest du nicht gesagt, hier verirrt sich niemand hin?"

Sein Flüstern konnte Isa kaum verstehen, so sehr rauschte das Blut in ihren Ohren.

„Sicherheitsdienst", brachte sie unter angestrengten Atemzügen hervor. Sie legte sich eine Hand auf die Brust, als könnte sie so ihren aufgebrachten Herzschlag beruhigen.

„Routine?" Enno setzte sich wieder auf den Boden und stieß mit dem Fuß gegen Isas Knie. „Sorry."

„Nichts passiert. Und ja, der Sicherheitsdienst inspiziert auch die nicht belegten Bereiche. Man kann nie wissen." Fast hätte sie bei der Ironie ihrer Aussage losgelacht, presste sich aber im letzten Moment die Hand vor den Mund.

„Was, wenn sie in die Zimmer schauen?" Die Nervosität in seiner Stimme blieb Isa nicht verborgen. Doch kaum hatte er seine Frage ausgesprochen, entfernten sich die Schritte und das Geräusch sich schließender Aufzugtüren erklang in der Stille.

„Das beantwortet dann wohl deine Frage." Da Isa seinerzeit höchstselbst den Rahmen der Sicherheitsüberprüfungen festgelegt hatte, konnte sie nach dem ersten Schreck gelassen reagieren. „Machst du das Licht bitte wieder an, Enno?"

Die Heiserkeit in ihrer Stimme und der Klang seines Namens aus ihrem Mund ließen Enno einen Moment in der Bewegung verharren. Sein Herz schlug plötzlich doppelt so schnell, wobei er sich bemühte, wenigstens seine Atmung unter Kontrolle zu halten. Isa weckte ein tief vergrabenes Gefühl in ihm, das er nie wieder an die Oberfläche hatte lassen wollen. Als sie ihre Knie angezogen und mit den Armen umschlungen hatte, seufzte er. Den Kopf hatte sie in seine Richtung gewandt und musterte ihn aus großen Augen. Keiner von beiden sprach auch nur eine Silbe, kein Laut durchdrang die Stille. Wenn sie noch länger in der Dunkelheit verbringen würden, so war er sich sicher, würden die Funken, die zwischen ihnen hin und her sprangen, ausreichen, um Licht zu spenden, und die Luft um sie herum zum Flirren bringen.

„Enno? Das Licht." Auch sie musste die Atmosphäre gespürt haben, denn sie richtete sich auf und vergrößerte den Abstand zwischen ihnen.

„Sekunde." Das Licht der Nachttischlampe tauchte das Zimmer in ein warmes hellgelbes Licht. „Ich habe wirklich Bedenken, wenn ich hierbleibe. Mittlerweile macht es mir nichts mehr aus, im Freien zu schlafen.“ Das stimmte so zwar nicht, aber die Vorstellung, dass Isa unter Umständen seinetwegen in Schwierigkeiten geriet, bereitete ihm Bauchschmerzen. „Die Nächte sind längst nicht so kalt, wie man vielleicht vermutet.“ Und erneut bot er ihr die Gelegenheit, elegant aus der Sache herauszukommen.

„Ich zwinge dich nicht dazu, die Vorzüge eines Bettes und die Aussicht auf ein Frühstück in Anspruch zu nehmen.“ Als Isa die Doppeldeutigkeit ihrer Aussage bewusst wurde, begannen ihre Wangen zu glühen. Gott, wie peinlich. Dass Enno sie eindringlich musterte, verbesserte ihre Lage keineswegs.

„Was kann ich tun? Ich meine, wie kann ich meine Schuld mindern? Ich möchte dich ungern ausnutzen.“

Isa blinzelte mehrmals, bevor sie sich leise räusperte.

„Kannst du mit einer Bohrmaschine umgehen?“ Neugierig musterte sie ihr Gegenüber.

„Ohne eingebildet klingen zu wollen, würde ich von mir behaupten, dass ich handwerklich begabt bin.“ Nur mit dem Papierkram hatte er es nicht so, musste sich Enno eingestehen. Wäre er mit Zahlen nur halb so geschickt wie mit diversen Werkzeugen, stünde er nicht vor dem Scherbenhaufen seines Lebens.

„Hast du eine Ahnung von Holz und Schrauben?“ Verwirrt kniff Enno die Augen zusammen. Ihre Fragen ergaben für ihn keinen Sinn.

„Ich bin dazu in der Lage, Massivholz von einer Spanplatte zu unterscheiden und kenne durchaus den Unterschied zwischen einem Nagel und einer Schraube.“

Sein Grinsen entlockte Isa ein undamenhaftes Schnauben.

„In Ordnung. Dann wirst du mich morgen als mein Berater begleiten, wenn ich die neu gestalteten Suiten begutachten muss.“ Okay – das klang doch nach einem fairen Deal.

~~~~~

Es kam sehr selten vor, dass Isa wach wurde, bevor der Wecker sie unverschämt früh aus dem Schlaf reißen konnte. Doch die Ereignisse des vergangenen Tages bahnten sich einen Weg in ihr Erinnerungsvermögen und hinderten sie daran, eine weitere Stunde im Land der Träume zu verbringen. Was zum Teufel hatte sie sich dabei gedacht, einen wildfremden Mann in einem leerstehenden Zimmer übernachten zu lassen, ohne vorher seine Identität zu überprüfen? Sie drehte sich auf die Seite, vergrub ihr Gesicht im Kopfkissen und dämpfte so den entnervten Laut, der zum wiederholten Male ihrer Kehle entwich.
~~~~~

Von einem Grummeln begleitet, richtete sie sich auf und stellte ihre nackten Füße auf den dicken Teppichboden. Isa überlegte, was heute alles auf ihrer To-do-Liste stand, bevor sie morgen in aller Frühe endlich für zwei Tage an die Ostsee entfliehen konnte. Bei dem Gedanken schlich sich ein kleines Lächeln auf ihre Lippen und automatisch fiel es ihr leichter aufzustehen.

Wie verabredet, stand Enno Punkt acht neben dem Aufzug im Erdgeschoss des blauen Flügels, wie Isa diesen Teil des Hotels bezeichnete. Frisch geduscht, in den sauberen Jeans vom Vortag und dem Kapuzensweatshirt, konnte er durchaus als Handwerker durchgehen, befand er. Von dem unrasierten Typen in Kleidung, die er viel zu lange nicht gewechselt hatte, konnte man kaum noch etwas erkennen. Lediglich die Haare hingen ihm für seinen Geschmack viel zu lang über den Ohren. Während er wartete, kroch ihm das unbekannte Gefühl von Nervosität in den Nacken und verursachte ein widerliches Kribbeln. Er hatte Isa versichert, dass er ihr bei der Abnahme beiseitestehen konnte. Warum auch nicht? Schließlich konnte ihm in puncto Innenausbau und Tischlerarbeiten niemand etwas vormachen. Doch was er nicht bedacht hatte, war der Umstand, dass es durchaus sein konnte, dass man ihn erkannte. Ein so renommiertes Hotel würde sich nicht irgendein Handwerksunternehmen ins Haus holen und die Kapazitäten, einen derart großen Auftrag zu bewerkstelligen, hatten nicht viele seiner ehemaligen Mitbewerber. Enno wischte seine schweißnassen Hände an den Außenseiten der Jeans ab und trat ungeduldig von einem Fuß auf den anderen. Hin und wieder kam einer der Handwerker an ihm vorbei, grüßte freundlich und beachtete ihn nicht weiter.

„Was machen Sie hier?“, verlangte ein wie aus dem Nichts aufgetauchter, in Dunkelblau gekleideter Typ mit finsterem Blick und kahlgeschorenem Schädel zu wissen, und baute sich vor Enno auf. Sicherheitspersonal, schoss es ihm durch den Kopf. Intuitiv trat er einen Schritt nach hinten und spürte die kalte Wand im Rücken.

„Ich warte auf …“ Verdammt! Er konnte doch schlecht sagen, dass er auf Isa wartete. Wieso hatte sie ihm nicht ihren Nachnamen verraten? „Ich warte darauf, dass die neuen Zimmer übergeben werden. Der Termin war für acht Uhr angesetzt. Geht wahrscheinlich gleich los.“ Mit einem aufgesetzten Lächeln hoffte Enno, dass der Typ von der Sicherheit ihm sein Gestammel abkaufen würde.

„Wenn Sie jemand von der Haustechnik sind, weshalb kenne ich Sie dann nicht?“ Mit hochgezogener Augenbraue wartete sein Gegenüber auf eine Antwort. Enno beobachtete, wie er langsam nach hinten griff und etwas aus der Hosentasche hervorholte.

„Ich bin sozusagen spontan eingesprungen." In der Hoffnung, dass er selbstsicher und überzeugend klang, trat er einen Schritt zur Seite, um sich aus der defensiven Position zu befreien. Als der Sicherheitsmann eine Nummer in sein Handy tippte, ohne Enno allzu lang aus den Augen zu lassen, wurde ihm mulmig.

„Hier ist Behringer vom Sicherheitsdienst. Frau Holthusen, in Abschnitt null dreiundzwanzig steht ein Mann, der behauptet, Mitarbeiter der Haustechnik zu sein." Enno schloss die Augen und fluchte innerlich. „Hm. In Ordnung. Das nächste Mal müssen Sie uns über personelle Veränderungen aber in Kenntnis setzten. Das kann sonst schnell zu Missverständnissen führen." Bei dem Verlauf, den das Gespräch nahm, horchte Enno auf. „Ja, mache ich." Er steckte das Handy wieder ein und nickte Enno zu. „Frau Holthusen hat gesagt, dass sie aufgehalten wurde und sich ein paar Minuten verspätet. Sie sollen hier warten."

„Danke." Mehr wusste er nicht zu sagen. Wer zur Hölle war jetzt diese Frau Holthusen? Im Grunde konnte es nur Isa gewesen sein, die ihn deckte. Erleichtert sah er dabei zu, wie der Sicherheitsmann namens Behringer den Gang entlanglief und hinter der nächsten Ecke verschwand. Den war er los, aber seine Frage schwirrte ihm nach wie vor im Kopf herum. Nur Isa wusste, dass er sich im Hotel befand. Entweder hieß sie *Holthusen* oder sie hatte doch jemanden eingeweiht. Ihm blieb nichts anderes übrig, als abzuwarten, bis Isa kam und die Unklarheiten beseitigte.

Fast zwei Stunden später legte Enno seine Hand auf Isas Unterarm und zog sie ein paar Schritte von der kleinen Gruppe weg, die am vorletzten Zimmer ihrer Begehung angekommen war.

„Was ist los?", fragte sie verständlicherweise und Enno rieb sich nachdenklich mit den Fingern über die Lippen.

„Ihr betreibt hier ein Luxushotel, richtig, *Frau Holthusen*?"

Sie schmunzelte bei dieser Anrede. Seit sie mit einer lapidaren Handbewegung abgewunken hatte, nachdem Enno sie auf den Namen angesprochen hatte, benutzte er, einfach um sie zu necken, nur noch ihren Nachnamen. Doch im Grunde war er gerade nicht zu Späßen aufgelegt und Isa sah ihm das offenkundig auch an, denn ihr Gesichtsausdruck verlor schlagartig alle Verspieltheit.

„Ist etwas nicht in Ordnung? Du hast nach jedem Zimmer genickt und bisher keinen Kommentar abgegeben."

Das stimmte zwar, aber nur aus einem Grund: Er wollte sichergehen, dass seine Vermutung stimmte. Zu Unrecht Verdächtigungen auszusprechen, gehörte nicht zu seinen Gepflogenheiten.

„Ich habe in jedem einzelnen Zimmer die Matratzen hochgehoben."

Isa nickte und sah ihn fragend an.

„Was glaubst du wohl, weswegen?"

„Keine Ahnung? Ich bin der Ansicht, dass alles ordentlich aussieht und nach unseren Vorgaben eingebaut wurde. Die Schranktüren schleifen nicht, wenn man sie aufmacht und die Matratzen sind von bester Qualität. Mit der Herstellerfirma arbeiten wir seit Jahren zusammen." Mit verschränkten Armen stand sie vor ihm und sah fast so aus, als wäre sie beleidigt.

„Hast du mich als schmückendes Beiwerk mitgenommen, um mein Ego zu streicheln oder willst du meine ehrliche Meinung hören?" Enno mochte womöglich in den Augen anderer als Loser dastehen, aber fachlich konnte ihm keiner ein X für ein U vormachen. Und er wusste, worauf er schauen musste, um solide Handwerksarbeit zu erkennen.

„Die Räume sehen sehr einladend und gemütlich aus, was genau gefällt dir nicht?"

„Es geht doch nicht darum, ob sie mir gefallen. Ihr werdet euch bei der Ausstattung schon was gedacht haben." Über Isas Schulter hinweg erkannte er, dass die Mitarbeiter der Baufirma zu ihnen herübersahen und sie misstrauisch beäugten. Sie hatten allen Grund dazu und wussten es wahrscheinlich auch. Enno senkte seine Stimme und trat einen Schritt auf Isa zu. „Die Betten werden keine drei Nächte überleben, es sei denn, eure Gäste verzichten darauf, sich unnötig viel zu bewegen. Von außen betrachtet machen sie einen sehr stabilen Eindruck, was vermutlich auch gewollt ist. Aber die Rahmenkonstruktion lässt ziemlich zu wünschen übrig. Es fehlen Querverbindungen, die eine solide Statik gewährleisten. Wenn du dich rücklings auf das Bett fallen lässt, könnte es passieren, dass der Lattenrost vom Rahmen nicht gehalten wird und nach unten durchsackt."

Isas Augen wurden bei seinen Ausführungen immer größer.

„Ist das dein Ernst?"

So ernst wie es ihm nur sein konnte. Enno seufzte angesichts Isas schockierter Miene und strich ihr mit den Händen tröstend über die Schultern.

„Na komm, wollen wir mal sehen, wie gewillt die Herren in puncto Nachbesserung sind."

Die Zornesröte, die dem Bauleiter ins Gesicht geschossen war, als Enno ihn mit seinen Feststellungen konfrontierte, suchte seinesgleichen. Nach anfänglichen Ausflüchten stellte er recht schnell in Aussicht, zeitnah Nachbesserungen vornehmen zu lassen. Ennos stichhaltigen Beweisen hatte er letztlich nichts entgegenzusetzen. Um den Zuschlag für den Auftrag zu erhalten, hatte die Baufirma ein viel zu knappes Zeitfenster und damit geringere Lohnkosten kalkuliert. Der Aufbau musste einem minimalistischen Prozess weichen. Statt vier Schrauben nur drei, hier und da eine Querleiste weniger, unsauber verarbeitete Abschlüsse, die durch Lattenrost und Matratze verdeckt wurden.

„Du hast das Hotel vor einem immensen Imageschaden bewahrt", betonte Isa zum wiederholten Male, nachdem sie das Zimmer fünf einundzwanzig betreten hatten. „Stell dir doch nur mal vor, was alles hätte passieren können, wenn die Betten unter den Gästen zusammengebrochen wären. Selbst wenn wir später festgestellt hätten, dass ein qualitativer Mangel die Ursache war, stünde eine Nachlässigkeit seitens des Hotels im Raum, deren weitreichende Folgen kaum zu beziffern wären." Aus einem impulsiven Affekt heraus stellte Isa sich auf die Zehenspitzen und küsste Enno vor Dankbarkeit auf die Wange. Just in dem Moment, in dem ihre Lippen seine Haut berührten, wurde ihr klar, was sie tat. Vor lauter Schreck über ihre spontane Geste geriet sie glatt ins Wanken.

„Hey, ganz langsam." Mit beiden Händen umschloss Enno ihre Oberarme und verhinderte, dass Isa zurückstolperte.

„Entschuldige. Ich habe nicht nachgedacht", brachte sie mit brüchiger Stimme hervor und vermied es, Enno anzusehen. Wie kam sie nur darauf, ihn zu küssen, auch wenn es nur auf die Wange gewesen war? Normalerweise schaltete sie erst ihren Kopf ein, bevor sie handelte. Doch in Ennos Gegenwart schienen all ihre Automatismen außer Kraft gesetzt zu sein. Wieder einmal.

„Nichts passiert. Geht's?" Er betrachtete sie mit einem intensiven Blick, der jedoch kein Stück von dem preisgab, was er gerade fühlte.

Isa versuchte sich an einem Lächeln und spürte selbst, dass es ihr misslang. Peinlicher ging es kaum. Sie räusperte sich und reckte das Kinn nach oben. Dass Enno grinste, erleichterte ihr Vorhaben, selbstbewusst zu erscheinen, überhaupt nicht. Aber was soll's, dachte sie sich. Enno war nicht ihr Vater und sie musste ihm gegenüber in keine Rolle schlüpfen, um sich zu beweisen.

„Ja, alles in Ordnung", versicherte sie ihm. „Du hast was gut bei mir." Die Überlegung, was passiert wäre, wenn Enno den Fehler nicht aufgedeckt hätte, bereitete ihr akute Magenschmerzen. Ihr Vater hätte sie in der Luft zerrissen – Tochter hin oder her.

„Ich denke, wir sind quitt."

Unschlüssig standen sie sich gegenüber.

„Vermutlich ist das der Punkt, an dem ich dir für deine Gastfreundschaft danken und verschwinden sollte."

Seine leise gesprochenen Worte schickten Isa einen Schauer über den Rücken, dessen unerwartete Intensität sie zusammenzucken ließ.

„Du willst gehen?" Ungläubig starrte sie ihn an. Aber vermutlich hatte er recht. Es gab keinen Grund, weswegen sie ihn noch länger im Hotel verstecken sollte. Die Verbrennung war längst zu einer unbedeutenden Nebensächlichkeit geworden und das Risiko, aufzufliegen, nahm mit jeder weiteren Stunde zu. Außerdem wollte sie morgen früh nach Heisterwohlt aufbrechen.

„Es gibt weitaus passendere Plätze für mich, an denen ich mich aufhalten sollte." Ohne ein weiteres Wort abzuwarten, nahm er seinen Rucksack und drehte Isa den Rücken zu.

„Warte!", rief sie ihm hinterher und zu ihrer grenzenlosen Erleichterung tat er genau das. Über seine Schulter hinweg warf er ihr einen fragenden Blick zu. „Was hast du denn jetzt vor?" Die gemeinsamen Stunden, die Gespräche mit dem Mann, der ihr aufmerksam zuhörte und sich für sie als Person interessierte, hatten Isa gezeigt, wie sehr sie in der Maschinerie des Hotels gefangen war. Außerhalb des alten Kastens pflegte sie kaum noch Kontakte und war an einem Punkt angelangt, an dem sie sich ehrlich eingestehen musste, dass sie trotz der vielen Menschen, die tagtäglich um sie herumwuselten, langsam aber sicher vereinsamte.

Enno atmete langgezogen aus und ließ die Schultern sinken. „Versuchen, mein Leben irgendwie wieder in geordnete Bahnen zu lenken. Der Vormittag heute hat mir gezeigt, dass ich vielleicht doch nicht so nutzlos bin, wie ich mir versucht habe einzureden."

Isa erinnerte sich, wie Enno seine Hände fast schon ehrfürchtig über das glatt geschliffene Holz hat gleiten lassen, wie seine Augen in einem freudigen Glanz schimmerten – fast so, als freue er sich, dass er um seine Meinung gebeten wurde. Und auf keinen Fall würde sie vergessen, wie unerbittlich er mit der Baufirma verhandelt hatte, bis ein für ihn akzeptabler Abschluss zustande gekommen war, obwohl es in keinster Weise um seine eigenen Interessen ging.

„Erzählst du mir bei einem gemeinsamen Essen deine Geschichte?", bat sie mit überraschend ruhiger Stimme und versuchte, ihr schnell schlagendes Herz zu ignorieren. „Vielleicht finden wir eine Möglichkeit, wie sich deine Situation verbessern könnte.“

„Was, wenn dir das, was mein Leben gegen die Wand gefahren hat, den Appetit verdirbt?“ Enno sah nicht so aus, als würde er scherzen. Seine Kiefermuskeln waren angespannt und sein Blick noch trüber als das Wasser der Elbe, wenn die riesigen Pötte im Hafen beim Ein- und Auslaufen den Grund aufwühlten.

„Dann hast du eine zusätzliche Portion, die du verdrücken kannst.“ Isa legte ihren Kopf schief und versuchte, die Lockerheit, die am vergangenen Abend zwischen ihnen geherrscht hatte, wieder aufzubauen.

„Verrätst du mir dann auch, wer hinter dieser hübschen Fassade steckt?“ Er hatte sich jetzt ganz zu ihr umgedreht und streckte seine Hand aus, um ihr eine verirrte Haarsträhne hinter das Ohr zu streichen. „Ich bin nämlich fest davon überzeugt, dass du gewaltig tiefstapelst, Frau Holthusen.“ Seine Hand blieb an ihrem Hals liegen und Isa spürte, wie ihr Gesicht heiß wurde. „Quid pro quo, diese Methode hat gestern Abend auch schon gut funktioniert.“ Er lächelte sie an und der Glanz in seinen Augen kehrte allmählich zurück.

„Okay“, wisperte Isa und konnte sich seinem intensiven Blick nicht entziehen.

„Okay“, wiederholte Enno. Als er seine Hand sinken ließ, kam es ihr fast so vor, als würde sie etwas vermissen – den Zustand des Wohlfühlens, das Stillen des Verlangens nach körperlicher Nähe oder einfach die uneingeschränkte Aufmerksamkeit, die er ihr schenkte. Zum jetzigen Zeitpunkt konnte sie es nicht genau definieren.

„Ich kenne einen Platz, wo wir sehr leckeres Essen bekommen und ausreichend Ruhe finden, um uns unterhalten zu können.“ Abwartend sah sie zu ihm auf und verfluchte innerlich seine undurchdringliche Miene.

„Wenn ich ehrlich bin, gefällt es mir überhaupt nicht, immer mehr in deiner Schuld zu stehen, Isa. Vielleicht sollten wir das Ganze hier abschließen und gut sein lassen.“

Die Enttäuschung, die sich wie eine Ladung Pech über Isa ausbreitete, ließ sie frösteln. Automatisch legte sie ihre Arme um ihren Oberkörper und presste die Lippen zusammen.

„Verstehe“, brachte sie schließlich mühsam hervor und wippte unaufhörlich auf ihren Füßen vor und zurück. „Aber erzähle mir bitte nicht, du hättest heute schon etwas anderes vor, denn das würde ich dir nicht abnehmen.“

„Kann es sein, dass ein kleiner Vulkan in dir schlummert?“

Ihre Augen funkelten ihn an, als würden jede Sekunde Giftpfeile aus ihnen hervorschießen.

„Du erweckst den Eindruck, dass es nicht mehr viel braucht und du explodierst.“ Enno musste sich zusammenreißen, damit er seine zuckenden Gesichtsmuskeln unter Kontrolle halten konnte. Isa sah unglaublich niedlich aus, wenn es so offensichtlich in ihr brodelte. Und das tat es garantiert, darauf hätte Enno sein letztes Hemd verwettet.

„Weißt du, ich bin auch nur ein Mensch, der sich danach sehnt, wahrgenommen zu werden. Ich dachte, wir könnten beide jemanden brauchen, um den ganzen Mist, der um uns herum passiert, loszuwerden. Du kennst meine Welt nicht und ich nicht deine. Vielleicht wäre das eine ganz gute Basis gewesen.“

Jegliche Belustigung wich aus Enno, während er Isas kleiner Ansprache zuhörte.

„Damit könntest du durchaus richtig liegen. Aber mir fällt es ehrlich gesagt ziemlich schwer, mich weiter auf deine Kosten über den Tag zu bringen. Ich habe ganz sicher keine blütenweiße Weste mehr, aber auf gar keinen Fall möchte ich als Schmarotzer enden. So viel Selbstkontrolle musst du mir noch zugestehen.“

Beide schwiegen, bis Isa ein hinreißendes Lächeln auf ihre Lippen zauberte und entschlossen die Hände in die Hüften stemmte.

6. Kapitel

„Du warst für knapp zwei Stunden mein fachlicher Berater. Was würdest du unter normalen Umständen dafür verlangen?“

Enno blinzelte verdattert.

„Wie bitte?“

„Dein Stundensatz? Wie hoch ist er?“

„Keine Ahnung. Im Moment ist mein Marktwert wahrscheinlich sogar im Minus.“

Ein bis dato befreundeter Unternehmer hatte es sogar abgelehnt, ihn ohne Arbeitslohn bei sich arbeiten zu lassen. Dessen Sorge, dass Ennos Exfrau Jeanine ihren Zerstörungswahn weiter ausleben könnte, war offenbar größer gewesen als die Bereitschaft, ihm einen Rettungsring zuzuwerfen.

„Uns hast du jedenfalls den A…“, Isa verschluckte den Rest des Wortes und räusperte sich, „gerettet. Bist du mit achtzig Euro einverstanden?“

Ihre Augen funkelten wie Tautropfen auf dem Gras in der Morgensonne. Kurz vergaß er, worum es in ihrer Unterhaltung eigentlich ging. Enno versuchte angestrengt, sich auf das Wesentliche zu konzentrieren und sich nicht von ihrer Ausstrahlung ablenken zu lassen. Verdammt, warum fiel ihm das nur so schwer? Er schob die Frage beiseite und ignorierte ihr bezauberndes Lächeln.

„Achtzig?“, vergewisserte er sich, das Gehörte richtig verstanden zu haben, und kratzte sich am Hinterkopf.

„Mal zwei Stunden. Insgesamt also hundertsechzig Euro.“ Sie zog die Brauen nach oben und wartete.

„Klar, ich meine … Wow.“ *Hundertsechzig Mäuse – wie lange komme ich damit wohl aus?*, fragte sich Enno und starrte die Frau an, die seine Perspektive gerade komplett verrückt hatte.

„In Ordnung. Du bekommst das Geld nachher. Ich habe jetzt nicht so viel dabei.“ Zur Bestätigung stülpte Isa ihre Hosentaschen nach außen. Als wenn das nötig gewesen wäre.

„Meinst du das ernst?“ Überrascht ließ Enno sich gegen die Wand fallen, die sich hinter ihm befand und konnte nicht fassen, was ihm gerade widerfuhr.

„Mittlerweile solltest du wissen, dass ich das, was ich sage, auch immer so meine.“

Dem konnte er nur zustimmen. Seine Nachfrage hatte im Grunde auch nur rhetorischen Charakter.

„Ich kann dir aber nichts unterschreiben“, räumte Enno kleinlaut ein. „Auf allen Dingen, die ich besitze, klebt ein Kuckuck und jeder Cent, der in meine Tasche fließt, wird sofort einkassiert.“ Das war die bittere Wahrheit und er hatte an dieser Tatsache nach wie vor schwer zu knabbern. Von hundert auf null innerhalb kürzester Zeit.

„Jetzt bin ich noch neugieriger geworden. Lass uns essen gehen. Du zahlst.“ Ihr Grinsen über sein verblüfftes Gesicht wurde mit jeder Sekunde, die ohne eine Erwiderung von seiner Seite verstrich, breiter.

~~~~~~

Enno konnte es immer noch nicht fassen. In den letzten sechsunddreißig Stunden hatte sich seine Welt komplett gedreht. Konnte ihn mal jemand kneifen? Er saß an einem Tisch mit einer Frau, die ihn faszinierte, zum Staunen brachte, aufregte und phasenweise sprachlos zurückließ.

Isa hatte Enno an verwundert wirkenden Mitarbeitern des Hotels vorbeigeschleust. Vermutlich wirkten sie auf ihre Umgebung wie alte Bekannte, denn selbst er spürte eine gewisse Vertrautheit, die sich mit jeder weiteren Stunde, die sie miteinander verbrachten, aufgebaut hatte. Jetzt aßen sie in einem Seitenzimmer der riesigen, in seinen Augen supermodern eingerichteten Küche, gemeinsam zu Mittag.

„Na ihr zwei, alles im grünen Bereich?“ Dag wischte sich an einem Handtuch die Hände ab und fixierte Enno mit undurchdringlicher Miene.

„Alles bestens.“ Isa strahlte den großgewachsenen blonden Mann an, als wäre er das Maß aller Dinge. Enno konnte nicht genau sagen, weshalb seine Laune um ein paar Level sank, aber die Blicke, die die beiden tauschten, deuteten auf eine tiefe Verbundenheit hin. Warum um alles in der Welt störte ihn das jetzt? Warum störte es ihn überhaupt? „Bekommen wir noch etwas von deiner sensationellen Moccacreme?“, fragte Isa und riss ihn somit aus seiner Gedankenwelt.

„Sie ist noch nicht offiziell auf der Speisekarte, Frau Direktorin und das weißt du sehr genau.“ *Netter Spitzname*, dachte Enno. Bei dem Aktionismus, den sie an den Tag legte, passte er hervorragend. Dag lächelte vergnügt, als Isa ihn böse anfunkelte und schmiss sich lässig das Handtuch über die Schulter. „Also.“ Sein Blick wanderte erst zu Enno, dann zurück zu Isa. „Was treibt euch hierher? Verlegst du deine Geschäftsessen jetzt zu mir in die Küche?“

„Das ist kein Geschäftsessen“, stellte Isa klar und verdrehte die Augen. „Wir haben nach der Begehung der neuen Räume einfach nur Hunger.“

„Also doch ein offizieller Anlass.“ Dag nickte wissend.
~~~~~~

Enno wurde zunehmend nervös, weil er das Gefühl hatte, dass Isa in die Enge getrieben wurde. Doch sie behauptete sich selbstbewusst und gab sich dabei unglaublich charmant.

„Nein, keineswegs“, erwiderte sie zuckersüß und tupfte sich mit der Serviette die Mundwinkel. „Enno ist ein …“ Sie sah stirnrunzelnd zu ihm herüber und er lehnte sich mit verschränkten Armen abwartend zurück. Nun war auch er gespannt, was sie aus ihrer Antwort machte. „Er stand mir in beratender Funktion zur Seite und als Dankeschön habe ich ihn zum Essen eingeladen.“

Das klang zwar vor gut einer halben Stunde noch ganz anders, aber auf keinen Fall würde er ihr widersprechen wollen. Wenn er die vollen hundertsechzig Euro bekommen würde, sollte es ihm nur recht sein.

„Du hast einen eigenen Berater? Wow! Dabei dachte ich bisher immer, dass du *mein* Berater bist.“ Dag grinste und Isa knuffte ihm spielerisch in die Seite. Den neckischen Schlagabtausch zu beobachten, erzeugte ein Grummeln in Ennos Bauch. Plötzlich lag ihm der Braten, den er soeben genüsslich verdrückt hatte, tonnenschwer im Magen.

„Enno ist Experte, wenn es um Holzverarbeitung geht“, ergänzte Isa und lächelte versonnen.

„Echt?“ Dag wandte sich Enno zu und kniff grüblerisch die Brauen zusammen. „Frag ihn doch, ob er Zeit hat, sich deine alte Kate anzusehen. Vielleicht hat er ja einen Vorschlag, wie du sie wieder bewohnbar machen kannst?“ Bei dem Wort *Kate* wurde Enno hellhörig.

„Was für eine Kate?“, fragte er nach und richtete sich neugierig auf. Dass seine Meinung unter Umständen von Belang sein konnte, streichelte seine Seele. Das Gefühl, gebraucht zu werden, hatte er neben vielen anderen Vorzügen seines alten Lebens, schmerzlich vermisst. Wochenlang untätig herumzugammeln, hatte sein Ego in die Knie gezwungen, genauso wie der Verlust seiner Firma.

Isa sah ihn an, als würde sie abwägen, ob sie ihm Details verraten sollte. Doch Dag nahm ihr die Entscheidung ab und plapperte munter drauf los. Vielleicht mochte er diesen Kerl doch – ein wenig zumindest.

„Isa besitzt an der Ostsee eine wunderschöne Kate.“ Er zog sich einen Stuhl heran, drehte ihn so, dass die Lehne zum Tisch zeigte und setzte sich rittlings darauf. „Bei einem der letzten Frühjahrsstürme hat das alte Gemäuer ordentlich Prügel einstecken müssen. Bis jetzt ist sie nur notdürftig gesichert worden, sodass das Regenwasser keine Chance hat, einzudringen. Aber das kann meiner Ansicht nach keine dauerhafte Lösung sein.“

„Danke, Dag.“ Isa verzog ihre Lippen zu einem angestrengt wirkenden Lächeln.

„Was? Stimmt doch.“ Seinem Schulterzucken haftete fast schon etwas Lausbubenhaftes an.

„Warum hast du noch nichts unternommen, um den Schaden zu beseitigen?“, hakte Enno nach. Aus Erfahrung wusste er, dass das Hinauszögern der Bauarbeiten die Substanz des Hauses nicht unbedingt verbesserte. In den meisten Fällen fehlte den Hausbesitzern aber trotz Versicherungsschutz oftmals das nötige Kleingeld, um die Reparaturarbeiten in Auftrag zu geben, und der Zahn der Zeit nagte rücksichtslos an den Grundmauern.

„Ich dachte mir, wenn ich sowieso Handwerker beauftragen muss, die Kate wieder herzurichten, kann ich es auch gleich richtig machen.“ Jetzt war es an Isa, mit den Schultern zu zucken. Doch im Gegensatz zu Dag wirkte diese Geste eher unschlüssig.

„Okay, verstehe.“ Enno rieb sich nachdenklich über sein Kinn. „Was schwebt dir denn so vor? Irgendwelche Ideen?“ Wieder wechselten Isa und Dag einen Blick, den er nicht deuten konnte. Verflixt noch mal. Warum wurmte ihn das nur so?

„Vertraust du ihm?“, hörte er Dag leise murmeln.

Isas Blick huschte zu Enno hinüber, der ihm mühelos standhielt. An ihrem Gesicht konnte er ablesen, dass sie innerlich schwankte: reden oder schweigen? Reden oder schweigen? Als sie unmerklich nickte, wandelte sich seine Anspannung in Verblüffung. Auch wenn er gehofft hatte, dass sie so entschied, fragte sich Enno, weshalb sie das tat. Herrgott, sie kannten sich gerade mal einen Tag!

„Du musst mir nichts erzählen, das dir in irgendeiner Weise Probleme bescheren könnte“, bot Enno ihr einen Ausweg, um ihr kleines Geheimnis weiterhin für sich behalten zu können.

„Ich habe von meiner Patentante Marlene das Häuschen an der Ostsee geerbt.“

Dag schnaubte und Isa warf ihm abermals einen bösen Blick zu. Enno fragte sich erneut, wie die beiden zueinander standen und schüttelte innerlich den Kopf, um den Gedanken zu verwerfen. Es ging ihn schließlich nichts an.

„Das Häuschen …“, Dag malte imaginäre Gänsefüßchen in die Luft, „… ist eine alte Reetdachkate mit diversen Nebengebäuden.“ Er deutete mit dem Kinn in Richtung Isa und forderte sie somit auf, weiterzureden.

„Ist ja auch egal“, wand sie ein. „Ich möchte hier weg, raus aus der Tretmühle.“ Ihre leise gesprochenen Worte zeigten Enno, dass das offenbar kein Thema war, das bisher in großer Runde debattiert wurde.

„Und was soll deiner Ansicht nach mit dem Anwesen passieren?“

Wenn es ein Haupthaus und weitere Nebengebäude gab, konnte man schwerlich von einem Häuschen reden, soweit musste er Dag zustimmen, auch ohne sich ein Gesamtbild gemacht zu haben. Isas Wangen röteten sich auf diese niedliche Art und Weise. Automatisch zogen sich Ennos Mundwinkel nach oben. Diese Frau hatte eine Wirkung auf ihn, die ihm durchaus gefährlich werden konnte.

„In der Kate könnte man ein gemütliches Restaurant einrichten und die anderen Gebäude eignen sich ideal als Unterkünfte. Wenn man beides kombiniert, könnte eine kleine Hotelanlage entstehen." Sie rieb die Handflächen aneinander, während sie sprach, und klang mit jedem Wort aufgeregter. Von Zurückhaltung konnte Enno nichts mehr spüren.

„Das hört sich doch nach einem Plan an. Wo liegt das Problem?"

Wahrscheinlich an den Finanzen, du Genie, woran sonst?, beantwortete er seine eigene Frage und verdrehte innerlich die Augen.

„Es fehlt ihr der Schubs in die richtige Richtung, und zwar gen Norden." Dag lachte. „Nimm ihn mit, wenn er ein so guter Berater ist, und zeig ihm alles. Vielleicht ist er der entscheidende Baustein, damit dein Traum endlich Gestalt annimmt." Auf einmal klang der Küchenchef gar nicht mehr spaßig aufgelegt, sondern unerwartet ernst.

„Wie lange denkst du schon darüber nach?"

Ennos Frage ließ Isa seufzen.

„Meiner Meinung nach viel zu lange", antwortete Dag an Isas Stelle. Dass sie ihm kein Paroli bot, zeigte Enno, dass sein Gegenüber mit seiner Einschätzung offenbar goldrichtig lag.

„Würdest du mich vielleicht am Wochenende begleiten? Also nur, wenn du nichts anderes vorhast?" Sie schmunzelte und wirkte gleichzeitig unsicher.

„Du weißt genau, dass ich nichts geplant habe, also lass die versteckten Spitzen."

Der Anflug von Bitterkeit verflog glücklicherweise schnell wieder, als Isa sich hastig korrigierte.

„Entschuldige, so war das nicht gemeint. Ich bin gerade etwas aufgewühlt. Siehst du dir alles an und gibst mir dann eine ehrliche Einschätzung?" Die Aufregung stand ihr ins Gesicht geschrieben. Ihr etwas von der Hilfsbereitschaft zurückzugeben, die sie ihm hatte zuteilwerden lassen, hatte ohne Zweifel etwas Verlockendes an sich.

„Mein Metier ist zwar der Innenausbau, aber einen Eindruck kann ich mir ja mal verschaffen." Er zwinkerte ihr versöhnlich zu und vernahm ein erleichtertes Seufzen von der anderen Seite des Tisches.

„Da wir das jetzt geklärt haben – ich muss ein Auge auf die Jungs in der Küche werfen.“ Ohne eine Erwiderung abzuwarten, stand Dag auf, schob den Stuhl zurecht und verließ den Raum.

„Ist er dein Freund?“, fragte Enno unverblümt und deutete mit dem Daumen Richtung Tür.

„Wer? Dag? Nein!“ Isa schüttelte den Kopf, sodass sich ein paar Strähnen aus ihrem Zopf lösten. „Dag ist ein guter Freund. Nicht mehr und nicht weniger.“ Nach einer Weihnachtsfeier hatten sie sich im angetrunkenen Zustand vor ihrer Zimmertür im Hotel heftig geküsst und ziemlich schnell festgestellt, dass weder Leidenschaft noch sonst irgendwas Romantisches im Spiel gewesen war. Anschließend waren beide in schallendes Gelächter ausgebrochen und hatten nie wieder ein Sterbenswörtchen darüber verloren.

„Hm.“ Mehr brachte Enno nicht hervor.

„Erzähl mir deine Geschichte.“

Isa streifte ihre Pumps ab und platzierte ohne erkennbare Scheu einen Fuß auf der Sitzfläche des Stuhls. Als sie die Unterarme verschränkt auf dem Knie abstützte und das Kinn darauf ablegte, musste er angestrengt schlucken, um ein Aufstöhnen zu vermeiden. Der bittende Ausdruck in ihren Augen erschwerte sein Vorhaben enorm, das dunkelste Kapitel seines Lebens für sich zu behalten. Diese Frau hatte wahrhaftig etwas Magisches an sich und zog ihn immer weiter in ihren Bann. Enno blieb nichts anderes übrig, als sich seufzend zu ergeben. Er hob beide Arme nach oben und ließ sie resignierend fallen.

„Was soll’s. Du lässt anscheinend ja doch nicht locker.“

Im Gegensatz zu seiner Leidensmiene zeigte Isa ein mehr als selbstzufriedenes Lächeln. *Wo soll ich nur anfangen?*, überlegte Enno angestrengt. Für den Anfang würde eine abgespeckte Version hoffentlich genügen. Die Angst, er könne in Isas Gunst fallen, bescherte ihm einen Druck im Magen, als stünde er vor einer wichtigen Prüfung. Verdammt noch mal. Das konnte doch nicht so schwer sein. Trotzdem fühlte sich seine Zunge bleischwer an und die Worte blieben ihm im Hals stecken.

„Wollen wir vielleicht einen Spaziergang machen?“, schlug Isa aus dem Nichts heraus vor und setzte sich wieder aufrecht hin.

„Ähm … klar, warum nicht“, murmelte er mehr zu sich selbst. Er hatte offenkundig zu lange gezögert und versuchte angestrengt, seine Enttäuschung zu verbergen. Ihn auf diese Weise aus dem Hotel zu lotsen, war ein cleverer Schachzug. Wahrscheinlich würde sie sich irgendwann von ihm verabschieden und allein zurückkehren. Damit wäre die Option, ihr erneut helfen zu können auch vom Tisch.

Traurigkeit vermischt mit einer gehörigen Portion Enttäuschung durchflutete ihn. Auf eine ihm unerklärliche Art, mochte er Isa und ihre Gesellschaft sehr.

„An der Alster ist es um diese Zeit zwar unglaublich voll, aber es ist auch der schönste Platz in Hamburg. Wir können uns ja auf dem Weg einen Kaffee holen“, schlug sie augenzwinkernd vor. Doch Enno konnte auf ihren kleinen Scherz gerade nicht anspringen.

„Na dann, lass uns gehen.“ Als er seinen Rucksack vom Boden aufheben wollte, schnappte sich Isa schnell das Gepäckstück.

„Den lassen wir hier und holen ihn später.“ Offenbar deutete sie sein Stirnrunzeln falsch und setzte belustigt hinzu: „Keine Sorge, wenn wir zurückkommen, wird er noch an derselben Stelle stehen wie jetzt.“

„Wir kommen zurück?“ Seine Nachfrage brachte ihm einen spöttischen Blick ein.

„Aber sicher. Ich habe in einer Stunde ein Meeting mit Vertretern einer Kreuzfahrtgesellschaft, die ihre VIP-Gäste in der Nacht vor dem Einschiffen hier unterbringen wollen.“

„Und was soll ich hier?“

„Gefällt dir unser Haus nicht mehr? Ich dachte, du bleibst noch eine Nacht als mein Gast hier und wir können morgen in aller Frühe losfahren. Vor dem Dunkelwerden werde ich heute nicht mehr fertig.“

„Was hat das eine mit dem anderen zu tun?“ Eine Nachfrage nach der anderen abzugeben war vielleicht nicht besonders einfallsreich, aber Enno stand ein wenig neben sich. Er konnte all das, was passierte, nicht einordnen und fühlte sich, als hätte jemand sein Gehirn abgeschaltet. Einen klaren Gedanken zu fassen, erschien ihm nahezu unmöglich.

„Ich bin nachtblind und fahre nur sehr ungern nach Einbruch der Dämmerung. Leider. So entgeht mir immer ein faszinierender Morgen mit Blick auf das Meer.“

Und das ist mit Sicherheit ein verlorener Moment, stellte er grüblerisch fest. Enno dachte gar nicht nach, sondern platzte mit seinem Vorschlag einfach so heraus.

„Ich könnte fahren.“ Isa zog die Augenbrauen nach oben und Enno sah sich veranlasst, schnell eine Erklärung nachzuliefern. „Ich besitze einen gültigen Führerschein und mir macht es überhaupt nichts aus, nachts zu fahren. So kannst du morgen in aller Frühe deinen Sonnenaufgang genießen.“ Die anfängliche Sorge, dass sie ihn vielleicht loswerden wollte, hatte er vollkommen verdrängt.

„Ehrlich? Ich meine, es würde dir nichts ausmachen?“ Vor lauter Vorfreude färbten sich ihre Wangen zartrosa und verliehen ihr ein zauberhaftes Aussehen.

„Ganz und gar nicht." Lange Zeit vermisster Eifer erfasste ihn und ließ neue Energie in seinen Körper fließen. „Was ist? Könntest du all das, was du noch so erledigen musst, erledigen und wir starten, sobald du fertig bist? Dann fahren wir einfach in die Dunkelheit hinein."

„Das stelle ich mir gerade bildlich vor."

Isa verzog ihren Mund, aber in Enno keimte so etwas wie nervöse Vorfreude auf. Ein Tapetenwechsel würde auch ihm guttun und bisher war daran nicht im Entferntesten zu denken gewesen. Außerdem könnte er endlich wieder produktiv sein, seine Fähigkeiten einsetzen, vielleicht sogar ein Projekt voranbringen.

Isa tippte sich nachdenklich mit dem Finger auf die Unterlippe. „Willst du dich davor drücken, mir mehr von dir zu erzählen? Keine Chance, dass macht dich nur noch interessanter." Sie lachte und Enno konnte nicht anders und tat es ihr gleich.

„Im Auto werde ich dir nicht entkommen können – also nein, ich werde mich deinen Fragen nicht entziehen."

7. Kapitel

„Mit Anfang zwanzig lernte ich Jeanine kennen. Ihre gesamte Erscheinung hatte mich damals einfach umgehauen. Kurze Zeit später fand ich mich in einer, im Nachhinein betrachtet, vollkommen überstürzt eingegangenen Ehe wieder. Als wäre das nicht schon chaotisch genug, ließ ich mich dazu drängen, mein eigenes Geschäft aufzuziehen und mit Hilfe von hohen Krediten einen Sprung ins kalte Wasser zu wagen.“ Bis auf das leise Surren des Motors und das stetige Geräusch der Reifen auf dem Asphalt, durchdrang kein Laut die Stille im Inneren des Wagens. Isa saß auf dem Beifahrersitz, einen Fuß bequem untergeschlagen und den Kopf zurückgelehnt. Enno hingegen umfasste, stärker als es wahrscheinlich nötig gewesen wäre, das Lenkrad und starrte angespannt geradeaus. In der Vergangenheit zu graben, setzte ihm offensichtlich massiv zu. Doch sie lauschte konzentriert seinen Ausführungen, wollte wissen, wie es dazu kam, dass er seinen eigenen Andeutungen nach alles verloren hatte.

„Hat sie das Ganze forciert? Ich meine, wolltest du überhaupt dein eigener Chef werden?“ Er warf ihr einen schnellen Seitenblick zu. Doch bevor Isa in seinem Gesicht Anzeichen erkennen konnte, die ihr Aufschluss darüber gaben, wie er sich bei seiner Demaskierung fühlte, drehte er den Kopf wieder weg.

„Ich kam mir vor wie Superman. Die Aufträge flogen mir praktisch zu, die Mundpropaganda unter den Kunden sorgte dafür, dass ich mehr als genug zu tun hatte und weitere Mitarbeiter einstellen konnte. Das Unternehmen wuchs rasant.“

„Was genau habt ihr denn gemacht, ich meine, was waren das für Aufträge?“ Enno holte tief Luft, ehe er antwortete.

„Büroausstattungen, Umgestaltung von Privathäusern, alles was mit Holzverarbeitung einherging. Begehbare Kleiderschränke für gut betuchte Hamburger Kaufleute genauso wie die exklusive Gestaltung von Terrassen und Wintergärten.“ Wehmut lag in seiner Stimme. Um seinen Mund hatte sich in den letzten Minuten ein harter Zug gebildet.

„Was ist geschehen? Alles, was du erzählst, klingt nach einem durchschlagenden Erfolg.“ Isa wechselte ihre Position, schob jetzt ihren anderen Fuß unter den Oberschenkel und trank einen Schluck Wasser aus der Flasche, die sie vor Beginn der Fahrt in der Vorrichtung der Mittelkonsole deponiert hatten.

„Das Leben geht seltsame Wege.“ Mehr sagte Enno nicht, sondern schwieg für den Moment. Isa wartete geduldig, verstand, dass er einen Augenblick brauchte, um seine Gedanken zu sortieren. Dafür, dass

Männer im Grunde immer mit ihren Erfolgen prahlten, um die Menschheit zu beeindrucken, erstaunte es Isa umso mehr, dass Enno ihr seine verletzliche Seite zeigte. Sie bewunderte ihn für seine Offenheit, seinen Mut, ihr von all seinen tief verborgenen und noch dazu schmerzlichen Erinnerungen zu erzählen. „Eines Tages hatte ich einen Termin bei meinem Steuerberater. Er kümmerte sich fast von Beginn an um meine Finanzen, worüber ich zum damaligen Zeitpunkt sehr froh gewesen war.“ Seine Miene verschloss sich mit jedem Wort weiter und Isa hätte ihn fast gebeten, aufzuhören zu reden. Er litt und sie wollte ihm nicht noch mehr abverlangen. Doch allem Anschein nach zwang er sich selbst dazu, fortzufahren, als müsse er eine eitrige Wunde ausquetschen – ein zunächst schmerzhafter, aber letztlich heilender Prozess.

„Ich liebe Zahlen“, erklärte Isa, ohne genau zu wissen, warum. Eine plötzliche Kälte erfasste ihren Körper und ließ sie schaudern.

„Und ich habe ein gespaltenes Verhältnis zu ihnen, es sei denn, sie haben mit Berechnungen für meine Zeichnungen zu tun.“ Er rutschte auf seinem Sitz ein wenig nach hinten. In ihrem Wagen hatte er mit seinen langen Beinen nicht genügend Platz. Ein Mini war eben keine Limousine.

„Willst du eine Pause machen?“ Isas Frage hätte durchaus zweideutig verstanden werden können, aber Enno gab genau die Antwort, auf die sie abgezielt hatte.

„Geht schon. Ich musste nur mal meine Knie ein bisschen strecken. Wir haben laut deinem Navi nur noch knapp fünfzig Kilometer vor uns. Den Rest überstehe ich auch noch.“ Offenkundig waren sie beide Meister in zweideutigen Äußerungen.

„Du musst mir nicht die komplette Geschichte erzählen. Ich könnte verstehen, dass es dich nur unnötig aufwühlt. Wegen mir und meiner verdammten Neugier musst du dir das nicht antun.“

Enno zuckte mit den Schultern, als wollte er sagen: Jetzt habe ich einmal angefangen, dann kann ich es auch zu Ende bringen.

„Der Steuerberater schlug mir vor, Vermögenswerte auf meine Frau zu übertragen. Er konnte sehr innovativ sein, wenn es darum ging, Steuern zu sparen.“

„Ist das nicht sein Job?“

Enno ignorierte ihren Einwurf und redete unbeeindruckt weiter.

„Im Laufe der Jahre erhielt Jeanine zunehmend mehr Anteile, übernahm Konten und lebte wie die Made im Speck. Ich habe versucht, ihr jeden Wunsch von den Augen abzulesen, hinterfragte keine einzige Ausgabe, die sie getätigt hat. Zusammengefasst kann man es nur so ausdrücken: Ich war ein blinder Idiot.“ Er lachte gequält auf. „Am Ende vom Lied besaß ich nichts mehr und sie alles. Den Forderungen seitens der Ämter und der Lieferanten konnte ich nicht mehr nachkommen. Als dann der Scheck platzte, der die Gehälter der Mitarbeiter decken sollte, erkannte ich, wie tief ich in der Scheiße steckte.“ Enno schlug so fest mit der Hand auf das Lenkrad, dass Isa erschrocken zusammenzuckte. „Entschuldige, aber ich verstehe heute noch nicht, wie das alles passieren konnte.“

„Du hast den Menschen vertraut, die dir sehr nahestanden. Es ist vollkommen legitim, sauer zu sein.“

„Sauer trifft es nicht mal annähernd. Ich bin so wütend, dass ich mich wundere, dass damals, nachdem alles aufgeflogen war, keine Person in meinem direkten Umfeld körperlichen Schaden genommen hat.“

„Heißt das, deine Frau besitzt alles und du nichts?“ Isa biss sich auf die Unterlippe, weil sie keine Ahnung hatte, inwieweit sie zu forsch mit ihrer Nachfrage gewesen war.

„Meine *Ex*frau“, betonte Enno mit zusammengebissenen Zähnen, „wohnt am Stadtrand von Hamburg, in dem Haus, das ich für uns gebaut habe. Sie hat mit Hilfe des Steuerberaters alles verkauft und lässt sich, meinem letzten Kenntnisstand nach, von Angestellten rund um die Uhr verwöhnen.“

„Was hatte der Steuerberater von der ganzen Aktion?“

„Jeanine.“

Isa hatte es fast geahnt. Enno presste die Lippen aufeinander und blinzelte mehrmals. Was für ein Albtraum.

„Es tut mir so leid.“ Ihr Flüstern zeugte von tiefer Betroffenheit.

Die Finsternis hatte draußen in der Natur Einzug gehalten und die Scheinwerfer einzelner entgegenkommender Fahrzeuge erhellten für wenige Sekunden das Wageninnere. Ennos angespannte Haltung hatte sich verständlicherweise nicht verändert. Am liebsten hätte Isa eine Hand tröstend auf seinen Arm gelegt. Doch in diesem Moment hielt sie es für äußerst unangebracht, in seine persönliche Wohlfühlzone einzudringen.

„Warum sollte es ausgerechnet dir leidtun? Du bist der unerwartete Lichtblick in dem Chaos.“

Isa senkte ohne eine Erwiderung ihren Blick. Wie konnte ein Mann so etwas aushalten, wie konnte überhaupt irgendjemand mit solch einem Verrat leben? Sie streckte die Hand aus und tippte auf dem Display der hypermodernen Audioanlage herum. Leise Musik tönte aus den Lautsprechern und überlagerte das Schweigen. Für den Augenblick war jedes weitere Wort überflüssig. Enno hatte ihr seine Geschichte erzählt und nichts, was Isa sagen konnte, würde eine Verbesserung seiner Situation herbeiführen.

~~~~~

Nach der knapp neunzig Minuten dauernden Fahrt mit viel Stoff zum Nachdenken für Isa und Ennos schmerzhaften Erinnerungen, kamen die beiden kurz nach halb zehn in Heisterwohlt an.

„Ich habe ernsthaft das Gefühl, dass nie wieder Blut durch meine Beine fließen wird", jammerte Enno nach dem Aussteigen und ging mehrmals hintereinander in die Hocke. Isa lachte ihn aus und tätschelte ihm die Schulter.

„Wir könnten schnell die Sachen ins Haus stellen und uns am Strand ein wenig die Füße vertreten – was meinst du?" Die Luft schmeckte nach Salz und das Rauschen der Wellen drang durch die Dunkelheit zu ihnen herüber.

„Hört sich vernünftig an. Ich muss mich definitiv eine Weile bewegen, bis alles wieder anstandslos funktioniert."

Sein schiefes Grinsen verunsicherte Isa. Sie war so verdammt schlecht darin, Ironie zwischen den Worten zu erkennen. Um in kein Fettnäpfchen zu treten, kommentierte sie seine Aussage nicht, sondern öffnete den Kofferraum und nahm ihre Sporttasche heraus. Viel hatte sie für dieses Wochenende nicht eingepackt, nur ein paar bequeme Hosen, Sweatshirts und Turnschuhe, um am Wasser entlanglaufen zu können. An den freien Tagen fernab des Hotelbusiness verzichtete sie komplett auf perfekt gestyltes Aussehen und fühlte sich jedes Mal pudelwohl.

Enno stand mit in den Hosentaschen vergrabenen Händen vor einer überdurchschnittlich großen, mit Reet gedeckten Kate. Im schwachen Schein der Laternen, die den naheliegenden Deichweg säumten, konnte er zwar keine Details erkennen, aber sein erster Eindruck ließ ihn in Bezug auf Isa neugierig werden.

„Häuser wie dieses sind wahre Goldstücke, Isa. Entweder werden sie vererbt oder man hat das nötige Kleingeld, um sich den Kauf einer solchen Immobilie leisten zu können."

„Meine Patentante Marlene hat hier gelebt. Sie hat mir das Grundstück mit allem, was dazugehört noch zu Lebzeiten überschrieben. Mein Vater hatte damals fast einen Erstickungsanfall bekommen, als er davon erfuhr."

Ihr bitteres Auflachen brachte Enno dazu, sich zu ihr umzudrehen. Er nahm ihr kommentarlos die Tasche ab und hängte sie sich über seine Schulter. „Danke, aber ich hätte sie auch selbst tragen können."
~~~~~

„Das weiß ich. Aber in der hintersten Ecke meines Seins steckt auch ein kleiner Gentleman und ab und an lasse ich ihn mal heraus." Sein amüsiertes Zwinkern hellte ihre Miene auf. „Seit wann denkst du darüber nach, was du mit der Kate anstellen willst?"

Direkt zu fragen, wie lange ihre Patentante schon nicht mehr lebte, mochte er nicht tun. Aber er wollte herausfinden, wie lange das Gebäude schon leer stand.

„Marlene verstarb im letzten Sommer. Davor lebte sie über drei Jahre allein. In den Ferien habe ich sie immer besucht, später, während des Studiums, leider viel zu selten." Die Melancholie in ihrer Stimme wurde von einem sehnsüchtigen Seufzen begleitet. „Lass uns hineingehen", forderte sie ihn auf.

„Nach dir." Enno deutete mit einer Handbewegung an, dass Isa vorangehen solle. Er angelte sich seine Habseligkeiten aus dem Wagen und verriegelte mit einem Druck auf die Fernbedienung die Türen.

„Marlene und meine Mutter waren ehemals beste Freundinnen. Nach der Hochzeit mit meinem Vater änderte sich das allerdings. Er diktierte ihren Alltag und das wirkte sich auch auf ihre Freundschaft aus. Dass sie als Patin für mich ausgewählt wurde, lag einerseits an dem Rest Loyalität, den meine Mutter für Marlene noch aufbrachte, andererseits an der Gleichgültigkeit meines Vaters mir gegenüber. Er hatte sich einen Sohn, Erben und Nachfolger erhofft." Der Schmerz in Isas Stimme war überdeutlich. Doch genau wie sie ihn hatte reden lassen, ohne ihn mit neugierigen Nachfragen zu unterbrechen, gestand auch er ihr zu, preiszugeben, wonach ihr gerade der Sinn stand.

„Er hat offenkundig keine Ahnung, was für ein Geschenk ihm das Leben mit seiner Tochter gemacht hat." Sein indirektes Kompliment quittierte Isa, indem sie ihm spielerisch mit der Schulter gegen seinen Arm stupste.

„Das hast du lieb gesagt." Enno erwiderte ihre Geste und schenkte Isa gleichzeitig ein warmes Lächeln. Irgendetwas in seinem Leben musste er doch richtig gemacht haben. Weshalb sonst hätte er wohl das Glück verdient, dass diese einzigartige Frau ihn auch nur für zwei Sekunden beachtete?

Das Innere des Haupthauses zeigte sich in einem Bild, mit dem er nicht gerechnet hatte. Von gemütlicher Atmosphäre konnte kaum die Rede sein. Nein – hier sah es aus, als würde innerhalb der nächsten Zeit ein gigantischer Umzug stattfinden. Möbelstücke waren an einer Wand zusammengeschoben, Kisten standen überall herum und die Deckenbeleuchtung bestand aus nackten Glühbirnen, die ein kaltes Licht in den Raum warfen.

„Was soll ich sagen“, begann er zögernd, doch Isa winkte ab.

„Ich habe mir weiter hinten notdürftig ein Zimmer eingerichtet. Die Küche ist funktionsbereit und im Bad gibt es tatsächlich fließend Wasser.“ Isa warf die Sporttasche auf einen alten Sessel, der aussah, als gehöre er zu einer Requisite für einen Film aus den Siebzigern.

„Dann bin ich ja beruhigt.“ Enno sah sich zweifelnd um. Wo um alles in der Welt wollte sie ihn unterbringen? Die Frage kam ihm erst jetzt in den Sinn. Warum hatte er sich vor der Fahrt keine Gedanken darüber gemacht? Aber glücklicherweise hatte er ja seine Isomatte und seinen Schlafsack dabei. Unschlüssig fuhr er sich mit den Fingern durch die Haare.

„Komm, ich zeige dir eben, wo du schlafen kannst.“

Enno zog zweifelnd eine Augenbraue nach oben.

„Im Sommer war Dag für ein Wochenende mitgekommen, um mir mit den schweren Sachen zu helfen. Wir hatten einen Container bestellt und alles, was ich nicht mehr haben wollte entsorgt.“

Nachdem Isa ihr Verhältnis zu Dag erklärt hatte, störte ihn die Erwähnung des Küchenchefs nur noch geringfügig. Einzig und allein das vertraute Miteinander, das die beiden teilten, rief einen Anflug von Neid in ihm hervor.

„Offensichtlich habt ihr die falsche Größe ausgewählt.“ Mit dem Kinn deutete Enno auf die wahllos zusammengestellten Möbel. Isa sah zur Wand hinüber.

„Ich müsste viel öfter herkommen. Aber mir fehlt die Zeit“, stellte sie unbeeindruckt klar. Da sie so gelassen reagierte, war ihr dieser Umstand wahrscheinlich längst bewusst.

„Jetzt zeig mir erst mal meinen Schlafplatz und dann gehen wir nach draußen“, entschied Enno. Heute würden sie sowieso nichts mehr erreichen. Der Tag hatte sich in die Länge gezogen und Isa wirkte auf ihn, als könne sie eine ordentliche Mütze Schlaf gebrauchen.

„Das ist ein wunderschönes Fleckchen Erde“, stellte Enno ergriffen fest, nachdem sie aus der Haustür herausgetreten, wenige Schritte über den Deich gelaufen und am Strand stehen geblieben waren. Am Horizont konnte er in immer wiederkehrenden Abständen das rote Licht des Kieler Leuchtturmes erkennen.

„Noch ist keine Saison, aber nach Ostern wirst du das hier nicht wiedererkennen.“ Isa breitete die Arme aus und drehte sich lachend einmal im Kreis. „Die ganzen kleinen Läden werden öffnen, Konzerte in der Strandmuschel stattfinden und nicht zu vergessen die unzähligen Mottoabende an der Seebrücke, zu der die Kurverwaltung einlädt.“

„Ich bin ewig nicht mehr am Strand gewesen“, sagte Enno ohne erkennbaren Grund. Er zog sich die Schuhe aus, ließ die Socken folgen und krempelte die Hose hoch.

„Was machst du da? Das Wasser ist eiskalt.“ Das Gefühl, den Sand unter den nackten Füßen zu spüren und dann das Ostseewasser über seine Haut strömen zu lassen, war unbeschreiblich. Mit jeder neuen Welle spürte Enno, wie die Anspannung aus seinem Körper wich und ins Meer gespült wurde. Die Temperatur interessierte ihn nicht, lediglich die Wirkung, die diese verrückte Aktion auf ihn ausübte, registrierte er überdeutlich.

„Gott, ich habe mein Leben so dermaßen gegen die Wand gefahren, dass ich gar nicht weiß, ob es mir zusteht, einen so gelassenen Moment erleben zu dürfen.“ Er verschränkte die Hände im Nacken und schloss die Augen. Dass sich jede Welle an seinen Füßen brach und er die salzige Luft tief in seine Lunge inhalieren konnte, genoss er über die Maßen.

„Es war nicht deine Schuld“, flüsterte Isa und stellte sich so dicht hinter ihn, dass sie mit ihrer Jacke seine berührte.

„Ich hätte besser aufpassen und rechtzeitig die Reißleine ziehen müssen.“

Erneut strich sie ihm über die Schulter und milderte mit dieser Geste auf angenehme Weise seine Selbstzweifel.

„Lass uns weitergehen“, bat Isa. „Mir wird vom Herumstehen kalt.“

Enno folgte ihr, ohne sich etwas an die Füße zu ziehen. Er musste aufpassen, dass er sich nicht in etwas hineinmanövrierte, das ihm am Ende ein weiteres Problem bescheren könnte. Isa hatte durchaus das Potential, ihm gefährlich zu werden.

„Danke.“ Er musste es einfach loswerden. „Danke, dass du mich aus meinem Hamsterrad befreit hast. Der heiße Kaffee hatte auf mich den gleichen Effekt wie eine kalte Dusche.“

Isa blieb stehen und sah ihn verständnislos an.

„Seit unserer ersten Begegnung habe ich das Gefühl, wieder klarer denken zu können.“

„Muss ich verstehen, wie du das meinst?“

Lächelnd schüttelte er den Kopf. Enno war so durcheinander und hocherfreut zugleich, dass er wahrscheinlich nur Unsinn von sich gab.

„Dein tätlicher Angriff hat mich wachgerüttelt. Ich sollte mir dringend etwas einfallen lassen, damit ich mich einigermaßen über Wasser halten kann. In Selbstaufgabe zu versinken, wird auf Dauer keine Lösung sein.“

Das hatte ihm Henry in seiner Funktion als Anwalt und vor allem als Freund oft genug vorgebetet. Aber Enno hatte Augen und Ohren verschlossen und schlichtweg aufgegeben.

„Und was schwebt dir vor?“

„Ich habe keinen Plan.“

Ehrliche Frage – ehrliche Antwort.

„Hm.“

Isa ging schweigend weiter und Enno gesellte sich, mit in den Hosentaschen vergrabenen Händen, an ihre Seite.

„Vielleicht gibt es ja irgendwo eine freie Stelle, ganz sicher sogar. Handwerker werden immer gebraucht. Aber wenn ich denen gleich beim Einstellungsgespräch erzähle, dass ich meine eigene Firma in den Sand gesetzt habe und der Großteil meines Gehaltes an den Gerichtsvollzieher überwiesen werden muss, macht das sicherlich keinen besonders guten ersten Eindruck.“

„Da magst du recht haben. Und verschweigen wäre auch nicht klug.“

„Du siehst …“, den Rest des Satzes ließ er offen. An seinen Fähigkeiten zweifelte er überhaupt nicht, aber beim Hintergrundcheck würde er todsicher durchfallen. Es gab einfach zu viele Mitbewerber, die noch dazu deutlich weniger Ballast mit sich herumschleppten.

„Hast du schon schlechte Erfahrungen gemacht – ich meine, ist es so, dass die Firmen dich deswegen ablehnen?“

Er hatte keine Ahnung und zuckte nur mit den Schultern. Die Angst, auf den Kopf zugesagt zu bekommen, dass sein Versagen Grund genug wäre, ihn nicht einzustellen, könnte er nicht ertragen. Sein Ego lag eh schon am Boden und bevor noch jemand darauf herumtrampeln konnte, schützte er sich, in dem er sich verkroch. Sehr männlich, das wusste er, aber ihm fehlte nach monatelangen Streitigkeiten schlichtweg die Energie.

„Vermutlich“, erwiderte er knapp, obwohl Isa ihn wahrscheinlich nicht verstehen würde.

„Manchmal, wenn sich eine Tür schließt, öffnet sich eine neue.“ Sie lächelte ihn an, als glaubte sie das, was sie sagte, tatsächlich.

„Du kommst mit Kalendersprüchen? Ernsthaft?“ Enno schnaubte spöttisch und ballte seine Hände zu Fäusten. „Ich kann an der ganzen Scheiße leider überhaupt gar nichts erkennen, das mir, wo auch immer, eine Tür öffnen sollte. Für mich haben sich alle Türen fest verschlossen, sogar mit doppelter und dreifacher Sicherung. Vielleicht kann ich irgendwo noch aus dem Fenster springen, das war’s dann aber auch schon.“ Die rasende Wut, die sich in ihm ausbreitete, ließ seine Muskeln erzittern.

„Entschuldige.“ Isa flüsterte nur. Zu mehr war sie gerade nicht im Stande. Dass Enno so unerwartet aufgebracht reagierte, erschreckte sie maßlos. Wahrscheinlich hatte sie einen versteckten Hinweis zwischen den Zeilen übersehen und war mit Anlauf in ein Fettnäpfchen gesprungen. Ihr Vater hatte ihr oft genug vorgehalten, dass ihr das gewisse Etwas fehle, um in einem Gespräch unausgesprochene Informationen zu erkennen.

„Was?“

Isa ignorierte seine Frage und blickte stur zu Boden. Obwohl Enno ihre glühenden Wangen in der Dunkelheit sowieso nicht erkennen konnte, wandte sie sich ab.

„Isa, stopp. Warte!“

Sie reagierte entgegen seiner Aufforderung, indem sie einen Schritt zulegte und eilig Richtung Deich lief. Sie wollte nur noch eines: zurück.

Von hinten umschloss unerwartet ein kräftiger Arm ihre Mitte und verhinderte, dass sie weiterlief.

„Hey!“ Ennos Stimme erklang dicht an ihrem Ohr und ließ sie erschrocken zusammenfahren.

„Lass. Mich. Verdammt. Noch. Mal. Los!“, verlangte sie und mobilisierte ihre letzten Energiereserven. Doch Ennos Griff lockerte sich nur unwesentlich.

„Ich habe meine Beherrschung verloren und DAS tut mir leid“, erklärte Enno mit leisen Worten, immer noch viel zu dicht an ihrem Ohr, löste allerdings nicht seinen Griff.

Aus Isas Körper wich jegliche Spannung und sie sackte zusammen. Ihre Kraftreserven waren erschöpft.

„Hey.“ Er drehte sie zu sich um und drückte ihren Kopf an seine Brust. Das Gefühl der Nähe ließ sie unkontrolliert aufschluchzen. Normalerweise war sie es gewohnt, dass ihr nach einer derartigen Auseinandersetzung von ihrem Vater eisige Kälte entgegenschlug. Doch Enno reagierte komplett anders. „Es tut mir leid.“, wiederholte er. „Du öffnest mir deine Türen und lädst mich ein und was mache ich? Ich benehme mich wie ein Volltrottel. Es tut mir wirklich leid.“ Sanft strich er ihr über den Rücken und zog sie noch fester an sich.

„Ich denke, alle Türen sind unwiderruflich verschlossen?“

Das Beben seiner Brust zauberte trotz der skurrilen Situation ein Lächeln auf ihre Lippen.

„Eins zu null für dich.“

Enno schob Isa ein paar Zentimeter von sich, umfasste ihre heißen Wangen mit beiden Händen und blickte sie aus unergründlichen Augen an. Als sie dachte, er würde sie jeden Moment küssen, schloss sie erwartungsvoll ihre Augen. Wie würde es sich anfühlen, seine Lippen auf ihren zu spüren? Und vor allem – was würde es für ein Kuss werden … ein sanfter, stürmischer, verführerischer …?

„Wir sollten zurückgehen."

Wie bitte?

„Du hattest einen langen Tag."

Sie spürte seinen Atem dicht an ihren Lippen. Unwillig hob sie ihre Lider und sah das Bedauern in seinem Blick. Er streifte hauchzart mit den Daumen über die Haut ihrer Wangen und ließ anschließend die Arme sinken.

„Tut mir leid", flüsterte er erneut und Isa wusste mal wieder nicht, worauf sich seine Aussage bezog. Meinte er immer noch ihre Auseinandersetzung oder den Kuss, den er ihr versagt hatte?

8. Kapitel

Als Enno am nächsten Morgen wach wurde, stieg er in seine Jeans, griff nach dem Kapuzenpulli, den er bereits gestern getragen hatte und hielt ihn sich vor die Nase. Frisch gewaschen duftete anders, aber was sollte er machen – eine Alternative bot sich ihm sowieso nicht. Gleichgültig streifte er sich das Teil über und zog sich seine Schuhe an. Er wusste nicht genau, wie spät es war, aber die Sonne erhellte das Zimmer, in dem er eine mehr als unruhige Nacht verbracht hatte. Seine Gedanken waren unaufhörlich um den letzten Abend gekreist, die Fahrt an diesen traumhaften Ort, all das, was er Isa offenbart hatte und den verkorksten Abschluss des Tages. Weshalb hatte er sie nur so nah an sich herangelassen? Er musste verrückt sein, nach all dem, was er erlebt hatte. Genervt fuhr er sich mit beiden Händen über das Gesicht, atmete tief durch und verließ das Zimmer. Im Haus konnte man eine Stecknadel fallen hören – er nahm keinerlei Geräusche wahr, nichts regte sich. Da Isa gestern einen ziemlich erschöpften Eindruck auf Enno gemacht hatte, beschloss er, ins Freie zu gehen. Um sich eine Meinung über den Zustand der Gebäude bilden zu können, schadete es nichts, sie als Erstes von außen zu betrachten. So konnte sie ungestört ausschlafen und er die Zeit sinnvoll nutzen. Sicher hatte sie nichts dagegen, wenn er mit der Begutachtung ohne sie begann. Außerdem war es ihm schon immer lieber gewesen, wenn er sich in aller Ruhe ein Bild machen konnte. Permanentes Nachfragen oder Halbwissen, das zum Besten gegeben wurde, störten ihn nur in seiner Konzentration.

Auf leisen Sohlen, um keinen unnötigen Krach zu veranstalten, durchquerte er den riesigen Raum, den sie gestern zuerst betreten hatten und schüttelte angesichts des Chaos belustigt den Kopf. Wenn man sich hier umsah, konnte man wirklich erkennen, dass sie noch überhaupt nicht wusste, wie es weitergehen sollte. Er schnappte sich den Schlüssel, den Isa gestern auf einem kleinen Schrank in der offenen Diele deponiert hatte und zog behutsam die Tür ins Schloss, als er das Haus verließ.

Fernes Möwengeschrei und der Geruch nach Meer waren das Erste, das er wahrnahm, als er den schmalen, mit Natursteinen gepflasterten Weg entlangging. Er konnte nachvollziehen, weshalb Isa auf keine Minute an diesem traumhaften Ort verzichten wollte. Auch wenn sie den Sonnenaufgang verschlafen hatte – der nächtliche Spaziergang am Strand hatte ihm gezeigt, wie sehr sie dieses Fleckchen Erde liebte. Er erreichte mit wenigen Schritten die Deichkrone, bewunderte jedoch nicht die fantastische Aussicht über die Ostsee, auf der das Wasser eine fast spiegelglatte Fläche bildete, sondern drehte sich zu Isas Grundstück.

Von hier aus konnte er die Größe besser einschätzen und kartografierte in seinem Kopf jeden einzelnen Abschnitt der Fassade und des Daches.

Ihm wurde seit jeher ein ausgesprochen gutes Vorstellungsvermögen nachgesagt, das bei verschiedensten Projekten und deren Umsetzung immer von Vorteil gewesen war. Bei seinen Kunden hatten seine Vorschläge immer großen Eindruck hinterlassen, was letztlich auch den Erfolg seiner Firma ausgemacht hatte.

Im Moment sah er eine große, reetgedeckte Kate, weiß verputzt, mit den typischen Sprossenfenstern und geschwungenen Gauben. Auf der rechten Seite war der Giebel notdürftig mit Zinkblech repariert worden, was in seinen Augen aber keine langfristige Lösung darstellte. Das Grundstück selbst wurde, soweit er es überblicken konnte, ringsum von einer niedrigen Steinmauer eingerahmt. In seinem Kopf flackerten Bilder auf, die Postkartenniveau besaßen – blauer Himmel mit einzelnen weißen Wolkentupfern, im Vordergrund eine aufwändig restaurierte Kate und ein Strandkorb im Vorgarten oder eine blau angestrichene Holzbank, auf der eine junge Frau saß. Ja, so konnte er sich das fertige Objekt vorstellen.

„Schönes Anwesen, nicht wahr?“ Eine tiefe, sonore Stimme drang durch Ennos Konzentration an sein Ohr. Er drehte sich um. Hinter ihm stand ein bärtiger älterer Mann mit Schiffermütze und Pfeife.

„Hm“, gab Enno ihm eine unverbindliche Antwort. Das Anwesen war seiner Ansicht nach ein Rohdiamant und wenn Isa es richtig anstellte, konnte sie tatsächlich einen echten Hingucker entstehen lassen.

„Es ist eine Sünde, dass dieses Objekt ungenutzt brachliegt.“ Der Mann nahm seine Pfeife aus dem Mund und deutete mit ihr auf das Haus.

„Das muss ja nicht so bleiben“, sah Enno sich veranlasst zu sagen. Er wusste weder, wer dieser Mann war, noch was ihn veranlasst hatte, stehen zu bleiben.

„Isa muss schleunigst zusehen, dass sie sich überlegt, was sie damit anstellt. Beim nächsten Sturm könnte es sein, dass das Haus einen nicht wieder gutzumachenden Schaden nimmt. Diese notdürftige Flickerei ist doch nichts auf Dauer. Außerdem verschandelt das Metall den Gesamteindruck. Es ist hässlich.“

Dieser Einschätzung konnte Enno nur zustimmen. Mit einem Schritt trat der Mann neben Enno und musterte ihn neugierig.

„Falls Sie Interesse an der Immobilie haben, müssen Sie sich hinten anstellen, obwohl es zwecklos ist. Isa würde das Haus mit allem, was dazugehört, niemals verkaufen – egal, was Sie bieten. An ihr haben sich schon echte Größen die Zähne ausgebissen.“

Jetzt musste Enno schmunzeln.

„Gut zu wissen.“ Er tippte sich zum Gruß an seine imaginäre Mütze. „Bis dann.“

Sah so aus, als hätte Isa hier Menschen um sich, denen sie etwas bedeutete. Und auf irgendeine Weise freute ihn das. Er hatte das Gefühl, dass sie in Hamburg nur funktionierte, seit ihrer Ankunft hier aber regelrecht zum Leben erwachte, als hätte sich ein Korsett gelöst und sie die gewonnene Freiheit nun freier Atmen ließ. Ihre Bewegungen hatten diese unterschwellige Steifheit, die er bei seinem Aufenthalt im Hotel an ihr wahrgenommen hatte, verloren. Außerdem strahlte sie eine gewisse innere Ruhe aus, seitdem sie am gestrigen Abend aus dem Auto gestiegen war. Der ganze Stress, der, so vermutete Enno zumindest, von ihrem Job ausgelöst wurde, schien von ihr abgefallen zu sein.

„Schönen Tag noch“, hörte er den Unbekannten im Weggehen erwidern und marschierte selbst geradewegs zu den rückwärtigen Gebäuden.

Offenkundig mähte im Garten jemand in regelmäßigen Abständen den Rasen. Wenn er Isa richtig verstanden hatte, war sie längere Zeit nicht hier gewesen - trotzdem sah der Garten einigermaßen gepflegt aus. Enno hielt auf das rechte der beiden hinteren Gebäude zu, klopfte gegen die Fassadenstruktur, begutachtete die Fenster und nahm das Dach in Augenschein. Genauso verfuhr er auch mit dem zweiten Gebäude. An der Seite des Haupthauses blieb er jedoch länger stehen und sah sich den Schaden an, der durch den besagten Sturm hervorgerufen worden war. Mehrfach rieb er sich mit den Fingern nachdenklich über seine Bartstoppeln am Kinn, lief hin und her und betrachtete die Flickschusterei aus unterschiedlichen Perspektiven. Am Dach waren tatsächlich nur die Löcher geschlossen worden, damit es nicht reinregnete und die Substanz des Hauses nicht gemindert wurde. Das wäre der erste Punkt, an dem Enno ansetzen würde. Alles andere wären seiner Ansicht nach Schönheitsreparaturen – ein bisschen Farbe und neue Fenster. Die Frage, die er sich stellte, war, was Isa im Inneren der Gebäude vorhatte. Das würde sie ihm sicher später noch erzählen.

Als hätte sie seinen Überlegungen gelauscht, trat Isa aus der hinteren Tür ins Freie. „Was treibt dich denn so früh schon aus dem Haus?“

In Jeans und T-Shirt gekleidet war das ihm so vertraute äußere Bild der Businessfrau, die ihn mit Kaffee überschüttet hatte, komplett verschwunden. Isa sah einfach umwerfend natürlich aus. Bilder des letzten Abends drängten sich ungebeten vor sein inneres Auge – Isa, wie sie erwartungsvoll dagestanden und sich zweifellos nach einem Kuss gesehnt hatte. Enno selbst hatte den Drang, sich zu nehmen, was sie ihm angeboten hatte, mit aller Kraft unterdrücken müssen. Sie machte es ihm wahnsinnig schwer, einen sicheren Abstand zu wahren und der Vernunft den Vorrang zu lassen.

„Ich dachte, du möchtest vielleicht ausschlafen und wollte die Zeit nutzen, mir dein Hab und Gut bei Tageslicht anzusehen.“ Er steckte seine Hände in die Hosentaschen und schlenderte gemächlich auf sie zu, versuchte auf diese Weise zu verhindern, dass sie Wind von seinen Gedanken bekam.

„Du verlierst keine Zeit, oder?“ Ein angedeutetes Lächeln umspielte ihre Mundwinkel.

„Nicht, wenn ich es vermeiden kann. Außerdem bin ich nicht zum Vergnügen hier“, entgegnete er mit Nachdruck. Isa zog die Brauen nach oben.

„Enno, lass uns eines klarstellen: Ich habe dich mitgenommen, weil ich deine Meinung hören wollte, als jemand, der was vom Fach versteht, nicht als Angestellter. Also tu mir den Gefallen und entspann dich. Ich habe nur diese zwei Tage, dank deiner Fahrkünste sind es wirklich zwei. Ich brauche diese Auszeit und freue mich, dass du mich begleitest. Wir werden uns um die Angelegenheiten des Hauses kümmern. Aber ich möchte nicht, dass du die ganze Zeit denkst, dass du mir wegen irgendwas verpflichtet bist.“ Isa verschränkte ihre Arme und hielt seinem Blick stand.

„Du weißt genau, dass es mir sehr schwerfällt, ohne eine Gegenleistung Annehmlichkeiten in Anspruch zu nehmen, die ich unter normalen Bedingungen niemals erhalten hätte.“ Er hatte seine Ellenbogen durchgedrückt und die Schultern dicht an die Ohren gezogen, sodass es wahrscheinlich wirken musste, als wäre sein Hals zu kurz geraten. Für den Fall, dass Isa sein Unbehagen noch nicht registriert hatte, spiegelte sich seine innere Anspannung in seiner Körperhaltung unmissverständlich wieder.

„Wie stellst du dir das vor? Ich meine, wenn wir jetzt zum Frühstück in das kleine Café drei Häuser weiter gehen?“

Mit auf den Hüften gestemmten Händen stand sie ihm gegenüber, als wolle sie ihn herausfordern, sich zu behaupten. Ihrer Ansicht nach schlummerte in Enno ein Mann, der durchaus einen zweiten Blick wert war. Nur musste er zulassen, dass jemand hinter seine Fassade schauen und sein wirkliches *Ich* entdecken konnte.

„Wir *gehen* frühstücken? Können wir nicht hier einen Kaffee kochen und ein Käsebrötchen essen?“, unterbrach er sie und spürte gleichzeitig den Hunger, den er gelernt hatte, so gut es ging zu ignorieren.

„Nein, können wir nicht.“ Aus ihrem Mund klang die Ansage endgültig. Hätte sie zur Untermalung noch mit dem Fuß aufgestampft, wäre es Enno schwergefallen, sein Mienenspiel unter Kontrolle zu halten. „Ich habe nicht eingekauft und außerdem sind die Croissants in Mareikes Café die besten, die ich je gegessen habe." Käsebrötchen versus Croissants – keine Frage, was da gewann …

„Sagt die Frau, die in einem Luxushotel arbeitet", spottete er.

„Sagt die Frau, die weiß, wovon sie redet." Sie hatte ihre Pose nicht aufgegeben, wirkte auf Enno aber entspannter.

Auch seine Muskeln fühlten sich weniger verkrampft an. Vielleicht sollte er wirklich weniger empfindlich sein.

„Kommst du jetzt mit und erzählst mir beim Essen, was du heute Morgen bereits herausgefunden hast? Deklariere es als Arbeitsessen, wenn es hilft." Sie zwinkerte ihm zu.

Er konnte nicht anders und prustete aus vollem Herzen los. Ja, Enno mochte sie und wollte mehr Isa. Viel mehr, wenn er es sich eingestand. Aber was er sich wünschte und was sein Verstand für gut erachtete, war eben immer noch zweierlei.

Besagtes Café befand sich zwischen einem Souvenirladen und einem Shop für Wasserbegeisterte. Vor Ersterem flatterten unzählige Fähnchen, die in mit Sand befüllten bunten Gefäßen steckten, munter im Wind. In der Auslage des anderen Shops sorgten Schaufensterpuppen, die als knapp bekleidete Badenixen fungierten, für einen grandiosen Blickfang.

„Möchtest du draußen sitzen oder drinnen einen Platz suchen?", fragte Enno.

„Lass uns hierbleiben." Isa zeigte auf einen freien Tisch neben einem Geflecht aus Holz, an dem irgendeine Art Rose nach oben kletterte. Offenbar sollte es als Abgrenzung zum Nachbargeschäft dienen.

„Dann also Frühstück im Freien. Ist ja nicht so, dass ich das nicht kennen würde."

Isa erstarrte bei Ennos nicht ganz ernst gemeintem Spruch.

„Entspann dich. Das war ein Witz." Kopfschüttelnd schob er die Stühle zurecht, sodass sie beide den Blick auf das Wasser genießen konnten.

Bevor Isa es sich jedoch bequem machen konnte, schoss eine rundliche Frau um die vierzig regelrecht auf sie zu und zog sie in eine lang anhaltende Umarmung. „Hey, das ist ja eine Überraschung. Seit wann bist du wieder im Lande?"

„Wir sind gestern Abend angekommen", antwortete Isa erfreut und strahlte.

Offensichtlich kannten sich die beiden gut, wie Enno schmunzelnd feststellte.

„Darf ich dir Enno vorstellen. Er hat angeboten, das Haus anzuschauen. Vielleicht fällt ihm ja eine zündende Idee ein."

„Das wäre doch toll." Sie drehte sich zu Enno. „Hallo. Ich bin Mareike. Schön, dich kennenzulernen."

Er streckte seine Hand aus und lächelte unverbindlich, so wie er es immer tat, wenn er jemandem zum ersten Mal begegnete.

„Freut mich ebenso."

„Bringst du uns zweimal Frühstück, wie immer", bat Isa und setzte sich. Enno tat es ihr gleich, blinzelte gegen die Morgensonne und streckte seine langen Beine aus.

„*Wie immer* steht nicht auf der Karte, aber für euch mache ich eine Ausnahme. Einen Moment, die Herrschaften." Mareike nahm die Karten mit und sammelte im Gehen Geschirr ein, das auf den umliegenden Tischen stand, bevor sie im Café verschwand.

„Mareike hat die Bäckerei ihrer Eltern in dieses zauberhafte Café verwandelt. Anfangs fand ich den Schritt sehr mutig, aber schau, was daraus geworden ist." Fast alle Tische waren besetzt und die Bedienungen hatten alle Hände voll zu tun. Nur wenige Wolken trübten den blauen Himmel und die frühmorgendlichen Temperaturen luden wahrhaftig dazu ein, den Start in den Tag im Freien zu verbringen. Auf dem Gras, das den Deich bedeckte, rangen einige Möwen darum, den besten Platz in der Nähe der Frühstücksgäste zu ergattern. *Elende Rowdys*, dachte Enno und zog einen gedanklichen Vergleich mit den Tauben in der Großstadt. Mit Sicherheit gab es irgendwelche genetischen Übereinstimmungen, was den Charakter beider Gattungen betraf. Wahrscheinlich sind in Urzeiten einige Tauben ans Meer gezogen und haben sich zwangsläufig der Natur angepasst – das Resultat hüpfte jetzt auf dem Deich herum. Könnte aber auch umgekehrt gewesen sein.

„Wehe, du wirfst ihnen einen Brocken zu", drohte Isa Enno, als sie ihn beobachtete, wie er den Möwen belustigt zuschaute.

„Warum nicht?"

Sie verdrehte auf seine Frage hin übertrieben empört die Augen. „Die Viecher sind die reinste Plage. Wenn du einmal angefangen hast, wirst du sie nicht mehr los."

„Isa, du musst echt lernen, ernst gemeinte Äußerungen und scherzhafte zu unterscheiden."

Als sie ihre Augen zusammenkniff, lachte Enno ungehemmt los und Isa zog sich die Sonnenbrille, die in ihren Haaren steckte, nach unten.

„Ja, ja."

Ihre lapidare Erwiderung forcierte seine ausgelassene Stimmung nur noch weiter.

Das Frühstück war ein Traum und Enno genoss jeden einzelnen Bissen. Sein mit Honig bestrichenes Brötchen verströmte einen Duft, der direkt aus dem Schlaraffenland zu ihnen herübergeweht sein musste. Wie lange war es her, dass er nicht wusste, wann er seine nächste Mahlzeit zu sich nehmen konnte? Es kam ihm wie Ewigkeiten vor, dabei waren es gerade zwei Tage. Es wurde Zeit, sich zu erinnern, weshalb ihm der Luxus vergönnt war, hier an diesem paradiesischen Ort zu sitzen. Dass er in Begleitung einer sehr attraktiven jungen Frau war, versüßte ihm diesen Ausflug zusätzlich.

„Du solltest dringend die Dachsanierung in Auftrag geben“, begann Enno und Isa stockte in der Bewegung, als sie ihr Croissant mit Butter bestreichen wollte.

„Ich weiß, aber im Augenblick bekomme ich es zeitlich einfach nicht unter. Wenn die Handwerker anrücken, sollte ich zumindest vor Ort sein. Aber im Hotel ist in den nächsten Wochen so viel los, dass ich mir keinen weiteren freien Tag erlauben kann.“

„Hättest du denn die Mittel, um das Projekt zu stemmen?“ Vorsichtig hob Enno den Blick von seinem Teller. Hoffentlich nahm Isa ihm seine direkte Frage nicht krumm. Ihr die Laune zu verderben, lag ihm mehr als fern.

„Hätte ich. Kein Problem. Mich bremst eher die Tatsache, Handwerker auszusuchen, Kostenvoranschläge einzuholen und derlei Kram.“ Resigniert hob sie beide Arme, bevor sie sie, begleitet von einem frustrierten, aber dennoch niedlichen Brummen, sinken ließ, ihr Croissant in die Hand nahm und stöhnend hineinbiss. Enno fand diesen kleinen leidenschaftlichen Ausbruch unglaublich hinreißend.

„Also, dir fehlt die Zeit“, sprach er die klar erkennbare Tatsache aus.

„So abgedroschen es klingen mag, aber ja.“

„Okay, erzähl mir von deinen Vorstellungen. Keine Details, nur grobe Ideen.“ Er hob seine Tasse und nahm einen Schluck Kaffee zu sich.

Als Isa ihn grüblerisch musterte, aber keinen Ton von sich gab, deutete er mit der Tasse auf sie. „Na los. Dir spuken doch sicher Bilder im Kopf herum – du bist schließlich eine Frau.“ Seine spielerische Provokation brachte sie dazu, sich aufrecht hinzusetzen und sich mit den Handflächen über die Oberschenkel zu reiben.

„Im vorderen Haus soll ein Restaurant entstehen, in dem regionale Küche angeboten wird. Ich glaube kaum, dass man mit ausgefallenen Kreationen die Leute hier hinter dem Ofen hervorholen wird.“ Dem stimmte Enno in Gedanken zu.

„Was soll mit den anderen beiden Gebäuden passieren?“

„Laut Bebauungsplan ist meinem Verständnis nach ein Haus mit zwei Stockwerken erlaubt. Ich würde versuchen wollen, die hinteren Häuser auszubauen, damit dort Zimmer entstehen können. Weil es keine wetterfeste Verbindung zwischen den Gebäuden gibt, möchte ich einen verglasten Verbindungsgang einfügen.“

„Von hinten zum Haupthaus?“, hakte Enno nach und kratzte sich über das Kinn. Klang nach einem guten Plan.

„Genau.“

Unsicher sah sie zu ihm hinüber. Es gab keinen Grund, zurückhaltend zu sein, befand Enno und lenkte sie mit einer weiteren Frage ab.

„Was stellst du dir vor, soll die Mitte ausfüllen? Es würde ja praktisch ein Dreieck entstehen, das zum Strand hin spitz zusammenläuft.“ Rein baulich würde sich das sicher umsetzten lassen.

„Da würde ich Strandkörbe und Liegen aufstellen – Plätze zum Lesen und andere Möglichkeiten schaffen, die zum Entspannen einladen. Nicht jeder Tag ist ein Strandtag und für die Nebensaison muss es Alternativen geben.“

„Hm.“ Enno hatte sich zurückgelehnt, erneut die Beine ausgestreckt und sah nachdenklich auf das Wasser hinaus. In seinem Kopf entstanden verschiedene Modelle, wie sich ihre Ideen in die Tat umsetzen lassen könnten. Er konnte nichts dagegen tun, sie poppten plötzlich in seinem Kopf auf und präsentierten ihm eine Aussicht auf ein Projekt, das ihn unheimlich reizte, es zu verwirklichen.

„Was heißt *Hm*?“ Wieder schwang Unsicherheit in ihrer Frage mit, die Enno veranlasste, sich Isa zuzuwenden.

„Deine Pläne scheinen schon sehr ausgereift zu sein. Ich bin davon ausgegangen, dass wir nur ein Dach reparieren müssen.“ Er zwinkerte ihr zu und entlockte ihr ein zögerliches Lächeln.

„Du meinst also, das wäre machbar?“

„So im Groben? Sicher. Das Projekt müsste sich innerhalb eines Jahres umsetzen lassen. Nur leider hast du einen Job in Hamburg und somit ein Zeitproblem.“

Isa stützte ihre Ellenbogen auf dem Tisch auf, bettete ihr Kinn auf die Handflächen und drehte ihren Kopf zur Seite, sodass sie Enno genau im Visier hatte.

„Aber du“, sie fixierte ihn mit ihrem Blick, „hast weder das eine noch das andere.“ Enno schluckte. Der unerwartete Schlag ging unter die Gürtellinie und traf ihn mit voller Wucht.

„Das weiß ich selbst.“ Sein Grummeln fiel unfreundlicher aus, als er beabsichtigt hatte. „Danke für die Erinnerung.“ Er wollte nur helfen und konnte gut und gerne darauf verzichten, dass man ihm aufzeigte, in welch bescheidener Situation er sich befand.

„Entschuldige, das kam falsch rüber. Was hältst du davon, wenn wir den schönen Tag nutzen, am Strand entlanglaufen und ich dir erzähle, was sich sonst noch für Ideen in meinem Kopf tummeln."

Sie schaffte es doch tatsächlich, seinen Gemütszustand in Nullkommanichts von *angepisst* in *amüsiert* zu verwandeln.

Nachdem Mareike abkassiert hatte und die beiden Frauen sich für den nächsten Morgen verabredet hatten, weil Isa natürlich wieder hier frühstücken wollte, schlenderten sie über den Deichweg zum Strand.

„Kannst du bitte das Kleingeld einstecken. Der Schein passte ja noch in diese Minitasche." Isa zupfte an ihrer Jeans. „Aber wieso musste Mareike mir einzelne Euros zurückgeben?"

„Vielleicht, damit sie nachher nicht so viel zählen muss." Enno zwinkerte Isa zu und steckte das Geld in seine hintere Hosentasche. „Gut verwahrt." Er klopfte zweimal dagegen und fing sich einen freundschaftlichen Knuffer ein.

Wie am gestrigen Abend schlüpfte er sofort aus seinen Schuhen, als sie den Strandabschnitt betraten, zog sich die Socken aus und ließ seine Füße von dem eiskalten Ostseewasser umspielen. Ein schelmisches Grinsen schlich sich in Ennos Gesicht und hätte Isa eine Warnung sein sollen, als es sich immer weiter ausbreitete. So ein Gesichtsausdruck voller kindlicher Vorfreude konnte einfach nichts Gutes verheißen. Er sah ihr in die Augen, schätzte ihre Stimmung ab und senkte dann den Blick auf seine nackten Füße. Als würde Enno am Elfmeterpunkt stehen und den Ball zum Siegtreffer im linken oberen Eck versenken wollen, holte er mit einer schwungvollen Bewegung aus. Ehe Isa sich versah, zeichneten sich feuchte Spuren von Salzwasser auf ihrem Shirt und ihrer Hose ab. Ihr geschockter Gesichtsausdruck würde ewig in seinem Gedächtnis haften bleiben. Enno biss sich vor unterdrücktem Lachen auf die Unterlippe und ging sicherheitshalber einen Schritt zurück.

„Du bist ja verrückt!" Isas anhaltendes Quieken verschmolz mit dem Rauschen der Wellen und dem Geschrei der Möwen. Sie zupfte mehrmals an dem nassen Shirt, als würde es dadurch schneller wieder trocken werden, und hüpfte gleichzeitig auf der Stelle, was Enno noch mehr belustigte.

„Wer weiß, wann ich mal wieder die Gelegenheit bekomme. Carpe Diem, du verstehst?" Enno schloss die Augen und legte den Kopf in den Nacken. Als er sie sehnsuchtsvoll seufzen hörte, linste er unter halb geöffneten Lidern zu ihr hinüber.

„Mehr als du dir vorstellen kannst. Was, wenn du das“, sie wedelte bedeutungsvoll mit ihrer Hand in Richtung seiner Füße, „in den nächsten Monaten täglich zelebrieren könntest?“

„Was? Dich nasszuspritzen?“ Enno stand auf dem Schlauch und hatte keinen Plan, worauf sie abzielte. Hastig schüttelte Isa den Kopf, sodass ihre Locken nur so herumwirbelten.

„Wenn du hier wohnen würdest, könntest du den Strand, den Ausblick und die Spaziergänge jeden Tag haben. Du könntest deine Füße in der Ostsee baden, so oft du Lust dazu hast.“ Sie zog ihre Unterlippe zwischen ihre Zähne und musterte ihn abschätzend.

„Sehr witzig.“

„Oh, ich meine das todernst, glaube mir.“ War er es jetzt, der belangloses Geschwafel und ernste Absichten nicht erkennen konnte? Sah ganz so aus.

„Ich … Was?“ Ungläubig starrte Enno Isa an. Sie genoss den Anblick seiner verwirrten Mimik ungemein, was er daran erkennen konnte, dass sich ihre Mundwinkel sehr weit nach oben bewegt hatten.

„Sofern du keine Verpflichtungen hast, die dich dazu zwingen, dass du morgen mit zurück nach Hamburg kommst, bleibst du hier. Ich brauche schließlich einen Bauleiter.“ Jetzt entgleisten seine Gesichtszüge vollends und Isa sorgte sich wahrhaftig um sein Wohlergehen, denn von jetzt auf gleich wirkte seine Haut um Nase und Mund ungewöhnlich blass.

9. Kapitel

„Isa, verdammt!“, stieß er gepresst hervor. „Reich mir bitte keinen Rettungsring, wenn du nicht dazu in der Lage bist, ihn einzuholen. Die Konsequenzen dieser Aktion kannst Du gar nicht abschätzen.“ Seine ineinander verschränkten Hände lagen auf seinem Kopf. Mit den Augen flehte er Isa förmlich an, sie möge nicht mit ihm spielen. Das wenige Selbstvertrauen, das er in ihrer Gegenwart zurückerlangt hatte, würde so schnell verfliegen, wie Alkohol bei der Begegnung mit Sauerstoff.

„Oh, ich denke, ich überblicke alles ganz gut. Du bleibst hier und managst in meinem Namen den Umbau. Im Gegenzug biete ich dir eine kostenfreie Unterkunft und ein Gehalt, das es dir ermöglicht, in kleinen Beträgen deine Schulden abzutragen.“

Offenbar hatte sie ihm in Sachen Zukunftsplanung einiges voraus – das musste Enno ehrlich zugeben.

„Du kennst mich doch gar nicht. Allein, dass du mich an diesem Wochenende mitgenommen hast, gleicht einer Fahrlässigkeit von deiner Seite, die ihresgleichen sucht. Was, wenn ich ein Wolf im Schafpelz bin und über wehrlose Frauen herfallen würde? Nachts in deinem Haus wäre das ein Leichtes.“ Von Fassungslosigkeit gezeichnet stützte Enno seine Hände in die Hüften und starrte Isa an.

„Dag weiß, dass du mit mir hier bist und er hat ein Foto von dir geschossen.“

Als ob das im Falle eines Falles etwas nutzen würde. Er schnaubte.

„Das würde dir im Ernstfall aber kaum helfen.“

„Mag sein. Aber glaube mir, ich habe eine ganz gute Menschenkenntnis. Also, was ist jetzt, haben wir einen Deal?“ So wie sie seine Einwände locker abschmetterte, schien sie sich ihrer Sache sicher.

„Habe ich eine Wahl?“ Er klang in Isas Ohren unglaublich traurig und doch glomm ihrer Ansicht nach ein Fünkchen Hoffnung in seinen Augen auf.

„Du hast mir erzählt, worauf ich mich einlasse, wenn ich dich als meinen Mitarbeiter einstelle. Fachlich, muss ich gestehen, habe ich keine Ahnung, ob du geeignet bist. Aber du hast eine eigene Firma gehabt und bist offenbar auch erfolgreich gewesen. Das qualifiziert dich auf jeden Fall mehr als meine Wenigkeit, die Bauleitung zu übernehmen.“

„Wie willst du das denn alles finanzieren?“

Diese Frage hatte Isa schon viel früher erwartet. Zeit, auch ihm einen Einblick in ihr Leben zu gewähren. Quid pro quo. Mal wieder. Er hatte

ihr seine Vergangenheit vor die Füße in den Sand gekippt, jetzt schuldete sie ihm die gleiche Offenheit.
„Das Hotel in Hamburg, in dem ich arbeite, gehört meiner Familie.“
Ennos Augen weiteten sich – genau die Reaktion, die Isa kannte.
„Wie du weißt, habe ich die Immobilie hier von Marlene geerbt. Sie wusste, dass ich in Hamburg über kurz oder lang unglücklich werden würde. Schon zu ihren Lebzeiten hatte ich diesen Traum, einen Platz zu schaffen, der eine familiäre Atmosphäre ausstrahlt und trotzdem eine gewisse Klasse beherbergt. Und sie wusste davon.“ Ihre letzten, geflüsterten Worte konnte Enno kaum verstehen.
„Wow. Das muss ich erst mal sacken lassen.“
„Geld, Enno, spielt eine unbedeutende Rolle. Aber die Zeit, um mir meinen Traum zu verwirklichen, rennt mir davon. Je länger ich warte, desto schwieriger wird es, die verwobenen Seile, die mich an das Hotel meiner Eltern binden, zu kappen. Mein Vater wird toben, wenn er mitbekommt, was ich plane. Solange ich in Hamburg aber meinen Pflichten nachgehe und du mir den Rücken freihältst, kann ich das Unvermeidliche noch ein wenig hinauszögern. Meine Eltern und ich haben schon jetzt kein besonders gutes Verhältnis. Sie werden mir jegliche Unterstützung entziehen, wenn die Bombe platzt.“
Isa musste sich abwenden, damit sie verbergen konnte, wie nah ihr dieser Umstand ging. Das Miteinander innerhalb der Familie beschränkte sich schon jetzt auf ein Minimum. Konnte es da noch schlimmer kommen? Wohl kaum.
Enno trat an sie heran, legte seine starken Arme von hinten um ihre Mitte und zog sie tröstend an sich. Seine Wärme umhüllte sie, erfasste, von all den Punkten ausgehend, an denen er sie berührte, ihren Körper.
„Ich weiß nicht, was ich sagen soll, aber wenn du einen Freund brauchst, bin ich gerne für dich da.“
Isa schlüpfte mit ihren Händen unter seine. Sie lagen flach auf ihrem Bauch und drückten leicht die ihren. Für den Moment vollkommen zufrieden, lehnte sie den Kopf an seine Schulter. Eine Geste, um ihm zu zeigen, dass sie verstanden hatte und sein Angebot gerne annahm. In seinen Armen zu liegen fühlte sich so vertraut an, so zärtlich. Ein leichtes Zittern erfasste ihren Körper und Enno reagierte für Isa überraschend, indem er ihr einen ausgedehnten Kuss auf die Wange gab. Wow – was für ein fantastisches Gefühl, seine Lippen auf ihrer Haut zu spüren.
„Scht. Das wird schon. Du kannst auf mich zählen, das verspreche ich dir.“

Dessen war sie sich absolut sicher. Bei seinen Worten begann ein Kribbeln in ihrem Bauch, als würden hunderte Kolibris aufgeregt versuchen, eine einheitliche Richtung zu finden, um ins Freie zu gelangen. Enno löste ein ureigenes Gefühl in ihr aus, das sie seit Ewigkeiten nicht mehr verspürt hatte. Verlangen. Verlangen nach einem Mann. Langsam drehte Isa sich um, sodass sie sich gegenseitig in die Augen sehen konnten. Seine kristallklaren, blauen hielten ihrem Blick stand und im Gegensatz zum gestrigen Abend konnte sie in seiner Mimik kein Zögern ausmachen. Das war gut, oder? Bevor sie begann, jede noch so kleine Regung zu analysieren, die sie an ihm ausmachen konnte, ergab sie sich der Stimme in ihrem Kopf, die sie anschrie: *Nun mach schon, worauf wartest du?* Isa nahm allen Mut zusammen, streckte sich und legte ihre Lippen auf seine, bedeckte sie federleicht, schmeckte Kaffee und eine Nuance Honig. Die Berührung fühlte sich abschätzend und verlockend zugleich an. Einfach himmlisch. In dem Versuch, seine Stimmung auszuloten, zog sie sich gerade so weit zurück, dass sie den Kontakt zu ihm verlor, aber seinen Atem noch immer intensiv auf ihrer Haut spüren konnte. Was würde er tun? Den Kuss ignorieren oder ihn erneuern und vertiefen?

Sein protestierender Verstand kämpfte mit den unzähligen jubilierenden Hummeln in seinem Bauch. Sie führten einen wahren Freudentanz auf und verscheuchten mit ihren schnellen Flügelschlägen aufkommende Zweifel an der Richtigkeit seines Verhaltens.

„Was tust du?“ Dies war ganz sicher keine Frage, die Isa hören wollte. Doch er musste sicherstellen, dass sie sich darüber im Klaren war, was sie hier taten. „Wenn es nur eine unüberlegte Handlung war, vergessen wir das am besten schnell wieder.“

Isa schüttelte den Kopf, wobei einzelne Strähnen ihres Haares die Haut an seinem Hals streiften und ihn durch diese federleichte Berührung kitzelten. Er schmunzelte. „Worte, Isa. Du musst mir schon sagen, was in deinem wunderschönen Kopf vor sich geht.“ Ohne ihren Blick loszulassen, strich Enno ihr mit seiner Hand über die Haare. „Wir können es nicht riskieren, durch Missverständnisse aufs Spiel zu setzen, was gerade erst begonnen hat.“

„Was hat denn begonnen“, hakte Isa nach und wirkte nachdenklich.

„Eine tolle Freundschaft, ein gemeinsames Projekt, ein bedeutungsvoller Neuanfang für uns beide? Such es dir aus.“ Enno zuckte mit den Schultern.

„Ich nehme alles.“ Über diese Antwort musste Enno so heftig lachen, dass die angespannte Stimmung zerplatzte wie ein Luftballon an den Stacheln eines Kaktus.

„Isa, ich mag dich, viel zu sehr. Aber du kennst den Ballast, den ich mit mir herumschleppe."

Ohne dass Enno damit gerechnet hätte, drückte Isa ihm mit beiden Daumen und Zeigefingern die Lippen zusammen. Wahrscheinlich sah er gerade aus wie eine Ente. Die Berührung fühlte sich sanft an und gleichzeitig fest genug, sodass er nicht weitersprechen konnte.

„Können wir bitte einfach schauen, wohin uns unsere Reise führt?" Ihre schüchterne Frage erstaunte ihn.

„Schlägst du gerade eine lockere Affäre vor?", witzelte er bewusst locker und grinste über den Anblick, der sich ihm daraufhin bot. Isa sah aus, als hätte sie einen ekelhaft bitteren Geschmack auf der Zunge.

„Ich habe keine Ahnung, wie ich es betiteln würde. Aber ich weiß genau, dass da etwas zwischen uns ist und ich möchte herausfinden, was sich daraus entwickeln könnte. Es kann kein Zufall gewesen sein, dass ich dir begegnet bin."

„Du bist über deine eigenen Füße gestolpert und hast mich da mit reingezogen", spöttelte Enno und wich einem hoffentlich nicht ernst gemeinten Hieb gegen seine Bauchmuskeln aus.

„Mir ist egal, was du mit dir rumschleppst. Ich weiß, dass du offen bist, mir gegenüber nichts beschönigt hast und ich mich in deiner Nähe wohlfühle. Du gibst mir das Gefühl, dass ich *ich* sein darf und das ist ein verdammt gutes Gefühl."

Enno registrierte, wie Isa schlucken musste. Himmel noch mal. Ja, er wollte ihr helfen, sie glücklich sehen und so viel Zeit mit ihr verbringen, wie möglich. Kaum hatte er den Gedanken zu Ende geführt, lagen seine Lippen auf ihren und der Kuss, der folgte, stellte den vorangegangenen mit Leichtigkeit in den Schatten.

„Auch wenn es dein männliches Ego schwächen sollte, aber ich bin der Meinung, dass du dringend zusätzliche Klamotten benötigst. Ich kann mir überhaupt nicht vorstellen, dass du nichts außer den Dingen besitzt, die sich in deinem Rucksack befinden. Das ist für mich unvorstellbar."

Ohne sich einen Millimeter von ihm zu entfernen, zupfte sie an seinem Shirt, das er bekanntermaßen seit zwei Tagen an seinem Leib trug.

„Meiner Wäsche konnte ich nur noch hinterherwinken, als ich nach einem langen Tag bei meinem Anwalt, jeder Menge schlechter Nachrichten und mit zu viel Alkohol im Blut das Grundstück betreten hatte. Ein Kleinlaster des Roten Kreuzes entfernte sich zeitgleich Richtung Straße. Zwar hatte ich in dieser Minute keine Ahnung von dem, was mich innerhalb der nächsten halben Stunde erwartete, aber trotzdem beschlich mich dieses beschissene Gefühl, das einen gefangen nimmt, wenn man merkt, dass man verloren hat. In meinem ganzen

Leben werde ich es nie wieder vergessen. Mein geleaster Wagen war schon Tage zuvor abgeholt worden, weil die Raten nicht mehr bezahlt worden waren, und ich trottete wie ein Idiot über den Kiesweg. Dann ging alles ganz schnell. Letztendlich bin ich aus meinem eigenen Haus geflogen. Das Einzige, was mir blieb, war dieser Wanderrucksack, in den meine Papiere lieblos hineingestopft wurden und das, was ich am Leib trug."

„Das ist unmenschlich. Und du hattest keine Handhabe dagegen? Was hat denn dein Anwalt dazu gesagt?" Isa hatte ihr Kinn auf Ennos Brust abgelegt und blickte ihn aus Augen an, die vor ehrlichem Mitgefühl überquollen.

„Noch am selben Abend habe ich mich mit meinem besten Freund getroffen. Er ist außerdem der Anwalt, der seither versucht, dass ich halbwegs heil aus der Geschichte herauskomme. Er hat mir ein paar Scheine in die Hand gedrückt, um die nächsten Tage zu überstehen und außerdem eine Adresse genannt, wo ich unterkommen konnte, für den Fall, dass mich niemand aufnehmen würde." Dass er außer Henry plötzlich keine Freunde mehr hatte, seine Eltern hunderte Kilometer entfernt in Süddeutschland ihren Ruhestand genossen und keine Ahnung von all der Misere im hohen Norden hatten, verschwieg er.

„Konnte dein Freund dir denn keine Schlafmöglichkeit anbieten?" Die Frage hatte Enno schon erwartet, trotzdem lachte er bitter auf.

„Henry lebt mit seiner Familie auf einem Resthof eine knappe Autostunde von Hamburg entfernt. Das Letzte, was ich wollte, war, ihm zur Last zu fallen. Ich hasse es, anderen Umstände zu bereiten, wie du sicher bereits gemerkt hast. Außerdem leidet seine dreijährige Tochter unter schwerem Asthma und unnötige Aufregung sollte von ihr ferngehalten werden. Jeanine hätte sicher den einen oder anderen Vorstoß gewagt, um ihren Triumph weiter auskosten zu können. Das Szenario wollte ich unbedingt vermeiden. Jedenfalls hat Henry mit allen ihm zur Verfügung stehenden Mitteln versucht, eine vernünftige Lösung zu finden. Aber ohne festen Wohnsitz, ohne Job, dafür mit horrenden Schulden im Gepäck …" Enno senkte den Kopf und verstummte.

„Aber konntest du keine Sozialleistungen in Anspruch nehmen? Ich meine, es gibt doch so was die Obdachlosenunterkünfte."

„Sicher gibt es die." Ganz allmählich hob sich sein Blick und er überlegte fieberhaft, inwieweit er Isa an seinen Gedanken teilhaben lassen wollte. „Aber mein Vertrauen in die Sicherheit solcher Einrichtungen hält sich in Grenzen. Außerdem … Ach, keine Ahnung – ich hatte eben immer diesen Hoffnungsschimmer, dass sich alles zum Guten wenden würde. Ich wollte meine prekäre Situation einfach nicht wahrhaben. Die Einquartierung in einer derartigen Unterkunft wäre in meinen Augen das Eingeständnis meines Versagens gewesen."

„Und deine Eltern?"

„Ich habe es nicht über mich gebracht, sie mit meinen Problemen zu konfrontieren. Nenn es verletzter Stolz. Wie auch immer. Ein offizieller Antrag hätte zur Folge gehabt, dass die Behörden versucht hätten, einen Teil der Gelder von ihnen einzufordern." Ihr verwirrter Gesichtsausdruck offenbarte ihm, dass sie ihm nicht folgen konnte. „Wenn Eltern genügend Einkommen haben oder finanziell gut aufgestellt sind, werden sie vom Staat dazu herangezogen, sich zu beteiligen, wenn das eigene Kind seine wirtschaftliche Selbstständigkeit verliert." Ihre Lippen formten sich zu einem überraschenden „O".

„Aber es sind deine Eltern."

„Ich weiß." Enno rieb sich mit den Händen über das Gesicht. Diese Unterhaltung setzte ihm mehr zu, als er sich eingestehen wollte.

„Man vergisst zu schnell, dass von Null auf Hundert keine Einbahnstraße ist. Wer macht sich schon Gedanken über diejenigen, die mit der Schattenseite des Lebens Bekanntschaft gemacht haben." *Die Wenigsten*, dachte er.

„Also los. Mein Bauleiter kann unmöglich jeden Tag in den gleichen Klamotten aufkreuzen." Sah so aus, als wollte Isa für einen Stimmungswechsel sorgen. Fast hätte Enno über ihren Enthusiasmus geschmunzelt.

„Ich zahle dir jeden Cent zurück", gab er jedoch mit ernster Miene zu verstehen, die keinen Widerspruch duldete.

„In Ordnung, wenn es dir damit besser geht." Er war sich sicher, dass Isa nicht nur eine Floskel von sich gab, sondern ihre Worte genauso ernst meinte, wie er seine.

„Wir könnten noch ein Weilchen in diesem traumhaften Strandkorb liegen bleiben und uns die Sonne ins Gesicht scheinen lassen", bot er mit geschlossenen Augen eine Alternative zum Shoppingvorschlag. Ein langgezogener Seufzer entwich Isa. Sie hatten sich einen der Strandkörbe gesichert, die nur noch an diesem Wochenende kostenfrei von der Tourismusverwaltung zur Verfügung gestellt wurden. Anfang der Woche, wenn die Saison begann, würden sie dann bis zum Herbst zu einer lukrativen Einnahmequelle für die Gemeinde.

„Ich habe aber auch Hunger", klagte Isa und klang dabei so jämmerlich wie ein kleiner Hundewelpe, der nicht verstand, weshalb man ihm jegliche Art von Schuh entriss und ihn dann auch noch ausschimpfte, nur weil er seine Kaumuskeln trainieren wollte.

„Wir haben doch gerade ausgiebig gefrühstückt“, erklärte er ruhig, was Isa entsetzt aufkeuchen ließ.

„Das ist Stunden her. Außerdem hast du mich danach etliche Kilometer am Strand entlanggescheucht.“ Enno hob seine Lider für wenige Millimeter. Isa lag neben ihm und hatte trotzig die Arme vor dem Brustkorb verschränkt.

„Hast du das Gefühl, deine Zunge fühlt sich rau und schwer an? Glaubst du, dass dein Magen auf die Größe von Erbsen geschrumpft ist? Bist du kurz davor, an den nächstbesten Müllkübel zu gehen, um nachzusehen, was andere beiläufig entsorgt haben, das noch einigermaßen genießbar ist?“ Enno hatte sich aufgesetzt und sah Isa eindringlich an. „Wenn das nicht der Fall ist, hast du keinen Hunger.“

Dass sich ihre Augen geweitet hatten und sie in die hintere Ecke des Strandkorbes gerutscht war, ließ Enno erschrocken innehalten. Hatte er sich im Ton vergriffen? Es gab einfach Momente, da brach es unkontrolliert aus ihm heraus. Mist! Fluchtartig sprang er auf, um Isa mehr Raum zu geben.

„Verzeihung.“ Nach dieser simplen Entschuldigung stapfte er mit eingezogenem Kopf und den Händen in den Hosentaschen ans Wasser. Was konnte Isa dafür, dass sein Leben den Bach hinuntergegangen war? Sie als selbstloseste Person, die er kannte, hatte so einen Ausbruch wahrlich nicht verdient. Als er sich umdrehte, saß sie noch immer wie erstarrt da. Aus der Entfernung sahen sie sich an und er hätte einiges dafür gegeben, jetzt ihre Gedanken lesen zu können. Mit wenigen Schritten überbrückte er die Distanz zwischen ihnen, blieb vor dem Strandkorb stehen und stützte sich mit beiden Händen am zurückgelegten Dach ab. Um Isa zu signalisieren, dass er sie gar nicht verbal angreifen wollte, lächelte Enno ihr zu.

„Was war das eben?“, verlangte sie zu wissen und setzte sich aufrecht hin. Die Möwe, die um ihn herumscharwenzelte, wurde von beiden geflissentlich ignoriert.

„Manchmal bricht es einfach ungefragt aus mir heraus und die Wut sucht sich ein Ventil.“

„Hast du schon mal jemanden angegriffen?“ Alarmiert trat Enno einen Schritt zurück.

„Was? Nein, um Himmels willen!“ Hatte sie etwa befürchtet, dass er ihr wehtun könnte? Sie schlüpfte unter seinem Arm hindurch und schulterte ihre Tasche. Langsam drehte er sich zu ihr um und sah ein Aufblitzen in ihren Augen, das ihm mittlerweile nur allzu bekannt vorkam.

„Das würde ich dir auch nicht geraten haben." Ein freches Grinsen umspielte ihre Mundwinkel. „Ich bin ein Mädchen aus der Stadt und habe mehrere Selbstverteidigungskurse erfolgreich abgeschlossen. Mit einem wie dir nehme ich es allemal auf."

„Mit einem wie mir?" Gespielt empört zuckte Enno zusammen und fasste sich ans Herz.

„Ich werde es dir bei Gelegenheit demonstrieren", versprach Isa.

„Hm. Will ich das?" Enno verzog ironisch die Lippen.

Sie zuckte mit den Schultern.

„Okay. Wie kann ich mein ungebührliches Verhalten wiedergutmachen?"

„Lass uns shoppen gehen." Ihr teuflischer Gesichtsausdruck ließ Enno erahnen, was auf ihn zukommen würde. Seufzend ergab er sich dem Umstand, dass er aus dieser Nummer wohl nicht mehr herauskommen würde.

10. Kapitel

Am Strand reihten sich zwar unzählige kleine Läden aneinander, aber um ein paar alltagstaugliche Outfits zu beschaffen, mussten Enno und Isa in die nächste Stadt fahren. So wie Isa Enno einschätzte, würde er wohl kaum tagein tagaus in Hawaii-Hemden, T-Shirts mit maritimen Motiven oder Badeshorts herumlaufen wollen. Schicksalsergeben zwängte er sich in den Mini und verfluchte ein weiteres Mal seine langen Beine. Bequem war etwas anderes, aber die kurze Strecke würde es notgedrungen gehen. Für Isa hingegen schien der Wagen wie gemacht. Geschmeidig wie eine Katze schlüpfte sie auf den Fahrersitz, rutschte mit ihm ein paar Zentimeter vor und stellte den Spiegel neu ein. Keine zwei Minuten später startete sie den Motor und chauffierte sie in die nahegelegene Landeshauptstadt, um die dortigen Bekleidungsgeschäfte in der City zu entern.

„Schau mal, das Shirt musst du unbedingt noch anprobieren.“ So einen Spaß hatte Isa lange nicht gehabt. Mit Enno einzukaufen erwies sich als weniger verkrampft als erwartet. Einzig die Verkäuferinnen nervten mit ihren ewigen Fragen, ob sie behilflich sein konnten. Natürlich sprachen sie ausschließlich mit Enno, was Isa langsam aber sicher mürrisch werden ließ. Dass sie in Sneakers, ausgefransten Jeans und nichtsagendem T-Shirt nicht viel hermachte, mochte zwar stimmen, aber deswegen brauchte man sie doch nicht vollends zu ignorieren. Enno hingegen fragte sie bei jedem Teil, das sie ihm reichte und das er, ohne zu murren, anzog, nach ihrer Meinung. Und genau das streichelte ihre Seele.

„Ich glaube, wir haben langsam genug. Außerdem werde ich mindestens ein Jahr brauchen, bis ich meinen Schuldenberg bei dir abgetragen habe.“

„So ein Quatsch. Du hilfst mir bei der Verwirklichung meines Traumes. Was sind dagegen schon ein paar Klamotten?“

Mit einer entschlossenen Bewegung schnappte sie sich den Stoffhaufen, der sich auf einem Stuhl neben der Umkleidekabine aufgetürmt hatte und marschierte, ohne ein weiteres Wort zu verlieren, zur Kasse. Sie verdiente genügend Geld und gab kaum etwas davon aus. Warum sollte sie sich den Spaß entgehen lassen und einem Mann nicht dabei behilflich sein, sich komplett neu einzukleiden? Dass sie nebenbei einen Blick auf seine wohl definierten Brustmuskeln werfen und sich von seiner perfekten Statur überzeugen konnte, empfand sie als zusätzliche Dreingabe. Man konnte dieses Exemplar Mann wirklich und wahrhaftig als echten Hingucker bezeichnen.

Während Isa an der Kasse stand und dem Verkaufstisch nur zentimeterweise näher rückte, dachte sie über das Gespräch mit Enno nach, über ihre Vorstellungen, ein eigenes Hotel zu leiten, über die Möglichkeit, dem Leben der hektischen Stadt zu entfliehen und hier neu anzufangen. Sie stellte sich vor, wie sie jeden Morgen als Erstes aufs Meer schauen würde. Konnte es einen schöneren Start in den Tag geben?

Vor ihrem inneren Auge entstand eine Szene, in der die Gäste auf der Sonnenterrasse ihres Restaurants ihre Auszeit vom Alltag genossen, kleine Snacks zu sich nahmen und Cocktails tranken. Dann stellte sie sich vor, wie im Innenhof zwischen Haupthaus und Gästehaus ein Büfett im Freien aufgebaut wurde und bei Livemusik ausgelassen getanzt wurde.

„Hey." Der Klang von Ennos amüsierter Stimme drang an ihr Ohr und irgendwie fühlte sie sich ertappt. „Du träumst am helllichten Tag." Da hatte er ohne Zweifel recht.

„Was hältst du von einer Live-Band, die an den Sommerabenden auf der Terrasse im Innenhof spielt und deren Musik auch über den Deich hinaus zu hören ist?"

„Und die Zuhörer, die du anlockst, sorgen dann für entsprechenden Umsatz? Sehr geschäftstüchtig." Er zwinkerte ihr zu und schob sie ein Stückchen weiter nach vorn, damit in der Schlange keine allzu große Lücke entstand.

„Sei bitte ernst. Vielleicht kann man ja einen Feuerkorb aufstellen und eine knisternde Atmosphäre heraufbeschwören."

In seinen Augen konnte Isa ein begehrliches Flackern erkennen und musste sich mühsam ins Gedächtnis zurückrufen, wo sie sich gerade befanden.

„Du bist dran", raunte Enno ihr zu und deutete mit einer Kopfbewegung zur Kasse. Sein verschmitztes Grinsen zeigte ihr nur zu gut, dass er wusste, was in ihr vorging. Er nahm ihr die Kleidungsstücke ab und legte sie auf den Tisch. Himmel noch mal! Wie konnte es nur passieren, dass sie so schnell abdriftete und alles um sich herum vergaß?

Als krönenden Abschluss ihrer ausgiebigen Shoppingtour gönnten sie sich einen Halt an einem der zahlreichen Imbissstände. Für Isa hatte das schon fast Tradition: Einkaufsbummel mit anschließendem Auffüllen der Energiereserven – auch wenn Dag ihr jedes Mal strafende Blicke zuwarf, nachdem sie ihm ihre kulinarischen Sünden gebeichtet hatte.

~~~~~
~~~~~

Um sich möglichst schnell einen vollständigen Überblick zu verschaffen, in welchem Zustand Isas Haus sich tatsächlich befand, erkundete Enno den Rest des Tages jeden einzelnen Winkel, jede Nische und zuallerletzt auch den Dachboden. Die Liste mit den Notizen wuchs beständig. Enno spürte, wie er für das Projekt zu brennen begann. Das Feuer, das seinen Eifer zum Lodern brachte, existierte demnach noch. Er lotete Optionen aus, was verändert werden musste und welche Strukturen erhaltenswert waren. Der Charme der alten Kate sollte in seinen Augen aber unbedingt gerettet werden und so wie er Isa kennengelernt hatte, war dies sicher auch in ihrem Sinne. Äußerlich würde ein Eimer Farbe der Fassade ganz sicher schmeicheln. Als Blickfang würde die Kate in der Reihe der Deichhäuser einen vorderen Platz einnehmen. Doch Enno bereitete die Elektrik Kopfzerbrechen. Was Kabel, Volt und Schalter anging, war er zwar kein Fachmann, dass die Leitungen aus dem letzten Jahrhundert stammen mussten, konnte er allerdings ohne Zweifel erkennen. Insbesondere, wenn Isa hier eine moderne Küche einrichten wollte, erforderte allein die Sicherheit, dass alles auf den neuesten Stand gebracht werden musste. In Gedanken notierte er schon mal, sich gleich am Montag umzuhören, welche Firmen für einen Auftrag in größerem Umfang in Frage kamen und wer zeitnah überhaupt Kapazitäten frei hatte. Und *schwups* stand er ungewollt vor seinem ersten Problem: Ennos Erfahrungen in puncto Handwerksbetriebe beschränkten sich allein auf den Hamburger Raum. Demzufolge blieb ihm kaum eine andere Wahl, als sich bei Isas Nachbarn in den nächsten Tagen schlauzumachen. Wenn er genau hinhörte und vor allem das hörte, was zwischen den Zeilen zur Sprache kam, würde er hoffentlich schnell fündig werden.

„Was denkst du", fragte Isa irgendwann. Enno hatte um sich herum alles ausgeblendet und ihre Anwesenheit fast nicht mehr wahrgenommen. Er lehnte an einem der Holzpfeiler in der großen Diele, die Beine überkreuzt und den Blick ins Leere gerichtet.

„Hm?" Ohne seine Position zu verändern, signalisierte er ihr, dass er sie zwar gehört, aber dennoch nicht verstanden hatte. Glücklicherweise zeichnete es Isa aus, dass sie sich zwar die gesamte Zeit in seiner Nähe aufgehalten hatte und ihm durch jeden Raum gefolgt war, von ständigen Fragen allerdings abgesehen hatte. Bis jetzt. Wahrscheinlich drängte ihre Neugier danach, endlich mit Informationen gefüttert zu werden.

„Du stehst seit Minuten regungslos da und starrst die Wand an." Das leise Lächeln in ihrer Stimme brachte ihn dazu, seinen Focus auf die Frau zu richten, die sein Leben in der Hand hielt und überhaupt keine Ahnung davon hatte. Es gab zwei Möglichkeiten: Entweder er nutzte diese Chance, die sich ihm mit diesem Projekt bot oder er konnte sich noch heute Abend erschießen. Wenn er das hier verbockte, war's das. Aus. Ende. Schluss. Wer gewann schon zweimal den Jackpot? Niemand!

„Entschuldige." Enno blinzelte mehrmals, um seine Konzentration auf Isa richten zu können.

„Lässt du mich an deinen Überlegungen teilhaben?" Sie saß auf dem Boden, unter sich ein riesiges Kissen mit Blumenmuster, das Kindheitserinnerungen in ihm weckte, an schöne Zeiten bei seinen Großeltern. Er atmete tief ein, stieß sich vom Pfeiler ab und überbrückte die kurze Distanz zwischen ihnen.

„Schließ deine Augen", forderte Enno Isa auf, nachdem er sich mit etwas Abstand neben ihr niedergelassen hatte. Als sie seiner Bitte nicht nachkam und ihn unschlüssig musterte, legte er seine Hand auf ihre Stirn. Millimeter für Millimeter ließ er sie nach unten gleiten und sorgte so für den gewünschten Effekt. Sie sollte sich entspannen und die Bilder, die er gleich in ihren Kopf entstehen lassen würde, in sich aufnehmen. Als er seine Hand zurückzog, lächelte sie, ließ aber ihre Augen geschlossen. Enno gönnte sich eine Sekunde, um sie unverhohlen betrachten zu können. Sie sah so wunderschön aus, dass das Flattern zwischen seinen Rippen erneut seine Zellen zum Vibrieren brachte.

„Im gesamten Untergeschoss werden die Wände mit einem Strukturputz versehen und erhalten einem sandfarbenen Anstrich", begann er mit ruhiger Stimme. „Indirektes Licht und diverse Grünpflanzen werden für eine warme Atmosphäre sorgen, sodass der riesige Hauptraum an Weite verliert und gemütlich wirkt. Durch die Sprossenfenster, den Holzbalken und maritime Dekoelemente erhalten wir den ureigenen Charakter des Hauses. Deine Gäste werden das Ambiente lieben."

In Isas Kopf entstand ein Bild, das sie von der ersten Sekunde an verzauberte.

„Was ist mit den anderen Räumen?" Ihre Augen hielt sie nach wie vor geschlossen, aus Angst, die Traumblase würde sonst zerplatzen.

„Wie gesagt, der Stil wird das ganze Haus durchziehen, gewissermaßen als roter Faden."

Enno schien genau zu wissen, wovon er redete und hatte wohl schon einen genauen Plan im Kopf.

„Hmmm. Das klingt sehr gut." Sie schloss die Lücke zwischen ihnen, ließ ihren Kopf gegen seine Schulter fallen und hob langsam die Lider. „Ich bin so froh, dass ich dir begegnet bin", gab sie ohne Scheu zu und kicherte bei dem Gedanken, unter welchen Bedingungen sie sich begegnet waren.

„Du könntest deinen Traum von jedermann verwirklichen lassen.“ Die Bitterkeit in seiner Stimme ließ Isa wachsam werden. Enno hatte durch das Ende seiner Ehe und die Pleite seiner Firma offenbar den Großteil seines Selbstbewusstseins eingebüßt. „Ich hingegen bin auf meine gute Fee angewiesen.“ Dieser Nachsatz bestätigte ihre Annahme.

Bevor Isa ihr Kräfteverhältnis revidieren konnte, zuckte sie vor Schmerz zusammen. Bitte nicht schon wieder, schoss es ihr in den Sinn. Reflexartig legte sie eine Hand auf ihren Bauch und gab ein gequältes, fast schon genervtes Stöhnen von sich.

Enno stand so überhastet auf, als wäre auf dem Boden eine Horde giftiger Ameisen unterwegs und brachte, ohne groß zu überlegen, ein paar Zentimeter Abstand zwischen sie. Das war jetzt nicht gerade die Reaktion, die er sich erhofft hatte. Traurigkeit breitete sich in ihm aus. Das Vergeben von Komplimenten klappte auch schon mal besser. Dass sie seine gute Fee war, sollte ihr eigentlich schmeicheln. Tja, war wohl nichts.

„Entschuldige.“ Isa schluckte mühsam einen Aufschrei hinunter, der ihr schon auf den Lippen gelegen hatte, als erneut ein Gefühl durch ihren Bauch schoss, als würde sie zweigeteilt werden. Verdammt. Wieder dieses blöde Ziehen im Bauch. Wogegen rebellierte ihr Magen jetzt wieder? „Vielleicht habe ich den Döner zu schnell heruntergeschlungen und meine Verdauung kapituliert gerade“, versuchte sie sich an einer Erklärung. Aber was redete sie denn da? Konnte in der Gegenwart eines Mannes ein Thema mehr Tabu sein, als über Probleme mit der Essensverwertung zu sprechen? Isa hatte wirklich zu wenig Übung im Umgang mit Männern. Peinlich berührt stand sie unter anhaltenden Schmerzen auf und verzichtete dabei zwangsläufig auf jegliche Eleganz. Die Stimmung war sowieso hinüber und Enno hatte überstürzt auf ihre Nähe verzichtet.

„Soll ich dir ein Glas Wasser holen oder einen Tee machen?“ Im Moment würde er ihr alles holen, nur um ein paar Minuten für sich zu sein.

„Geht schon.“ Isa hatte sich zu seiner Verwunderung nicht vollständig aufgerichtet. Ihr Atem ging viel zu schnell und das Wenige, das ihre nach vorn gefallenen Haare von ihrem Gesicht preisgaben, glich einer frisch gekalkten Wand.

„Was ist los?“ Unbeholfen schloss Enno die Lücke zwischen ihnen und wollte Isa gerade einer intensiven Musterung unterziehen, als sie mit schreckgeweiteten Augen von einer Sekunde auf die andere zusammensackte und einen Schrei von sich gab, der seinen Herzschlag für mehrere Sekunden stoppte.

„Isa", brüllte Enno und ließ sich auf die Knie fallen. „Baby, mach die Augen wieder auf!"

Panik schoss durch seinen Körper und setzte Unmengen an Adrenalin frei, das sein Blut in horrender Geschwindigkeit durch seine Blutbahn pumpte. Eilig zog er das Kissen, auf dem sie eben noch gesessen hatte, unter ihren Kopf und suchte verzweifelt nach der Ursache für ihren Zusammenbruch. Dass sie Schmerzen hatte, stand außer Frage, aber *wo*? Noch bevor er sie danach fragen konnte, rollte sie sich stöhnend auf die Seite und würgte unter widerlichen Geräuschen den Inhalt ihres Magens hervor. Ihm blieb nichts weiter über, als ihr lediglich die Haare aus dem Gesicht zu halten. Scheiße! Das konnte unmöglich ein simples Verdauungsproblem sein. Der Schweiß in ihrem Nacken fühlte sich kalt an, ihre Wangen hingegen glühten wie Kohle auf einem Grill.

Enno wusste nicht, was er anstellen konnte, damit es Isa besser ging. Ihr Zustand beunruhigte ihn mit jeder Minute, die verstrich, zunehmend mehr. Suchend sah er sich um, ohne sie loszulassen. „Wo ist dein Handy?"

Die Frage hätte er sich auch sparen können, denn außer einer gemurmelten Antwort, verließ kein verständlicher Laut ihre Lippen. Widerwillig stand er auf, suchte Isas Handtasche und wurde zu seiner Erleichterung schnell fündig. Mit zittrigen Fingern wischte er über das Display und hätte das Teil fast fallengelassen. Im Gehen wählte er die Nummer des Notrufes und hockte sich an Isas Seite. Der beißende Geruch nach Erbrochenem schnürte ihm die Kehle zu, aber er konzentrierte sich nur auf die Frau, die zusammengekrümmt vor ihm auf dem Boden lag und zu seinem Entsetzen keinen Laut mehr von sich gab.

„Isa, bleib verdammt noch mal wach!" Sein Versuch, sie dazu zu bringen, ihm irgendein Zeichen zu geben, egal welches, damit er sah, dass sie ihn verstand, wurde von einer fremden Stimme unterbrochen.

„Sie müssen mir Ihren Aufenthaltsort nennen", hörte er eine Frau wie durch Watte auf ihn einreden. Er hatte in seiner Angst total vergessen, dass er das Handy am Ohr hielt.

„Was?" Erschrocken keuchte er auf.

„Sagen Sie mir, wo Sie sich befinden." Die ruhige Stimme am anderen Ende der Leitung ließ Ennos Panik etwas abschwellen. Aber wie zur Hölle lautete die verdammte Anschrift?

„Ich habe keine Ahnung." Offenbar war ihm die Hilflosigkeit anzuhören, oder er hatte eine sehr routinierte Dame in der Notrufzentrale erwischt.

„In Ordnung. In welchem Ort befinden Sie sich?“

„Heisterwohlt. Wir sind in einem Haus am Deich.“ Enno sprach leise, ließ Isa nicht aus den Augen und strich ihr unaufhörlich über die zerzausten Haare.

„Sehr gut. Haben sie eine Hausnummer für mich?“

„Nein. Das Haus ist mit Reet gedeckt und an der einen Giebelseite notdürftig repariert worden.“ Was redete er denn da für Müll? Aber der rationale Teil seines Denkens hatte sich längst verabschiedet, sodass die Worte ungefiltert über seine Lippen huschten.

„Der Wagen ist schon unterwegs. Erklären Sie mir, was passiert ist.“ Enno fasste kurz zusammen, was er selbst noch gar nicht begreifen konnte.

„Sie atmet abgehackt und der Puls rast“, gab er mit zittriger Stimme auf eine weitere Frage der Dame vom Notruf zu verstehen.

„Die Kollegen sind gleich vor Ort. Bitte öffnen Sie die Tür und sehen nach, ob das Haus die Nummer Acht besitzt.“

„Woher wollen Sie wissen …“ Doch als er in der Ferne Sirenengeheul hörte, setzte er sich, ohne seine Frage zu beenden, in Bewegung.

Mit dem Handy in der Hand rannte er vor das Haus und registrierte verblüfft, dass eine verschnörkelte Acht über dem Briefkasten angebracht war. „Nummer Acht stimmt.“ Er hörte, wie sie die Bestätigung weitergab und fast im selben Moment der Rettungswagen in die kleine Straße einbog.

„Einer der Kollegen ist ortskundig“, erklärte sie kurz. „Gute Besserung.“

Ihre Verabschiedung ging in der Ankunft der Notfallsanitäter unter und in seinem fahrigen Zustand murmelte Enno nur noch einen schnellen Dank, ehe er das Gespräch beendete.

„Wo ist die Patientin“, fragte ein kleiner, schmächtiger Mann und schritt eilig auf den Eingang zu. Enno führte den Notfallsanitäter ins Haus und dann ging alles ganz schnell.

„Wir müssen Ihre Frau schleunigst ins Krankenhaus bringen. Verdacht auf Blinddarmdurchbruch. Haben Sie denn nichts bemerkt?“ Enno war so geschockt, dass er den Mann nicht mal korrigierte. Er starrte Isa an, die blass dalag, an eine Infusion angeschlossen wurde und sich nicht regte.

„Ich … nein. Wie gefährlich ist es?“, wollte er wissen und die Angst um Isa ließ ihn schwanken.

„Hey, geht es?“ Der zweite der Rettungssanitäter stützte ihn kurzzeitig mit einem festen Griff am Oberarm.

„Danke.“

Was für ein Schlamassel. Enno wusste beim besten Willen nicht, was er tun sollte. Ratlos sah er zu, wie Isa auf eine Trage gelegt und für den Abtransport fertiggemacht wurde, offenkundig ohne auch nur das Geringste von der ganzen Aufregung um ihre Person mitzubekommen.

„Wollen Sie mit uns mitfahren oder kommen Sie nach?" Ohne ihn direkt anzusehen, schoben sie Isa durch die Diele Richtung Tür.

„Ich komme mit." So schnell er konnte, hastete er den Sanitätern hinterher, ließ die Tür schwungvoll ins Schloss fallen und stieg in den Rettungswagen.

Auf der Fahrt in die Uniklinik saß Enno stocksteif auf dem Platz, der ihm zugewiesen worden war. Seine Hände hielt er zwischen die Knie gepresst, damit das Zittern nicht zu offensichtlich wurde. Er beobachtete die routiniert wirkenden Handgriffe des einen Rettungssanitäters, während der andere mit eingeschaltetem Martinshorn über die Landstraße jagte. Ihn beschlich das leise Gefühl, dass die Zeit drängte.

„Sie wird doch wieder gesund, oder?" Die Sorge um Isa stand ihm wahrscheinlich auf die Stirn geschrieben, der Sanitäter schenkte ihm ein aufmunterndes Lächeln, sagte aber nichts.

11. Kapitel

Müde und abgekämpft stand Enno im Anmeldebereich der Notaufnahme. Er konnte keine der Fragen beantworten, die ihm gestellt wurden. Wie auch.

„Sie müssen von Ihrer Frau doch ein bisschen mehr kennen als nur den Namen.“ Eine genervt wirkende ältere Frau musterte ihn argwöhnisch. Sah so aus, als käme jetzt der Zeitpunkt, an dem er sich outen musste.

„Wir sind nicht verheiratet“, gab er zögerlich zu und schob sich aus purer Verlegenheit seine Hand in den Nacken. Die Verwaltungsangestellte der Klinik zog missbilligend die Augenbrauen nach oben.

„Wie bitte?“ Ihre Stimme klang unheilvoll und er zog unwillkürlich den Kopf ein.

„Im Grunde kennen wir uns kaum.“

Genaugenommen erst seit ein paar Tagen, fügte er gedanklich hinzu, vermied es allerdings, diese Information laut auszusprechen.

„Der Name der Patientin, den Sie uns genannt haben, ist hoffentlich korrekt?“

„Ja.“ Das Handy in seiner Hosentasche drückte sich unangenehm in seine Haut und brachte ihn auf eine Idee. „Ich kann Isas Eltern Bescheid geben. Sie können sicher all Ihre Fragen beantworten.“ Jetzt pokerte er zwar sehr hoch, doch was blieb ihm anderes übrig. Hatte Isa die Nummer ihrer Eltern gespeichert? Alles andere käme einer Katastrophe gleich.

„Dann machen Sie das.“ Ihm wurde eine Visitenkarte über den Anmeldetresen geschoben. „Es wäre gut, wenn sich jemand möglichst schnell mit uns in Verbindung setzt, der Auskunft geben kann“, donnerte sie. „Schließlich muss geklärt werden, wer die Kosten der Behandlung und des Aufenthaltes übernimmt.“ Mit einem Gesichtsausdruck, der nur allzu deutlich verriet, dass sie überhaupt keinen Spaß verstehen würde, schob die Mitarbeiterin die Trennscheibe zu und konzentrierte sich wieder auf ihren Computer.

Wie jetzt, das war alles? Entschlossen klopfte Enno gegen die Scheibe. Madame Mürrisch und Misslaunig hob ihren Blick. Er signalisierte ihr, den Schalter erneut zu öffnen, was sie nur sehr langsam tat. *Wie überaus freundlich,* dachte Enno.

„Ja?“ Der Ton, in dem sie sprach, deutete darauf hin, dass entweder die Schicht bisher äußerst anstrengend gewesen war oder sie vor Jahren definitiv die falsche Berufswahl getroffen hatte.

„Wie geht es Frau Holthusen? Ich meine, was passiert denn jetzt?“

Enno wusste noch nicht mal, wo er Isa finden konnte, geschweige denn, wie es ihr ging.

„Sie sind nicht ihr Ehemann, richtig?“ Was hatte das jetzt mit seiner Bitte um Auskunft zu tun?

„Nein, habe ich doch bereits erwähnt“, gab er unwillig zurück.

„Sehen Sie. Da haben sie Ihre Antwort. Auskunft nur an Familienangehörige.“ Damit schob sie erneut die Trennscheibe zu, stand auf und verließ ihren Platz. Das konnte doch jetzt nicht wahr sein! Wütend schlug er mit der Faust auf den Tresen und zog mit seiner Aktion die Aufmerksamkeit der Wartenden hinter ihm auf sich. Kommentarlos wandte er sich ab und rannte förmlich zum Ausgang. Dass er dabei fast über die Gehstützen eines jungen Mannes stolperte, registrierte er kaum.

Seit gefühlten Stunden betrachtete Enno das Handy in seiner Hand – Isas Handy. Sollte er, oder besser nicht? Nachdem er die Wartezone der Notaufnahme verlassen hatte, saß er nun auf einem an der Wand befestigten Klappstuhl in einem der unzähligen Gänge der Klinik und wagte es nicht, in Isas Privatsphäre einzudringen. Das Recht besaß er nicht. Aber das war ein Notfall, rief er sich in Erinnerung. Dass ihm niemand Auskunft geben wollte, ließ ihn fast durchdrehen. Die Bilder, wie Isa vor seinen Augen zu Boden gesackt und ihr alle Farbe aus dem Gesicht gewichen war und ihr bis ins Mark durchdringender Schmerzensschrei würden ihn vermutlich für immer verfolgen.

Ohne Frage, er durchlebte persönlich gerade eine harte Zeit und hatte bisher gedacht, dass die Erfahrungen daraus ihm ganz sicher und absolut schonungslos seine Grenzen aufzeigten. Aber hautnah mitzuerleben, wie ein Mensch, den man zugegebenermaßen ziemlich mochte, unfreiwillig die komplette Kontrolle über seinen Körper verlor, setzte ihm mehr zu als alle anderen Geschehnisse der letzten Monate zusammen. Er schob seine Hände in die zerzausten Haare und zog so kräftig daran, dass der Schmerz ihn widersinnigerweise zur Besinnung kommen ließ.

In einem erneuten Anlauf, Kontakt mit jemandem aufzunehmen, der ihm weiterhelfen konnte, strich er über das Display und öffnete die Kontaktliste. Sein Finger schwebte wie schon etliche Male zuvor über dem Eintrag *Dag*. Er war der einzige Mensch, den er im Zusammenhang mit Isa kannte. Aber auch Dag fiel nicht in die Kategorie *Familie*. Also würde Isas Freund, ebenso wie er selbst, keine Auskunft bekommen. Enno atmete einmal, zweimal durch und drückte dann endlich auf die Nummer, die ihrer Mutter zugeordnet war. Es dauerte ein paar Sekunden, bis die Verbindung aufgebaut wurde, doch schließlich meldete sich eine Frau, deren resolute Stimme Enno einen unangenehm kalten Schauer über den Rücken jagte.

„Isabell, bist du also noch zur Einsicht gekommen und erscheinst zum Abendessen?“

Er räusperte sich. Den herrischen Unterton, der den Worten anhaftete, nahm er zwar wahr, ignorierte jedoch die eisige Begrüßung.

Er räusperte sich, bevor er betont ruhig erklärte: „Hier spricht Enno van Dyk. Ich bin ein Freund Ihrer Tochter.“ Das musste für den Anfang reichen. Ohne eine Pause einzulegen, versuchte er in Worte zu fassen, was sich in den letzten eineinhalb Stunden abgespielt hatte und redete so schnell, dass Isas Mutter keine Chance hatte, ihm ins Wort zu fallen.

„Wie kommen Sie an das Handy meiner Tochter? *Wer* sind Sie?“ Zum Ende hin wurde sie immer lauter, was Enno geflissentlich ignorierte.

„Isa ist im Krankenhaus und man benötigt Angaben, von denen ich keine Kenntnis besitze.“

„Krankenhaus?“ Für einen Moment hatte Enno das Gefühl, als würde Isas Mutter tatsächlich kurz die Luft wegbleiben.

„Sie hatte heute Nachmittag einen Blinddarmdurchbruch. Es tut mir leid, aber mehr kann ich Ihnen nicht sagen, weil man mir keine Auskunft erteilt. Aber wenn Sie sich die Nummer der Notaufnahme notieren könnten und dann dort anrufen, erhalten Sie sicher mehr Informationen.“

„Du lieber Himmel. Das passt mir heute aber gar nicht. Wir bekommen in zwei Stunden Gäste. Dass dieses Mädchen aber auch nichts als Scherereien macht.“ Und schon war die Eiskönigin wieder zur Stelle und schob die besorgte Mutter beiseite.

„Wie bitte?“ Enno glaubte, sich verhört zu haben. Wenn er an seine Eltern dachte, die liebevolle Zuwendung, die er sein Leben lang genießen konnte, die Herzensgüte, mit welcher seine Mutter ihn immer umsorgt hatte, fiel es ihm besonders schwer zu akzeptieren, dass es dieses Miteinander innerhalb der engsten Familie nicht überall gab. Er schob die Vorstellung beiseite und gab, wie angekündigt, jedoch ohne seine aufkommende Wut zu unterdrücken, die Nummer weiter.

„Also gut, junger Mann. Wir kümmern uns um die Angelegenheit. Danke, dass Sie uns informiert haben. Auf Wiederhören.“

Angelegenheit? Sie sprachen hier von ihrer Tochter!

„Ja, also dann, einen schönen Abend noch.“ Etwas anderes lag ihm noch auf der Zunge, aber Enno schluckte einen unhöflichen Kommentar herunter. Jetzt konnte er Isas Vorsicht, was das Bauprojekt anging und zwangsläufig damit im Zusammenhang stand, gut verstehen. Besorgnis und Anteilnahme waren offenbar Fremdworte für ihre Mutter.

Ungläubig starrte er auf das Handy, ehe er es in seine Hosentasche zurücksteckte.

Unschlüssig blickte er den langen Flur entlang. Irgendwie musste er eine Möglichkeit finden, zu Isa zu gelangen. Die Rettungssanitäter hatte er aus den Augen verloren, nachdem sich die Türen der Notaufnahme hinter ihnen geschlossen hatten. Zu den Behandlungsräumen hatte nur das Personal Zutritt. Entschlossen stand er auf, setzte sich in Richtung Notaufnahme in Bewegung und achtete pedantisch darauf, Madame Mürrisch und Missmutig aus dem Weg zu gehen. Sie würde es, ohne mit der Wimper zu zucken, fertigbringen und das Sicherheitspersonal anweisen, ihn vor die Tür zu setzen. Ein solches Szenario wollte er unter allen Umständen vermeiden.

Eine kleine beruhigende Stimme in seinem Kopf schaffte es, ihm den Mut zuzusprechen, den er bitter nötig hatte. „Du hast alles getan, was in deinen Kräften stand. Sie wird es schaffen. Ganz sicher. Eine gute Fee haut so schnell nichts um."

Wenn es doch nur so einfach wäre. Ein vorsichtig optimistisches Lächeln umspielte seine Mundwinkel.

Wenige Meter vor der Tür, durch die er vor einigen Minuten herausgestürzt war, stoppte er. Worte, die ihm Übelkeit bescherten, drangen an sein Ohr und beendeten ohne Umschweife sein kurzes Hoch.

„Sven hat gesagt, die Frau hätte den Transport vom Strand bis hierher fast nicht überstanden. Die muss echt mehrere Schutzengel gehabt haben. Hast du den vielen Eiter gesehen? Krass. Wie kann man nur so lange warten?" Ungläubig sah eine junge Frau ihre Kollegin an. Beide standen wartend vor dem Aufzug. Enno gesellte sich zu ihnen und vermied es tunlichst, den Anschein zu erwecken, als würde er lauschen. Beiläufig schielte er auf die Namensschilder. Die zwei waren Schwesternschülerinnen. Offensichtlich befanden sie sich mit Banane und Kaffeebecher bewaffnet auf dem Weg in die Pause.

„Dr. Reinboldt hat gesagt, dass das immer mal wieder vorkommt. Symptome werden unbeabsichtigt fehlgedeutet, zu lange ignoriert oder mit Schmerztabletten so lange in Schach gehalten, bis der Körper zum ultimativen Schlag ausholt. Ist ja noch mal gut gegangen." Ihre geröteten Wangen trugen den unverkennbaren Eifer nach außen.

Was, wenn er die Chance ergriff und sich die Unerfahrenheit der beiden zunutze machte? Natürlich wusste er, dass dieses Vorhaben mehr als egoistisch war, doch in dieser Situation stand einzig und allein sein Ziel im Vordergrund – herauszufinden, wie es um Isas körperliche Verfassung stand.

„Sie haben wohl einen sehr aufregenden Job?“, startete er den verzweifelten Versuch, mehr über Isas Zustand herauszufinden. Die kleinere der beiden zuckte angesichts der überraschenden Frage zusammen, die andere trat einen Schritt zurück. Nach einer kurzen Schrecksekunde hatten die jungen Damen sich jedoch wieder im Griff.

„Ähm, ja. An manchen Tagen ist im OP echt die Hölle los.“

Wie auf Kommando hielten sie sich zeitgleich die Hände vor den Mund und kicherten in Anbetracht ihrer flapsigen Ausdrucksweise. Enno lächelte aufgesetzt. Wenn er tatsächlich mehr herausfinden wollte, musste er jetzt gut schauspielern.

„Was passiert denn mit den Patienten, wenn sie aus dem OP raus sind?“

Er stützte sich mit dem Unterarm an der Wand ab. Als hätten die zwei sich abgesprochen, starrten sie ihn unverhohlen an. Seine äußere Erscheinung zeigte also noch immer Wirkung auf die Frauenwelt. Gut zu wissen.

„Sie kommen in den Aufwachraum und dann zurück auf die Station.“

Mit der Zunge fuhr sich die kleinere der beiden aufreizend über die Lippen. Doch diese Geste ließ Enno kalt. Er dachte nur an Isa.

„Dann ist die Frau mit den Schutzengeln also auf einer Ihrer Stationen?“ Der Blick, den beide tauschten, verhieß nichts Gutes. Der aufgeregte Schimmer verschwand aus ihren Augen.

„Wir dürfen eigentlich nicht über unsere Arbeit reden.“ *Für diese Erkenntnis ist es jetzt bereits zu spät*, dachte Enno.

„Gibt es denn noch eine andere Option?“

Schwesternschülerin zwei kaute auf ihrer Unterlippe. *Jetzt sag schon*, drängte Enno im Stillen.

„Die Intensivstation.“

Mit einem *Ping* stoppte der Aufzug und die zwei verschwanden eiligst in die Kabine. Er sah zu, wie die Aufzugtüren sich schlossen, und bemühte sich um einen freundlichen Gesichtsausdruck. Niemand sollte ihm anmerken, wie sehr die Unruhe in ihm wütete.

Intensivstation. Wie sollte er denn da reinkommen? Natürlich wusste er, dass nur enge Familienangehörige Zutritt hatten. Dort hineinzukommen war höchstwahrscheinlich noch schwieriger, als Informationen aus Madame Mürrisch und Misslaunig herauszukitzeln. Er drückte sich von der Wand ab und marschierte mit müden Schritten zum Ausgang. Vielleicht würde er später Isas Handy ein weiteres Mal nutzen und bei ihren Eltern nachfragen, solange er keinen anderen Weg fand, herauszufinden, wie es ihr ging. Mit der Eiskönigin sprechen zu müssen, würde er eher ertragen können als die Ungewissheit.

Die kühle Luft klärte seine Gedanken und er hätte sich in den Hintern treten können. Wie um alles in der Welt sollte er zum Strand zurückkommen? In einem Anflug von Panik durchsuchte er seine Hosentaschen - Isas Handy, das Wechselgeld aus dem Café und ein Feuerzeug. Ein Stöhnen entfuhr ihm und anhand der Reaktionen der vorbeilaufenden Passanten merkte er, dass es wohl unangebracht laut ausgefallen war.

Verdammt. Verdammt. Verdammt.

Was hatte er jetzt wieder verbrochen, dass ihm das Schicksal so dermaßen übel mitspielte? Konnte er nicht mal eine Runde aussetzen? Vor der Klinik hielt ein Bus der örtlichen Verkehrsgesellschaft. Also Bus fahren, entschied er und reihte sich in die Schlange der Wartenden ein.

„Was kostet ein Ticket nach Heisterwohlt“, fragte Enno und hoffte inständig, dass das Geld reichen würde.

„Fünf zwanzig.“ Dann blieben ihm sage und schreibe noch ein Euro achtzig. Wunderbar. Er schob dem Busfahrer das Geld hin und tauschte es gegen den Fahrschein. „Sie müssen am Hauptbahnhof in den Schnellbus umsteigen. Der kommt direkt nach uns an derselben Haltestelle an.“

„Danke.“ Er stopfte das Restgeld und das Stück Papier zurück in die hintere Hosentasche. Niedergeschlagen ließ er sich auf einen der freien Plätze fallen. Vom Adrenalin, das ihn hatte unter Strom stehen lassen, war kaum noch etwas zu spüren. Enno fühlte sich ausgequetscht wie eine Orange, matt und müde. Außerdem wurmte es ihn maßlos, dass er Isa nicht hatte sehen können. Schlief sie gerade oder war sie wach? Hatte sie Schmerzen, gab es Komplikationen? In seinem Kopf rotierten die Fragen wie die Figuren eines Kinderkarussells. Sein Hirn arbeitete nur noch eingeschränkt, sozusagen auf Notbetrieb. Er bekam kaum etwas davon mit, was um ihn herum passierte, wer sich neben ihn setzte, wer ausstieg, wo sie entlangfuhren. Nach einer knappen Stunde öffneten sich an der Endstation die Türen. Enno schleppte sich aus dem Bus. Wie er zu alten Kate kam, konnte er später im Detail nicht mehr nachvollziehen. Dass sich aber plötzlich seine Lebensgeister regten, spürte er genau zu dem Zeitpunkt, als er feststellte, dass die Tür von Isas Haus verschlossen war. Mit einem festen Fausthieb schlug er einmal kräftig dagegen und fluchte ungehalten.

„Scheiße! Was habe ich denn verbrochen?“ Brüllte er anfänglich, wurde seine Stimme zum Ende hin immer dünner.

„Kann ich Ihnen behilflich sein?“ Eine ihm unbekannte Frau mit einem Kinderwagen stand am Gehweg und musterte ihn skeptisch.

„Danke. Ich habe nur den Schlüssel vergessen.“ Enno versuchte, ihr zu signalisieren, dass alles in Ordnung war und hob eine Hand.

„Ist Isa denn an diesem Wochenende hier? Ich habe sie noch nicht gesehen.“

Das eine schließt das andere ja nicht aus, dachte er und schob die Hände in die Hosentaschen. Dabei fühlte er das Wechselgeld und den Fahrschein. Automatisch wurde ihm bewusst, dass ihm ohne Schlüssel auch der Zugang zu den Vorräten verwehrt blieb und mit den eins achtzig würde er sich nicht mal ein belegtes Brötchen kaufen können.

„Seit gestern“, gab er verhalten von sich und wandte sich ab. Je weniger Fragen er beantworten musste, umso besser. Ohne weiter auf die Frau zu achten, verschwand er hinter dem Haus. Wie er heute Morgen noch beruhigt festgestellt hatte, waren die Türen in dem Haupt- und in den Nebengebäuden mit sehr guten Schlössern versehen. Nur leider wünschte er sich jetzt, dass es anders wäre und es eine Möglichkeit gäbe, sich mit simplen Methoden Zutritt zu verschaffen.

So sehr er sich auch bemühte, eine Lösung zu finden – die einzige Option, die sich ihm bot, war das angekippte Fenster neben der Hintertür. Er würde versuchen, so wenig Schaden wie möglich anzurichten und bei der späteren Reparatur zweifelsohne selbst Hand anlegen. Doch zum jetzigen Zeitpunkt konnte man den Bereich vom Strandweg zu gut einsehen und es waren noch etliche Spaziergänger unterwegs. Also blieb Enno nichts anderes übrig, als zu warten, bis die Dunkelheit in ein oder zwei Stunden alle verräterischen Aktivitäten verschlucken würde.

Hinter einem Fliederbusch fand er den vor neugierigen Passanten dringend benötigten Sichtschutz, setzte sich auf den Rasen und dachte an Isa. Sie fehlte ihm. Die kurze Annäherung zwischen ihnen hatte dem Funken namens Hoffnung neue Nahrung gegeben. Und ja, er sehnte sich danach, dass er seine Gedanken mit jemandem teilen konnte. In Isa sah er die Person, die ihn ohne Vorbehalt so akzeptierte, wie er war. Trotz seines Ballastes und seiner Vergangenheit setzte sie auf seine Erfahrung. Sie hatte ihn um seine Meinung gebeten, ihm sogar ein sehr verführerisches Angebot unterbreitet. Diese Kate umzubauen, die Verantwortung dafür zu übernehmen, dass Isas Traum ein Stück realer würde, wäre in seiner Situation wie ein Sechser im Lotto.

Nur noch aushaken und *schwups* würde sich das Fenster wie durch Zauberhand öffnen. Gerade als Enno sich wünschte, er könne ein bisschen mehr sehen und durch die Dunkelheit nicht allein auf seinen Tastsinn angewiesen zu sein, wurde sein Arbeitsfeld von einem hellen

Lichtstrahl erfasst. Ihm lag ein *Danke* schon auf den Lippen, als ihm bewusst wurde, was dieses Licht bedeutete. Ein resigniertes Stöhnen entwich unkontrolliert seiner Kehle.

„Können wir in irgendeiner Form behilflich sein“, fragte ein uniformierter Schatten. Seine monotone Stimme ließ darauf schließen, dass er keinesfalls zu Späßen aufgelegt war.

„Ich habe mich ausgesperrt.“ Diese lahme Erklärung wurde vom Wind davongetragen. Die Polizeibeamten betrachteten ihn gelangweilt. Enno schloss für zwei Sekunden die Augen.

„Polizeiobermeister Petersen. Mein Kollege Polizeimeister Teske. Können Sie sich ausweisen?“

Konnte der Typ mal die Taschenlampe aus seinem Gesicht nehmen? Enno wandte den Blick ab, um dem blendenden Licht zu entkommen.

„Meine Papiere sind im Haus.“ Noch nie war er ohne seinen Rucksack irgendwo hingegangen. Doch die Ausnahmesituation nach Isas Zusammenbruch hatte ihn all seine Regeln über Bord werfen lassen.

„Das Haus gehört Isa Holthusen“, stellte Petersen fest und richtete sich in einer eindeutigen Pose auf. Alles an Ennos Gegenüber schrie: Ich habe hier die Oberhand.

Das Grummeln in seinem Inneren nahm unangenehme Ausmaße an. Er befand sich zweifellos in einer Sackgasse.

„Ich bin ein Freund.“ Enno hätte sich seine schwammige Antwort auch sparen können.

„Ihr Name?“ Der Nachdruck in Petersens Frage verstand selbst der letzte Trottel. Deswegen blieb ihm nichts weiter übrig, als ergeben zu antworten.

„Enno van Dyk.“ Was jetzt geschehen würde, konnte er sich an seinen zehn Fingern abzählen. Hoffnungslos ließ er den Kopf in den Nacken fallen. Dass er die Hände zu Fäusten ballte, half ihm nicht im Geringsten. Er war geliefert.

„Ich überprüfe das“, gab Polizeimeister Teske zu verstehen.

Henry würde ihm den Hals umdrehen, das war so sicher wie das Amen in der Kirche.

Seit wann wurden Einbrecher, mutmaßliche noch dazu, so lange auf einer Polizeiwache festgehalten?, fragte sich Enno nicht zum ersten Mal an diesem Abend. Seine Laune sank im gleichen Maße, wie seine Sorge um Isa stieg. Allein die Hoffnung, dass die Operation gut verlaufen war, hielt ihn davon ab, durchzudrehen.

„Sie können jetzt Ihren Anwalt kontaktieren.“

Wunderbar. Nach über drei Stunden Warterei war das doch ein echter Fortschritt.

„Danke“, murmelte Enno mit unüberhörbarem Sarkasmus in der Stimme.

Auf dem Weg zum Telefon spürte er die Müdigkeit in seinen Knochen. Was gäbe er dafür, jetzt in einem Bett liegen zu können, vorzugsweise in Isas Kate. Aber nein, er musste sich ja ausreichend dämlich anstellen, wenn es darum ging, durch ein angekipptes Fenster in ein Haus einzusteigen. Mit mechanisch wirkenden Bewegungen setzte er sich an einen Tisch, wählte Henrys Nummer und vermied es, sich vorzustellen, was für eine Standpauke ihm sein bester Freund gleich halten würde.

„Behringer.“

Enno schloss die Augen. Henry mit dem, was er gleich beichten musste, zu enttäuschen, widerstrebte ihm zutiefst. Sein Freund hatte seinen Absturz mit all den ihm zur Verfügung stehenden Mitteln weitestgehend abgemildert, so gut es eben möglich gewesen war. Und jetzt das.

„Hallo?“ Die harsche Aufforderung, endlich zu sprechen, ließ Enno zusammenzucken.

„Henry, hier ist Enno. Ich habe da ein kleines Problem.“

Die trügerische Ruhe am anderen Ende der Leitung währte nur kurz.

„Es ist kurz vor zehn, mein Freund. Hat es nicht bis morgen Zeit? Von wo rufst du überhaupt an. Die angezeigte Nummer hat keine Hamburger Vorwahl.“ Der Vorwurf hatte gesessen und Ennos schlechtes Gewissen wuchs um ein weiteres Level.

„Ich bin an der Ostsee“, gab er kleinlaut zu.

„Wow. Erinnerst du dich daran, dass du mich davon in Kenntnis setzen wolltest, wenn du die Stadt verlässt? Du kennst die Auflagen des Insolvenzverwalters. Herrgott noch mal! Ich muss eine Möglichkeit haben, mit dir Kontakt aufzunehmen. Verdammt, Enno. Bisher konnte ich mich darauf verlassen, dich wenigstens einmal pro Woche in meinem Büro zu sehen. Meinst du, mir fällt es leicht, deine Entscheidung zu akzeptieren, dich von allen fernzuhalten, die dir wichtig sind?“

Henrys Lautstärke veranlasste Enno dazu, den Hörer ein paar Zentimeter von seinem Ohr wegzuhalten. Verstehen konnte er ihn immer noch gut genug.

„Ich sitze auf einer Polizeiwache und brauche deine Hilfe.“

Stille.

Unerträgliche Stille.

„Sag, dass ich mich soeben verhört habe.“ Henrys Stöhnen glich mehr einem *Ich habe keinen Bock mehr, dir den Arsch zu retten. Aber was tut man nicht alles für seinen besten Freund, der sonst jegliche Hilfe ablehnt, die ihm den Alltag erleichtern könnte.*

„Ich habe jemanden kennengelernt."

Bei der indirekten Erwähnung von Isa entspannte sich Enno minimal. Sogar ein leichtes Lächeln legte sich auf seine Lippen, obwohl in der jetzigen Situation überhaupt kein Grund zur Freude bestand.

„Ist sie hübsch?"

Die Frage zeigte Enno, dass Henry ihm nur halb so böse war, wie es sich im ersten Moment angehört hatte.

„Mehr als das. Sie ist meine gute Fee." Sein Lächeln wurde breiter.

„Aha. Muss ich diese kryptische Aussage verstehen?"

Nein, musste er nicht. Enno erzählte in den nächsten Minuten alles – von der ersten Begegnung bis hin zum vermeintlichen Einbruch.

„Ich brauche eine Kontaktadresse, die ich hinterlegen kann, damit ich auf freien Fuß komme", beendete Enno seine Ausführungen. „Kannst du bitte ein Schreiben aufsetzen, so mit offiziellem Briefkopf und Anwaltsgeschwafel, damit diese Farce hier endlich beendet wird?"

„Du steckst ganz schön in der Scheiße", stellte Henry zusammenfassend nüchtern fest.

„Das weiß ich selbst. Hilfst du mir oder nicht? Ich könnte verstehen, wenn meine Bitte den Bogen langsam aber sicher überspannt. Schließlich hast du schon so viel für mich getan und ich …"

„Weißt du, was dein Problem ist?" Henry wartete gar nicht erst eine Antwort ab, sondern redete nach kurzem Luftholen weiter. „Du denkst, jeder handelt nur zu seinem eigenen Vorteil. Aber es gibt verschiedene Kategorien - Freunde und Feinde. Ich hoffe, du zählst mich zu deinen Freunden." Jetzt klang Henry doch gereizt.

„Hätte ich dich sonst angerufen?", versuchte Enno zu beschwichtigen.

„Zurück zum eigentlichen Problem. Das Schreiben kommt innerhalb der nächsten Viertelstunde, wenn du mir eine Faxnummer gibst."

„Man hat mir einen Zettel gegeben, auf dem Adresse, Telefon- und Faxnummer der Polizeiwache steht, warte kurz." Er zog das Blatt zu sich heran und gab Henry die Ziffernfolge durch. Im Hintergrund hörte er schon Tastaturgeklapper. Das nannte er mal umgehende Auftragsbearbeitung, auch wenn es sich nur um einen Freundschaftsdienst handelte.

„Okay. Sieh es als erledigt an."

„Danke. Irgendwann werde ich alles wiedergutmachen." Enno hoffte, dass sein Versprechen kein leeres war.

„Ja, ja. Versprich mir nur, dass du dich in Zukunft an das hältst, was wir besprochen haben: keinen zusätzlichen Ärger, wodurch auch immer.

Du solltest unter dem Radar der Insolvenzverwalter fliegen. Je länger wir die Gläubiger friedlich stimmen können, umso besser. Unruhe bringt uns kein Stück weiter."

„Ich weiß."

„Melde dich Montag in meinem Büro, dann kannst du mir ausführlich berichten, was das mit deiner Isa und dem eventuellen Job auf sich hat."

„Werde ich auf jeden Fall machen. Grüß deine Frauen von mir."

Bei der Erinnerung an Henrys Frau Paula und ihre gemeinsame kleine Tochter Alina verspannte sich Enno. Die Entscheidung, sich von allen abzuwenden, war damals die richtige gewesen. Jeanine konnte man nicht über den Weg trauen. Wer weiß, was sie sich ausgedacht hätte, um ihn unter Druck zu setzen. Die Frau kannte keine Skrupel.

12. Kapitel

Schmerz. Unerträglicher Schmerz. An das Gefühl konnte Isa sich noch erinnern, doch danach kam nichts mehr. Als sie unter enormer Kraftanstrengung die Augen öffnete, wurde sie von einem unbekannten Piepsen, grellem Licht und Stimmen geweckt, die ihr nur allzu bekannt vorkamen.

„Isa, mein Kind – wie schön." Die Duftwolke eines teuren und sehr vertrauten Parfüms wehte zu Isa herüber.

„Was ist passiert? Wo bin ich?" Mühsam versuchte sie sich aufzurichten, doch ein unerwartetes Ziehen im Unterbauch stoppe ihr Vorhaben. „Aua!" Dieser Schmerz war zwar anders als der letzte, aber deswegen nicht weniger intensiv. Glücklicherweise hatte sich die Übelkeit verabschiedet und das Gefühl, als würde eine Feuerwalze über die inneren Organe hinwegrollen, war lediglich als unangenehme Erinnerung zurückgeblieben.

„Du hattest einen Blinddarmdurchbruch. Die Ärzte sind aber der Ansicht, dass du das Schlimmste überstanden hast." Magdalena Holthusen tätschelte ihr den Arm. „Dein Vater hat veranlasst, dass du vom Chefarzt betreut wirst und es dir an nichts fehlen wird."

Als ihre Mutter sich zur Seite neigte, konnte Isa nun auch ihren Vater am Bettende stehen sehen. Seine Lippen bildeten eine schmale Linie. Seine Anwesenheit bedeutete, dass Isas Zustand wohl mehr als kritisch gewesen sein musste. Spontane Änderungen seines Tagesplans kamen nur sehr selten vor, im Grunde nie, zumindest konnte Isa sich an keinen Vorfall in der Vergangenheit erinnern.

„Sobald du transportfähig bist, wirst du nach Hamburg verlegt. Mit der Fahrerei verliere ich viel zu viel wertvolle Zeit. Außerdem muss ich in den nächsten Tagen auch noch deine Aufgaben übernehmen." Der barsche Ton ihres Vaters war Isa nur zu vertraut. Aber konnte er unter diesen Umständen nicht ein bisschen mehr väterliche Fürsorge aufbringen?

„Ich kann nichts dafür, dass ich hier liege", erwiderte Isa mit schläfriger Stimme.

„So ein Durchbruch fällt doch nicht vom Himmel. Ganz sicher gab es irgendwelche Anzeichen, die du ignoriert hast."

Die offene Anschuldigung verletzte sie und eine ordentliche Portion Aufsässigkeit überflutete ihr Gefühlsleben.

„Bist du jetzt unter die Mediziner gegangen?" Sie konnte gerade noch verhindern, dass ein *oder was*, über ihre Zunge rutschte.

„Kind, bitte. Wie redest du denn mit deinem Vater?"

Manchmal fragte sich Isa, für wen ihre Mutter sich im Falle eines Falles entscheiden würde. Wahrscheinlich für denjenigen, der ihr ein privilegiertes, sorgloses Leben und ausreichend Ansehen in der Gesellschaft garantieren konnte.

„Ihr müsst mich nicht besuchen. Hier wird ja für mich gesorgt. Wir können telefonieren."

Neben der Müdigkeit überfiel sie nun auch noch eine gedrückte Stimmung – ein toller Cocktail. Sie wollte jetzt nur noch eines: allein sein.

„Das würde die Sache erleichtern. Apropos Sache … In der Kate gab es einen versuchten Einbruch."

Ihre Niedergeschlagenheit wich innerhalb einer Sekunde hundertprozentiger Konzentration auf das, was ihr Vater von sich gab.

„Irgend so ein Penner hat sich an einem der Fenster zu schaffen gemacht. Du solltest das alte Ding endlich veräußern. Mit dem Geld kannst du dir dann ein kleines Appartement kaufen, wenn du unbedingt eine Bleibe an der Ostsee haben musst."

Einbruch?

Penner?

Oh nein!

Enno.

Isas Faust drückte sich gegen ihre Brust. Plötzlich erinnerte sie sich an den Zeitpunkt ihres Zusammenbruchs, an seine panischen Versuche, ihr zu helfen. Aber er wusste, wo die Schlüssel lagen, und musste sich nicht auf andere Weise Zutritt verschaffen. Zum Glück befand sich in ihrer Handtasche ausreichend Bargeld. Er würde es sicher finden, um sich ein paar Tage über Wasser halten zu können. Sie vertraute ihm.

„Hat man ihn denn geschnappt, ich meine, ist er ins Haus gekommen?" In der Kate gab es nichts zu holen, überlegte Isa, also was wollte der Einbrecher?

„*Versuchter* Einbruch, Isa, da hast du deine Antwort. Vergiss es einfach und denke über meinen Vorschlag nach." Ihr Vater sah sie ungeduldig an.

„Können wir diese Diskussion bitte verschieben. Ich bin müde." Isa rieb sich mit den Fingern über ihre Stirn, als könnte sie so die Schläfrigkeit vertreiben.

„Natürlich, Kind. Du bist ja auf einmal ganz blass."

Gott, wie sie das hasste, immer wieder als *Kind* bezeichnet zu werden. Sie war doch keine vier mehr.

„Ich brauche nur ein wenig Ruhe."

„Wir fahren dann. Du kannst morgen mit deiner Mutter telefonieren. Ansonsten bist du hier im Privatzimmer der Intensivstation bestens aufgehoben.“ Jasper hatte sich bereits seinen Mantel übergezogen. Sah ganz so aus, als wäre er lieber irgendwo anders, als in diesem Krankenzimmer.

„Ja.“ Was sollte sie noch sagen. Wenn er weiter keine Sorgen als die standesgemäße Unterbringung seiner Tochter hatte …

Magdalena gab ihr einen Kuss auf die Stirn. Ihr Vater hingegen nickte ihr nur zu. Körperliche Nähe mit seiner Tochter mied er wie der Teufel das Weihwasser. Der Grund für sein Verhalten erschloss sich ihr nie. Da er allerdings oft genug hatte durchblicken lassen, dass sie schlichtweg das falsche Geschlecht besaß, konnte sie wohl kaum erwarten, dass er ihr gegenüber irgendwelche Gefühle hegte.

Nachdem die Tür ins Schloss gefallen war, begutachtete Isa ihren Bauch. Ein großflächiger Verband klebte von ihrem Beckenknochen bis zum Rippenbogen. Die Orangefärbung zeigte äußere Spuren der Operation, von deren Verlauf sie jetzt gerne mehr gewusst hätte. Sie wollte in Erfahrung bringen, was geschehen war. Also klingelte sie und kaum hatte sie den Knopf losgelassen, betrat eine zierliche junge Schwester das Zimmer.

„Ich bin Schwesternschülerin Maja.“

Ihr Vater musste ordentlich Eindruck hinterlassen haben. Das junge Mädchen wirkte vollkommen verschüchtert.

„Ich bin Isa.“ Sie streckte ihre Hand aus.

Zögerlich erwiderte Maja die Geste.

„Können Sie mir sagen, was passiert ist? Ich kann mich an überhaupt nichts erinnern.“ Maja schien kurz zu überlegen, doch dann nickte sie und ihre Gesichtszüge entspannten sich merklich.

„Was genau möchten Sie wissen, Frau Holthusen?“

„Ich heiße Isa. Frau Holthusen ist meine Mutter.“ Sie zwinkerte der jungen Schwester zu. Selbst im Hotel nannten sie alle beim Vornamen. Zwar wurde durch die förmliche Anrede *Sie* immer noch eine gewisse Distanz gewahrt, aber die unüberwindbare Linie, die ihr Vater zwischen sich und den Angestellten gezogen hatte, wollte sie auf keinen Fall heraufbeschwören.

„Oh. In Ordnung. Wie Sie wünschen.“ Mit zartroten Wangen und einem angedeuteten Lächeln überprüfte Maja Isas Vitalfunktionen an einem der Monitore.

„Sie sind gestern mit dem Rettungswagen eingeliefert worden. Im OP war ich nicht anwesend, aber anhand der Unterlagen kann ich sagen, dass Sie unglaubliches Glück hatten. Die genauen Umstände der

Operation muss Ihnen aber Professor Bonnitz erklären. Ich bin nur für Ihre pflegerische Betreuung hier auf der Station zuständig."

„Können Sie mir sagen, ob alles wieder in Ordnung kommt?"

Genaue Details wollte Isa gar nicht hören. Alles, was mit Blut in Zusammenhang stand, ekelte sie mehr an als ein Haufen Pferdemist.

„Soweit ich informiert bin, liegen Ihre Werte alle im zufriedenstellenden Bereich. Die Wunde ist reizlos und Sie haben auch kein Fieber mehr."

Das sind doch gute Neuigkeiten, dachte Isa und richtete sich ein wenig auf.

„Sind Sie so nett und ziehen das Kissen ein bisschen weiter nach oben? Jede zusätzliche Bewegung schmerzt." Entschuldigend verzog Isa das Gesicht.

„Selbstverständlich." Maja klopfte mehrmals auf das Kissen, bevor sie es neu positionierte. „Gut so?"

„Perfekt. Danke." Maja freute sich sichtlich, dass Isa mit ihrer Arbeit zufrieden war. Was hatte ihr Vater nur für einen Eindruck hinterlassen?

„Können Sie mir sagen, ob sich außer meinen Eltern noch jemand nach mir erkundigt hat?"

Es lag außerhalb ihrer Vorstellungskraft, dass Enno keinen Versuch unternommen hatte, sich nach ihrem Zustand zu erkundigen.

„Leider nein. Es ist aber auch so, dass Besucher schon an der Anmeldung darauf hingewiesen werden, dass der Zutritt zur Intensivstation nur einem eingeschränkten Personenkreis gestattet ist."

„Und wann werde ich aller Voraussicht nach verlegt? Ich meine, wann könnte ich Besuch von Freunden erhalten?"

„Das entzieht sich meiner Kenntnis. Aber Sie können den Professor bei der Nachmittagsvisite fragen."

Das würde sie ganz sicher tun.

„Danke."

„Sie sollten ein wenig schlafen. Ihr Körper braucht Ruhe. Je eher ihr Zustand sich stabilisiert, umso früher werden Sie verlegt." Maja sah sie verschwörerisch an und Isa dankte ihr mit einem Lächeln.

Noch vor dem Schichtwechsel der Schwestern am gestrigen Abend war Isa verlegt worden. Ihr neues Zimmer wirkte ganz anders als ein Krankenzimmer. Eidottergelbe Wände, Flachbildfernseher, elektrisch verstellbarer Sichtschutz am Fenster, gemütliche Sitzgruppe ihrem Bett gegenüber – nur der Bodenbelag erinnerte an eine Klinik. Die Hygienevorschriften mussten schließlich auch in Privatzimmern eingehalten werden.

Ihre Narbe zwickte zwar hin und wieder, doch die Schmerzen hatten deutlich nachgelassen.

Das, was die Klinikküche unter leichter Nahrung verstand, hatte sie kaum angerührt. Der Appetit ließ noch auf sich warten. Auch Besuch ließ auf sich warten. Aber wer sollte auch vorbeikommen, um Isa zu bespaßen. Außer Enno wusste niemand, dass sie hier war.

Enno.

Mit jeder Stunde, die verging, fragte sie sich erneut, wo er steckte. Von Maja hatte sie erfahren können, dass er mit einer Kollegin in der Anmeldung der Notaufnahme aneinandergeraten war. Bei der Vorstellung, wie er seinem Temperament freien Lauf ließ, musste sie schmunzeln – da wäre sie gerne Zuschauer gewesen. Sie konnte nicht genug davon bekommen, mehr Facetten an ihm zu entdecken. Die nette junge Schwesternschülerin hatte sich extra nach ihm erkundigt, nachdem Isa sie darum gebeten hatte. Doch weshalb meldete er sich nicht bei ihr, nachdem er einen unglaublichen Aufstand veranstaltet hatte, wenn man Majas Ausführungen glauben schenken durfte?

Missmutig schaltete sie durch die unzähligen Programme. Eine Vielzahl der Kanäle war ihr gänzlich unbekannt. Unter normalen Bedingungen kam Isa in der Woche nur selten dazu, fernzusehen, und am Wochenende las sie lieber ein Buch oder radelte bei gutem Wetter an der Elbe entlang. Nachdem sie eine Dokumentation über den *Mount St. Helens* zu Ende geschaut hatte, drückte sie den Ausknopf und starrte nachdenklich an die Decke.

Der Bericht mit atemberaubenden Nahaufnahmen des Vulkans hatte leider nur kurzzeitig eine ablenkende Wirkung gehabt. Doch jetzt liefen ihre Gedanken wieder auf Hochtouren. Enno, immer wieder Enno. Dieser Mann hatte ihr auf irgendeine hinterlistige Art das Hirn verhext. Dafür, dass sie sich erst so kurze Zeit kannten, spukte er ziemlich hartnäckig in ihrem Kopf herum. Grummelnd widmete sie sich dem hochmodernen Telefonsystem in ihrem Zimmer. Im ersten Moment hatte sie gedacht, der Techniker wollte sie veralbern, als er sich nach Kräften bemühte, ihr alle Funktionen zu erklären. Über ein Monitorsystem konnte sie nun ihr Essen für den nächsten Tag bestellen, allgemeine Informationen der Klinik abrufen, im Internet surfen und eben auch ihr Telefon aktivieren.

„Telefonauskunft, wie kann ich Ihnen weiterhelfen?“ Isa entspannte sich augenblicklich, als sie die melodische Bassstimme des Servicemitarbeiters vernahm.

Wow.

Als Hörbuchsprecher würde er wahrscheinlich jede Menge Angebote bekommen. Das Klischee *Dem Typen würde ich auch zuhören, wenn er ein Telefonbuch vorlesen würde* kam hier gerade sehr passend zur Geltung. Isa musste sich mit aller Kraft zusammenreißen, um das Seufzen zu unterdrücken, das fast über ihre Lippen geschlüpft wäre. War sie ein fünfzehnjähriger Teenie, der vor seinem Rockstaridol stand, oder was?

Ein kurzes Räuspern rettete sie vor der Peinlichkeit, dass ihr womöglich die Stimme versagte. „Ich brauche die Nummer des *Deich-Cafés* in Heisterwohlt."

„Einen Moment bitte." Tastaturgeklapper war zu hören, dann nannte der Mitarbeiter der Service-Hotline eine Nummer, die Isa sich sofort notierte.

„Danke. Können Sie mich gleich verbinden?" Hätte sie ihr Handy bei sich, könnte sie Mareike auch auf einfacherem Weg anrufen. Doch im Notfall-Chaos hatte offenbar niemand daran gedacht, es mitzunehmen.

„Selbstverständlich." Ein kurzes Knacken, dann ertönte das unverkennbare Rufzeichen in der Leitung.

„Deichcafé Heisterwohlt, Sie sprechen mit Frau Friedrichs." Sie war erleichtert, dass jemand abgehoben hatte und sie kein einseitiges Gespräch mit dem technischen Freund namens Anrufbeantworter führen musste. Ihre Laune verbesserte sich außerordentlich.

„Carola, hier ist Isa. Isa Holthusen."

Ein greller Überraschungsschrei brachte ihre Hörmembran zum Vibrieren. „Isa! Um Himmels willen, geht es dir gut?"

„Ähm, ja. So weit alles in Ordnung."

Über das erleichtert klingende Seufzen musste Isa schmunzeln. Sah ganz so aus, als wüsste halb Heisterwohlt über den Notarzteinsatz Bescheid. Neuigkeiten verbreiteten sich in dem kleinen Ort bekanntermaßen in Lichtgeschwindigkeit.

„Ist Mareike da?", fragte sie und legte sich zeitgleich eine Hand auf die Narbe, weil sie unangenehm juckte. Kratzen ging ja schlecht, aber der minimale Druck reichte aus, um den Reiz für den Moment zu mildern.

„Natürlich, warte eben." Als ob sie auflegen würde. Im Hintergrund hörte sie aufgeregtes Gerede und konnte Mareike deutlich ausmachen. Gott sei Dank war sie im Café.

„Süße, geht es dir gut? Wir haben gerade erst erfahren, was passiert ist."

Hm, also doch kein Lauffeuer.

„Es war der Blinddarm. Aber ich bin, wie man so schön sagt, über den Berg. Macht euch bitte keine Sorgen."

„Puh, das beruhigt mich ungemein, eine Sorge weniger. Jag uns nie wieder so einen Schrecken ein, hast du verstanden?“

Das Versprechen konnte sie vorbehaltlos geben. Wer wollte so ein Drama schon ein weiteres Mal erleben?

„Ich werde mir die größte Mühe geben“, versicherte sie deswegen auch, ohne zu zögern.

„Gut. Hat man dich darüber informiert, dass Enno verhaftet wurde?“

Schlagartig setzte sie sich auf und bereute sofort ihre überhastete Aktion.

„Wie bitte?“ Zwischen zusammengebissenen Zähnen brachte sie die zwei Worte voller Entsetzen hervor. Das dufte doch jetzt nicht wahr sein!

„Marc Petersen hat ihn angeblich beim versuchten Einbruch erwischt und ihn mit auf die Wache genommen. Vor einer halben Stunde kam Enno zu mir ins Café, vollkommen übernächtigt. Wenn du mich fragst – er sah aus, als hätte er nicht nur eine Dusche dringend nötig. Aber er hat es vehement abgelehnt, den Ersatzschlüssel zu nehmen, damit er ins Haus kommt. Er hat gesagt, er würde es erst wieder betreten, wenn du dabei bist.“

„Mareike! Stopp! Langsamer! Wo ist er jetzt?“ Von jetzt auf gleich brach Isa der Schweiß aus. Wenn ihr Körper mitspielen würde, wäre sie längst auf dem Weg, sich selbst zu entlassen.

„Er sitzt hinten, du weißt schon, wo die Mitarbeiter ihre Raucherpause machen.“

In die düstere Ecke verirrte sich nur selten ein Sonnenstrahl – ein fantastischer Ort, um sein angeknackstes Ego wieder aufzubauen. Toll. Isa ließ den Kopf in den Nacken fallen und hätte einiges dafür gegeben, Enno jetzt in eine feste Umarmung ziehen zu können.

„Kannst du ihn ans Telefon holen?“, bat sie und sah vor ihrem inneren Auge seine gebrochene Gestalt auf einer der Holzkisten sitzen. Was musste in ihm vorgehen – zu Unrecht beschuldigt in Kombination mit dem verkorksten Leben, das er hinter sich hatte?

„Isa, nur mal unter uns. Was ist mit ihm? Er redet kaum ein Wort, wirkt orientierungslos und meiner Meinung nach steht er kurz davor zusammenzubrechen.“

So was in der Richtung hatte Isa befürchtet.

„Ja. Kann ich mir denken. Lass mich mit ihm sprechen, bitte!“ Sie wischte sich die feuchten Hände am Laken ab.

„Klar, warte, ich hole ihn.“

Warten scheint mein neues Hobby zu werden, dachte Isa unwillig. Tatenlos herumzuliegen entsprach nicht mal im Ansatz ihrer Natur. Die

Zeit verstrich quälend langsam und erst als sie im Hintergrund Schritte hörte, strömte neuer Sauerstoff in ihre Lunge.

„Isa?“

Als sie Ennos kratzige Stimme hörte, hätte sie ihn fast nicht erkannt.

„Isa, ich … Ist bei der OP alles gut verlaufen? Hast du Schmerzen? Weißt du, wie sehr du mich erschreckt hast?“ Seine letzten Worte besaßen fast schon einen anklagenden Unterton und bei all dem Durcheinander musste Isa zugeben, dass sie sein kleiner Ausbruch tatsächlich aufmunterte. Er hatte noch nicht komplett aufgegeben.

„Mein Leben stand auf Messers Schneide.“ Sie versuchte sich an einem heiteren Tonfall, doch selbst in ihren Ohren klang ihre Stimme aufgesetzt. „Aber weißt du, ich hatte den besten Retter, den man sich wünschen kann.“ Und nach einer bedeutungsvollen Pause fügte sie hinzu: „Danke Enno. Ohne dich läge ich wahrscheinlich in einer anderen Abteilung.“

„Ich habe mir solche Sorgen gemacht. Niemand wollte mir Auskunft geben und ich wusste nicht … Ich bin so froh, deine Stimme zu hören.“

Offenbar versuchte er, seine ehrliche Bestürzung vor ihr zu verbergen, und hatte eine Hand über den Hörer gelegt. Doch Isa blieb sein leises Schniefen nicht verborgen. In diesem Augenblick hätte sie ihn am liebsten in den Arm genommen. Stumme Tränen rannen ihr angesichts der verqueren Lage über die Wangen und eine ganze Weile sagte keiner der beiden ein Wort. Ihr gemeinsames Schweigen hatte etwas Tröstliches an sich.

„Hey, mir geht es besser“, begann sie irgendwann. Zeit spielte keine Rolle. Hauptsache sie standen, auf welche Weise auch immer, in Verbindung.

„Gut zu wissen.“ Seine Erleichterung konnte Isa selbst auf die Entfernung spüren.

„Die Schmerzen sind erträglich und ich bin sogar schon aufgestanden.“ Dass sie den beschwerlichen Weg zur Toilette nur mit Hilfe geschafft hatte, verschwieg sie wohlweislich.

„Erzählst du mir von dem Vorfall? Was kann ich tun, um dich vor weiteren Unannehmlichkeiten zu bewahren?“

Die Stille in der Leitung ließ Isas Nervosität erneut anschwellen. „Enno?“

„Ich habe mit meinem Anwalt telefoniert. Du weißt schon, der, der meinen Ruin verwaltet.“

Der Sarkasmus in Ennos Worten schmerzte Isa. Himmel, was musste dieser liebenswerte Mann noch alles über sich ergehen lassen?

„Seine Freude über neuerliche Schwierigkeiten hielt sich in Grenzen. Vielleicht könnte eine Aussage von dir das Missverständnis aufklären. Dein Vater hat mir nicht gerade in die Karten gespielt."

Die Wut brach in Form eines viel zu lauten Aufschreis aus Isa heraus. „Was hat er getan?"

Frustriert raufte sie sich die Haare. Das Grundstück samt Immobilie gehörte ihr. Also gab es von seiner Seite gar keine Veranlassung, der Polizei wegen eines vermeintlichen Einbruchs die Hölle heißzumachen.

„Allein die Tatsache, dass er mit seinen Fragen für Wirbel gesorgt hat, erschwert die Entkräftung der Vorwürfe – unerlaubtes Betreten fremden Eigentums, Sachbeschädigung, versuchter Einbruch, Diebstahl."

„Und was genau hast du mir entwendet?"

Langsam wurde Isa müde und kuschelte sich in das Kissen. Was wurde ihr nur für ein Cocktail in die Infusion gespritzt?

„Bei der Festnahme hatte ich dein Handy bei mir."

„Mein Handy?" Ihre Stirn legte sich in Falten. Aber jetzt wusste sie wenigstens, wo es abgeblieben war.

„Damit hatte ich den Notarzt gerufen und später deine Eltern informiert, dass du in die Klinik eingeliefert wurdest. Als ich versucht habe, ins Haus zu kommen, befand es sich immer noch in meiner Hosentasche." Wahrscheinlich ist dies ein aktuelles Beispiel für den Ausspruch *Verkettung unglücklicher Umstände*. Armer Enno.

„Oh. Wen muss ich anrufen, um alles aufzuklären?"

Sie ignorierte ihre Trägheit und richtete sich wieder auf. Auf keinen Fall sollte Enno unter falschem Verdacht stehen.

„Der Typ heißt Petersen. Mareike sagt, ihr kennt euch."

Marc?

„Wie man einen Dorfpolizisten eben kennt. Mach dir keine Gedanken. Ich werde ihn gleich anrufen. Dann gebe ich dir Bescheid. Hat das Handy noch genügend Akku?"

„Ich denke, eine Weile reicht es noch. Ich habe ja nur zwei Anrufe getätigt." Enno legte großen Wert darauf, dass Isa ihm vertraute. Das Handy einer anderen Person in den Händen zu halten, bedeutete insbesondere, einen Blick auf ihre Privatsphäre werfen zu können. Isa schien sich darüber jedoch keine Sorgen zu machen.

„Lass dir von Mareike den Zweitschlüssel vom Haus geben. In meiner Handtasche befindet sich genug Geld, damit du dich zum einen mit Lebensmitteln eindecken und zum anderen ein Ticket für den Bus nach Kiel kaufen kannst."

Bei ihren Worten zog sein Magen sich unangenehm zusammen und erneut beschlich ihn das widerliche Gefühl, dass er von vielen Menschen zu Recht als Schmarotzer betitelt wurde. Er hasste das.

„Kommt überhaupt nicht in Frage“, wetterte er ungehalten los und richtete seinen Zorn ausgerechnet gegen die eine Person, die ihm wieder und wieder signalisiert hatte, dass sie ihn mit ganz anderen Augen betrachtete.

13. Kapitel

„Ich muss noch ein paar Tage hierbleiben und du willst mich nicht besuchen?"

„Was? Natürlich! Nein, ich meine …" Gott, wie sollte er sich ihr nur erklären. Die Enttäuschung, die in ihrer Stimme mitschwang, weckte ein lange verborgenes Gefühl in seinem Inneren. Der Drang, Isa mit den bescheidenen Mitteln, die ihm zur Verfügung standen, glücklich zu machen, nahm überhand.

„Enno, halt einfach die Klappe. Ich möchte, dass es meinem Bauleiter an nichts fehlt."

Er hätte wetten können, dass sie gerade schmunzelte. „Wo bist du überhaupt gestern den ganzen Tag gewesen und wo hast du die letzte Nacht verbracht?"

Seine Lippen verzogen sich zu einem amüsierten Grinsen. Mit ihrer herzerfrischenden Art schaffte sie es, ihn aus der sich unaufhörlich drehenden Abwärtsspirale zu befreien.

„Nachdem die Polizei mich hat laufenlassen, bin ich zum Strand gegangen, weißt du, da wo wir auch schon zusammen gewesen sind. Ich hatte das Gefühl, dir dort nahe zu sein." Der letzte Satz war ihm jetzt zwar so rausgerutscht, entsprach aber der Wahrheit. In seiner Sorge um Isa wäre er beinahe durchgedreht. „An einem der Strandkörbe fehlte das Holzgitter", fuhr er mit aufgesetzter Fröhlichkeit fort, als hätte er nicht gerade gestanden, wie wichtig sie ihm geworden war. „Also habe ich das als Zeichen gewertet, als Einladung sozusagen." Wären die Umstände nicht so armselig gewesen und hätte er Isa bei seinem Geständnis im Arm halten können, hätte die letzte Nacht durchaus das Potential gehabt, es auf die Liste seiner besten Erlebnisse zu schaffen. Himmlische Ruhe, hypnotisierendes Wellenrauschen und eine stetig frische Brise – ein Traum für ein Kind aus der Großstadt.

„Sehr bequem." In ihren Kommentar mischten sich Spott und Neckerei. Enno wäre in diesem Moment zu gern an ihrer Seite gewesen. Er wollte sie sehen, ihre Stimme zu hören, reichte ihm auf einmal nicht mehr.

„Ich habe es schon weitaus schlechter getroffen." Doch die Geschichten von feuchten Ecken, zwielichtigen Gestalten und wachsender Ungewissheit behielt er besser für sich.

„Mag sein." Sie schwieg für ein paar Atemzüge. „Enno?"

„Hm?"

„Was hast du den ganzen Tag über gegessen?"

Die Frage musste ja kommen. Er fuhr sich mit den Fingern durch die Haare und überlegte, wie er seine Antwort am besten formulieren sollte. „Der Mensch kann durchaus längere Zeit ohne Nahrung auskommen. Ist wissenschaftlich erwiesen. Was das Trinken angeht … Ich habe mich am Außenwasserhahn deiner Kate bedient – und darauf geachtet, dass mich niemand sieht."

„Enno!"

„Was?", fragte er unschuldig.

„Hast du heute bei Mareike gegessen?"

Kurz musste er innehalten, bevor er antwortete, denn diesen besorgten Ton war er sonst nur von Henry gewohnt.

„Aber sicher." Mareike hätte ihm fast den Kopf abgerissen, als er ihr gebeichtet hatte, wo er sich den gesamten Sonntag aufgehalten hatte und ihn dazu genötigt, sich im Café ausgiebig zu bedienen. „Ihr Frühstücksbüfett ist einmalig. Da kommt deine Krankenhausküche garantiert nicht mit." Sie schnaubte und er musste lachen.

„Kann ich mich darauf verlassen, dass du in die Kate zurückkehrst?"

Jegliche Leichtigkeit, die sich gerade aufgebaut hatte, verschwand aus ihrem Gespräch und zurück blieb ein dumpfer Druck in Ennos Magengegend.

„Erst, wenn du mit der Polizei gesprochen hast und mir grünes Licht gibst." Ohne diese Sicherheit wollte er sich der Kate auf keinen Fall nähern. Henry hatte ihm schließlich unmissverständlich eingeschärft, sich von weiterem Ärger fernzuhalten.

„Das erledige ich sofort. Wenn ich gewusst hätte, in welche Schwierigkeiten du geraten bist, hätte ich mich viel früher darum gekümmert. Tut mir leid."

„Ist nicht deine Schuld." Sie hatte weder Einfluss auf die Ursache noch auf die Folgen ihres Klinikaufenthaltes. Enno dankte dem Himmel, dass die Gefahr gebannt und Isa jetzt auf einem guten Weg war, vollständig gesund zu werden.

„Besuchst du mich morgen?"

Ihre leise geflüsterte Frage ging Enno durch und durch. Er spürte die Wand in seinem Rücken und ließ sich dagegensinken.

„Hier in meinem Einzelzimmer ist es wunderbar still. Nach der ganzen Aufregung habe ich die Ruhe dringend nötig."

„Aber?" Ihre Erklärung verlangte geradezu nach einem *aber*. Die Anspannung, die sich im Laufe des Gespräches gelegt hatte, weil Enno jetzt wusste, dass Isa das Schlimmste überstanden hatte, baute sich erneut auf.

„Ich fühle mich auch ein bisschen isoliert", gestand sie.

„Willst du das näher ausführen? Ich verstehe nämlich nicht ganz, was du mir damit sagen möchtest.“

„Nach gerade mal drei Schritten verweigern meine Muskeln ihren Dienst. Das ist so frustrierend.“

Wahrscheinlich bildete sich jetzt diese süße, kleine Denkfalte zwischen ihren Augen, die Enno ihr am liebsten mit den Fingerspitzen weggestrichen hätte.

„Das ist doch aber normal. Dein Körper hat ganz schön was durchmachen müssen.“

Er hörte Isas abfälliges Schnauben.

„Weißt du, wie anstrengend ein kleiner Spaziergang rund um das Bett ist? Von einem Ausflug auf den Stationsflur mal ganz abgesehen ... Mir bleibt der Klatsch und Tratsch mit anderen Patienten verwehrt.“

„Schmollst du gerade?“ Enno hätte fast laut aufgelacht. Oh wie gerne wäre er jetzt bei Isa und würde ihr wunderschönes Gesicht sehen.

„Nein.“

Ihr Tonfall strafte sie Lügen und brachte Enno dazu, loszuprusten.

„Kommst du mich besuchen und rettest mich vor der Vereinsamung?“ Isa konnte es selbst kaum glauben, dass sie tatsächlich anfing zu betteln.

„Unbedingt. Ich muss mich selbst davon überzeugen, dass es dir besser geht.“

Sie lächelte bei seinen Worten.

„Ich freue mich darauf.“

„Geht mir genauso.“

Seine Exfrau musste verrückt sein, einen Mann von seinem Format vor die Tür zu setzen. Das Geld und der damit verbundene Status in der Gesellschaft hatten sie offenkundig blind werden lassen. Isa kannte diese oberflächlich denkenden Menschen nur allzu gut und verabscheute sie. Mit dem Vorsatz, ihrem Leben eine ausschlaggebende Wendung zu geben, griff sie erneut zum Hörer und rief Marc Petersen an. Enno gab ihr den entscheidenden Schubs in die richtige Richtung und Isa hoffte, dass sie im Gegenzug auch seine Zukunft ein bisschen rosiger aussehen lassen konnte.

Am nächsten Morgen wurde Isa von Geschirrgeklapper und hektischem Treiben geweckt. Eine der jungen Schwestern brachte das Frühstück und stellte einen riesigen Blumenstrauß auf den kleinen Tisch neben dem Fenster.

„Du lieber Himmel. Der ist wunderschön.“ Isas Freude konnte kaum größer sein. Eine bunte Mischung Frühlingsblumen peppte das Ambiente des Zimmers auf.

„Auf dem Flur haben mir alle hinterhergeschaut." Die Schwester kicherte. „Hier ist eine Karte."

Isa streckte den Arm aus und zuckte zurück. Der Schmerz meldete sich mit stoischer Hartnäckigkeit bei diversen Bewegungen.

„Eigentlich weiß doch niemand, dass ich hier bin", sinnierte sie vor sich hin.

„Ihre Eltern?"

Wohl kaum, dachte Isa. Ihr Vater würde nie auf die absurde Idee kommen und einen Floristen beauftragen.

Enno? Nein, das konnte Isa sich nicht vorstellen. Sie zuckte unschlüssig mit den Schultern.

„Ich komme später wieder. Das Labor braucht noch ein paar Tropfen Blut", sagte die junge Schwester, deutete auf den Zugang an Isas Handrücken und verschwand aus dem Zimmer.

Nachdem Isa, von Neugier getrieben, die Karte aus dem Umschlag gezogen hatte, staunte sie nicht schlecht. Dag und ein Großteil der Belegschaft hatten sich auf dem mit etlichen Smileys versehenen Papier verewigt sowie Grüße und Genesungswünsche hinzugefügt. Vor lauter Rührung rollten einzelne Tränen über ihre Wange bis hin zum Kinn. Schniefend wischte Isa die Feuchtigkeit mit dem Handrücken fort.

„Oh mein Gott, ihr seid ja verrückt", murmelte sie in das leere Zimmer und schniefte erneut.

Just in diesem Moment klopfte es und ein blonder Haarschopf schob sich durch die geöffnete Tür.

„Enno!" Jetzt liefen weitere Tränen und tropften auf die Karte, die Isa schnell auf dem Beistelltischchen in Sicherheit brachte.

„Hey, ist alles in Ordnung bei dir?" Eine gehörige Portion Besorgnis schwang überdeutlich in Ennos Stimme mit. Er ließ die Tür ins Schloss fallen und stand wenige Sekunden später an Isas Bett. „Hey", flüsterte er erneut und hielt ihren Kopf zwischen beiden Händen. Sie zu berühren, ihre watteweichen Wangen an seiner Haut zu spüren, erfüllte ihn mit unvergleichlicher Erleichterung. Enno wollte sich gar nicht erst ausmalen, was er veranstaltet hätte, wenn das ganze Drama negativ für Isa ausgegangen wäre.

„Ich bin so froh, dass du gekommen bist."

Ihr Lächeln ließ ihn den ganzen Ärger der letzten zwei Tage vergessen.

„Und ich bin froh, dass es dir besser geht." Er trat einen Schritt zurück, um Isa genauer betrachten zu können. Ihre Haut wirkte nach wie vor zu blass, aber in ihren Augen schimmerte glücklicherweise wieder dieser Glanz, den Enno so liebte. „Erzähl mal, wie es weitergehen soll." Er neigte sich nach vorn, vorsichtig, um Isa nicht wehzutun, und drückte ihr einen keuschen Kuss auf die Lippen. Was für ein honigsüßer Geschmack – süchtig machend und unwiderstehlich.

„So kann ich nicht reden", protestierte Isa, schob ihre Finger in seine Haare und zog ihn dichter an sich. Ihre Lippen bewegten sich bei jedem Wort an seinen. „Das habe ich vermisst."

„Soll ich jetzt aufhören oder nicht? Deine Taten sprechen eine andere Sprache als du." Seine Zunge strich sanft über ihre Unterlippe, stupste dagegen und bat um Einlass. Er wollte mehr. Viel, viel mehr.

„Hmm", summte sie und gab somit dem Hummelschwarm in Ennos Magen das Signal zum Start. Bevor sich beide von ihrer Unvernunft verleiten ließen und der Kuss außer Kontrolle geraten konnte, lösten sie sich jedoch voneinander. Aber keiner wollte den Kontakt zum anderen als Erster lösen. Ihre Stirn berührte seine. Seine Hände ruhten an ihrem Gesicht. Eine Minute verging und noch eine weitere, bis Enno sich schließlich seufzend aufrichtete und entschuldigend das Gesicht verzog.

„Ich muss höllisch aufpassen, dass ich dir nicht durch eine unbedachte Berührung wehtue."

Erst jetzt bemerkte Isa, dass Enno in einer äußerst unbequemen Haltung über sie gebeugt dastand. Infusionsschläuche und Bettkante stellten ein unüberbrückbares Hindernis dar, wenn es darum ging, Isa mit Hilfe von weiteren Zärtlichkeiten zu verwöhnen.

„Nimm dir doch einen Stuhl", empfahl sie und grinste ihn dabei frech an.

Es ging ihr definitiv besser, befand Enno erleichtert.

In der nächsten halben Stunde brachten sie sich auf den neuesten Stand, was den Operationsverlauf, den Besuch von Isas Eltern und Ennos Schlamassel mit der Polizei anging.

„Danke, dass du alles richtiggestellt hast. Ich trage den Schlüssel jetzt immer bei mir." Er zog eine Mini-Holzplanke, die als Anhänger fungierte, aus der Hosentasche und wedelte damit vor Isas Nase herum. „Als ich Marc die Umstände geschildert habe, hat er zwar seine Bedenken geäußert, aber schnell eingesehen, dass der Tatbestand des Einbruchs nicht länger aufrechterhalten werden kann."

Isa sah auf ihre ineinander verschränkten Finger und Enno fragte sich, ob sie genauso unsicher war, was ihr Miteinander betraf.

„Was meinst du, soll das hier werden?" Er zog ihre Hände nach oben und schwenkte sie ein paar Mal bedeutungsvoll hin und her. Sofort legte sich eine Maske aus Unsicherheit und Verlegenheit über Isas Gesicht. Sie versuchte, ihm ihre Hand zu entziehen, doch Enno ließ sie nicht entwischen. „Ich habe mit keiner Silbe erwähnt, dass ich es nicht mag." Entschlossen verstärkte er seinen Griff. „Ich bin nur dafür, mit offenen

Karten zu spielen. Du weißt, was ich hinter mir habe und an einer belanglosen Affäre bin ich nicht interessiert, Isa. Nach meiner Ehe bin ich unsanft auf dem Boden der Tatsachen gelandet und habe mich von diesem tiefen Fall noch nicht mal ansatzweise erholt. Außerdem kommt erschwerend hinzu, dass ich keinen festen Wohnsitz nachweisen kann. Jeder potentielle Vermieter wird mich vom Hof jagen, wenn er Wind von meiner finanziellen Situation bekommt.“ Er registrierte jede noch so kleine Veränderung ihrer Mimik, sah, wie Isa schlucken musste und sich bemühte, seinem Blick standzuhalten.

„Verstehe.“

Ihre Stimme wackelte verdächtig. Aber sie musste begreifen, dass ihr Miteinander keinen belanglosen Zeitvertreib für ihn darstellte.

„Wirklich?“ Er bezweifelte, dass sie sich der Ausmaße bewusst war, was seine Lebensumstände betraf. Sich auf ihn einzulassen, konnte sehr schnell negative Auswirkungen auf ihr Ansehen in der Gesellschaft haben. Die Menschen in Isas Umfeld würden die Nase rümpfen, sobald ans Licht kam, dass sie sich auf einen Loser eingelassen hatte.

„*Du* hast *mich* geküsst.“

Ja, dem konnte Enno nur zustimmen. Doch was sollte er zu seiner Verteidigung vorbringen? Sie war die pure Versuchung und er hatte nicht den Hauch einer Chance, sich ihr zu entziehen, so sehr sein Verstand auch danach verlangte.

„Nur weil du angefangen hast. Jetzt bin ich süchtig danach, deine weichen Lippen auf meinen zu spüren. Außerdem ist dein Geschmack unwiderstehlich.“ Mit einem Zwinkern zog Enno ihre Hand dicht an seinen Mund und küsste ihre Fingerknöchel.

„Entschuldige, wenn mein schmerzmittelvernebeltes Hirn nur eingeschränkt funktionsfähig ist, aber ich glaube, du hast dich zu mir heruntergebeugt, um mich zu küssen.“

„Du meinst so?“ Durch seine Berührung trat in Bruchteilen von Sekunden alles andere in den Hintergrund. Isas Kopf fühlte sich an, als wäre er mit Watte gefüllt und das Kribbeln auf ihrer Haut erschien ihr ähnlich intensiv wie das Prickeln von Brausepulver auf der Zunge, das sie als kleines Mädchen so geliebt hatte.

„Hmm.“ Sie wollte, dass das, was sie empfand, niemals wieder aufhörte, egal was andere dachten, sagten oder unter vorgehaltener Hand tuschelten. Ein Mann, der diese Gefühle in ihr wachrief, konnte unmöglich schlecht sein. Sie klammerte sich an seinen kräftigen Oberarmen fest.

„Ich gebe zu, dass deine Erinnerung durchaus der Wahrheit entsprechen könnte.“

„Ein einsichtiger Mann? Ich glaube, meine Wahrnehmung spinnt noch etwas.“ Isa musste kichern und Enno funkelte sie aus seinen belustigt wirkenden Augen an. Doch von einer Sekunde auf die andere änderte sich sein Ausdruck.

„Isa.“ Eine eigenartige Stille beherrschte das Zimmer. Ennos Griff an ihrer Hand verstärkte sich erneut, sodass Isa von einer unguten Vorahnung erfasst wurde.

„Ja?“ Sein ernster Blick verunsicherte sie und ihr Herzschlag hämmerte wild in ihrer Brust. Was kam jetzt für eine Hiobsbotschaft?

„Nachdem ich nichts mehr über deinen Zustand erfahren konnte, bin ich fast verrückt geworden. Jag mir bitte nie wieder einen solchen Schrecken ein.“

„Ich kann es versuchen.“ Isa holte tief Luft. Sie hatte schon befürchtet, er würde sich wieder abwenden und einen Rückzieher machen.

„Ich hatte wahnsinnige Angst um dich.“ Die Eindringlichkeit, mit der er seine Worte aussprach, zeigte, wie nah ihm die ganze Aufregung gegangen war.

„Kann sein, dass Mareike so was in der Art angedeutet hat.“ Sie strich ihm mit der Hand über seine Bartstoppeln und lächelte ihn voller Zuversicht an. Dass er so offen zugab, dass sie ihm nicht egal war, berührte ihr Herz auf eine ganz besondere Weise.

„Was hältst du davon, wenn wir es langsam angehen lassen?“, schlug Enno vor, ohne sie aus den Augen zu lassen.

„Wenn ich in Hamburg bin und du hier, bringt allein die Entfernung eine gewisse Distanz mit sich“, stellte Isa pragmatisch fest. Es würde sich relativ schnell zeigen, ob das zwischen ihnen nur ein Strohfeuer war oder das Zeug zu einem ausgewachsenen Flächenbrand hatte.

„Du willst das wirklich durchziehen? Ich meine den Umbau und alles, was damit zusammenhängt?“

„Ich wünsche mir, dass du meine Kate umbaust, ja. Es bleibt dabei. Warum sollte ich meine Meinung geändert haben?“

„Keine Ahnung. Vielleicht weil du eine überstürzte Entscheidung getroffen hast. Über manche Dinge sollte man eine Nacht geschlafen haben, bevor ein Zurück nicht mehr möglich ist.“

„Davon habe ich auch schon gehört. Aber diese Idee spukt schon länger als eine Nacht in meinem Kopf herum. Also was ist? Bist du dabei?“

„Wobei jetzt genau?“ Ihre zu kleinen Schlitzen verengten Augen brachten Enno dazu, ein freches, schalkhaftes Grinsen aufzusetzen. Sie sah so unverschämt süß aus, wenn sie sich bemühte, wütend zu sein.

„Enno!“

„Selbstverständlich helfe ich dir, deinen Traum zu verwirklichen. Wenigstens einer von uns sollte in eine glückliche Zukunft schauen können.“ Ein erleichtertes Lächeln verscheuchte ihre grimmige Miene und ließ sie erstrahlen.

„Danke.“ Isa griff nach seinem Shirt und zog ihn dichter zu sich. Willig beugte er sich ihrem Wunsch. Dieses Küssen fiel ganz sicher in die Kategorie *langsam angehen.* So gut, wie es sich anfühlte, konnte es gar nicht anders sein. Von dieser Art *langsam angehen* wollte Enno noch so viel mehr.

~~~~~

In den folgenden Tagen spielte sich so etwas wie Routine ein: Frühmorgens joggte Enno bei Sonnenaufgang am Strand entlang, holte sich auf dem Rückweg eine Dosis Koffein bei Mareike ab – die Freundinnen hatten beschlossen, dass dies eine gute Strategie wäre, um ihn unter Leute zu bringen – anschließend verschanzte er sich in der Kate, um an den Plänen für den anstehenden Umbau zu arbeiten. Durch Gespräche mit Bodo, dem Gesellen in der Backstube, hatte Enno einen guten Tipp bezüglich einer Firma bekommen, die sich zeitnah um die Modernisierung der elektrischen Leitungen in den Gebäuden kümmern sollte. Zufälligerweise handelte es sich bei dem Inhaber um Bennos Bruder Daniel. Da dieser auch schon bei Mareike gute Arbeit abgeliefert hatte, rief Enno ihn kurzerhand an und schilderte ihm das Vorhaben.

„In zwei Wochen schließen wir unser aktuelles Projekt ab und zurzeit liegen uns nur einige Kleinaufträge vor. Es wäre also kein Problem, eine Truppe für Ihre Baustelle abzustellen. Vorher müsste ich mir allerdings ein Bild vom derzeitigen Zustand machen, damit ich Umfang und Zeitaufwand berechnen kann“, schlug Daniel letztendlich vor. Etwas zu planen, endlich wieder zu wissen, weshalb er morgens aufstand, verschaffte Enno ein Gefühl, das enorme Energiereserven freisetzte. Selbst der wenige Schlaf änderte nichts an der Dynamik, die ihn stetig vorantrieb.

„Versteht sich von selbst“, erklärte er geschäftsmäßig. „Ich bräuchte natürlich auch einen verbindlichen Kostenvoranschlag, den ich der Besitzerin zur Genehmigung vorlegen kann.“

„Aber sicher, bekommen Sie. Wann könnten wir uns vor Ort treffen?“ Das Rascheln im Hintergrund verriet Enno, dass Daniel seinen Kalender durchforstete.

„Ich bin jeden Tag ab acht Uhr hier. Am Nachmittag habe ich allerdings nach vier in Kiel zu tun.“ Sein täglicher Termin in der Stadt
~~~~~

hieß Isa und diesen würde er unter keinen Umständen sausen lassen. Bei dem Gedanken an seine gute Fee schlich sich ein Lächeln auf seine Lippen.

„Vormittags passt perfekt. Dann würde ich morgen gleich mal vorbeischauen, wenn es Ihnen recht ist."

„Ist es. Vielen Dank, dass Sie es so schnell einrichten können. Bis morgen." Damit legte Enno auf und lehnte sich im Schreibtischstuhl zurück.

Nach den Dachdeckern, die ihren Auftrag schon erhalten hatten, galt es nun, den Innenausbau voranzutreiben. Küche, Gastraum, sanitäre Anlagen – Isas Traum sollte endlich Gestalt annehmen. Ihre Entlassung stand in den nächsten Tagen an und Enno wollte ihr unbedingt Ergebnisse liefern. Das Leuchten in ihren Augen, die fast schon greifbare Vorfreude, die ihr ins Gesicht geschrieben stand, als er ihr erzählt hatte, dass das Dach als Erstes saniert wurde und die Firma in der nächsten Woche anrücken würde, pushten Enno in seinen Bemühungen.

In der letzten Nacht hatte er begonnen, Zeichnungen anzufertigen. Eine fast kindliche Aufregung erfasste ihn, wann immer er sich vorstellte, was Isa später zu seinen Vorschlägen sagen würde. Die Papprolle mit den Skizzen stand bereits neben der Eingangstür. Doch bis er aufbrechen konnte, lag noch etlicher Papierkram vor ihm – und ein Anruf bei Henry. Der Gedanke dämpfte seine Euphorie. Das Beste würde sein, wenn er das Gespräch gleich hinter sich brachte.

Das nostalgisch angehauchte Telefon von Isas Patentante stand im Eingangsbereich, sodass Enno sich gezwungenermaßen auf den Boden setzte, die Beine ausstreckte und sich an die Wand lehnte. Statt die Nummer einzutippen, drehte er mehrfach die Wählscheibe und sah fasziniert zu, wie sie immer wieder zurückschnappte. Dass diese alten Dinger tatsächlich noch funktionierten, beeindruckte ihn. Doch letztlich spielte es keine Rolle, ob er mit einem modernen Kommunikationsmittel oder diesem Dinosaurier eine Leitung nach Hamburg herstellte. Entscheidend war, dass Henry ihm versicherte, dass dieses Missverständnis mit dem vermeintlichen Einbruch keine Auswirkungen auf die Prozesse hatte, die mit der Abwicklung seiner alten Firma einhergingen.

„Kanzlei Behringer und Partner, Sie sprechen mit Frau Sprengler." Als Enno die angenehm ruhige Stimme von Lina hörte, legte sich automatisch seine Aufregung. Die gute Seele der Kanzlei hatte ihm bei all seinen Besuchen immer beruhigend zugelächelt und ihm versichert, dass auch für ihn eines Tages wieder die Sonne aufgehen würde. Damals konnte er sich nicht mal im Ansatz vorstellen, wovon sie mit einer Lebenserfahrung von fast sechzig Jahren sprach. Für ihn gab es nur eine Farbe: grau – tristes, deprimierendes Grau. Aber heute …

„Lina, hier ist Enno van Dyk. Ich würde gerne Henry sprechen, wenn es gerade passt."

„Enno. Geht es dir gut?" Diese Frage ließ seine Gedanken sofort zu Isa schweifen. Gut und Isa gehörten einfach zusammen. Er spürte diese besondere Wärme, die ihn immer dann erfasste, wenn er sich in ihrer Nähe aufhielt. Jetzt reichte allerdings allein das Bild in seinem Kopf, um diesen Effekt zu erzeugen.

„Danke Lina. Bei mir ist alles in Ordnung." Wenn ihn in diesem Moment jemand beobachtet hätte, wäre er bei dem Anblick, den Enno gerade bot, sicher davon ausgegangen, dass er irgendeine verbotene Substanz eingeworfen hatte.

„Wie schön." Ein kurzer Augenblick des Schweigens entstand, ehe Lina sich kaum vernehmlich räusperte. „Moment, ich verbinde dich mit Henry."

Auf das Knacken folgten ein paar Sekunden Stille, bevor sein Freund das Gespräch entgegennahm.

„Gut, dass du dich meldest. Gib Lina doch nachher gleich mal die Nummer, unter der ich dich gegebenenfalls erreichen kann, das haben wir bei unserem letzten Gespräch versäumt. Ich möchte in Zukunft darauf verzichten, jedes Mal, wenn ich dich sprechen muss, eine Brieftaube loszuschicken."

„Sehr witzig", kommentierte Enno.

„Also gut, pass auf. Da Isabell Holthusen den Sachverhalt aufgeklärt hat, ist die Sache glücklicherweise im Keim erstickt worden. Der Vorgang liegt lediglich als Einsatzprotokoll vor und wird keinen weiteren Staub aufwirbeln. Keiner der Gläubiger wird Wind davon bekommen. Die getroffenen Abmachungen gelten uneingeschränkt weiter und du musst schleunigst zusehen, dass du einen Job bekommst, um deinen Teil der Vereinbarungen einzuhalten."

„Das weiß ich. Vor ein paar Tagen habe ich hundertsechzig Euro verdient. Schwarz versteht sich." Diese Tatsache hatte er bis jetzt wohlweislich unter den Tisch fallen lassen. In seiner derzeitigen Hochstimmung konnte Enno es sich jedoch nicht verkneifen, seinem Freund einen Schrecken einzujagen. Nach all den düsteren Wochen hatte er das erste Mal wieder das Gefühl, dass es für ihn eine Zukunft geben würde.

„Hast du einen Knall? Ich setze hier Himmel und Hölle in Bewegung, aktiviere alte Kontakte, um dir deinen Hintern zu retten, und was machst du?“ Enno konnte sich nur zu gut vorstellen, wie Henrys blasser Teint einen purpurnen Farbton annahm.

„Hundertsechzig Euro, Henry. Die kannst du dann vom Schuldenberg schon mal abziehen. Ich kann sie dir allerdings nur in bar geben, meine Konten sind ja, wie du weißt, gesperrt.“ Er lachte lauthals los.

„Idiot.“ Offenkundig hatte Henry verstanden, dass Enno sich auf seine Kosten einen Spaß erlaubte. „Erzähl mir, was dir für die nächste Zeit vorschwebt?“ Seine Stimme klang bei der durchaus ernstgemeinten Frage wieder sachlich. Wie auf Knopfdruck wechselte er mühelos in seinen Anwaltmodus. Diese Fähigkeit faszinierte Enno jedes Mal aufs Neue.

14. Kapitel

Knapp eine Stunde nachdem Enno das Telefonat mit Henry beendet hatte, stand er grübelnd im größten Raum der Kate. Schon in der letzten Nacht hatte er angestrengt überlegt, wie er Isas Vorstellungen von einem gemütlich wirkenden und mit maritimen Elementen durchzogenen Restaurant Realität werden lassen konnte. Den Grundriss des Erdgeschosses hatte er bereits auf Papier gebracht. Doch jetzt ging es ihm um die Einrichtung, das Mobiliar, den Tresen und den Empfangsbereich.

Ein lautes Klopfen an der massiven Holztür riss ihn aus seinen Gedanken.

„Hallo? Jemand zu Hause?“ Die melodische Stimme kam ihm bekannt vor. Mareike betrat die Kate, bevor er auch nur einen Schritt in Richtung Eingangstür setzen konnte.

„Was treibt dich aus deinem Café in diese Unordnung?“ Enno breitete die Arme aus, als ergäbe sich durch diese Geste eine zusätzliche Erklärung für das vermeintliche Durcheinander. Seit seiner Ankunft sah es hier nicht viel anders aus als vorher, außer dass er den großen Esstisch frei geräumt hatte, nur um neues Chaos darauf zu verbreiten. Ein Becher mit kaltem Kaffee stand inmitten der Zeichenutensilien und allerlei Notizzettel klebten auf jeder freien Stelle des Tisches.

„Ich wollte dich bitten, dass du Isa von den Franzkeksen mitnimmst. Benno hat sie extra heute Morgen gebacken.“ Mareike hielt eine transparente Folientüte in die Luft und schwenkte sie von rechts nach links. „Normalerweise backen wir sie nur dienstags und freitags Aber Isa hat gestern so über das Essen in der Klinik gejammert, dass Benno kurz entschlossen ein Extrablech gebacken hat.“

Enno schmunzelte. „Und ihr seid euch sicher, dass diese Leckereien bei mir gut aufgehoben sind?“

„Klar, weil Isa dich dafür lieben wird, wenn du sie ihr überreichst.“

Bei Mareikes Worten erstarrte Enno plötzlich, entspannte sich jedoch schnell wieder, da Isas Freundin munter weiterredete. Ganz offensichtlich hatte das Wort *Liebe* keine tiefere Bedeutung gehabt.

„Für Franzkekse würde Isa auch morden.“

Na also. Erleichtert von der Beiläufigkeit, mit welcher Mareike so bedeutungsschwere Wörter wie Liebe und Mord verwendete, nahm er ihr die Tüte ab und stellte sie zu den Dingen, die bereits auf der Kommode im Eingangsbereich lagen, damit er sie später nicht vergaß.

„Dann werde ich ihr die besten Grüße aus dem Café ausrichten.“

„Mach das. Wir haben vorhin miteinander gesprochen. Bei der Visite hat der Arzt gesagt, dass sie eventuell am Wochenende nach Hause kann, wenn sie Unterstützung hat."

Erfreut und gleichzeitig panisch sah Enno sich um. Hier würde Isa sich kaum erholen können. Überall sah es aus, als wäre eine Horde Halbwüchsiger durchmarschiert. Unentschlossen, was er als Nächstes tun sollte, fuhr er sich mit den Fingern durch die immer noch viel zu langen Haare. Doch ein Friseurbesuch stand relativ weit unten auf seiner To-do-Liste.

„Meinst du, sie will hierherkommen oder werden ihre Eltern sie abholen?" Beim Gedanken an ihre Eltern formte sich ein schwerer Klumpen in seinem Magen und übte einen unangenehmen Druck auf seine Eingeweide aus.

„Keine Ahnung. Meinst du nicht, sie wäre lieber in deiner Nähe?"

„Warum?"

Mareike schüttelte offensichtlich belustigt den Kopf, woraufhin er fragend die Augenbrauen hochzog.

„Ehrlich, Enno. Ihr Männer seid manchmal aber auch schwer von Begriff. Du hast ihre Eltern kennengelernt. Natürlich würde sie dich ihnen jederzeit vorziehen. Oder was dachtest du?"

Sein Lächeln verrutschte leicht. Worüber unterhielten sich die Frauen nur bei ihren ewigen Telefonaten?

„Tja, dann werde ich bis dahin mal sehen, dass ich ein wenig aufräume."

„Ihr Zimmer ist doch für den Anfang ausreichend. Hauptsache, du bist da und kümmerst dich um sie." Nachdenklich legte sie ihren Kopf schief. „Du wirst doch da sein, oder?" Die Sorge in Mareikes Stimme war nicht zu überhören.

„Mareike, jetzt mal im Ernst. Was weißt du über mich?", fragte er und mied einen direkten Augenkontakt. Dieses unangenehme Thema anzuschneiden behagte ihm nicht. Davor weglaufen konnte er aber auch nicht länger.

„Dass Isa dich auf der Straße aufgegabelt hat, du ihr helfen willst, die Kate umzubauen, und du sie magst." Ihre Augen funkelten vergnügt. „Oder habe ich etwas falsch verstanden?"

„Sieht so aus, als wärst du voll im Bilde." Enno schob sich seine Hände in die Hosentaschen, weil er nicht wusste, was er aus lauter Nervosität mit ihnen anstellen sollte. „Der Umstand, wie wir uns kennengelernt haben, sollte unbedingt unter uns bleiben. Ich will auf keinen Fall, dass die Leute über Isa reden."

„Was glaubst du, dass ich ein altes Waschweib bin, das den ganzen Tag auf dem Deich steht und tratscht?“

Mareike wirkte jetzt ziemlich sauer. Aber Enno kannte sie kaum. Ihm fiel es schwer, einzuschätzen, wie Isas Freundin mit delikaten Informationen umging.

„Nein. Entschuldige. Ich wollte dir nichts unterstellen. Aber für mich ist das hier eine Chance, mein Leben wieder auf die Reihe zu bekommen. Außerdem ist Isa mir wichtig. Ich will sie unter keinen Umständen enttäuschen. Das hat sie nicht verdient.“

„Na also. Dann ist doch alles bestens. Baut ihr euch mal euer Nest, der Rest ergibt sich von selbst.“ Grinsend und ohne eine Antwort abzuwarten, verschwand Mareike aus der Kate. Enno konnte ihr nur noch verdattert hinterherschauen.

~~~~~

Glücklicherweise hatte Isa Enno den Wagen überlassen, solange sie im Krankenhaus bleiben musste. Natürlich hatte er sich anfänglich gesträubt, wie immer, wenn es darum ging, ohne Gegenleistung etwas anzunehmen. Der Mann würde sie eines Tages noch verrückt werden lassen, so stur wie er sein konnte. Aber Isas Fantasie kannte keine Grenzen und so deklarierte sie das gute Stück mal eben als Firmenwagen. Was blieb ihm jetzt noch für eine Wahl? Bei der Erinnerung an ihren genialen Schachzug musste Isa schmunzeln. Ihr Bauleiter brauchte einen fahrbaren Untersatz. Punkt. Ein Gegenargument blieb Enno ihr schuldig. Dank ihrer Hartnäckigkeit konnte er nun die Vorzüge genießen, die so ein Gefährt auf vier Rädern mit sich brachte – er brauchte sich an keinem Busfahrplan mehr zu orientieren und vor allem gab der Wagen ein gutes Transportmittel ab. Insgeheim hatte er sich diesen Umstand sicher auch schon eingestanden und wollte es nur nicht zugeben.

Isa freute sich schon auf die Leckereien, die Mareike ihr versprochen hatte. Doch noch viel mehr freute sie sich auf die Baupläne, die Enno ihr für heute zugesagt hatte. Schwarz auf weiß zu sehen, wie die Zukunft aussehen konnte, ließ sie auf positive Weise unruhig werden. Seit Monaten hatte sie sich vor einer endgültigen Entscheidung gedrückt, Dags ewige Aufforderungen, endlich Nägel mit Köpfen zu machen, ignoriert und Angst vor der eigenen Courage gehabt. Und nun? Sie freute sich wie ein kleines Kind zu Weihnachten. Eine Lösung, wie sie ihren Eltern diese drastische Veränderung in ihrem Leben erklären sollte, kam ihr bisher allerdings noch nicht in den Sinn. Doch noch hatte
~~~~~

sie eine Schonfrist, ein paar Tage oder vielleicht sogar Wochen, um sich eine gute Strategie zu überlegen. Während Enno hier in Heisterwohlt blieb und den Umbau beaufsichtigte, würde sie in Hamburg ihren Rückzug aus dem Hotel vorbereiten.

Als die Tür ohne vorherige Ankündigung aufschwang und das Geräusch sie aus ihren Tagträumen riss, breitete sich sofort ein freudiges Strahlen auf ihrem Gesicht aus. Doch leider betrat nicht Enno ihr Zimmer, sondern Jasper Holthusen – in seiner gewohnt unterkühlten, geschäftsmäßig wirkenden Art. Von einer Sekunde auf die andere verblasste ihr Lächeln wieder.

„Du kannst heute noch mit nach Hause. Die Ärzte haben mir versichert, dass keine Komplikationen zu erwarten sind. Einer der Assistenzärzte wird gleich die Fäden ziehen und dann können wir dieses unsägliche Kapitel hier abschließen."

Wie erstarrt lauschte Isa den Ausführungen ihres Vaters und brachte wieder einmal keine Widerworte hervor.

„Dummerweise musst du wegen der langen Fahrt liegend transportiert werden, sitzen kommt in deiner Situation noch nicht in Frage", erklärte Isas Vater ohne Umschweife.

War das zu fassen? Er behandelte sie wie eine dumme kleine Göre ohne eigenen Willen.

„Ich fahre nirgends hin, wieso sollte ich?"

Empört richtete Isa sich auf und dankte dem Himmel, dass diese Aktion bis auf ein leichtes Ziepen keine Schmerzen mehr verursachte.

„Schau mal", begann jetzt ihre Mutter, die nach ihrem Vater den Raum betreten hatte, auf sie einzureden. „Hier kann ja doch niemand für dich sorgen." Abschätzig sah Magdalena sich um und rümpfte angewidert die Nase. War ja klar, dass ihre Eltern diesen Ort für nicht gut genug erachteten.

„Woher willst du das wissen? Ich komme bestens zurecht. Außerdem sind alle sehr freundlich und hilfsbereit. Mir fehlt es an nichts."

Isa verschränkte die Arme vor der Brust und presste die Lippen fest aufeinander. Sie konnte ihre eigenen Entscheidungen treffen, das würden ihre Eltern endlich verstehen und vor allem akzeptieren müssen.

„Sei nicht albern. Deine Entlassung stand sowieso für morgen auf dem Programm. Außerdem kann sich deine Mutter in Hamburg viel besser um dich kümmern."

Ha, Isa konnte bei dieser Vorstellung ein Auflachen gerade noch verhindern. Als kleines Mädchen war sie zur Haushälterin gegangen, wenn sie sich das Knie aufgeschlagen hatte oder ihr etwas Angst bereitete. Hätte sie auf den Zuspruch oder die Fürsorge ihrer Mutter gesetzt, würde sie noch heute vergeblich warten.

„Ich habe hier Freunde, die mir ihre Hilfe angeboten haben."

Wenn sie an Enno und Mareike dachte, schlich sich automatisch Zuversicht in ihre Gedanken. Genau das konnte sie gerade gut gebrauchen. Selbst aus der Entfernung gaben die beiden ihr die dringend benötigte Kraft, die sie gerade so bitter nötig hatte.

„Isabell, auf einen Tag mehr oder weniger kommt es doch nicht an. Wir ziehen die Entlassung lediglich um einen Tag vor und jetzt ist Schluss mit der Diskussion. Ich habe bereits alles veranlasst, was deinen Rücktransport angeht. Du wirst in deiner Suite im Hotel unterkommen. Und sollte etwas sein, kannst du jederzeit den Zimmerservice in Anspruch nehmen. Bequemer kannst du es wirklich nicht bekommen. Willst du dich etwa über den Komfort beschweren, den das Privileg, unsere Tochter zu sein, mit sich bringt?"

Isa schluckte schwer, schloss für einen Moment die Augen und ignorierte die Anschuldigung.

„Das kannst du nicht über meinen Kopf hinweg entscheiden. Ich bin volljährig, für den Fall, dass du es vergessen haben solltest. In der Kate kann ich auch gesund werden", brachte sie mit mühsam unterdrücktem Zorn hervor. Ihre Kraft schwand rapide und lange würde sie sich nicht mehr widersetzen können. Es fehlte ihr einfach die nötige Power.

„Und wer genau soll dir helfen? Du hast eine schwierige Operation hinter dir. Allein wirst du kaum in der Lage sein, den Tag zu überstehen."

Ohne eine Reaktion abzuwarten, begann Magdalena damit, Isas persönliche Sachen in eine Tasche zu stopfen – eine Tätigkeit, die sie normalerweise Angestellten übertragen würde.

„Ich habe Freunde, die mir helfen." Mühsam stieg Isa aus dem Bett, und riss ihrer Mutter ein Shirt aus der Hand, um es demonstrativ zurück auf den Stuhl zu legen.

„Wie dieser Versager, der sogar zu dumm ist, um in deine Hütte einzusteigen? Schlag dir das aus dem Kopf. Und solltest du noch weiterhin Einwände erheben, wirst du ganz schnell erleben, wer am längeren Hebel sitzt, junge Dame. Ich lasse mich von dir nicht vorführen. Ein dahergelaufener Nichtsnutz hat in deinem Umfeld nichts verloren. Was glaubst du, wie das auf unsere Freunde wirkt. Überlege dir genau, wo deine Prioritäten liegen, ansonsten wird der junge Mann sich wünschen, niemals deine Nähe gesucht zu haben. Schmarotzer und Taugenichtse haben in unserer Welt keinen Platz, wann verstehst du das endlich?“ Jaspers Worte bohrten sich wie ein Schwert in ihre Eingeweide.

„Willst du mir drohen, oder wie soll ich das verstehen?“ Isa flüsterte, aus Angst, dass ihre Stimme brechen könnte. Diesen Sieg wollte sie ihrem Vater auf keinen Fall zugestehen.

„Ich zeige dir nur deine Optionen auf. Selbstverständlich kannst du für dich entscheiden, in welcher Umgebung dein Körper sich erholen kann. Aber triff eine Entscheidung, ich habe nicht ewig Zeit und der Krankentransport wartet bereits.“

„Könntet ihr mich einen Moment allein lassen? Ich muss nachdenken.“ Die Hände in den Bezug der Decke gekrallt, starrte sie auf die gegenüberliegende Wand.

Überlege dir genau, wo deine Prioritäten liegen – diese Aufforderung geisterte unaufhörlich in ihrem Kopf herum.

„Wir sagen der Schwester Bescheid, dass du eingesehen hast, dass der Vorschlag deines Vaters die beste Lösung ist.“ Mit einem zufriedenen Gesichtsausdruck kehrten Isas Eltern ihr den Rücken zu und verließen ohne einen weiteren Kommentar das Zimmer.

War das zu fassen? In diesem Moment wurde Isa erst richtig bewusst, in welcher Sackgasse sich die Beziehung zu ihren Eltern befand. Eine Kehrtwende schien geradezu ausgeschlossen. Doch wie heißt es so schön? Schließt sich eine Tür, erwartet dich hinter einer anderen neue Hoffnung. Du musst nur mutig genug sein, um sie zu öffnen und den ersten Schritt in die Zukunft zu wagen. Der Abschied von Hamburg, die neue Aufgabe, sich etwas Eigenes aufzubauen – all das bereitete ihr keine Angst mehr. Im Gegenteil. Bei der Vorstellung, einen Menschen an ihrer Seite zu wissen, dem sie wichtig war, erfüllte sie mit Vorfreude.

Isa hatte den Eindruck gewonnen, dass Enno langsam wieder zu sich selbst fand. Die Möglichkeit zu bekommen, sein früheres Ich kennenlernen zu können, weckte eine positive Ungeduld in ihr, die sie lange Zeit vermisst hatte. Ehrliche Neugierde, besondere Faszination und ein magischer Zauber erzeugten eine Spannung zwischen ihnen, die sich, aus ihrer Sicht betrachtet, niemals auflösen sollte. Auf unerklärliche Weise fühlte sie sich in seiner Gegenwart komplett. Nicht einmal Dags Gesellschaft konnte diesen Zustand absoluter Zufriedenheit in ihr erzeugen. Das schaffte nur Enno. Ihre Mundwinkel zogen sich allmählich wieder nach oben. Sie würde ihn mit ihrem Handeln schützen, nur um später all die schönen Momente mit ihm genießen zu können. Entschlossen tippte Isa die Nummer vom Festnetzanschluss der Kate in Heisterwohlt ins Handy und lauschte ungeduldig dem Klingelzeichen. Nach dem siebenten oder achten vergeblichen Klingeln gab sie jedoch auf und beendete den Versuch, Enno ans Telefon zu bekommen. Als sie das Handy unschlüssig in der Hand hielt, zogen vier Ziffern und ein Doppelpunkt ihre Aufmerksamkeit auf sich: Vierzehn Uhr und siebenundvierzig Minuten. Kein Wunder, dass er den Anruf nicht entgegennahm. Sicher befand er sich schon auf dem Weg in die Klinik, auf dem Weg zu ihr.

Mist.

Immer zwei Stufen auf einmal nehmend, spurtete Enno die Treppe hinauf. Als er Station drei erreicht hatte, hatte sich seine Atmung nur unwesentlich beschleunigt. Das tägliche Joggen in Kombination mit der unbändigen Energie, die ihn seit Tagen durchströmte, zeigte seine Wirkung. Auf dem Flur kam ihm eine der Schwestern entgegen, der er bei seinen Besuchen schon mehrfach über den Weg gelaufen war. Ihr aufrichtiges Lächeln empfand er jedes Mal als beruhigend und aufmunternd. Es ließ ihn Hoffnung schöpfen, dass Isa wieder vollkommen gesund werden würde. Gerade als er ihr grüßend zunicken wollte, um dann schleunigst zu der Frau gehen zu können, die sein Leben auf so herzerfrischende Art in neue Bahnen gelenkt hatte, stoppte sie ihn. Beim Anblick ihrer unsicheren Miene gefror sein Lächeln und ein Gefühl, das Unheil ankündigte, verdrängte das Stimmungshoch, das er immer dann verspürte, wenn er auch nur an Isa dachte.

„Herr van Dyk, richtig?“ Enno nickte verwundert und schürzte abwartend die Lippen. Es kam ihm komisch vor, dass er direkt angesprochen wurde. Bisher ging sein Kontakt zu den Schwestern über ein freundliches *Hallo* oder ein beiläufiges *Guten Tag* nicht hinaus. „Warten Sie einen Moment, ich habe etwas für Sie.“

Irgendetwas an dieser Situation ließ ihn auf eine seltsame Weise hibbelig werden und ein ungutes Gefühl beschlich ihn. Hatte sich Isas Zustand wieder verschlimmert? Aber gestern war doch noch alles im grünen Bereich gewesen. Sie hatten sogar einen kleinen Ausflug auf den Stationsflur gewagt, ohne dass Isa hinterher Probleme bekommen hatte – zumindest nicht, bis er sie am Abend zurückgelassen und den Heimweg angetreten hatte. Hatten sich ihre Werte verschlechtert? Bevor seine Gedanken sich heißlaufen konnten, zog die Schwester einen Umschlag aus der Kitteltasche.

„Ihr geht es gut, keine Sorge“, gab sie die Worte von sich, die Enno für den Augenblick Erleichterung brachten. Doch im nächsten Moment zogen sich seine Eingeweide zusammen. Was zur Hölle hatte es mit diesem Brief auf sich?

„Ich verstehe nicht, wo ist Frau Holthusen denn?“

„Vermutlich steht alles da drinnen.“ Die Schwester deutete auf den Brief, den Enno anstarrte, als müsste er überlegen, ob er ihn überhaupt öffnen sollte. Und plötzlich zeigte sie wieder dieses aufmunternde Lächeln. „Glauben Sie mir, Ihre Freundin war ganz unglücklich darüber, dass sie Sie nicht erreichen konnte, und wollte sogar warten, bis Sie eintreffen. Aber ihre Eltern haben sie dann doch überzeugt, dass es Zeit wurde. Der Transport bis nach Hamburg kostet ja schließlich eine Menge Geld.“ Mit dieser Aussage ließ sie ihn stehen und verschwand in einem der Patientenzimmer.

„Hamburg“, murmelte Enno und ließ sich auf einen der Besucherstühle fallen. „Weshalb denn Hamburg?“ Ohne besondere Vorsicht öffnete er den Brief und zog einen handgeschriebenen Zettel mit Krankenhauslogo hervor. Die Übelkeit, die beim Erhalt der Nachricht in ihm aufgestiegen war, verstärkte sich mit jeder Zeile, die er las um ein Vielfaches.

Lieber Enno,
es tut mir so leid, dass wir uns verpasst haben. Meine Eltern konnten mich davon überzeugen, dass es für meine Genesung das Beste ist, wenn ich mit nach Hamburg fahre. Du kannst mir glauben, dass mir die Entscheidung nicht leicht gefallen ist.
Alles, was wir besprochen haben, behält seine Gültigkeit. Du bist und bleibst mein Bauleiter. Bitte kümmere dich in meiner Abwesenheit um alles Nötige. Ich wünsche mir sehr, dass die Kate wieder zum Leben erweckt wird.
Ich werde dich heute Abend um Punkt zwanzig Uhr anrufen, damit wir alles Weitere besprechen können. Leider kann ich deine Zeichnungen nun nicht ansehen. Ich hatte mich schon so darauf gefreut. Aber wie ich dich kennengelernt habe, sind sie ganz sicher wundervoll.

Isa

PS: Deine Besuche werden mir fehlen. Ich vermisse dich jetzt schon.

Enno schluckte, schluckte ein zweites Mal und las den Brief erneut. Was zur Hölle hatten ihre Eltern ihr bloß für einen Unsinn eingeredet, dass sie freiwillig mit ihnen gegangen war? Nach allem, was er gehört und teilweise selbst erlebt hatte, konnte er sich nur schlecht vorstellen, dass Isa aus einer freien Entscheidung heraus den Weg nach Hamburg angetreten hatte. Ihm hingegen blieb keine andere Option. Isa hatte ihre Entscheidung getroffen und er musste wohl oder übel ohne sie nach Heisterwohlt zurückkehren. Nein, das konnte er so nicht ausdrücken, auch wenn er in Gedanken nur mit sich selbst sprach. Um Isa zu helfen, *wollte* er an diesen Ort, der ihr so viel bedeutete. Außerdem interessierte es ihn brennend, was Isa dazu bewogen hatte, vorzeitig die Klinik zu verlassen. Und das konnte er nur herausfinden, wenn er pünktlich um acht am Telefon saß und sie hoffentlich seine Fragen beantworten würde.

Beim Verlassen der Station verspürte er heute kein Glücksgefühl, sondern schlich mit schweren Schritten Richtung Treppenhaus. Die Leichtigkeit, mit der er vor gut zehn Minuten hier angekommen war, hatte sich vollständig verflüchtigt. Der Glaube, so etwas wie einen Silberstreif am Horizont erkennen zu können, seit er Isa kennengelernt hatte, schwand mit jedem Meter, den er sich von der Klinik entfernte. Wahrscheinlich würden sich seine Vergangenheit und ihre gesellschaftliche Stellung immer im Weg stehen. Sie hatten sich einfach zum falschen Zeitpunkt kennengelernt.

15. Kapitel

Nachdem Jasper und Magdalena ihre Tochter mehr oder weniger emotionslos verabschiedet hatten, als diese mit Hilfe einer Liege zum Rettungswagen gerollt wurde, schlossen sich die Türen ihrer aufgezwungenen Mitfahrgelegenheit.

„Mein Name ist Bylcher. Ich werde Sie auf dem Transport nach Hamburg begleiten." Isa nickte dem rundlichen, älteren Herren mit Vollbart zu. Sie hatte keine Lust, belanglose Konversation zu betreiben. Wahrscheinlich dachte er jetzt, dass sie ein verwöhntes High-Society-Girl war. Doch sie plagten im Moment ganz andere Probleme als ihre derzeitige Außenwirkung. Ihre Eltern hatten ihr Ziel erreicht und Isa mal wieder klein beigegeben. Dieser Umstand ärgerte sie, sodass sich sogar eine kleine Wutträne aus ihrem Augenwinkel schlich. Jeder, der aus der Klinik entlassen wird, würde vor Freude strahlen – nicht so Isa.

„Haben Sie Schmerzen, Frau Holthusen?" Mit besorgter Miene betrachtete Herr Bylcher ihr Gesicht.

„Nein, alles in Ordnung", brachte Isa die Lüge über die Lippen, woraufhin ihr Gegenüber nachdenklich die Stirn runzelte. „Wirklich, alles bestens. Diese Aktion kam nur sehr überraschend."

Sie versuchte unter größter Anstrengung, etwas freundlicher zu schauen, und hoffte inständig, dass ihr das auch gelang. Aber der Zorn ließ sich kaum bändigen.

„Ihre Eltern freuen sich sicher, Sie wieder in ihrer Nähe zu haben. Dass Ihr Vater Sie nach Hause holt, lässt er sich Einiges kosten. So ein Transport ist nicht gerade eine günstige Aktion."

Das ist gut möglich, stellte Isa gedanklich fest. Aber das finanzielle Drumherum interessierte ihren Vater wenig, wenn es darum ging, seine Interessen durchzusetzen. Doch woher sollte ihre nette Begleitung das wissen.

„Kann ich mir vorstellen." Ihre müde Zustimmung wurde mit einem freundlichen Lächeln bedacht. Danach schwiegen beide. Zum Glück hatte man ihr das Kopfteil hochgestellt, wodurch Isa halbwegs aufrecht sitzen und somit auch sehen konnte, was um sie herum geschah. Die Fenster bestanden zwar zur Hälfte aus Milchglas, aber durch ihre erhöhte Position im Fahrzeug konnte sie durchaus einen Blick nach draußen erhaschen. Doch irgendwann fielen ihr vor Erschöpfung die Augen zu und sie dämmerte in einen tröstenden Halbschlaf hinüber, der ihr Gedankenkarussell wenigstens für den Rest der Fahrt stoppte.

Als sie die Stadtgrenze von Hamburg erreicht hatten, wurde Isa durch ein hartes Bremsmanöver und den darauf folgenden Flüchen des Fahrers geweckt. Der Stadtverkehr bot offenbar mal wieder so mancherlei Überraschung.

„Wann werden wir in etwa ankommen?", fragte sie schläfrig und zog ihr Handy aus der Tasche. Zum Glück stand sie unmittelbar neben der Liege, sodass Isa sich kaum bewegen musste. Auf das Ziehen im Unterbauch, das sich bei jedem größeren Positionswechsel noch einstellte, konnte sie gut und gern verzichten.

„Ich denke in einer Viertelstunde." *Das würde knapp werden,* dachte Isa. Hoffentlich erreichte sie Dag noch, damit er ihr die Peinlichkeit ersparte, auf einer rollbaren Trage durch das Haus gefahren zu werden, auch wenn sie sich halb sitzend darauf befand.

Isa erklärte dem Fahrer, wo genau sich der Nebeneingang befand und lotste ihn durch die Seitenstraßen hinter das Hotel. Als der Motor verstummte und kurze Zeit darauf die Türen aufschwangen, blickte sie geradewegs in Dags erleichtertes Gesicht. Sie hatte sich noch von der Klinik aus für die Genesungswünsche bedankt und ihn danach immer auf dem Laufenden gehalten. Doch offensichtlich galt auch für ihn – sich am Telefon zu unterhalten ist etwas ganz anderes, als sich vis-à-vis gegenüberzustehen.

„Frau Direktorin, da bist du ja."

Dags Lachen und Isas gespielt böser Blick ließen Herrn Bylcher verwirrt dreinschauen. Vielleicht lag es auch an der Kluft, mit der Dag vor dem Hotel stand. In kompletter Kochmontur stand er hinter dem Rollstuhl, der für Notfallzwecke im Hauptlager aufbewahrt wurde.

„Danke, meine Herren", sagte Isa an die beiden Männer vom Rettungsdienst gerichtet. „Den Rest schaffen wir allein."

Dag half ihr von der Trage herunter in den Rollstuhl.

„Na dann, alles Gute." Der Fahrer übergab Dag die Reisetasche und setzte sich wieder hinters Steuer. Noch ehe der Wagen abgefahren war, setzte sich der Chef de Cuisine in seiner neuen Funktion als Krankenpfleger in Bewegung und brachte Isa ins Hotel.

„Ich fahre dich schnell nach oben. In der Küche ist gerade nicht so viel los und die Jungs werden die Töpfe schon nicht gleich in Brand setzen, nur weil ich für fünf Minuten den Raum verlassen habe." Sein Scherz sollte sie höchstwahrscheinlich aufmuntern, doch irgendwie schlug sein Versuch diesmal fehl.

„Danke." Aus einem dumpfen Impuls heraus dachte Isa an den Tag, als sie mit Enno das erste Mal diesen Flur entlanggegangen war. Was er jetzt wohl machte? Hatte er ihren Brief bekommen? Ihr Herz zog sich schmerzhaft zusammen und ließ sie für ein paar Sekunden die Luft anhalten. Sie vermisste ihn, seine vor Aufregung leuchtenden Augen, wann immer er ihr von seinen Plänen für den Umbau erzählt und ihre Reaktion abgewartet hatte. Sie vermisste seine Leidenschaft, die sie besonders in dem Moment spüren konnte, in dem sich seine Lippen auf ihre legten und die wohltuende Wärme, die von seinem Körper ausging, sobald sie sich in seiner Nähe befand.

„Ich habe niemandem erzählt, dass du kommst“, erklärte Dag.

„Das ist gut. Ich brauche wirklich meine Ruhe und muss mir über Einiges klar werden. Diese Aktion mit dem überstürzten Rücktransport hat mich ernsthaft sauer gemacht.“ Eben noch von liebevollen Gedanken begleitet, schaltete Isa innerhalb eines Wimpernschlages um. Ihre Atmung beschleunigte sich rasant und ihr Blut kochte. „Warum können sie mich nicht einfach in Ruhe lassen, Dag? Ich will mir mein eigenes Leben aufbauen.

„Ganz ruhig, Süße. Du weißt, dass die Wände in diesem alten Kasten Ohren haben. Wenn du willst, kannst du mir gleich alles erzählen. Aber erst mal schaffe ich dich nach oben. Danach können wir reden.“

„Die beste Idee, von der ich seit Stunden höre.“

Dag stoppte die Fahrt vor dem Aufzug. Seufzend ließ Isa den Kopf gegen seinen Bauch nach hinten fallen und sah zu ihm auf. „Ich muss nachher dringend mit Enno telefonieren.“ Ihr Grinsen spiegelte sich in Dags Gesicht wieder. „Ich hatte keine Gelegenheit, mit ihm zu sprechen. Es ging alles so verdammt schnell.“ Isa hoffte inständig, dass Enno Verständnis für die vertrackte Situation aufbrachte, sobald sie ihm die Umstände erklärt hatte.

„Dann läuft es gut zwischen euch?“

Das *Ping* des Aufzuges ertönte und Isa richtete sich wieder auf. Vorsichtig schob Dag den Rollstuhl in die Kabine.

„Ich mag ihn. Ich mag ihn sogar sehr.“ Isas Grinsen wurde breiter und Dag schüttelte belustigt den Kopf.

„Wer hätte das gedacht“, sinnierte er, streckte seinen Arm aus und drückte den Etagenknopf.

„Aber er ist manchmal so stur, wenn es darum geht, dass ich ihm helfen will. Ständig sagt er, dass er es selbst schaffen muss. Auf keinen Fall will er sich von mir aushalten lassen. Dabei versuche ich doch nur, ihm eine Hand zu reichen, damit er wieder auf die Füße kommt.“

Frustriert seufzend, vergrub Isa das Gesicht in ihren Händen. Warum nur machte er die ganze Geschichte nur so furchtbar kompliziert? Sie hatte das Geld, er das Wissen.

„Wenn man seinen Hintergrund kennt, ist das vollkommen verständlich. Versetz dich doch mal in seine Lage." Mit zur Seite geneigtem Kopf musterte Dag sie. „Stell dir vor, du liegst ausgestreckt am Boden, deine Zukunft hat sich gerade in Luft aufgelöst und das Vertrauen in Menschen, die dir sehr nahe standen, ist dahin. Dann kreuzt ein fantastisch aussehender junger Mann deinen Weg und reicht dir seine Hand, um dir wieder auf die Füße zu helfen. Würdest du einem Wildfremden nach wenigen Tagen so einfach deine ungeschützte Seite präsentieren?"

„So gesehen …" Die ganze Geschichte mal aus einer anderen Perspektive betrachtet, ergab Ennos Verhalten natürlich Sinn. *Da hätte ich auch von allein darauf kommen können*, überlegte Isa und sah Dag im gegenüber angebrachten Spiegel an. „Was würde ich nur ohne dich tun?"

Er zwinkerte ihr zu.

„Definitiv schlechter kochen." Beide prusteten los und verscheuchten die gedrückte Stimmung. Dag war wahrhaftig der beste Freund, den Isa sich wünschen konnte.

In der Suite angekommen, stellte Dag als Erstes die Klimaanlage ein. Niemand hatte von der vorzeitigen Anreise gewusst, weswegen auch keinerlei Vorbereitungen getroffen wurden. Die übliche Schale mit frischem Obst fehlte ebenso wie die Blumen auf dem Couchtisch.

„Ich lasse dir gleich etwas zu essen bringen. Wonach steht dir der Sinn?"

„Milchreis mit Erdbeermus."

Dag zog eine Augenbraue hoch. Er wusste genau, dass sie dieses Gericht immer dann bestellte, wenn es ihr nicht gut ging.

„In Ordnung. Tee?"

„Unbedingt. Irgendwas mit Orange." Isa stand auf und atmete tief durch. Die Fahrt war anstrengend gewesen, aber glücklicherweise hatte sie keine Schmerzen. Sie hoffte, dass ihr Körper sich weiter erholte und sich die allgemeine Fitness in den nächsten Tagen verbesserte.

„Gebe ich weiter", versprach Dag. „Jetzt ruhe dich erst mal ein bisschen aus. Ich habe noch ungefähr zwei Stunden zu tun, danach können wir reden."

Isa nickte, ging zum Bett hinüber, setzte sich auf die Kante und streifte ihre Schuhe ab. „Es reicht, wenn du mir das Essen später mitbringst. Jetzt habe ich noch keinen großen Hunger."

„Alles, was du willst. Ich bin so froh, dass du alles gut überstanden hast."

„Dank Enno. Er hat den Notarzt gerufen."

Mit einem Kuss auf ihre Stirn verabschiedete sich Dag und zog die Tür hinter sich ins Schloss.

~~~~~

Langsam rollte der Mini auf die Einfahrt neben der Kate zu. Enno hielt sich akribisch an die vorgegebene Schrittgeschwindigkeit, die in unmittelbarer Nähe der Promenade erlaubt war, obwohl er so schnell wie möglich diesen Wagen verlassen wollte. Seiner Ansicht nach müsste fairerweise ein Warnhinweis des Herstellers existieren: Empfohlene Nutzung nur für Personen unter einer Körpergröße von einem Meter achtzig!

Als Enno den Motor abgestellt und sich befreit hatte, atmete er die salzige Luft ein, die durch den leichten Wind über den Deich geweht wurde. Augenblicklich wurde er ruhiger. Auf der gesamten Fahrt nach Heisterwohlt hatte er gegrübelt, der Fantasie freien Lauf gelassen und letztlich doch einsehen müssen, dass er ohne ein klärendes Gespräch mit Isa keine Antworten auf seine Fragen bekommen würde.

Er entschloss sich, die Wartezeit außerhalb der Kate zu verbringen. Die angenehm warme Frühlingsluft lud förmlich dazu ein, dem Strand einen Besuch abzustatten. Auf dem Weg über den Deich blieb er plötzlich stehen, drehte sich um und sah zurück. Inmitten der anderen Häuser wirkte die Kate, als würde sie in einem Dornröschenschlaf liegen. Doch sobald die Dachdecker mit ihrer Arbeit begonnen hatten, würde sich das äußere Bild sehr schnell verändern. Für den geplanten Umbau und der Errichtung eines Restaurants würde mehr Zeit ins Land gehen, aber Enno hatte die Bilder schon genau im Kopf. So, wie er hier stand, konnte er sich gut vorstellen, auch eine Außenterrasse in das Konzept zu integrieren. Die Sommergäste würden bei gutem Wetter ihre kleinen Snacks sicher auch im Freien, mit uneingeschränktem Blick auf die Ostsee, genießen wollen. Die Atmosphäre wäre traumhaft. Er musste Isa unbedingt von der Idee erzählen und vielleicht morgen schon Erkundigungen einholen, welche Auflagen zu beachten waren.

„Na, immer noch in das Schmuckstück verliebt?“ Der bärtige Mann mit seiner tiefen Stimme stand zum zweiten Mal unverhofft neben Enno, genauso, wie an seinem allerersten Morgen an diesem wundervollen Ort.

„Wie könnte ich nicht?“ Enno zuckte mit den Schultern.

„Du bist der, der Isa hilft, dass daraus …“, er zeigte mit seiner Pfeife hinüber zur Kate, „... wieder ein Hingucker wird, stimmt’s?“
~~~~~

Ein Hingucker? Oh ja, wenn es nach ihm ginge, würden die Besucher vor Staunen den Mund nicht mehr zu bekommen und sich glücklich schätzen, einen derart traumhaften Ort gefunden zu haben.

„Könnte sein." Ennos unverbindliche Antwort ließ den alten Mann schmunzeln.

„Ich bin Hannes. Mareike hat mir von dir erzählt."

Der Buschfunk funktioniert also. Gut. Enno würde in Zukunft noch jede Menge Hilfe brauchen können. Die alteingesessenen Bewohner von Heisterwohlt könnten ihm bei all den Auflagen, mit denen Baumaßnahmen gerne belegt werden, hoffentlich den einen oder anderen Rat geben. Also wäre jeder Freund ein potentieller Helfer.

„Enno." Er reichte Hannes die Hand und staunte nicht schlecht über den kräftigen Druck, mit dem der alte Mann zugriff.

„Was genau habt ihr vor?" Hannes kaute auf seiner Pfeife herum und setzte sich auf eine Bank, die nur wenige Schritte entfernt stand.

„Isa hat genaue Vorstellungen, wie sie das Anwesen gestalten möchte. Ich helfe nur dabei, dass ihr Traum Realität wird", stellte Enno klar.

„Hm." Hannes' gebrummte Erwiderung veranlasste ihn dazu, seinen Kopf zur Seite zu drehen. Da Enno seine neue Bekanntschaft schlecht einschätzen konnte, versuchte er, aus seiner Mimik schlau zu werden. Doch der verschlossene Gesichtsausdruck ließ keine Rückschlüsse zu.

„Irgendwelche Einwände?" Wenn die Nachbarschaft rechtliche Einsprüche erheben wollte, wäre es in der jetzigen Planungsphase noch einfach, Änderungen vorzunehmen. Ein Streit zum späteren Zeitpunkt würde sich schon schwieriger gestalten, das hatte Enno unzählige Male und bei etlichen Kunden erleben müssen. Dieser Teil seiner Arbeit brachte wirklich keinen Spaß.

„Isa ist ein gutes Mädchen. Sie wird uns schon keinen von diesen modernen Bauten vor die Nase setzen."

Enno lachte laut auf.

„Wird sie nicht. Sie liebt die Kate so, wie sie ist. Der Charakter wird auf jeden Fall erhalten bleiben, keine Sorge. Alles andere würde sie mir auch nicht durchgehen lassen."

„Hm. Dann ist ja gut." Und wieder schwieg Hannes.

Der wortkarge Alte gefiel Enno. Er erinnerte ihn an seinen Onkel Theo. Der hatte auch kaum ein Wort von sich gegeben, war jedoch eine Seele von Mensch gewesen und leider viel zu früh verstorben.

Nach ein paar Minuten verabschiedete sich Enno mit einem: „Ich muss dann mal wieder", und schlenderte mit unruhigen Schritten zum Eingang der Kate. In einer Viertelstunde würde Isa anrufen und er brannte darauf, zu erfahren, was während seiner Abwesenheit in der

Klinik vorgefallen war. Die Planungen für den Umbau behielten ihre Gültigkeit, das hatte sie in ihrem Brief bestätigt. Doch die Fragen, die ihm wirklich unter den Nägeln brannten, waren die: Was wurde aus dem Paar Enno & Isa? Hatte sich durch irgendein Ereignis, von dem er keine Ahnung hatte, ihr Miteinander verändert? Enno schickte ein Stoßgebet gen Himmel, dass dem nicht so war.

~~~~~

Lautes Gepolter an der Tür ließ Isa kurz zusammenzucken.

„Zimmerservice."

Als sie die Stimme erkannte, schüttelte sie amüsiert den Kopf. *Verrückter Kerl*, dachte sie, stand langsam auf und öffnete die Tür zur Suite, sodass Dag eintreten konnte.

„Milchreis à la Isabell und Ingwer-Orangen-Tee, wie gewünscht." Dag stellte das Tablett auf dem Couchtisch ab und ließ sich gegenüber in die Polster fallen.

„Du bist ein Schatz, danke." Der Duft, der ihr in die Nase stieg, ließ ihr das Wasser im Mund zusammenlaufen. Jetzt hatte sie doch Hunger. Mit der Süßspeise in der einen und einem Löffel in der anderen Hand machte Isa es sich in dem bequemen Sessel gemütlich, der seitlich der Couch stand und legte ihre Füße auf eben dieser ab.

„Da du ja nun mit ausreichend Nahrung versorgt bist und ich mir keine Sorgen mehr machen muss, dass du vom Fleisch fällst – schieß los, meine gesamte Aufmerksamkeit gehört dir." Dag deutete mit ausgestrecktem Finger auf die mit Milchreis gefüllte Schale und ließ durch seine hochgezogenen Augenbrauen erkennen, dass Isa anfangen sollte, zu erzählen.

„Was willst du zuerst wissen?" Sie schob sich einen großzügig beladenen Löffel in den Mund und stöhnte genießerisch. „Ich bin im Himmel."

„Im Milchreishimmel wie eine Fünfjährige." Dag, der sich regelmäßig über Isas Vorlieben lustig machte, verschränkte die Arme vor der Brust. „Als Erstes will ich wissen, ob es dir gut geht und wir nur noch zusehen müssen, wie wir dich wieder auf die Beine bekommen."

„Die Ärzte waren zufrieden. Entzündungswerte im Normalbereich, Narbe reizlos und so. Verstehe einer das Kauderwelsch, das die Herren in den weißen Kitteln von sich geben."

Und schon häufte Isa sich die nächste Portion auf den Löffel.

„Okay. Was ist mit der Kate? Wie weit seid ihr mit den Planungen gekommen?"
~~~~~

Dass es Isa besser ging, schien Dag zu erleichtern. Seine angespannte Haltung ließ sichtbar nach und er streckte seine langen Beine unter dem Couchtisch aus. Bei dem Anblick musste Isa an Enno denken und wünschte sich in diesem Moment nichts mehr, als ihn hier bei sich zu haben. Ein Blick auf die Uhr verriet ihr, dass sie noch fast eine Stunde durchhalten musste, bis sie seine Stimme hören konnte. Gleichzeitig stieg die Sorge in ihr auf, dass er ihren Brief gar nicht erhalten hatte. Sie spürte, wie sie unmittelbar bei dem Gedanken zusammenzuckte. Sofort kam Dag auf die Füße und konnte den Anflug von Panik in seinem Gesicht nicht verbergen.

„Alles in Ordnung, mir geht es gut", beeilte sich Isa zu sagen, woraufhin Dag sie kritisch musterte. Er kannte sie einfach zu gut. „Wirklich. Ich musste nur gerade an Enno denken, und dass wir kein Wort mehr wechseln konnten, bevor ich abgefahren bin. Es war eine so überhastete Aktion." Zornig pfefferte sie den Löffel in die Schale.

„Na los, dann erzähl erst mal, was dich dazu getrieben hat, die Klinik zu verlassen und hierherzukommen, anstatt zu deinem Enno nach Heisterwohlt zu fahren."

„Mein Vater", flüsterte Isa und rührte wahllos mit dem Löffel in dem Milchreis herum.

„Was ist mit ihm?"

Einen langen Moment sah Isa ihrem Freund in die Augen, bevor sie ihre Lider senkte und alles aus ihr herausbrach.

16. Kapitel

Fünf nach acht. Verdammt, warum gab das verfluchte Telefon keinen Mucks von sich? Zu warten, darauf angewiesen zu sein, dass ein anderer den ersten Schritt tat, oder in seinem Fall endlich die erlösende Nummer in sein Telefon tippte, fühlte sich für Enno wie pure Folter an. Gerade, als er anfangen wollte, ein paar Kisten so zu platzieren, dass sie nicht mehr im Weg standen, allein aus dem Gedanken heraus, sich abzulenken, ertönte das lang ersehnte Klingeln. *Isa*, schoss es ihm durch den Kopf. Hastig griff er zum Hörer des antik anmutenden Telefons und spürte im selben Moment die Anspannung von sich abfallen.

„Hallo?“ Nur für den Fall, dass unerwartet doch jemand anderes hier anrief, blieb Enno unverbindlich, als er das Gespräch entgegennahm.

„Hi, hier ist Isa.“

Schon beim ersten Wort hatte Enno den Klang ihrer Stimme erkannt. Vor sich hin grinsend und mit geschlossenen Augen, lauschte er ihren Worten.

„Ich bin froh, dass du den Brief bekommen hast. Du hast ihn doch bekommen, oder? Enno, es tut mir so leid, wie alles gelaufen ist, aber glaube mir, ich hatte keine andere Wahl. Ehrlich.“

„Hey, Sonnenschein. Stopp.“

Augenblicklich verstummte Isa am anderen Ende der Leitung. Gut. Er musste ihren Redefluss unterbrechen, bevor die unnötigen Gedanken, die sie offenkundig quälten, eine gedrückte Stimmung aufkommen ließen. „Als Allererstes musst du mir sagen, ob es dir gut geht. Der Rest ist zweitrangig. Also?“, forderte Enno sie auf, das wichtigste Thema aufzunehmen, das es zu besprechen gab.

„Ja. Ja, es geht mir gut. Ein bisschen müde, aber sonst …“

Mit Sicherheit zuckte sie mit den Schultern, wie so häufig, wenn sie keine passenden Worte fand. Diese Eigenschaft hatte er schon so oft beobachtet, dass er sich Isa hinter seinen geschlossenen Augen bildlich vorstellen konnte.

„Zum Glück.“ Enno streckte seine Beine aus und überkreuzte die Knöchel. „Wo genau bist du gerade?“

„Im Hotel, in meiner Suite. Du weißt schon. Die, die ich bewohne, wenn die Arbeit mir zu viel Zeit raubt.“

Verwirrt legte sich seine Stirn in Falten.

„Wie bitte? Ich dachte, du bist bei deinen Eltern. Wer kümmert sich denn jetzt um dich? Du kannst unmöglich alles allein bewerkstelligen.“

Die Ruhe, die ihn erfasst hatte, nachdem Isa Entwarnung gegeben hatte, schmolz wie Eis in der prallen Sonne.

„Mein Vater meinte, ich wäre hier am besten aufgehoben. Ich muss weder putzen noch einkaufen. Wenn ich Essen bestelle, wird es prompt auf das Zimmer geliefert."

„Das mag ja alles stimmen. Aber *WER* steht dir zur Seite? Wer bringt dich zum Lachen oder sagt dir, dass du lang genug faul auf der Couch gelegen hast und es Zeit wird, dein System wieder hochzufahren?" Mit jedem gesprochenen Wort durchflutete eine neuerliche Zorneswelle seine Adern. Am liebsten hätte er sich sofort aufgemacht, um nach Hamburg zu fahren. „Es ist niemand da, der dir gut zuredet oder dich einfach nur in den Arm nimmt."

Das Schweigen, das folgte, genügte ihm als Antwort. Verdammt noch mal!

„Glaubst du, ich bin freiwillig hier? Ich könnte mir einen besseren Ort vorstellen, glaube mir."

„Welchen?", fragte Enno und wunderte sich selbst über das Vibrieren in seiner Stimme, das seine Frage begleitet hatte.

„Du weißt genau, wo ich jetzt gerne wäre." Ihr leises Kichern erfüllte Enno mit tiefer Zufriedenheit, die er lange geglaubt hatte, verloren zu haben, und der Zorn verpuffte.

„Ich will es aber aus deinem Mund hören", forderte er Isa auf, Farbe zu bekennen. „Weißt du, mein absoluter Lieblingsplatz ist neben dir, egal an welchem Ort." Sein Geständnis sollte Isa zeigen, dass er für seinen Teil seine Gefühle für sie nicht länger verstecken wollte.

„Enno?", hauchte sie mit schüchtern klingender Stimme in den Hörer.

„Ich bin hier, Sonnenschein."

„Ich vermisse dich." Konnte ein Herz wahrhaftig ins Stolpern geraten? Wenn die Frau, die einem Mann wichtiger ist als der Rest der Welt, so ein Geständnis ablegte, hatte das Herz doch gar keine Chance, anders zu reagieren.

„Was glaubst du wohl, wie es mir ergeht? Das mit dem langsam angehen lassen, noch dazu auf diese unerträgliche Entfernung hinweg, ist eine blöde Idee gewesen", brummte Enno und wechselte den Hörer in die andere Hand, damit er mit der frei gewordenen die Pläne zu sich ziehen konnte.

„Wessen Vorschlag ist das gewesen?"

„Hab ich vergessen." Isa lachte so herzerfrischend, dass Enno automatisch mit einfiel.

Die Idee war tatsächlich schlecht durchdacht und vor allem hatte er sämtliche Konsequenzen außer Acht gelassen – kein Kuscheln, keine Küsse, keine liebevollen Blicke. Ihnen würde in der nächsten Zeit nur die Stimme des anderen über den Tag helfen. Vielleicht sollten sie beim

Netzbetreiber schon mal eine Standleitung beantragen. Die Telefonleitung zwischen Hamburg und Heisterwohlt würde über kurz oder lang glühen, so viel stand fest.

„Soll ich dir erzählen, wie die Planung vorangeht?“

„Das wäre toll. Ehrlich gesagt, hatte ich ja gehofft, dass du sie mir heute zeigst.“

„Hey, an mir hat es nicht gelegen, glaube mir.“

„Ja, ich weiß.“ Wieder kippte die Stimmung und dieses ewige Hin und Her ging Enno auf die Nerven.

„So richtig kann ich immer noch nicht glauben, dass du einfach der Aufforderung deiner Eltern gefolgt bist. Meinst du, ich hätte keinen guten Krankenpfleger abgegeben? Ich kann sogar Blut sehen, ohne umzukippen.“

Der Versuch, einen Scherz zu machen, damit die Traurigkeit zwischen Isas Worten verschwand, misslang.

„Manchmal hat man im Leben zwar eine Wahl, aber trotzdem gibt es nur eine Lösung, die in Frage kommt.“

„Meinst du, du könntest mir endlich erzählen, was wirklich vorgefallen ist und aufhören, um den heißen Brei herumzureden?“

Isa rang mit sich, wog ab, ob es klug wäre, den Mut aufzubringen, Enno einzuweihen, oder ob sie lieber den Mund halten sollte. Was, wenn er einen Rückzieher machte, weil er zu all den Problemen in seinem Leben kein weiteres bräuchte?

„Ich kann hören, dass es in deinem Kopf arbeitet. Jetzt rede mit mir, Isa – alles andere ist unfair. Wir haben keine Chance, wenn wir uns gegenseitig ausschließen.“

Sie dachte daran, was er ihr alles gebeichtet hatte, obwohl *beichten* im Grunde der falsche Ausdruck war. Enno hatte ihr von den schmerzlichen Erfahrungen in seinem Leben erzählt und was tat sie? Er hatte recht. Geheimnisse erstickten das, was sich zwischen ihnen versuchte aufzubauen.

„Du musst mir glauben, dass ich nur an dich gedacht habe. Mein Vater … Er kann sehr überzeugend sein.“ Isa holte tief Luft.

„Womit hat er dich den überzeugt, wenn du lieber nach Hamburg gefahren bist, anstatt zu mir zu kommen?“

Die Verwirrung in Ennos Stimme konnte Isa gut nachvollziehen. Gleichzeitig spürte sie einen dicken Kloß in ihrer Kehle stecken. Sich in irgendeiner Form zu äußern schien just in diesem Moment unmöglich. Sie schloss die Augen. Einatmen. Pause. Zwei, drei, vier. Ausatmen. Einatmen. Pause. Zwei, drei, vier. Ausatmen. Von dieser Technik, sich zu beruhigen, hatte sie in einer Zeitschrift gelesen und sie zeigte tatsächlich Wirkung.

„Mein Vater räumt alles aus dem Weg, was sein geschmeidiges Leben gefährden könnte. Die Zeit, die ich an der Ostsee verbringe, ist in seinen Augen verschwendete Zeit. Mein Job ist es, ihm hier den Rücken frei zu halten. Ablenkung ist unerwünscht.“

„Willst du damit sagen, ich bin eine Ablenkung?“, fiel Enno ihr ins Wort und Isa hörte ein leises Lächeln in seiner Stimme.

„Sagen wir mal so: Meine Prioritäten verlagern sich in eine Richtung, die meinen alten Herrn hellhörig werden lässt.“ Und obwohl sich Enno Kilometer entfernt aufhielt, wurden ihre Wangen bei dem Eingeständnis heiß.

„Kannst du das näher ausführen? Ich habe das Gefühl, dass mir einzelne Bausteine fehlen, damit ich nachvollziehen kann, was du eigentlich sagen möchtest.“ Offenbar reichten ihm ihre Ausführungen immer noch nicht.

„Du stellst eine potentielle Gefahr dar.“

„Wie bitte?“ Entsetztes Keuchen drang durch den Hörer. Doch Isa ignorierte seine Frage und redete weiter, bevor der Mut sie verließ.

„Er ahnt, dass etwas im Busch ist. Noch vor kurzem habe ich anstandslos getan, was er verlangt hat. Dann kam das Wochenende, an dem wir nach Heisterwohlt gefahren sind. Durch den Klinikaufenthalt kam heraus, dass ich in Begleitung unterwegs gewesen bin. Das ließ ihn hellhörig werden. Außerdem ist ihm die Kate seit langem ein Dorn im Auge. Ablenkung. Du verstehst?“ Ein undefinierbares Brummen signalisierte Isa, dass Enno noch zuhörte. Also redete sie weiter. „Da er mit seinen bisherigen Attacken keinen Erfolg hatte, versucht er nun, über dich ans Ziel zu gelangen.“

„Indem er mich bei der Polizei schlecht dastehen lässt? Du weißt, dass das Thema erledigt ist, dank deiner Hilfe. Er hat nichts gegen mich in der Hand, das dich in Schwierigkeiten bringen könnte.“

Eher ist es umgekehrt, überlegte Isa und suchte verbissen eine passende Formulierung, die ausdrückte, wie ihr Vater tickte.

„Meinem Vater ist es wichtig, welche Außenwirkung die Familie in der Öffentlichkeit abgibt. Um den Schein zu wahren, ist er jederzeit bereit, alles zu tun, damit auf seiner vermeintlich weißen Weste kein Schmutz haften bleibt. Er würde ohne mit der Wimper zu zucken seine Schnüffelhunde loslassen, um jeden Stein umzudrehen, den du jemals berührt hast.“

„Lass ihn im Dreck wühlen. Selbst Jeanine hält die Füße still, weil sie weiß, dass es nichts mehr zu holen gibt. Wenn es etwas gäbe, das mich weiter in die Tiefe ziehen würde, hätte meine liebe Exfrau das längst zu ihren Vorteil genutzt. Henry wacht mit Argusaugen über den gesamten Vorgang der Firmenabwicklung. Außerdem: Der Deal mit den Gläubigern ist festgezurrt. Weder ich noch sie werden ein Schlupfloch finden, um sich den Abmachungen zu entziehen. Keine Chance. Dein Vater kann mir nichts anhaben."

Sein Versuch, sie zu beruhigen, misslang. Isa schnaubte genervt.

„Enno! Nur weil ich nachgegeben habe und ihm nach Hamburg gefolgt bin, lässt er dich in Ruhe. Er würde unter Garantie eine Option auftun, um dir Steine in den Weg zu legen und zu demonstrieren, wer am längeren Hebel sitzt. Sollte ich es etwa darauf ankommen lassen, dass dir noch mehr Ärger ins Haus steht?"

Sie hatte sich regelrecht in Rage geredet.

„Wie du weißt, besitze ich kein Haus", erwiderte er in einem trockenen Kommentar, wobei Wehmut in seinen Worten mitschwang.

„Du hast selbst gesagt, dass Henry dir den Kopf abreißen wird, wenn du erneut in einen Schlamassel gerätst, egal, ob selbst verschuldet oder nicht. Ich hatte doch keine andere Wahl." Isa, die langsam die Geduld verlor, überging seine Antwort.

„Du hast das für mich getan?", stieß Enno ungläubig hervor. „Damit dein Vater mich in Ruhe lässt?" Seine Stimme schwoll mit jedem Wort weiter an und Isa zog automatisch den Kopf ein.

„Wäre es dir lieber gewesen, wenn du erneut in die Schusslinie geraten wärst?"

„Was für eine Frage." Seine leise Feststellung beruhigte Isa. Plötzlich knisterte es durch die Leitung hindurch. „Isa?"

„Hm?" Mittlerweile lag sie zusammengerollt auf ihrem großen Bett und lauschte sehnsüchtig seinen Worten.

„Dass du hinter mir stehst, bedeutet mir sehr viel. Ist dir das bewusst?"

„Vielleicht ein bisschen." Obwohl ihre Antwort wie eine Frage klang, entgegnete Enno nichts. Was hätte Isa dafür gegeben, wenn er in dieser Sekunde bei ihr wäre. „Dass du mir hilfst, meinen Traum wahr werden zu lassen, bedeutet mir auch unermesslich viel."

„Dann ergänzen wir uns ja perfekt. Und weil niemand da ist, um dir zu sagen, dass es Zeit wird, dass du dich ausschließlich um deine Belange kümmern sollst, damit du schnell wieder auf die Füße kommst, fällt es wohl mir zu. Also: ab ins Bett mit dir. Du hast die Erholung nach dem heutigen Tag bitter nötig."

„Was, wenn ich längst im Bett bin?"

Als Antwort erfolgte ein langgezogenes Stöhnen, woraufhin Isa belustigt aufquietschte.

„Und das verrätst du mir erst jetzt?“, grummelte Enno missmutig in den Hörer.

„Gerade jetzt. Wir telefonieren morgen wieder. Gleiche Zeit. Gute Nacht, Enno und süße Träume.“ Isa biss sich auf die Unterlippe, um Enno nicht noch mehr zu reizen.

„Du spielst mit dem Feuer, junge Dame und wirst dich verbrennen.“ Seine Drohung ignorierend, kicherte Isa nur. „An deiner Stelle würde ich vorsichtig sein mit dem, was du von dir gibst. Jede Aktion hat eine Reaktion zur Folge und ich bin mir noch nicht ganz sicher, ob du das Echo vertragen kannst, das dich erfassen wird, sobald wir uns wiedersehen. Schlaf du auch gut, Sonnenschein.“

Tja, Schlaf konnte Isa jetzt vergessen. Mit geschlossenen Augen lag sie putzmunter auf dem Rücken. In ihrem Kopf tummelten sich unzählige Szenarien, was passieren könnte, wenn sie endlich wieder zusammen wären. Letztendlich musste sie sich eingestehen, dass Enno sie auf eine Art berührte, die ihr tatsächlich gefährlich werden, sie verletzlich machen konnte. Trotzdem beschloss sie, ihrem Herzen den Vortritt zu lassen, dem Kopf eine Denkpause zu verordnen und ihrem Bauchgefühl zu vertrauen.

Enno tigerte ziellos im Hauptraum der Kate umher, schob Kartons beiseite, versuchte erfolglos, das Chaos auf dem großen Tisch zu beseitigen und gab frustriert auf. Er schnappte sich seinen Kapuzenpullover, die Haustürschlüssel und verließ die Kate. Am Strand würde er hoffentlich die Ruhe finden, die er nach dem Gespräch mit Isa dringend benötigte. Mit gemächlichen Schritten schlenderte er über den Deich, hörte das lauter werdende Rauschen der Wellen und entferntes Möwenkreischen. Hier wäre der ideale Ort gewesen, an dem Isa sich hätte erholen können. Was zum Teufel sollte sie in diesem alten Kasten, wo sie niemand auffangen konnte, wenn sie dringend Zuspruch benötigte.

Zimmerservice.

Pah.

Er hatte versprochen, auf sie aufzupassen und gleich beim ersten Einsatz versagt. Sie war es gewesen, die ihn beschützt hatte. Zusätzlich dazu, sorgte sie auch noch dafür, dass er ein Dach über dem Kopf hatte und sich keine Sorgen machen musste, woher er die nächste Mahlzeit bekommen konnte. Es wurde Zeit, die verdrehten Rollen zu tauschen.

Entschlossen stapfte Enno durch den Sand, vorbei an verwaisten Strandkörben, bis er die Wasserkante erreicht hatte. In der Ferne erkannte er die Lichter eines der riesigen Kreuzfahrer, an denen er auch schon im Kieler Hafen vorbeigefahren war. Am Horizont wirkten sie winzig, doch wenn man sie aus der Nähe betrachten konnte, hinterließen sie einen gewaltigen Eindruck. Von Mareike wusste er, dass die Saison für die schwimmenden Hotels gerade erst begonnen hatte und den ganzen Sommer über ein Schiff nach dem anderen ein- und auslaufen würde.

Mit in den Hosentaschen vergrabenen Händen, ließ Enno Meter um Meter hinter sich. Die Atmosphäre am Wasser, das immer wiederkehrende Geräusch der Wellen, wenn sie sich am Ufer brachen, und der sternenklare Nachthimmel verleiteten Enno, Träume zuzulassen, die er sich vor einiger Zeit aus Vernunftgründen verboten hatte.

In seinem Inneren begann ein munteres *Was-wäre-wenn*-Spielchen zwischen dem zu überschwänglicher Begeisterung neigenden Bauchgefühl und dem zu Schwarzmalerei aufgelegten Verstand.

Was, wenn Isa Hamburg den Rücken kehren und sich in Heisterwohlt eine neue Lebensgrundlage aufbauen würde? Was, wenn Enno es schaffte, die Dominanz, mit der seine Vergangenheit derzeitig sein Leben beherrschte, in den Wind zu schießen und mit Zuversicht nach vorn zu schauen?

Seine Fantasie drehte darüber fast durch. Er sah sich am Strand, Isa zwischen seinen Beinen vor sich sitzend, dicht aneinandergekuschelt. Ihr Kopf lehnte an seiner Schulter und er küsste die zarte Haut unterhalb ihres Ohres, atmete ihren süßen Duft nach Vanille ein und spielte verträumt mit ihren Haaren. Die Kate indes war genau zu dem geworden, was Isa sich erträumt hatte – ein elegantes Hotel mit feinem Restaurant, in dem die Gäste sich die Klinke in die Hand gaben.

Enno lachte so lautstark über sich selbst und sein Kopfkino, dass er sich ernsthaft die Frage stellte, ob er kurz davor stand, verrückt zu werden? Nach außen hin betrachtet, gab er wahrscheinlich dieses Bild ab, so wie er sich hier am Strand aufführte. Hätte nur noch gefehlt, dass er, einem Flummi gleich, völlig unkontrolliert auf und ab hüpfte. Die Energie, die ihn plötzlich durchflutete, fühlte sich an, als hätte er unzählige Tassen Espresso getrunken und gleichzeitig Massen an bitterer Schokolade vertilgt. In seinen Adern floss seinem Gefühl nach pures Koffein.

Entschlossen, in den nächsten Stunden die Umbauplanung abzuschließen, trat Enno, begleitet von einem Dauergrinsen, den Rückweg an. In der Kate angekommen, drehte er die Musikanlage auf, zeichnete, rechnete und designte die Inneneinrichtung, als gäbe es kein Morgen. Währenddessen überlegte er, wie er, ohne die Vorzüge eines volleingerichteten Büros, Isa die Pläne zukommen lassen konnte, und zwar umgehend. Doch ihm viel keine geeignetere Lösung ein, als die Zeichnungen in eine Papprolle zu stecken und per Post nach Hamburg zu schicken. Er nahm sich fest vor, mit Isa morgen Abend darüber zu sprechen und sich außerdem eine sichere Adresse geben zu lassen – nicht, dass die Sendung noch in falsche Hände geriet. Den Ärger, den ausschließlich Isa abbekommen würde, wollte er sich gar nicht ausmalen.

~~~~~

Grelles Sonnenlicht weckte Enno am Mittag des nächsten Tages. Mit bleierner Müdigkeit in den Knochen rollte er sich auf die andere Seite, zog die Decke bis zur Nasenspitze nach oben und versuchte, anhand der Helligkeit eine ungefähre Vorstellung davon zu bekommen, wie spät es war. So hoch wie die Sonne bereits stand, musste es mindestens zwölf sein. Geräuschvolles Gähnen und verschlafenes Blinzeln wechselten sich ab, wobei Enno mit den Gedanken immer noch inmitten seiner nächtlichen Träume steckte. Sein gesamter Körper kribbelte. Befände Isa sich jetzt in seiner Nähe, dann wüsste er genau, wie die nächste Stunde verlaufen würde. Wie konnte seine Fantasie ein so detailgetreues Kopfkino produzieren, wo sie einander doch kaum berührt hatten, weder auf ein erstes Date gegangen, noch über harmlose Knutscherei hinausgekommen waren? Von einem Stöhnen begleitet drehte er sich auf den Rücken und verstrubbelte sich mit beiden Händen die Haare, die, wie er erneut feststellen musste, wirklich dringend einen Schnitt nötig hatten. Mit einem Satz sprang er aus dem Bett und vertrieb den Schlaf aus seinem Körper, indem er das Fenster weit aufriss und die salzige Meeresluft in seine Lunge strömen ließ. Noch vor wenigen Wochen war allein der Gedanke daran, dass es ihn ans Meer verschlagen könnte, völlig abstrus gewesen. Und jetzt? Er war einer Frau begegnet, die ihn ohne mit der Wimper zu zucken in ihr Leben gelassen hatte. Seine Zukunft wurde nicht länger von den Nuancen dunkelgrau bis schwarz beherrscht, sondern verwandelte sich mit jedem weiteren Tag, der verging, in ein leuchtend buntes Farbenmeer. Und was tat er im Gegenzug? Noch in der Nacht hatte er die gesamten Pläne fertiggestellt, Kalkulationen fein säuberlich notiert und Vorschläge für die Gestaltung des Restaurants ausgearbeitet – seine Art, sich erkenntlich zu zeigen.

Eine halbe Stunde später saß Enno im Café, genauer gesagt im Aufenthaltsraum der Mitarbeiter. Wenn Mareike ihn schon jeden Morgen zum absoluten Freundschaftspreis hier frühstücken ließ, so sein
~~~~~

Argument, musste er ja der zahlenden Kundschaft nicht noch einen Platz wegnehmen. Dem konnte Isas Freundin nichts entgegenhalten und so hatte sie dem Vorschlag letztlich zugestimmt.

„Sag mal, wenn du deine Bestellungen machst“, begann Enno und nahm sich eines der süßen Hörnchen, die zerbrochen und somit für den Verkauf gänzlich ungeeignet waren.

„Was ist dann?“ Mareike lehnte im Türrahmen und hielt einen Becher Kaffee in der Hand. Der erste Ansturm an Gästen hatte sich gelegt. Die Langschläfer würden allerdings bald in den Laden einfallen – wie jeden Mittag, dachte Enno.

„Wie verschickst du sie? Per Mail oder hast du ein Fax?“

„Einige so und einige so. Kommt darauf an, was den Lieferanten lieber ist. Warum fragst du?“

„Nur so eine Überlegung. Ich suche nach einer Möglichkeit, Isa die Unterlagen zuzuschicken, und zwar auf dem schnellsten Weg. Je eher sie einen Blick darauf werfen kann und ich eventuelle Änderungen vorgenommen habe, desto schneller können wir anfangen.“

„Weshalb fragst du nicht einfach, ob ich ein Fax habe?“ Mareike zog beide Augenbrauen hoch.

„Hast du ein Fax?“ Enno lachte, als Mareike sich mit dem Finger an die Stirn tippte.

„Ja.“

„Kann ich es benutzen?“

Jetzt mussten beide lachen.

Enno entschloss sich, gleich nachdem er fertig gegessen hatte, Isa vor der verabredeten Zeit am Abend anzurufen, um sich eine Nummer für das Fax geben zu lassen. So konnte sie tagsüber einen Blick darauf werfen und ihm später sagen, was noch geändert werden musste. Perfekter Plan, befand er, schmierte Pflaumenmus auf die zweite Hälfte des Hörnchens und verspeiste sie mit einem äußerst zufriedenen Ausdruck im Gesicht.

17. Kapitel

„Ganz ehrlich, ich habe keine Ahnung, woher du dieses Selbstbewusstsein nimmst und so verrückte Kombinationen wagst.“ Isa schluckte den letzten Bissen hinunter. Das Artischocken-Risotto mit Erdbeeren, das Dag ihr höchstpersönlich vorbeigebracht hatte, schmeckte zum Niederknien.

„Nudeln und Tomatensoße kennen die Leute von zu Hause. Wenn sie essen gehen, wollen sie etwas Neues, etwas, das ihren Gaumen kitzelt.“ Offensichtlich hocherfreut, stellte Dag den leeren Teller zurück auf das Tablett.

Im selben Moment vibrierte ihr Handy. Isa streckte sich, um über die Armlehne des Sessels zum Beistelltisch greifen zu können, als unerwartet ein heftiger Schmerz in ihren Bauch schoss. „Ahhh, verflixt noch mal, hört das denn nie auf!“ Isas Zetern ging in ein unverständliches Grummeln über.

„Alles in Ordnung bei dir?“, erkundigte sich Dag und sah alarmiert zu Isa hinüber. Doch sie winkte nur ab und nahm das Gespräch entgegen.

„Ja.“ Ihr Tonfall geriet trotz krampfhaft erzwungener Contenance außer Kontrolle. Dieser fiese Schmerz reizte sie und zeigte ihr, dass sie noch längst nicht zu ihrer alten Form zurückgefunden hatte.

„Hi, hier ist Enno. Störe ich? Also, wenn es gerade ungünstig ist, rufe ich später wieder an.“ Die Enttäuschung in Ennos Stimme versetzte Isa einen Stich. Mit ihrer Unbeherrschtheit stieß sie gerade den Menschen vor den Kopf, der es am wenigsten verdient hatte.

„Nein, nein“, beeilte sie sich zu sagen. „Ich habe nur eine blöde Bewegung gemacht und mein Körper hatte etwas dagegen einzuwenden. Tut mir leid, Enno.“ Sie erwähnte Ennos Namen extra, damit Dag hoffentlich den Wink mit dem Zaunpfahl verstand und ihr sowieso beendetes Mittagessen auch als das sah – beendet. Sie freute sich immer, wenn er Zeit mit ihr verbrachte. Aber wenn der Mann am Telefon war, der es wie kein anderer schaffte, ihre Lebensgeister zu wecken, wünschte sie sich dann doch etwas mehr Privatsphäre.

„War schön mit dir, bis zum nächsten Mal“, sagte dieser Verrückte in Küchenuniform doch glatt und in einer derart tiefen Tonlage, als wäre er gerade aus dem Bett gestiegen. Um ein unanständiges Fluchen zu unterdrücken, kniff Isa die Augen fest zusammen, in der Hoffnung, sich beherrschen zu können. *Das macht er doch mit Absicht,* dachte sie mit gespielter Empörung. Als Dag bereits feixend in der Tür stand, winkte sie ihm zu und grinste dabei wie ein Backfisch.

„Hast du Besuch?“

Die Frage riss Isa aus ihrer nonverbalen Kabbelei mit Dag. Das Geräusch der ins Schloss fallenden Tür verriet ihr, dass sie sich nun voll und ganz auf Enno konzentrieren konnte.

„Nein. Jetzt bin ich allein." Sie lächelte, auch wenn Enno das nicht sehen konnte. „Alles in Ordnung bei dir? Ich dachte, wir telefonieren heute Abend?" Nachdem der Schmerz langsam abebbte und sie sich nun, da Dag zur Tür hinaus war, allein in der Suite aufhielt, drängte das Gefühl ehrlicher Sorge in Isas Bewusstsein.

„Na ja, ich hatte gehofft, deine Stimme schon früher hören zu können."

Auch er lächelte, das hörte Isa aus seiner Stimme heraus. Das brennende Ziehen in ihrem Bauch verwandelte sich langsam in Wärme, die nichts mit der Narbe zu tun hatte, und führte dazu, dass Isa sich entspannte. Sie legte ihre Füße auf die Couch, lehnte sich zurück und ließ ihren Kopf nach hinten gegen eines der Kissen fallen.

„Gute Idee. Erzähl mir, was du heute getrieben hast? Scheint die Sonne? Bist du am Strand gewesen?" Wenn sie schon nicht selbst an der Ostsee sein konnte, so wollte sie doch wenigstens einen Bericht aus erster Hand.

„Ich bin hier nicht im Urlaub, schon vergessen, Chef?" Seine aufgesetzte Entrüstung brachte Isa dazu, spöttisch zu schnauben.

„Jetzt fängst du auch noch damit an. Hast du dich mit Dag abgesprochen?"

„Mit Dag? Nein. Wie auch." Kurz wirkte Enno verwirrt, fing sich allerdings schnell wieder. „Also, weshalb ich anrufe: Kann ich dir ein Fax schicken? Ich meine auf irgendein Gerät, das sicher ist?"

Für diesen Gedankengang hätte Isa ihn küssen können. Doch bei der Erinnerung daran, wie weit sie voneinander getrennt waren, seufzte sie laut auf.

„Sorry, war nur so eine Idee. Ich kann dir die Pläne auch per Post schicken, wenn du mir eine Adresse nennst", warf er hastig ein.

„Nein. Faxen ist eine super Idee. Die Techniker aus unserem Haus haben meine Suite umfunktioniert, damit ich ein bisschen arbeiten kann." Das klang deutlich gelassener, als Isa die Aktion empfand. Die Wut, die sie erfasst hatte, nachdem ihr Vater erklärt hatte, dass sie auch in liegender Position telefonieren und am Laptop arbeiten könne, spürte sie noch immer.

„Wie bitte?" Jetzt war auch Enno definitiv *not amused.* „Du bist krankgeschrieben und brauchst deine Ruhe. Ich hatte bisher den Eindruck, du willst so schnell wie möglich wieder auf die Beine kommen, um das Projekt anzuschieben?" Dem Gespräch fehlte plötzlich jegliche Lässigkeit.

„Klar will ich das, was glaubst du denn?“ *Also wirklich*, dachte Isa. Die Stimmung kippte binnen Sekunden. „Und nur, um sicher zu gehen, dass wir uns nicht missverstehen: Es ist der geniale Einfall meines Vaters gewesen, die Sachen hierherzuschaffen“, erklärte sie bissiger, als nötig gewesen wäre. Doch es kostete sie schon genügend Kraft, gegen ihren Vater Stellung zu beziehen. Eine weitere Baustelle dieser Art konnte sie auf keinen Fall gebrauchen.

„Oh.“ Ennos geistreiche Aussage verleitete Isa dazu, mit den Augen zu rollen.

„Ja – oh.“ Ein kurzer Moment des Schweigens führte dazu, dass sich die Gemüter abkühlten und die Gedanken zurechtrückten.

Enno räusperte sich. „Ich wollte dir keine Leichtsinnigkeit unterstellen. Tut mir leid.“

„Schon gut. Ich bin noch nicht mal vierundzwanzig Stunden hier und schon total genervt. Immer wieder döse ich für eine halbe Stunde oder so weg, weil mein Körper das anscheinend nötig hat. Aber hier klingelt ständig das Telefon und ich finde kaum Ruhe, um wirklich mal richtig zu schlafen.“ Isa rieb sich mit der Hand über die Stirn und hoffte, weniger jämmerlich zu klingen, als sie sich fühlte.

„Stell das Ding aus. Niemand kann von dir verlangen, dass du dich in deinem Zustand uneingeschränkt um die Belange des Hotels kümmerst, auch dein werter Herr Vater nicht.“

Die Selbstverständlichkeit, mit der Enno seine Worte aussprach, tröstete Isa. Neben Dag gab es kaum jemanden, der nachdrücklich für sie Stellung bezog oder ihr gut zuredete.

„Vielleicht hast du recht“, gestand sie ein.

„Unbedingt sogar. Sobald wir unser Gespräch beendet haben, ziehst du den Stecker oder was auch sonst nötig ist, um das Telefon verstummen zu lassen. Außerdem stellst du dein Handy aus. Nur, um auf Nummer sicher zu gehen. Die Gäste werden das Hotel wohl kaum scharenweise verlassen, nur weil du für ein paar Stunden nicht erreichbar bist.“

„Die Wahrscheinlichkeit ist sehr gering.“

„Eben. Und damit du gleich ins Land der Träume segeln kannst, notiere ich mir nur noch deine Fax-Nummer und schicke dir später die Pläne.“

Isa lag mit geschlossenen Augen da und badete in dem Gefühl, dass es dem Mann, den sie mit jeder weiteren Minute mehr mochte, ausschließlich um ihr Wohlergehen ging.

„Isa?“ Enno lachte amüsiert auf. „Erst die Nummer, dann schlafen.“

Konnte er jetzt schon durchs Telefon schauen? Träge hob sie die Lider und ratterte dann wie auf Autopilot die Ziffernfolge herunter.

„Ich schicke dir sechs Blätter. Ansehen kannst du sie später oder morgen. Versprochen?“

„Versprochen. Dann zeig mal, was du dir so ausgedacht hast.“

„Sehr wohl, Chef.“ Das Grinsen, das sich auf Isas Gesicht ausbreitete, reichte von einem Ohr bis zum anderen.

Natürlich hatte die Neugier gesiegt und Isa hatte sofort einen ersten Blick auf die Zeichnungen und Kalkulationen geworfen. Enno hatte zweifelsfrei eine fantastische Arbeit abgeliefert und aller Wahrscheinlichkeit nach etliche Stunden mit der Ausarbeitung verbracht, stellte sie gerührt fest. Gleich als Nächstes würde sie veranlassen, dass er einen Vertrag für seine Tätigkeit bekam. Der Punkt stand ganz oben auf ihrer Dringlichkeitsliste. So wie er ihr half, ihren Lebenstraum zu verwirklichen, konnte auch sie schließlich ohne große Mühe etwas dazu beitragen, dass seine Lebensumstände deutlich angenehmere Züge annahmen. Auch sie mochte es genauso wenig wie Enno, wenn sie etwas in Anspruch nahm, ohne eine Gegenleistung dafür zu erbringen. Außerdem fasste sie den spontanen Entschluss, ihm anzubieten, nach der Fertigstellung des Umbaus ein Zimmer in dem Hotel zu beziehen. Denn wenn sie ihn richtig verstanden hatte, würden der Verlust seines Unternehmens und die daraus resultierenden finanziellen Belastungen ihn für den Rest seines Lebens verfolgen.

Bei der Vorstellung, Enno mehr als nur eine befristete Zeit um sich haben zu können, durchströmte Isa ein freudiges Gefühl, eine kindliche Aufgeregtheit, wie sie sie lange vermisst hatte. Der trübe Alltag hellte sich auf und setzte unerwartete Energien frei. Vielleicht waren ihre Tage in diesem Haus bereits gezählt und sie erwartete eine Zukunft, die sie unabhängig von ihrem dominanten Vater selbst bestimmen konnte. Fast hätte sie wie eine Vierjährige vor übersprühender Freude in die Hände geklatscht, wenn die Müdigkeit sie nicht schon so fest im Griff gehabt hätte. Also begnügte Isa sich mit einem seligen Lächeln. Eingehüllt in die Wärme ihrer flauschigen Lieblingsdecke driftete Isa langsam in einen wohligen Schlaf hinüber. Sie träumte von morgendlichen Sonnenaufgängen am Meer, einer frischen Brise, die ihr beim Spaziergang um die Nase wehte, und von Enno.

~~~~~

Knapp eine Woche später hatte Isa das Abstellen des Telefons zur täglichen Routine werden lassen. Sie schlief über Mittag für mindestens zwei Stunden. Nachdem ihr Arbeitstag fast schon zur normalen Zeit gegen sieben Uhr dreißig begann, forderte ihr Körper diese Pause jeden
~~~~~

Tag von Neuem ein. Und wie so oft begleiteten Träume ihren Schlaf, in denen ihr Unterbewusstsein immer häufiger einen Film abspulte, den sie nur zu gerne Realität werden lassen wollte. Die täglichen Telefonate mit Enno stillten ihre Sehnsucht nach dem Mann, der in Heisterwohlt alle Hebel in Bewegung setzte, um die Veränderungen an der Kate voranzutreiben, bei Weitem nicht mehr. Er hatte sich definitiv in ihr Herz geschlichen und Isa liebte das Gefühl, das seine Anwesenheit, auch wenn sich diese zurzeit nur in ihrem Kopf abspielte, in ihr auslöste.

An einem der großen Fenster, die einen atemberaubenden Blick auf das Meer boten, stand Isa und beobachtete fasziniert die Kitesurfer bei ihrem Tanz auf den Wellen. Ein dezentes Poltern an der Tür, gefolgt vom Klicken des Schließmechanismus ließ sie aufhorchen. Nur eine Person besaß das Recht, unaufgefordert in die ihre privaten Räume einzutreten. Enno blieb mit einer Brötchentüte in der Hand in einiger Entfernung stehen. Mit seinen kurzen hellen Haaren, in der tadellos sitzenden Jeans und dem einfachen weißen Shirt sah er so verführerisch aus, dass Isa sich zusammenreißen musste, um ihm nicht gleich um den Hals zu fallen.

„Enno", seufzte Isa und lehnte sich gegen einen der Balken, der den Fenstern Stabilität verlieh. Ungeniert musterte sie den Mann, der ihr schon so manche schlaflose Nacht beschert hatte. Das verwegene Grinsen, das sich in sein Gesicht stahl, ließ sie erahnen, dass er genau wusste, was sie tat. Ihr Puls begann zu rasen.

„Isa." Mit selbstsicheren Schritten durchquerte er den Raum, warf die Tüte im Vorbeigehen auf einen der Sessel und blieb nur wenige Zentimeter vor Isa stehen. Langsam und ohne sie aus seinem Blick zu entlassen, zog er ihre Hand an seine Lippen. Eine Gänsehaut bildete sich genau an der Stelle, an der sein Mund ihre Fingerknöchel berührte. Das gleiche Verlangen, das in seinen Augen brannte, spürte sie jetzt überall auf ihrer Haut.

„Wie schön, dich zu sehen", brachte Isa stotternd hervor, woraufhin seine Augen begannen, vor Vergnügen zu funkeln.

„Geht mir genauso. Du bist wunderschön, weißt du das?" In Pyjamahose und Schlabbershirt konnte Isa sich das zwar nicht so recht vorstellen, aber wenn er es so sah, würde sie einen Teufel tun und ihm widersprechen. Sie musste kichern, verstummte jedoch augenblicklich, als er ihr die Haare über die Schulter nach hinten strich. Mit einem wissenden Lächeln auf den Lippen küsste er diese eine sensible Stelle an ihrem Hals, unter der ihr Blut wie wild in den Adern pulsierte. Die Anziehungskraft zwischen ihnen stieg ins Unermessliche. Isa legte beide

Hände in seinen Nacken, sodass sie ihn dichter an sich heranziehen konnte.

„Meinst du, wir könnten das Frühstück ein wenig verschieben?“

Das tiefe Knurren, das sie ihm entlockte, während sie an seinem Kinn knabberte, verstärkte sich, als sie mit ihrer Zunge neckend über seine Unterlippe strich. Der darauf folgende Kuss beantwortete die Frage.

„Was stellst du nur mit mir an, Sonnenschein?“

Isas Hände wanderten nach unten, zu seiner Brust, fühlten die harten Muskeln unter seinem Shirt und zeichneten mit den Fingerspitzen kleine Kreise auf seinem Bauch.

„Im Moment stelle ich mir nur vor, wie sich das hier anfühlt, wenn kein Stoff uns mehr trennt. Ich möchte dich anfassen, berühren.“

Enno legte seine Hände an ihre Wangen, zog sie noch enger an sich und küsste sie so besitzergreifend, dass Isa nach Luft schnappen musste, als er sie wieder freigab.

„Gott, ich will dich so sehr.“

Er schob seine Hüften nach vorn, drückte sich gegen ihren Unterleib, als würde Isa noch einen Beweis benötigen, damit sie im Glauben schenkte.

Als erneut ein Poltern an ihr Ohr drang, hatte Isa das Gefühl, innerhalb eines Wimpernschlages in einem Paralleluniversum gelandet zu sein. Ihr sinnlicher Traum löste sich auf wie Tautropfen in der Morgensonne. Frustriert, weil sie um das berauschende Finale gebracht wurde, öffnete sie blinzelnd die Augen. Doch ehe sie sich aufrappeln und den Schlaf abschütteln konnte, klickte das Schloss. Durch die sich öffnende Tür stapfte jemand mit schweren Schritten unaufgefordert in den Raum. Was zum Teufel sollte das verdammt noch mal werden, wenn es fertig war? Doch ehe Isa klar denken konnte, stand ihr Vater vor der Couch, von der sie sich mühsam aufrichtete.

„Hast du schon mal was von Privatsphäre gehört?“, maulte sie ihn verschlafen an und strich sich notdürftig das Haar glatt.

„Ich habe einen Generalschlüssel“, schleuderte er ihr mit zornesrotem Gesicht entgegen, als würde diese Aussage alles erklären.

„Das setzt allerdings keine geltenden Höflichkeitsregeln außer Kraft.“ Isa wurde von einer Welle aus Wut und Angriffslust erfasst. Alles hatte seine Grenzen und das unaufgeforderte Hereinplatzen in ihre Suite gehörte definitiv dazu. „Ich bin kein kleines Mädchen mehr …“

Doch bevor sie ihren Gedanken weiter ausführen konnte, polterte Jasper in bekannter Manier dazwischen.

„Dann benimm dich gefälligst auch nicht so. Was fällt dir überhaupt ein, dich abzuschotten, um hier mitten am Tag ein Nickerchen zu halten?“ Ihr Vater hatte sich vor ihr aufgebaut, die Hände in die Hüften gestemmt und die Augen zu Schlitzen verengt. Er sah aus, als würde er jeden Moment explodieren. Isa kannte diese Gebärde zur Genüge.

„Ich brauchte eine Pause. Wie du weißt, bin ich weiterhin krankgeschrieben“, wies sie ihn auf das Offensichtliche hin. Ihre immer noch blasse Haut, die müden Augen und vor allem die eingefallenen Wangen spiegelten ihren inneren Zustand nach außen.

„In einem Familienbetrieb kann es sich niemand erlauben, das Tempo zu verlangsamen. Du bist ein Vorbild für die Angestellten. Außerdem hat mich dein Aufenthalt im Krankenhaus schon genug gekostet. Soll ich deine Arbeit etwa noch länger erledigen, während du buchstäblich auf der faulen Haut liegst? Ich habe weiß Gott genug zu tun. Der Blinddarm ist raus, jetzt kannst du dich wieder auf deine Aufgaben konzentrieren.“

Vor Schock sackte Isa der Unterkiefer aufs Brustbein. Noch nie hatte sie einen derart hasserfüllten Ausbruch bei ihrem Vater erlebt.

„Die Ärzte haben mir dringend geraten, mich zu schonen“, versuchte sie sich mit bebender Stimme an einer Erklärung. „Das kannst du unmöglich vergessen haben.“ Fassungslos starrte sie ihren Vater an. Ihren Vater! Neben ihrer Mutter musste er doch die erste Person auf der Welt sein, der es einzig und allein um Isas Wohlergehen ging. Und nur darum.

„Ärzte reden viel und haben keine Ahnung, was es heißt, ein Hotel zu führen. Also sei nicht so naiv und lege zu viel Gewicht in ihre Worte.“ Jasper trat einen Schritt zurück.

Und dann geschah das, was Isa mit allen Mitteln versucht hatte, zu vermeiden. Ihr Geheimnis gehörte von der Sekunde an zur Vergangenheit, als Jaspers in boshafter Neugier aufgerissene Augen die Papiere erspähten. Ehe Isa reagieren und seine Aufmerksamkeit vom Couchtisch ablenken konnte, fegte das zweite Unwetter am heutigen Tag über sie hinweg.

Der Knall, die schmerzhaft in ihren Ohren widerhallenden Worte und die brennende Wange ließen Isas Körper auf negative Weise erbeben. Wie vom Donner gerührt stand sie reglos in der Mitte des Raumes. Eine Minute. Zwei. Sie hatte das Zeitgefühl verloren. Irgendwann tastete sie mit tränenverschleiertem Blick nach ihrem Handy. Weil ihre Finger so abartig stark zitterten, hatte sie Schwierigkeiten, Dags eingespeicherte Nummer zu aktivieren.

„Du kannst unmöglich schon wieder Hunger haben“, begrüßte Dag sie auf seine unverblümt lockere Art. „Außerdem habe ich Feierabend und bin eben zur Tür raus. Du musst wohl oder übel den Weg über den Zimmerservice in die Küche finden.“

Immer noch erstarrt, ignorierte Isa seine Frotzeleien. Im Hintergrund tobte der übliche Autoverkehr zur Stoßzeit in der Innenstadt und das Rauschen des Windes überdeckte die Stille.

„Dag?“ Sein Name klang wie ein Flehen.

„Was ist passiert?“, fragte Dag sofort und zweifellos alarmiert. Er musste seine Position gewechselt haben, denn die Hintergrundgeräusche nahmen ab.

Isa brachte lediglich ein Schluchzen hervor, bemühte sich, ihre Beherrschung nicht gänzlich zu verlieren. Ihr Vater hatte sie geschlagen. Ohne Vorwarnung und mit zügelloser Gewalt. Der Schock hatte sie so fest im Griff, dass selbst die Worte sich keinen Millimeter Richtung Mund bewegten.

„Isa, verdammt, rede mit mir!“ Schnelle Schritte, begleitet von zunehmendem Keuchen ließen Isa erahnen, dass Dag sich bereits auf dem Rückweg zum Hotel befand. Natürlich. Genau aus diesem Grund hatte sie seine Nummer gewählt.

„Kannst …“, sie verstummte. Schluckte schwer und ließ sich auf den weichen Teppichboden ihrer Suite fallen. „Kannst du mich holen?“

„Gib mir zwei Minuten“, antwortete er, ohne zu zögern. „Bleib am Telefon, hörst du mich?“

Sie hörte ihn Stufen hinaufjagen, jemanden eiligst grüßen. Doch ihre Wahrnehmung schien wie in Watte gehüllt. Sie presste sich das Handy fest ans Ohr.

„Okay.“

„Bist du in der Lage, mir die Tür zu öffnen?“

„Ich glaube schon.“ Ihre Stimme wirkte selbst in ihren Ohren wackelig, genauso, wie sie sich fühlte. Jede Bewegung kostete sie eine unermessliche Anstrengung. Noch immer lag sie zusammengerollt vor der Couch. „Ich weiß nicht“, gestand sie leise. Hatte Dag sie überhaupt verstanden? Sie schloss die Augen.

„Isa, hey!“ Als hätte er einen siebten Sinn, forderte er sie just in dem Moment auf, wach zu bleiben, als Isa wegdämmerte.

Sie hörte Gemurmel, eine zweite Stimme. „Süße, ich lasse mir am Empfang von Claas einen Zimmerschlüssel für deine Suite geben. Bist du damit einverstanden?“

Isa nickte.

„Isa“, drängte er jetzt.

„Okay.“ Geraschel, gedämpfte Worte, rasche Schritte. Tränen begannen über Isas Wangen zu rollen, ohne dass sie auch nur im Entferntesten Einfluss darauf gehabt hätte. Als das Türschloss klickte, zuckte sie unwillkürlich zusammen. Ein Schmerz durchfuhr ihren gesamten Bauchbereich und das bekannte Brennen nach zu heftigen Bewegungen, das eigentlich nur noch sehr selten aufgetreten war, erfasste sie.

„Fan helvede.“ Wenn Dag auf Schwedisch fluchte, befand er sich in einer absolut stressigen Situation. „Vad van gör du?“ Isa registrierte, wie er ihr über die Haare strich und weitere Beschimpfungen von sich gab, allesamt auf Schwedisch. Sie verstand kein Wort. Aber er war da und nur das zählte.

18. Kapitel

Schon vor der Haustür vernahm Enno das anhaltende Klingeln des Telefons. Dieser typische Klang eines alten Apparates, der es irgendwie geschafft hatte, in der modernen Zeit neben verrückten elektronischen Spielereien zu existieren. Ehe er den Schlüssel ins Schloss gesteckt hatte, verstummte der Ruf.

„Mist.“ Doch bevor er sich ärgern konnte, nicht rechtzeitig ins Haus gekommen zu sein, begann das Klingeln von Neuem. Stirnrunzelnd durchquerte er den Eingangsbereich und hastete an das Telefon. „Bei Holthusen“, meldete er sich. Die Nummer hatte er an ein paar Firmen weitergegeben. Vielleicht wollten sie mit ihm über die Kostenvoranschläge reden, die er angefordert hatte. Wenn ja, hatten sie es ziemlich eilig. Ob das ein gutes Zeichen war, würde sich noch herausstellen.

„Hier spricht Dag“, hörte Enno den Küchenchef sagen. Das Herz rutschte ihm in die Hose. Dag?

„Was ist passiert?“, fragte Enno alarmiert und fuhr sich durch die sowieso schon vom Wind zerzausten Haare.

„Erzähl ich dir später. Für den Augenblick musst du nur wissen, dass ich mit Isa auf dem Weg nach Heisterwohlt bin. Wir sind ungefähr eine halbe Stunde nördlich von Hamburg. Wenn auf der Autobahn alles frei bleibt, sind wir in spätestens sechzig Minuten da.“

„Aber …“

Dag unterbrach ihn: „Enno, wie gesagt: Die Umstände erfährst du später. Im Moment ist es wichtig, dass Isa bei ihrer Ankunft einen Platz findet, wo sie liegen kann. Mein Campingbus ist kein ideales Transportmittel.“

Beim Nachdruck in Dags Stimme stellten sich Ennos Nackenhaare auf.

„Kein Problem. Sie kann sich direkt auf die Couch legen, wenn sie mag.“ Enno zermarterte sich das Hirn, weshalb Isa sich nun doch an der Ostsee erholen wollte, insbesondere nachdem sie ihm bei ihrem Gespräch die Hintergründe für ihren Aufenthalt in Hamburg erklärt hatte. „Sag mir wenigstens, ob es ihr gut geht?“

„So weit ja. Sie schläft.“

Die Luft, die langsam aus Ennos Lunge entwich, linderte kaum den Druck, der sich in seiner Brust aufgebaut hatte. „Danke. Sie hätte besser hierbleiben sollen. Die unnütze Tour nach Hamburg war absoluter Unsinn.“

Seine Feststellung wurde von Dag mit einem zustimmenden Brummen erwidert.

„Sehe ich auch so. Alles, was Isa in der nächsten Zeit brauchen wird, ist Ruhe, Zuversicht und Freunde, die aufrichtiges Interesse an ihrer Gesellschaft haben."

Wieder dieser ernste Unterton zwischen den Zeilen, auf den sich Enno keinen Reim machen konnte.

„Sie zu, dass du sie in einem Stück herbekommst", sagte Enno schließlich, nachdem beide eine Weile geschwiegen hatten.

„Worauf du dich verlassen kannst. Das Navi zeigt noch fünfundvierzig Minuten an. Bis später."

Den Hörer noch in der Hand, sah Enno sich um. Bis auf den Esstisch, den er zur Arbeitsfläche umfunktioniert hatte, um die Zeichnungen anfertigen zu können, wirkte der große Raum wie immer. Vielleicht sollte er ja noch mal lüften, schoss es ihm durch den Kopf. Quatsch. Isa würde sich schon nicht beschweren.

Während er ungeduldig wartete, zu erfahren, was sie so plötzlich umgestimmt hatte, schlich sich eine Frage Stück für Stück in sein Bewusstsein vor. Warum hatte sie mit keiner Silbe erwähnt, dass sie darüber nachdachte, zurückzukommen? Auf ihn hatte sie geradezu überzeugt gewirkt, dass die Entscheidung, in Hamburg zu bleiben, die richtige gewesen war. Die abendlichen Gespräche wären doch bestens geeignet gewesen.

Den Umstand, die Pläne zu faxen, hätte er sich somit sparen können. Also eine Kurzschlussreaktion? Doch dazu neigte Isa nicht. Oder doch? Schließlich hatte sie ihn auch ohne Weiteres mitgenommen. Ach, er hatte keinen blassen Schimmer, was in der Frau vorging. Bis zu dem Zeitpunkt, an dem Dag vorfuhr, würde Enno ganz sicher einem Herzinfarkt erlegen sein.

Um sich die Zeit bis zur Ankunft von Isa und Dag zu verkürzen, stattete Enno Mareike einen spontanen Besuch im Café ab. In seinem Kühlschrank herrschte gähnende Leere und die beiden Flaschen Cola grämten sich auf der Anrichte ganz sicher in ihrer Einsamkeit. Vielleicht hatte Mareike noch Obst vom Frühstücksbüfett. Normalerweise durfte Enno sich immer etwas davon mitnehmen. Tee stand noch in einem der Hängeschränke, wie er herausgefunden hatte, nachdem er anfänglich alles inspiziert hatte, um festzustellen, was an Nahrungsmitteln in der Kate lagerte. Morgen würde er dann wohl einkaufen müssen. Bisher hatte er von den hundertsechzig Euro nur das Nötigste ausgegeben. *Spare in der Zeit, so hast du in der Not.* Seit dem Verlust seiner Lebensgrundlage und den daraus resultierenden tiefgreifenden Einschnitten in seinem Leben beherzigte Enno dieses Motto.

„Enno? Brauchst du wieder eine Faxmöglichkeit?“ Mareike wischte sich an einem Handtuch die Hände trocken und trat hinter einer Vitrine hervor, in der allerlei Köstlichkeiten aus Schokolade auslagen.

„Dag bringt Isa her.“

Bei seiner knappen Antwort legte sich Mareikes Stirn in Falten.

„Wieso das? Ich denke, sie soll sich in Hamburg mit Hilfe des *Rundum-sorglos-Paketes* erholen und erst wieder herkommen, wenn sie reisefähig ist?“

„Ich habe keinen Schimmer. Dag hat von unterwegs angerufen und Isa hat geschlafen. Kannst du mir mit ein bisschen Obst und zwei, drei Brötchen aushelfen? Zum Supermarkt schaffe ich es nicht mehr.“ Kommentarlos nahm Mareike eine Papiertüte, legte Isas Lieblingsbrötchen mit Kürbiskernen hinein und deutete auf die Schale mit Obst.

„Nimm dir, was du brauchst.“ Freunde zu haben, die ohne zu zögern helfen, war Gold wert, stellte Enno erneut fest. Isa hatte mit Dag und Mareike solche tollen Freunde. Vielleicht wurden sie eines Tages auch zu seinen. Die Idee gefiel ihm. Als ihm die Tragweite seines Gedankens bewusst wurde, stutzte er. Es würde bedeuten, dass Isa und er auch über das gemeinsame Projekt hinaus miteinander verbunden wären.

„Danke. Hast was gut bei mir“, sagte Enno mit aufrichtiger Ehrlichkeit.

„Könnte sein, dass ich schon bald darauf zurückkomme. Gestern hat ein Gast die Belastungsfähigkeit meiner Stühle getestet. Leider haben zwei von ihnen die Aktion nur bedingt überlebt.“

In der Erwartung, dass Mareike ihm mehr erzählen würde, sah Enno sie gespannt an. Geschichten von ihren Gästen zu hören, war besser als jede Daily Soap im Vormittagsprogramm.

„Jedes Mal, wenn er sich eine neue Leckerei in der Vitrine ausgesucht hatte und zu seinem Platz zurückgekehrt war, ließ er sich wie ein nasser Sack auf einen der Stühle fallen. Zu meinem Leidwesen suchte er sich jedes verdammte Mal einen anderen an seinem Tisch aus.“

„Wo genau liegt das Problem? Der Grund, weshalb Stühle hergestellt werden, ist bekanntlich, dass man darauf sitzen kann.“ Enno musste unwillkürlich grinsen, als Mareike ihre Lippen zu einem Schmollmund allererster Güte verzog. Doch es berührte ihn lediglich auf eine Art, wie man sie eben unter Freunden empfindet. Automatisch musste er an Isa denken. *Ihre* Lippen wollte er berühren, sanft necken, mit ihnen verschmelzen.

„Nun ja. Der Kerl brachte mindestens einhundertfünfzig Kilo Lebendgewicht auf die Waage. Nachdem sie seine Last tapfer ertragen haben, schwanken sie jetzt ein wenig, wenn man sich daraufsetzt." Mareike sah ihn mit einem bittenden Blick an.

„Ich komme morgen früh vorbei und schaue sie mir an. In Ordnung?", bot er an und wandte sich um. Dag und Isa mussten gleich eintreffen und er wollte in der Kate sein, wenn sie ankamen.

„Du bist ein Schatz." Mareikes Worte erreichten ihn, als er schon fast draußen war. Er winkte über die Schulter und lief mit eiligen Schritten über den Deich.

Die Kate erreichte er genau im richtigen Moment. Dags Campingbus bog um die Ecke, als Enno die kleine Gartenpforte durchqueren wollte. Perfektes Timing. In aufgeregter Erwartung änderte er seine Richtung und ging zu den Stellplätzen, die seitlich neben den Gebäuden angelegt waren.

Beim Aussteigen wirkte Dag auf Enno unglaublich müde. In seinen Augen fehlte der Glanz, den er bei ihrer kurzen Begegnung im Personalraum der Hotelküche hatte ausmachen können. Außerdem presste Dag die Kiefer so fest aufeinander, dass sein Gesicht wie versteinert aussah. Angst und Sorge breitete sich in Enno aus, verdrängte die freudige Aufregung, Isa wiederzusehen. Ihn beschlich das ungute Gefühl, dass ihre spontane Entscheidung nichts mit einem Sinneswandel ihrerseits zu tun hatte. Wäre Dag nur genervt, weil er den Taxiservice spielen musste, hätte er sicher einen blöden Spruch auf den Lippen gehabt. Doch die Tatsache, dass er Enno nur stumm zunickte, ließ ihn seinen Schritt beschleunigen. Was war mit Isa passiert?

Als Dag die schwere Beifahrertür öffnete, rutschte Isa ihm praktisch entgegen. Weil springen die allerletzte Option gewesen wäre und ihre Beine ein wenig zu kurz geraten waren, um sicheren Kontakt zum Boden herstellen zu können, glitt sie langsam aus dem Sitz in Dags einladend ausgebreitete Arme, der sie vorsichtig auf die Füße stellte, ohne sie allerdings loszulassen.

„Geht es dir gut?", fragte er zum wiederholten Male. Seit sie kurz vor Kiel aufgewacht war, erkundigte sich Dag ständig nach ihrem Wohlbefinden.

„Kein Ziehen, kein Brennen, nur kaputt von der Fahrt." Und das meinte Isa absolut ehrlich. Dass sie froh war, endlich angekommen zu sein, an dem Ort, an dem sie von Anfang an hatte sein wollen, musste sie wohl nicht zusätzlich erwähnen.

„Hey." Ennos vorsichtig reservierte Begrüßung brachte sie jedoch ins Schwanken, sodass sie sich noch fester an Dags Oberarme krallen musste. Als der Mistkerl vor unterdrücktem Lachen anfing zu beben, löste Isa sich von ihrem Freund und trat einen Schritt auf Enno zu.

„Auch hey.“ Diese zwei Worte und ein sehnsüchtiger Blick genügten und die zwei fielen sich in die Arme, als wollten sie sich niemals wieder loslassen.

„Ich habe dich vermisst, Sonnenschein.“

Isa spürte, wie Enno, seine Nase tief in ihren Haaren vergraben, genüsslich einatmete. „Dein Duft ist viel besser, als ich ihn in Erinnerung hatte. “

Ein übertrieben genervtes Stöhnen von Dag zeigte ihr, dass Ennos Worte auch ihn erreicht hatten und sie musste kichern.

„Ich bringe deine Tasche ins Haus, dann könnt ihr euch weiter beschnüffeln.“ Dag schnappte sich Isas Reisetasche und beantwortete Ennos bösen Blick mit einem breiten Grinsen.

„Blödmann“, murmelte Enno, umrahmte Isas Gesicht mit seinen Händen und zog sie entschlossen an sich.

„Dieser Blödmann hat mich netterweise hergefahren, schon vergessen?“

Enno überging ihre Frage und näherte sich stattdessen mit seinen Lippen Millimeter für Millimeter ihren, ohne sie aus seinem Blick zu entlassen. In Erwartung eines Kusses, den er ihr hoffentlich schenken wollte, schloss Isa die Augen. Aus der Erinnerung heraus, hätte Isa nie geglaubt, dass es eine Steigerung ihres letzten Kusses hätte geben können. Doch das tat es. Genau wie Enno ihren Duft als noch besser empfand, schmeckte dieser Kuss um ein Vielfaches süßer. Vielleicht hatte sie in der Klinik auch zu sehr unter Schmerzmitteln gestanden und ihre Empfindungen hatten darunter gelitten. Wer weiß?

„Gott, Isa. Von diesem Moment habe ich seit Tagen geträumt.“ Erneut eroberte er mit seinem Mund den ihren, knabberte, saugte und leckte an ihren Lippen. Konnte man vor Glück tatsächlich platzen? Isa hätte diese Frage nach diesem Kuss eindeutig mit *Ja* beantwortet. Ihr gesamter Körper summte, eine angenehme Hitze breitete sich auf ihrer Haut aus und die Kolibris in ihrem Bauch starteten zu einem Höhenflug ungeahnten Ausmaßes.

„Geht mir genauso“, hauchte sie atemlos. Trotz dieser unfassbar intensiven Begegnung mit seinen Lippen, löste sich Isa von Enno, wenn auch widerwillig. „Lass uns ins Haus gehen, ich muss mich dringend hinlegen.“

Sein verschleierter Blick wurde binnen eines Wimpernschlages vom Ausdruck liebevoller Fürsorge abgelöst. Ehe Isa sich versah, schwebten ihre Füße in der Luft. Enno hatte blitzschnell einen Arm unter ihre Kniekehlen geschoben, während der andere ihren Rücken stützte, und sie auf seine Arme gehoben. Lachend legte sie ihre Arme um seinen Hals und kuschelte sich dicht an seine Brust.

„Dann bringen wir die wertvolle Fracht mal sicher an ihren Liegeplatz“, erklärte er mit einer Ernsthaftigkeit in der Stimme, die Isa abwechselnd eiskalte und prickelnd heiße Wellen über den Rücken jagte. Und es fühlte sich verflucht gut an. Nein, es fühlte sich gigantisch an. Sie wollte, dass er ihr dieses Gefühl wieder und wieder bescherte.

„Ich könnte auch laufen.“ Isas halbherzig vorgebrachter Einwand wurde von Enno mit einem spöttischen Schnauben bedacht.

„Als würde ich die Gelegenheit verstreichen lassen, unsere Körper so nah wie möglich zusammenzubringen.“ Er küsste Isas Stirn, ihre Nasenspitze und ihren Mundwinkel, wobei sie äußerst zufriedene Laute von sich gab.

In der Kate kam ihnen Dag entgegen. „Ich sehe schon, ich bin hier überflüssig.“ Seine Feststellung klang weder enttäuscht noch beleidigt. Im Gegenteil. Ein amüsierter Zug umspielte seine Mundwinkel und seine Augen funkelten vergnügt.

„Möchtest du was trinken?“, fragte Isa und ließ sich auf der Couch nieder, nachdem Enno sie freigegeben hatte.

„Ich trinke gerne noch eine Cola, wenn eine da ist, dann muss ich aber wieder los. Morgen früh um fünf beginnt mein Dienst und ich will keine unnötigen Fragen aufkommen lassen. Das Beste wird sein, man bringt diese Aktion hier nicht mit mir in Verbindung.“

„Was die Frage aufwirft, was zu deinem Sinneswandel geführt hat, Sonnenschein“, ergänzte Enno und deutete mit einem Finger auf Isa, die sich auf der Couch zusammengerollt und in eine Decke gekuschelt hatte. „Ich werde den Eindruck nicht los, dass mehr hinter dieser *Aktion*, wie Dag euer verrücktes Unternehmen betitelt hat, steckt.“

Isa wechselte einen Blick mit Dag, der so viel ausdrücken sollte wie: Erzählst du oder muss ich? Doch als ihr bester Freund andeutungsweise den Kopf schüttelte, brummte Isa missmutig. Die hässliche Wahrheit musste sie dann wohl oder übel selbst offenbaren. Doch weil Enno gerade in Richtung Küche verschwand, blieb ihr noch eine minimale Galgenfrist von wenigen Augenblicken.

„Wenn das mit euch beiden funktionieren soll, musst du ihm reinen Wein einschenken“, raunte Dag ihr zu und wirkte keinesfalls kompromissbereit. „Die ganze Wahrheit, Isa.“

Ein dicker, unangenehmer Druck in ihrem Magen verdrängte die lieben kleinen Kolibris, die ihr wildes Geflatter sofort einstellten und sich zurückzogen. Der Verlust des wohligen Gefühls ließ Isa enttäuscht aufseufzen.

„Du hast ja recht.“

Enno kam mit zwei Gläsern Cola und einer Tasse Tee für Isa zurück. „Womit hat er recht“, wollte er neugierig in Erfahrung bringen und wappnete sich für das, was kommen würde. Da Isa und Dag undeutbare Blicke tauschten, steigerte sich sein Unbehagen um mehrere Level.

„Du weißt, warum ich mit meinen Eltern nach Hamburg gegangen bin“, begann Isa und hielt ihren Kopf gesenkt.

„Weil dir dein Vater gedroht hat.“ Diesen Umstand hasste Enno ebenso sehr, wie den Verlust seiner beruflichen Existenz.

„Er hat dich auf seine Abschussliste an die erste Stelle gesetzt“, gab sie in einem verzweifelt klingenden Flüsterton zu, woraufhin sich Ennos Nackenhaare aufstellten und ihm kalt wurde. Keineswegs aufgrund der Tatsache, dass er im Visier des Herrn Holthusen stand, sondern wegen der Niedergeschlagenheit, die Isa offenkundig erfasst hatte.

„Mag sein, erklärt aber immer noch nicht, weshalb Dag dich um diese Zeit und vor allem in deinem Zustand hierhergefahren hat.“

Wieder huschte ihr Blick zu Dag, der ein müdes Seufzen von sich gab und Isa mit einer auffordernden Handbewegung zu verstehen gab, dass sie endlich den Mund aufmachen solle.

„Nachdem du mir die Umbaupläne für die Kate geschickt hast, habe ich sie alle auf dem Tisch ausgebreitet. Sie sind einfach traumhaft und genau nach meinen Vorstellungen.“

Enno kniete sich neben die Couch auf den Boden, legte einen Finger unter ihr Kinn und bedeutete mit sanftem Druck, dass sie ihn endlich ansehen solle.

„Du hast mir jedes kleine Detail beschrieben, hast mir erzählt, welche Veränderungen du dir wünschst. Es war ein Leichtes, das auf Papier zu bringen. Wenn die Pläne dir gefallen, umso besser.“ Enno schenkte Isa einen warmen Blick, wollte, dass sie sich ihm öffnete, so, wie er es getan hatte.

Ihre Mundwinkel zogen sich ein klein wenig nach oben. Ihre Gesichter waren nur eine Handbreit voneinander entfernt, weshalb es für ihn ein Leichtes war, die Lücke zu schließen. Mit einem hauchzarten Kuss versuchte er ihr Mut einzuflößen, um weitersprechen zu können.

„Ich war auf einmal voller Zuversicht, dass es wirklich klappen könnte.“ Sie nahm zwar den Faden wieder auf, stockte aber nach diesem einen Satz. Enno hätte verrückt werden können. Seine Nerven waren zum Zerreißen gespannt. Was um Himmels willen hatte sich in Hamburg abgespielt?

„Wegen deiner überschwänglichen Freude bist du doch nicht hier, Isa. Was ist geschehen?“, drängte Enno sie, endlich mit der Sprache herauszurücken.

„Mein Vater ist geschehen“, murmelte sie und der Schmerz in ihrer Stimme ließ Enno vor Wut erbeben. Schnell wandte er sich zu Dag um, der die beiden aufmerksam beobachtete. Doch durch seine verschlossene Miene drang kein noch so winziger Anhaltspunkt an die Oberfläche. Lediglich sein zuckendes Augenlid ließ darauf schließen, dass es in Isas Chefkoch gewaltig brodelte.

„Kannst du das näher ausführen, Sonnenschein? Ich fürchte nämlich, dass ich dir sonst nicht folgen kann.“

„Wie du weißt, schlafe ich über Mittag immer ein bisschen. Du hast gesagt, ich soll das Telefon abschalten, um Ruhe zu haben. Und na ja, das habe ich auch gemacht. Danach habe ich mich hingelegt und bin recht schnell eingeschlafen – hat nur nicht sehr lange angehalten. Mein Vater ist mit einem Generalschlüssel in die Suite gekommen und hat vollkommen die Beherrschung verloren.“

„Er hat dich geschlagen“, brachte es Dag mit unmissverständlichen Worten auf den Punkt. Enno ließ sich auf die Fersen zurücksinken und starrte Isa an, suchte nach Anzeichen in ihrer Mimik, die zeigten, dass Dag übertrieben hatte. Doch er fand keinen Hinweis, der seine Aussage abmilderte.

„Wie bitte?“ Die Frage platzte aus Enno heraus wie eine gewaltige Vulkaneruption. „Du bist verdammt noch mal seine Tochter! Unabhängig davon: Was für ein Idiot ist er, dass er seine Hand gegen eine Frau erhebt? Ich fasse es nicht.“ Erneut richtete er sich auf, wollte Isa so nah wie nur möglich sein. Liebevoll tröstend legte er einen Arm um ihre Schulter und spürte, dass sie zitterte. Er drückte sich fest an ihren Körper, küsste sie auf die Wange, die Stirn und flüsterte ihr beruhigende Worte ins Ohr. „Du bist hier in Sicherheit. Er kann dir nichts anhaben, dafür werde ich sorgen, versprochen.“

„Aber er hat angedroht, jeden Stein einzeln umzudrehen, damit du keinen Fuß mehr auf den Boden bekommst.“ Isas Sorge wurde von etlichen Schluchzern begleitet. Tränen liefen ihr über die Wangen und Enno konnte sie nur hilflos festhalten, ihr mit der Hand über den Rücken streichen und immer wieder versichern, dass ihr Vater nur heiße Luft von sich gab.

„Isa, er wird nichts finden, was durch die Insolvenz nicht sowieso schon ans Tageslicht befördert wurde. Es ist ausgeschlossen, dass er etwas finden wird, was ihn zufriedenstellt, glaube mir.“

„Sicher?“

„Mehr als sicher.“

19. Kapitel

„Kümmere dich um sie“, bat Dag, als er sich flüsternd von Enno verabschiedete. Sie standen in der Eingangstür der Kate und klopften sich gegenseitig auf die Schulter.

„Worauf du dich verlassen kannst“, erwiderte Enno mit entschlossener Miene. Für einen Moment zögerte Dag, dann nickte er.

„Der Alte ist echt mit Vorsicht zu genießen, also pass auf dich auf. Aber so wie ich das sehe, werdet ihr zwei das schon schaffen.“

„Danke, dass du sie hergebracht hast. Wenn ich geahnt hätte …“ Enno hätte am liebsten den Türrahmen aus den Angeln gerissen, um negative Energie abzubauen. Doch damit wäre niemandem geholfen. Außerdem schlief Isa auf der Couch und die Ruhe hatte sie mehr als alles andere dringend nötig.

„Isa ist eine von den Guten unter all den Hyänen in ihrer Welt. Wie sie das geschafft hat, ist mir schleierhaft.“ Dag zuckte mit den Schultern.

„Kommt jetzt der Große-Bruder-Spruch von wegen: *Wenn du ihr wehtust …*?“

„Ich denke, den kann ich mir schenken. Du weißt auch so, dass ich dich überall aufspüren werde, wenn du ihr das Herz brichst.“ Mit stahlhartem Blick und ohne einen Funken Humor in seinem Ausdruck sah Dag Enno an. Der nickte nur. Doch auf diese Bestätigung hätten beide durchaus verzichten können. Jedem Außenstehenden wurde binnen kürzester Zeit klar, dass Enno und Isa ein besonders Band miteinander verflocht.

„Hoffentlich bekommt Isas Vater keinen Wind davon, wer sein Goldstück“, Enno zeichnete imaginäre Gänsefüßchen in die Luft, „an die Ostsee verschleppt hat.“

„Er würde vor Wut glatt den besten Koch feuern, den er je in seine Küche gelassen hat.“ Dag grinste und Enno tat es ihm gleich.

„Ich melde mich bei dir und wie gesagt – danke für den Fahrservice.“

„Bring sie zum Lächeln, mehr erwarte ich gar nicht.“ Dag verschwand in der Dämmerung des Abends und Enno schaute ihm nachdenklich hinterher.

Vor ungefähr einer Stunde hatte der Wind an Geschwindigkeit zugelegt, pfiff um die Ecken des Hauses und entlockte dem alten Gemäuer hin und wieder ein mürrisches Ächzen. Doch ansonsten herrschte in der Kate eine angenehme Stille. Isa schlief nach wie vor und Enno saß, mit dem Rücken an die Couch gelehnt, auf dem Boden. Er hatte sich eines der Bücher aus dem Regal geholt, die vermutlich noch von Tante Marlene stammten. So angestoßen, wie die Ecken des Werkes aussahen, hatte diese Geschichte offenbar schon etliche Leser in ihren

Bann gezogen. Doch Krimis waren keiner Mode unterworfen und auf ihre Weise zeitlos.

Enno las gerade die Stelle, in der die Hauptfigur durch das stockfinstere Zimmer tappte, weil wie immer just in dieser Situation der Strom ausgefallen war und sie sich natürlich ganz allein im Haus befand. Als sie den Türgriff nach unten drücken wollte, begann es in seinem Nacken zu kribbeln, und zwar auf eine ganz reale Weise. Erschrocken zuckte er zusammen, ließ das Buch fallen und sprang wie von einer Tarantel gestochen auf. Sein Herz schlug wie wild in seiner Brust und seine Atmung geriet außer Kontrolle.

„Himmel noch mal, Isa!" Er japste mehr, als dass er einen vernünftigen Satz herausbrachte. Unerwartet ihre Finger an seinem Haaransatz zu spüren, hatte ihn völlig aus seiner Konzentration gerissen.

„Entschuldige." Ihr Kichern klang alles andere als entschuldigend, vielmehr amüsierte sie sich prächtig.

Mit zu Schlitzen verengten Augen ging Enno Richtung Couch, blieb kurz davor stehen und stemmte die Hände auf die Hüften. „Dein Glück, dass du dich noch in der Schonfrist befindest. Ansonsten …" Er rieb sich mit den Fingerspitzen über sein Kinn, als müsste er angestrengt nachdenken.

„Sonst?", wollte Isa wissen und legte auf verführerische Weise den Kopf schief, sodass ihre Haare über die rechte Schulter fielen und die Haut an ihrem Hals freilegte.

„Sonst würde ich dich verschleppen und zu unanständigen Handlungen überreden." Er ließ sich wieder vor der Couch nieder, beugte sich über Isa und stützte seine Hände neben ihrem Körper ab. „Ich würde jeden Zentimeter deiner Haut berühren und danach ausgiebig küssen." Mit engelsgleicher Geduld tupfte er eine Spur feuchter Küsse an ihrem Hals entlang, wobei er an einigen Stellen länger verweilte als an anderen.

„Was für Handlungen?", verlangte sie zu wissen und stöhnte, als er mit der Zungenspitze ihr Schlüsselbein berührte.

„Ich würde meine Pläne nie vorher preisgeben, wo bleibt denn da der Spaß." Plötzlich ließ Enno von Isa ab, zupfte ihr Shirt zurecht und setzte sich auf seine Fersen. Ihren sehnsüchtigen Blick erwiderte er mit einem Zwinkern.

„Tut mir leid, dass ich zu mehr noch nicht in der Lage bin", murmelte sie verlegen.

Machte sie Witze? Was sie hatten, war viel mehr, als er sich hätte erträumen können.

„Zwar stören mich die Umstände gewaltig, aber eines solltest du wissen: Ich bin mehr als froh, dich hier zu haben. Obwohl … Es ist ja dein Haus …“

„Ich bin auch froh, dich bei mir zu haben.“ Isa setzte sich auf, stellte ihre Füße neben Enno und zog ihn dicht an sich heran. Um die körperliche Nähe zu verstärken, packte Enno Isa sanft an ihren Hüften und brachte ihre Körper noch dichter zusammen. Ohne sich aus den Augen zu lassen, spürten sie den Atem des anderen über ihre Haut streicheln und hielten sich einfach nur aneinander fest.

„Ich will dich heute Nacht in meinen Armen halten“, raunte Enno dicht an ihren Lippen, zupfte daran und zog sich dann ein Stück zurück, um ihre Reaktion beobachten zu können.

„Hast du mir nicht zugehört?“, fragte Isa und klang verwirrt.

„Doch, habe ich. Ich werde meine Hände bei mir behalten und ganz brav sein.“ Sein Versprechen entlockte Isa ein undamenhaftes Schnauben.

„Dein Misstrauen kränkt mich.“ Mit gespieltem Entsetzen schlug Enno sich eine Hand auf die Brust und ließ sich theatralisch nach hinten kippen. Jetzt lag er der Länge nach ausgestreckt auf dem Boden und starrte an die Decke. Als er Isas Finger an seinen Knöcheln spürte, regte er sich keinen Millimeter. Stück für Stück wanderten ihre kleinen Hände an seinen Beinen weiter nach oben und er musste sich stark zusammenreißen, um ein Keuchen zu unterdrücken.

„Ich misstraue dir keineswegs.“ Sie setzte sich rittlings auf seine Hüften und schmiegte ihren Oberkörper an seinen. „Aber ich will dich auch nicht unnötig quälen.“

„Schlängelst du dich deswegen an mir nach oben wie eine Schlange?“ Seine Finger zeichneten unaufhörlich Kreise auf ihrem Rücken.

„Hmmm. Das fühlt sich gut an.“

„Du fühlst dich gut an, wie du so auf mir liegst.“ *Aber auf Dauer würde es doch ungemütlich werden,* überlegte Enno, richtete sich auf und erhob sich zusammen mit Isa auf seinen Armen elegant in die Senkrechte. „Lass uns ins Bett gehen. Wir können beide eine Mütze Schlaf gebrauchen.“

„Wenn ich ehrlich sein soll, hat mich die Fahrt doch ganz schön geschlaucht“, gestand Isa und schmiegte sich noch dichter an Enno, obwohl schon jetzt kein Blatt Papier mehr zwischen die beiden passte.

„Glaubwürdigen Quellen zufolge hast du auf der Tour überwiegend geschlafen.“ Seine Neckerei blieb von Isa unkommentiert und das zwanglose Miteinander war verschwunden wie Spuren am Strand, die durch die Wellen fortgewischt werden.

„Allein bei dem Gedanken an Hamburg erdrückt mich die Angst. Was passiert, wenn mein Vater tatsächlich alle seine Kontakte spielen lässt und uns das Leben zur Hölle macht?“ Der Druck ihrer Finger an seinen Schultern verstärkte sich, doch Enno ließ sich nicht auf *Was-wäre-wenn-*Fragen ein.

Sie hatten Isas Schlafzimmer erreicht.

„Wir werden deinen Traum in die Wirklichkeit holen und fangen gleich morgen damit an.“ Langsam ließ Isa sich von Enno auf die Füße stellen. „Keine Sorge. Das Anwesen gehört dir, wir halten uns an die Auflagen und der Arm deines Vaters reicht mit an Sicherheit grenzender Wahrscheinlichkeit nicht von Hamburg bis nach Heisterkamp. Selbst sein Einfluss hat nur eine gewisse Reichweite.“

„Hoffentlich behältst du recht.“ Müde sank Isa auf das Bett, landete mitten auf der weichen Matratze und wünschte sich nichts mehr, als von Enno gehalten zu werden. Doch offenbar verfolgte er ein anderes Ziel. Mit einem schelmischen Grinsen auf den Lippen gab er ihr einen Kuss auf die Nasenspitze, drehte ihr den Rücken zu und marschierte aus dem Raum. Schockiert sah Isa ihm hinterher.

„Bin gleich zurück“, rief er über die Schulter zurück und schon war er aus ihrem Sichtfeld verschwunden.

Plötzlich allein, entschied Isa, dass sie sich ebenso gut die Zähne putzen und eines ihrer Schlafshirts überziehen konnte. Kaum hatte sie ihr Vorhaben in die Tat umgesetzt, erschien Enno im Türrahmen. Die Hände oberhalb des Querbalkens abgestützt und mit leicht geöffnetem Mund, versuchte er augenscheinlich, eine Entscheidung zu fällen. Sein Brustkorb hob und senkte sich in einem Rhythmus, als hätte er soeben einen Sprint hinter sich. Mit glühendem Blick fixierte Enno sie, was zur Folge hatte, dass sie ihn wie hypnotisiert anstarrte. Die Muskeln, die sich mehr als deutlich unter seinem Shirt abzeichneten, verleiteten sie dazu, sich für einen traumhaften Moment ihrer Fantasie hinzugeben.

„Wenn du mir verrätst, wohin du eben verschwunden bist, könnte ich mich überreden lassen …“ Isa biss sich auf die Unterlippe. Ihr unausgesprochener Vorschlag klang weitaus mutiger, als sie sich im Grunde fühlte. Ihre Wangen begannen vor Hitze zu brennen und hätte sie es nicht besser gewusst, wäre sie der Täuschung aufgesessen, dass eine Hundertschaft Ameisen ihr Bett belagert hätte, so sehr kribbelte ihre Haut.

„Ich habe lediglich überprüft, ob die Tür verschlossen ist. Außerdem habe ich die Gläser in die Spüle gestellt und das Licht gelöscht, nachdem ich im Bad gewesen bin.“ Er zog seine Brauen hoch und stieß sich vom Türrahmen ab, sodass er mit wenigen Schritten vor ihrem Bett stand.

„Das ist gut.“ Isas gedehnte Erwiderung entlockte ihm ein selbstgefälliges Grinsen. Dass sie den Blick nicht von seinem Körper abwenden konnte, als er sich Shirt und Hose abstreifte, verstärkte sein Grinsen nur noch. Innerlich verfluchte Isa sich dafür, dass sie sich so wenig unter Kontrolle hatte.

„Na los, rutsch ein Stück, sonst wird das mit dem *in meinen Armen schlafen* schwierig.“

~~~~~

Als Stunden später vereinzelte Sonnenstrahlen den nächsten Tag ankündigten, fühlte Enno sich ausgeschlafen wie lange nicht mehr. Eingehüllt in einen Duft aus Isa, Isa und nochmals Isa, versuchte er herauszufinden, ob er noch träumte oder ihn der Morgen doch schon wach gekitzelt hatte. Oder waren es ihre butterweichen Haare, die auf seiner Haut tanzten, jedes Mal, wenn sie sich auch nur einen Millimeter bewegte? Eine Hand auf ihrem Bauch, die andere mit ihrer verschlungen, ignorierte Enno den Impuls, wie jeden Tag sofort aus dem Bett zu springen, nachdem er die Augen geöffnet hatte. Hier zu liegen, Isa an sich gedrückt – was konnte schon verlockender sein? Genießerisch seufzend, vergrub er seine Nase in ihren Haaren und gab dem Drang nach, einfach die Lider zu senken und den Tag Tag sein zu lassen.

„Bist du wach?“, murmelte Isa wunderbar süß und verschlafen, ohne sich jedoch zu regen. Wie sollte sie auch? Enno hielt sie fest in seinem Griff.

„Nein, ich träume gerade. Und das, was ich fühle, will ich um keinen Preis der Welt aufgeben.“

„Scheint ein toller Traum zu sein, wenn du so erpicht darauf bist, ihn auszukosten.“ Isa zog ihr Bein unter Ennos hervor. Irgendwann in der Nacht musste seines ein Eigenleben entwickelt und sich frech über Isas gelegt haben. Noch während er so darüber nachdachte, wie nahe sie sich im Schlaf gekommen waren, zuckte Isa überraschend heftig zusammen. Ohne nachzudenken, löste er seine Umklammerung, wich im Bett mehrere Zentimeter zurück und setze sich kerzengerade auf.

„Entschuldige, hab ich dir wehgetan?“ Auch wenn er keinen blassen Schimmer hatte, wie er das angestellt haben sollte, so ruhig wie er dagelegen hatte, suchte er instinktiv die Schuld bei sich.

„Ich vergesse manchmal, dass es keine gute Idee ist, sich zu strecken, ohne vorsichtig zu sein.“ Isa setzte sich ebenfalls auf. „Nichts passiert,
~~~~~

mehr Schreck als Schmerz“, versicherte sie ihm und lächelte ihn entspannt an.

„Jetzt hast du meinen Traum zerstört.“ Sein Grummeln wurde von ihrem belustigten Kichern entschärft.

„Und das kann ich wiedergutmachen, indem ich …“ Isa krabbelte dicht an Enno heran und stütze sich mit ihren Händen auf seinen Schultern ab.

„Indem du aufhörst zu reden und mir meinen wohlverdienten Guten-Morgen-Kuss gibst, bevor ich ihn mir holen muss. Denn das würde die Angelegenheit für dich nur verschlimmern.“

Sein teuflisches Grinsen verflog, als Isa ihre Lippen auf seine drückte und ihm gab, was er verlangte.

„Enno, bitte. Ich bin alles andere als aus Porzellan.“

Offenbar spürte sie seine Zurückhaltung. Und ihre Beteuerung ließ Enno ins Wanken geraten. Konnte er es wagen, einen winzigen Schritt weiterzugehen und viel wichtiger: Würde Isa ihn stoppen, wenn es für sie zu viel wurde? Sie kannten sich zu wenig, als dass er hätte beurteilen können, wie gut ihre Selbsteinschätzung in Momenten wie diesem funktionierte. Eine, aus Ennos Sicht lange verdrängte, Lust nahm Besitz von ihnen. Die Leidenschaft rollte über sie hinweg wie eine Lawine, riss ihr Denken und die Vernunft mit sich.

„Wir müssen vorsichtig sein“, brachte er gerade so hervor. Doch als Isa sich von ihrem Schlafshirt befreite und rücklings zurück in die Federn sinken ließ, schaltete Ennos Gehirn fast vollständig ab. Nur ein paar Zellen, die für den Beschützerinstinkt von Nöten waren, arbeiteten glücklicherweise im Verborgenen weiter.

Fast zwei Stunden nach ihrer ersten gemeinsamen Kuschelorgie, spazierten Enno und Isa über den Deich. Auch wenn sie aus bekannten Gründen keinen Sex gehabt haben, waren sie doch zutiefst befriedigt. Isa hätte schwören können, Ennos Hände immer noch auf ihrem gesamten Körper spüren zu können. Außerdem tummelten sich die Glückshormone munter in ihren Zellen und verschafften ihr ein berauschendes Gefühl der absoluten Zufriedenheit. Radfahrer, die in viel zu hohem Tempo über den Deichweg rasten, belächelte sie nur. Familien, die mit Sack und Pack den Strand bevölkerten, als hätten sie den kompletten Hausrat dabei, entlockten ihr ein nichtssagendes Schulterzucken. Sie war überzeugt davon, dass ihr in ihrer derzeitigen Stimmung niemand etwas anhaben konnte.

„Ich würde zu gern wissen, was in deinem Kopf vor sich geht.“ Die einzige Antwort, die Enno bekam, war ein zufriedenes Lächeln.

„Kein Kommentar, das könnte viel zu peinlich für mich werden.“ Auch der Kuss, der zum wiederholten Male ihre Welt aus den Angeln zu heben drohte, entlockte ihr keine Silbe. Also gingen sie in einträchtigem Schweigen am Wasser entlang, ließen die seichten Wellen um ihre nackten Füße spielen und lauschten dem stetigen Rauschen des Meeres.

„Wir sollten uns langsam auf den Weg zu Mareike machen, sonst räumt sie das Frühstücksbüfett ab.“ Bei dem Gedanken an die üppigen Auslagen in dem kleinen Café zog sich Ennos Magen für den Bruchteil einer Sekunde zusammen. War es wirklich kaum drei Wochen her, seit Isa seinem Leben eine entscheidende Wendung gegeben hatte? Es brauchte tatsächlich nur einen Wimpernschlag, um ins Verderben zu stürzen oder einen Weg aus der Versenkung zu finden. Beides hatte ihn gleichermaßen in ein Gefühlschaos gestürzt, sowohl im negativen, als auch im positiven Sinne.

„Hinten im Aufenthaltsraum wäre es viel privater und man muss sich weniger anständig benehmen“, erklärte Isa mit einem Augenzwinkern, das Enno mit einem Schmunzeln erwiderte.

Er erinnerte sich nur zu gut an das hervorragende Essen in einem der schlicht eingerichteten Nebenräume der Hotelküche. Hätte ihm damals jemand prophezeit, was ihn, bedingt durch die Begegnung mit Isa, erwarten würde, er hätte ihn zweifellos für verrückt erklärt und aus tiefstem Herzen ausgelacht. Aber er erinnerte sich auch an die entspannte, lockere Isa, die ihm als ganz normale Frau gegenübergesessen hatte. Keine Spur von Hochnäsigkeit, arrogantem Auftreten oder gar übersteigertem Geltungsbedürfnis. Wer Isa jemals mit diesen Charakterzügen in Verbindung brachte, besaß keinerlei Menschenkenntnis. Konnte das Glück einen zerreißen?

Am liebsten hätte er den Zustand der vollkommenen Zufriedenheit über das Wasser Richtung Dänemark geschrien. Jeder im Umkreis von mindestens hundert Kilometern sollte hören, wie gut es ihm an Isas Seite ging. Die positive Anspannung in seinem Inneren ließ sich kaum ertragen. Trotzdem bremste er das Verlangen, sich Luft zu verschaffen. Stattdessen nahm er Isas Hand in seine und hielt ihre Finger fest umschlossen.

„Allmählich brauche ich eine Pause“, gestand Isa ein. „So lange bin ich seit Ewigkeiten nicht mehr an einem Stück gelaufen.“ Sie waren seit ungefähr einer Viertelstunde unterwegs. Verdammt. Er hätte besser auf sie achtgeben, Anzeichen von Müdigkeit erkennen müssen. Sie durfte sich nicht überfordern.

„Isa, sag mir einfach, wenn es dir zu viel wird." Enno bedachte Isa mit einem finsteren Blick. Falscher Ehrgeiz war hier wahrhaft fehl am Platze. „Lass uns eine Kleinigkeit essen und danach legst du dich hin."

Als sie offenkundig Widerworte anbringen wollte, stoppte Enno sie mit einer einzigen Handbewegung, indem er den Zeigefinger erhob. „Keine Chance. Du wirst dich auf die Couch legen, während ich schaue, wie wir dein Projekt voranbringen. Zwei, drei Telefonate noch und dann können die Dachdecker loslegen. Das erste Material soll morgen geliefert werden." Das Strahlen, das sich auf Isas Gesicht abzeichnete, stellte die orangegelbe Sonne über der ruhigen Ostsee vollständig in den Schatten.

„Na, ihr zwei. Habt ihr das kuschelige Nest verlassen?" Eine tiefe Röte färbte Isas Wangen. Enno küsste erst die eine, dann die andere, wobei sich in ihren Augen eine Wärme zeigte, die Enno in seinem Inneren fühlte.

„Ich freue mich auch, dich wiederzusehen." Der gelangweilte Unterton, den Isa vergeblich versuchte, ernsthaft klingen zu lassen, brachte Enno und Mareike zum Lachen.

„Hast du noch eine Kleinigkeit für uns?"

„Tee, Kaffee, Buttertoast, Brötchen, hausgemachte Marmelade, Käse. Sucht es euch aus." Mareike wischte imaginäre Flecken von der Glasvitrine. Ihre Neugier versteckte sie jedoch nur halbherzig. In ihren Augen tanzten unzählige Fragezeichen auf und ab. Ja, Enno hielt Isas Hand immer noch in seiner. Im Grunde musste das als vorläufige Antwort auf die stummen Fragen vorerst ausreichen. Ein Gespräch unter Mädels würde warten müssen, bis Isa selbst genügend Antworten gefunden hatte.

„Ich bleibe lieber noch bei Tee. Hast du keine Croissants mehr?" In der Hoffnung, wenigstens eines von dem beliebten Frühstücksgebäck zu erspähen, reckte Isa ihren Hals.

„Dafür seid ihr mindestens eine Stunde zu spät. Du weißt, wie schnell sie aus sind."

Ja, das wusste sie. Leider.

„Es sind aber jede Menge andere Leckereien da. Kein Grund, so ein Gesicht zu machen", gab Enno zu bedenken und zog mit seinen Zeigefingern Isas Mundwinkel nach oben.

„Du hast recht. Es ist mein ganz persönliches Luxusproblem."

„Gut erkannt, Sonnenschein." Ein liebevolles Lächeln legte sich auf Ennos Lippen. Doch als Isa es gerade erwidern wollte, erklang die Türglocke, Enno sah auf und erstarrte noch in derselben Sekunde. Seine Haut nahm plötzlich einen aschfahlen Farbton an, während seine Augen sich ungläubig, fast schon panisch weiteten.

20. Kapitel

Ein glockenhelles, aufgesetzt wirkendes Lachen schallte vom Eingangsbereich herüber und beendete die Unterhaltung zwischen den drei Freunden, als hätte eine unsichtbare Hand einen virtuellen Schalter umgelegt. Enno schrumpfte mit jeder Sekunde, die verging. Ehe Isa und Mareike begreifen konnten, was seine plötzliche Reaktion auslöste, verschwand Enno wortlos in den für die Öffentlichkeit nicht zugänglichen Bereich des Cafés. Verwirrt sahen die beiden Frauen sich an, wobei Mareike sich mit einem Kopfschütteln dem Tresen zuwandte, um die neu angekommene Kundschaft in Empfang zu nehmen.

Isa für ihren Teil folgte Enno. Erpicht drauf, zu erfahren, warum er so eilig das Weite gesucht hatte, versuchte sie ihr Glück als Erstes im Mitarbeiterraum.

„Hast du Enno gesehen?“, fragte sie Carola, die gerade um die Ecke bog. Sie strich sich ihre blau-weiß gestreifte Schürze glatt und sah über die Schulter nach hinten, als müsse sie sich erst vergewissern, ob ihr jemand begegnet war. Offenbar hatte sie soeben ihre Pause beendet und war mit den Gedanken noch vollkommen woanders.

„Leider nein.“ Carola lächelte ihr zu. Isa hingegen musste sich zwingen, diese freundlich gemeinte Geste zu erwidern.

„Danke.“ Was war nur in Enno gefahren? Ein derart verschlossenes Verhalten hatte sie bei ihm nur bei den ersten Aufeinandertreffen erlebt, in der Zeit, als er Informationen über seine Vergangenheit vor ihr zurückgehalten hatte. Ein ratloser Blick den Verbindungsflur entlang gab ihr nach einem Moment des Innehaltens einen kleinen Hinweis. Die Tür zum Nebeneingang stand einen Spalt offen. Obwohl ihre Kraft zunehmend nachließ, durchquerte sie den Flur und trat ins Freie.

Als sie Enno auf einer Holzkiste sitzend erblickte, blieb sie stehen und atmete erst einmal tief durch. Das Bild, das er abgab, erschütterte Isa zutiefst. Sein Gesicht hielt er vollständig hinter den großen Händen verborgen, sein Oberkörper schien in sich gesunken, wobei die Schultern fast auf den Knien lagen, so weit waren sie nach vorn gesackt. Aber das Schlimmste, das Isa in diesem Moment empfand, war diese undurchdringliche Aura, die er um sich herum aufgebaut hatte. Er befand sich gerade meilenweit entfernt, obwohl er direkt vor ihr saß.

„Hey.“ Isa versuchte, ihn mit ihrer sanftesten Stimme dazu zu bewegen, den Kopf zu heben. Doch scheinbar drang sie nicht zu ihm durch, denn er regte sich keinen Millimeter. Also setzte sie sich schweigend auf eine der anderen Kisten. Ihre Müdigkeit verflog.

„Man hätte meinen können, dir wäre ein Geist begegnet." Auch der erneute Versuch, ihm eine Reaktion zu entlocken, schlug fehl. Ratlos betrachtete Isa den Mann, der seit ihrer ersten Begegnung von Tag zu Tag entschlossener gewirkt hatte, zuversichtlicher. Doch wohin war diese Entwicklung verschwunden, vor allem: Was hatte diesen Effekt ausgelöst?

„Wenn du mir verrätst, was eben passiert ist, können wir vielleicht zusammen überlegen, was nötig ist, um das Problem zu lösen." Die Hilflosigkeit, die Isa überschwemmte, ließ sich kaum ertragen. Verzweifelt griff sie nach seiner Hand, umklammerte regelrecht seine Finger mit ihren.

Zarte Haut an seiner rauen zu spüren und ein bekannter Duft nach Vanille, der ihm in die Nase stieg, weckten Enno aus seiner Erstarrung. Als er seinen Kopf zur Seite drehte, tauchte Isas Gesicht wie aus einer dichten Nebelwand neben ihm auf. Er hielt sich an ihrem warmen, liebevollen Blick fest, klammerte sich an das Positive, das sie seit ihrer kurzen, gemeinsamen Zeit miteinander verband. Auf keinen Fall wollte er erneut untergehen, dabei womöglich Isa auf der Abwärtsspirale einfangen und mit in die Tiefe ziehen. Die Tatsache, dass eine unerwartete Begegnung ihn so fortreißen konnte, hatte ihn maßlos erschreckt. Nein. Im Grunde war es viel schlimmer. Die nackte Angst hatte ihn gepackt. Angst, das Einzige zu verlieren, das ihm zu einem Lichtblick in seinem Leben verhalf – sein ganz persönlicher Sonnenschein. Er war aus dem Café geflohen, weil Jeanine nicht sehen sollte, dass es eine neue Frau in seinem Leben gab. Sie würde alles daran setzen, ihm erneut zu nehmen, was ihm alles bedeutete. Isa.

„Sie darf dich nicht bekommen", krächzte er mühsam hervor. „Ich würde ihr alles überlassen, wenn ich noch etwas besitzen würde. Aber ich habe nichts, was ich ihr anbieten könnte." Enno biss die Backenzähne so fest aufeinander, dass die Muskeln an seinem Hals hervortraten.

„Niemand wird mich *bekommen*." Das letzte Wort sprach Isa seltsam merkwürdig aus. „Enno, was um Himmels willen ist denn überhaupt passiert?"

„Sie." Enno brannten die drei Buchstaben auf seiner Zunge wie Säure. „Sie ist hier."

„Wer ist hier?"

„Jeanine. Jeanine ist ins Café gekommen. Deswegen bin ich gegangen." *Wohl eher geflohen*, sagte ihm eine besserwisserische Stimme in seinem Kopf. Er ignorierte sie. „Wenn ich Glück habe, hat sie mich nicht gesehen. Schließlich kann sie nicht ahnen, ausgerechnet hier auf mich zu treffen.“ Selbst in seinen Ohren klang die Hoffnung, dass seine Exfrau ihn nicht wahrgenommen hatte, schwach. Außerdem passten die Worte Glück und Jeanine nicht zusammen. Die Frau versprühte eisige Kälte und bedachte jeden in ihrer Nähe mit Niedertracht. Nur leider hatte er das viel zu spät erkannt.

„Lass uns gehen. Ich hole schnell zwei Kaffee zum Mitnehmen und belegte Brötchen.“ Nachdem Isa aufgestanden war, sah sie sich skeptisch zu ihm um. „Wehe, du läufst weg!“ Sie drohte ihm mit erhobenem Zeigefinger. Fast hätte er bei ihrem Anblick aufgelacht. Doch er brachte nur ein zustimmendes Nicken zustande.

„Ich bewege mich kein Stück weg von hier, versprochen.“ Weglaufen? Vor Isa? Niemals. Er wollte die Dunkelheit endgültig hinter sich lassen.

Sie suchten sich einen abgelegenen Strandabschnitt ohne Strandkörbe, damit sie ein wenig Ruhe hatten. Isa wirkte abgekämpft und in Enno stieg das schlechte Gewissen auf. Sie sollte sich wirklich ausruhen.

„Komm her“, bat er. Seine Füße weit auseinandergestellt, klopfte er einladend auf den von der Sonne gewärmten Sand zwischen seinen Knien. Isa machte es sich dicht an seinem Körper gemütlich, den Rücken an seine Brust und den Kopf an seine Schulter gelehnt, seufzte sie schwer.

„Erzähl mir was Schönes“, flüsterte sie mit geschlossenen Augen und Enno konnte sich angesichts ihres verträumten Gesichtsausdrucks ein Schmunzeln nicht verkneifen.

„Was verstehst du unter etwas Schönem?“ Er tupfte einen liebevollen Kuss an ihre Schläfe und atmete ihren beruhigenden Duft ein.

Isa zuckte nur mit den Schultern. „Überrasch mich.“

Hm, was sollte er ihr erzählen? *Vielleicht eine Begebenheit aus seiner Kindheit*, überlegte er und kramte in seinen Erinnerungen.

„Als ich klein war, sind meine Eltern mit mir immer in die Berge gefahren.“

Neugierig sah Isa sich zu ihm um.

Ein stahlharter Ring aus Metall legte sich bei der Erinnerung an die Zeit voller Glück und Familienfrieden um seine Brust. Das Atmen fiel ihm schwer, aber er lächelte bei dem Gedanken daran, was er Isa gleich erzählen wollte. „Willst du nun zuhören oder Fragen stellen?“ Nachsichtig betrachtete er Isas wunderschönes Gesicht.

„Ich bin schon still“, erklärte sie eifrig und lehnte ihren Kopf wieder an seine Schulter.

„Also“, setzte Enno an und sortierte seine Gedanken, während er den Blick auf die ruhige See gerichtet hielt. „Ich muss damals vier oder fünf gewesen sein. Auf jeden Fall ging ich noch nicht in die Schule. In der Nähe von Freiburg hatten meine Eltern eine kleine Ferienwohnung gemietet. Ich war total aufgeregt – eine lange Autofahrt, zwei Wochen ohne meine Freunde und ich hatte noch nie Berge gesehen, so richtige Berge, wenn du verstehst, was ich meine.“ Isa nickte. „Jedenfalls sind wir viel gewandert und haben sogar mal in einer Hütte übernachtet. Das Tollste aber war die Erfahrung mit dem Echo.“

„Mit dem Echo?“ Nun brach Isa doch ihr selbst auferlegtes Schweigen.

„Für mich als kleiner Knirps aus dem Norden ist das ein lebensveränderndes Erlebnis gewesen, glaube mir. Ich habe echt geglaubt, dass auf der anderen Seite der Schlucht jemand sitzt und immer einen Teil von dem Wort nachspricht, was man ihm zuruft. Mein Vater hat mit allen möglichen schlauen Erklärungen versucht, mich von der fixen Idee abzubringen. Aber ich war felsenfest davon überzeugt, dass es da einen Mann in den Bergen gab. Während meine Eltern langsam die Geduld verloren, weil sie eigentlich eine friedliche Wanderung in der freien Natur geplant hatten, brüllte ich immer wieder den Berg an.“

Isa kicherte.

„Hattest du Lederhosen an und einen Seppelhut auf?“ Sie nahm seine Hände, verschränkte ihre Finger mit seinen und legte sie wie selbstverständlich auf ihren Bauch.

„Natürlich, was glaubst du denn.“ Für einen Augenblick schwiegen beide und lauschten dem Rauschen der Wellen. „Am letzten Abend aber geschah ein Wunder.“ Ennos Stimme nahm einen geheimnisvollen Klang an und er sprach im Flüsterton weiter. „Der ominöse Mann auf der anderen Seite der Schlucht hat mir geantwortet, als ich ihn gefragt habe, wie der Bürgermeister von Wesel heißt.“

Isa presste sich die Hände auf die Narbe, um die Erschütterung zu dämpfen, die durch das Lachen ihren Bauch erfasste. „Jetzt erzähl mir nicht, du bist ganz allein auf diese Frage gekommen.“ Das Beben ihres Körpers übertrug sich auf Ennos und er zog Isa ein Stück weiter an sich heran.

„Versteht sich von selbst“, erwiderte Enno und klang entrüstet. „Ein netter älterer Herr hatte mir den Tipp gegeben. Er meinte, wenn ich Glück hätte, würde der Herr Echo auf meine Frage antworten, wenn ich sie ihm genau so stelle.“ Jetzt konnte auch er sich nicht mehr zurückhalten und prustete los. Diese Unbeschwertheit, die er mit Isa erlebte, ließ ihn fast die Begegnung mit Jeanine vergessen.

„Ich weiß, du willst deine Eltern raushalten. Aber trotzdem - sie hätten dir doch bestimmt geholfen, nachdem deine Exfrau dich im wahrsten

Sinne auf die Straße gesetzt hatte?“ Natürlich musste Isa das fragen. Sie war eine aufmerksame Zuhörerin und klug.

„Meine Eltern lieben die Berge.“ Bei dem Gedanken an seine Eltern seufzte Enno. Er vermisste sie – ihre uneingeschränkte Herzlichkeit, ihre aufrichtige Wärme, ihre bedingungslose Liebe. „Sie lebten in einer Dreizimmerwohnung zur Miete in einem Hamburger Vorort. Nichts Besonderes. Als mein Vater in den Ruhestand ging, war ich gerade auf dem Gipfel meines Aufschwungs angekommen. Die Aufträge spülten so viel Geld auf mein Konto, dass ich mir überlegte, was ich damit anstellen sollte. Mein Steuerberater“, er drückte unwillkürlich Isas Hand ein wenig fester, doch sie beschwerte sich nicht, „er hat mir dazu geraten, das Geld in Immobilien anzulegen. Also kaufte ich meinen Eltern ein Haus.“

„Hat deine Exfrau sich das auch unter den Nagel gerissen?“

Das Entsetzen in ihrer Stimme ließ seine bei der Antwort weicher klingen.

„Glücklicherweise hatte ich alles auf meine Eltern überschrieben. Jeanine hatte keine Chance, das Haus in ihre gierigen Finger zu bekommen. Wäre es so gewesen, weiß ich nicht, was diese Tatsache mit mir angestellt hätte.“ *Wahrscheinlich wäre ich nicht mehr am Leben, weil ich es nicht hätte ertragen können, meine Eltern mit all dem Mist zu belasten*, fügte er in stummen Gedanken hinzu. Doch davon brauchte Isa nichts zu wissen.

„Aber wenn ihr euch doch so gut versteht, ich meine …“ Isa verstummte. Er verstand sie auch ohne Worte.

„Du meinst, weshalb ich auf der Straße gelebt habe, anstatt bei ihnen unterzukommen?“

„Genau.“ Wieder seufzte Enno. Das Gespräch bewegte sich langsam aber sicher in eine Richtung, die er eigentlich nicht vorhatte einzuschlagen. Aber Isa verdiente seine uneingeschränkte Offenheit, auch wenn ihm das Thema jedes Mal, wenn es zur Sprache kam, an die Nieren ging. Mit Henry hatte er Stunden darüber philosophiert und kein Argument seines Freundes gelten lassen.

„Also noch mal einen Schritt zurück“, begann er und richtete seinen Blick geistesabwesend zum Horizont. „Sie liebten die Berge, verbrachten jeden Urlaub dort. Deswegen lag es nahe, dass, wenn sie sowieso neu anfingen, es an einem Ort ihrer Träume taten.“ Die Freude seiner Eltern, die strahlenden, ungläubigen Gesichter hatten sich in seine Erinnerungen gebrannt. Diesen Tag würde er niemals vergessen.

„Und welcher Ort ist das?“

„Sie leben seit drei Jahren im Dreiländereck Deutschland, Schweiz, Frankreich. Immer wenn ich es einrichten konnte, bin ich nach Stuttgart geflogen, habe mir einen Leihwagen genommen und sie besucht.“

Die Wehmut, die sich in seine Worte schlich, blieb Isa natürlich nicht verborgen. „Wann bist du das letzte Mal dort gewesen?“

Das Gesicht seiner Mutter schob sich vor sein inneres Auge und ein dicker Kloß bildete sich in seinem Hals.

„Letzten Sommer.“ Bei jedem kräftezehrenden Telefonat fragte sie, wann er sie besuchen käme. Ihr Vorschlag, dass sie doch auch nach Hamburg kommen könnten, wenn er es zeitlich nicht einrichten konnte, hatte ihn zusammenbrechen lassen. Selbst Henrys Versuche, ihn aufzurichten, schlugen fehl. Nicht mal sein Freund konnte damals zu ihm durchdringen.

„Und sie haben bis heute von deiner Scheidung, der Pleite und dem ganzen Schlamassel keine Ahnung?“

„Nein. Und so soll es auch bleiben. Henry ist der einzige Freund, der mir geblieben ist. Ungefähr alle zwei Wochen kann ich von seiner Kanzlei aus mit ihnen telefonieren. Wenn sie fragen, wann ich sie besuchen komme, tische ich ihnen jedes verdammte Mal eine Ausrede auf, die das Thema schnell im Keim erstickt. Ich will nicht, dass sie sich Sorgen machen.“

„Verständlich. Aber …“

Enno fiel Isa ins Wort. Er hatte diese Diskussion so satt. „Kein aber. Sie sollen sich keine unnötigen Kopfschmerzen machen, was sie zwangsläufig tun würden. Mein Vater hat sein Leben lang hart gearbeitet und meine Mutter jeden Cent gespart, um mich zu unterstützen. Jetzt ist es an mir, ihnen den Rücken freizuhalten. Punkt. Ich habe ihnen das Haus geschenkt und ein Fonds eingerichtet, der ihnen alle Möglichkeiten bietet. Wenn sie wegen meiner Dummheit ihren wohlverdienten Komfort aufgeben müssten, könnte ich mich selbst nicht mehr im Spiegel anschauen.“ Und das meinte Enno vollkommen ernst.

„Es sind deine Eltern. Sie werden es wissen wollen“, argumentierte Isa und rutschte ein Stück von ihm weg, um sich ihm gegenüberzusetzen.

Er verdrehte die Augen.

„Isa, lass gut sein. Bei diesem Thema gibt es keinerlei Verhandlungsspielraum. Ich muss meinen Scheiß allein auf die Reihe bekommen. Es ist nicht ihr Problem. Irgendwann haben Eltern ihre Pflicht erfüllt.“

Eine Möwe hüpfte einen guten Meter entfernt vor ihnen im Sand hin und her, erhoffte sich wahrscheinlich, ein paar Krümel von ihren

Brötchen zu ergattern. Doch Enno nahm nur am Rande Notiz von dem unbekümmerten Vogel.

„Deswegen musst du nicht aufbrausend werden."

Aufbrausend? Isas angespannte Haltung verriet ihm, dass er sich offenkundig wohl doch in Rage geredet hatte.

„Tut mir leid, Sonnenschein." Immer wenn Enno ihren Kosenamen aussprach, beruhigte er sich automatisch. Er stand auf, klopfte sich den Sand von der Hose und hielt Isa auffordernd die Hand hin. „Wir sollten zurückgehen, damit du dich hinlegen kannst." Er sammelte die Pappbecher ein und stopfte die zusammengeknüllte Brötchentüte hinein. Mit seiner Hand in ihrer verließen sie den Strand und schlugen den Weg über den Deich zur Kate ein.

Der sonnige Frühlingstag lockte etliche Tagesgäste ans Meer. Auf der Promenade tummelten sich Eltern mit ihren Kindern, ältere Menschen und einige Pärchen. Wäre Isas Restaurant bereits eröffnet, würden sie hoffentlich auch bei ihnen einkehren, Kaffee trinken oder später zu Abend essen. Bei der Aussicht auf eine gemeinsame Zukunft lösten sich all die dunklen Wolken, die während des Gespräches über seine Eltern aufgezogen waren, wie durch Zauberhand in Nichts auf. Wäre es doch immer so einfach, sinnierte Enno und legte einen Arm um Isas Mitte, die sich sofort an ihn schmiegte.

Enno hatte am Nachmittag damit begonnen, die Fenster auszumessen, damit er gleich am nächsten Morgen Angebote einholen konnte. Bei einem so alten Haus konnte man keine Standardfenster im Baumarkt kaufen und ohne Weiteres einsetzen. Von früheren Arbeiten hatte er noch zwei Kontakte, die er aktivieren wollte.

In Gedanken versunken, welches Glas sich am besten eignen würde, registrierte Enno viel zu spät Schritte hinter sich. Ein eiskalter Schauer lief über seinen Rücken, als der Duft eines edlen Parfüms zu ihm herüberwehte, von dem er gehofft hatte, ihn niemals wieder einatmen zu müssen.

Jeanine.

Er ignorierte ihre Anwesenheit, so gut es ging, notierte sich die Messwerte und wandte der Frau, die sein Leben zerstört hatte, nach wie vor den Rücken zu.

„Enno, mein Lieber." Ihre gesäuselte Ansprache verursachte bei ihm eine Übelkeit unbekannten Ausmaßes. „Wer hätte das gedacht. Du hier, in diesem beschaulichen Örtchen. Wie ich feststellen muss, ist mir offensichtlich etwas durch die Lappen gegangen, wenn dein Interesse einer so exklusiven Immobilie gilt. Hattest du geheime Reserven vor mir versteckt? So ein Häuschen am Meer fehlt noch in meiner Sammlung." Enno gab einen gefährlich klingenden Knurrlaut von sich, kratzte die Überreste seiner Selbstbeherrschung zusammen und drehte sich langsam um.

Jeanine stand in teurem Fummel vor ihm, das Kinn spöttisch nach oben gereckt und die eiskalten Augen auf ihn gerichtet. „Wir sind fertig miteinander. Verschwinde von hier." Natürlich ignorierte sie seinen drohenden Unterton und lachte gekünstelt.

„Wenn ich mich richtig erinnere, hast du noch die restliche Hypothek auf mein Haus zu begleichen. Der Vertrag läuft auf deinen Namen. Hast du das bereits vergessen? Du hast es nur meiner Großzügigkeit zu verdanken, dass ich dir bei den Banken ausgeholfen habe. Aber der Schuldschein befindet sich nun in meinem Besitz." Sein Blut kochte, brodelte und verbrannte jede Zelle seines Körpers. Hatte das alles denn nie ein Ende?

„Wie du sehr gut weißt, besitze ich lediglich das, was ich am Leib trage. Also lass mich in Ruhe und genieße deinen Triumph woanders." Mittlerweile war es um seine Selbstbeherrschung geschehen und er brüllte seiner Exfrau die Worte entgegen. Innerhalb kürzester Zeit brachen alle Wunden erneut auf.

Tausende giftige Pfeile, abgeschossen aus Jeanines boshaften Augen, prasselten auf seinen Körper nieder, bohrten sich in seine Haut und hinterließen einen beißenden Schmerz, den er nur allzu gut kannte.

21. Kapitel

Lautes Geschrei, ein dumpfer Schlag gegen die Außenwand – Isa schreckte aus dem Schlaf hoch und rieb sich die müden Augen. Was passierte da draußen? Mit trägen Bewegungen stand sie von der Couch auf, schlüpfte in ihre Sneakers und faltete die kuschelige Decke zusammen, die Enno ihr übergelegt hatte. Ein zornerfülltes „Hau einfach ab!“, drang ins Innere des Hauses und ließ Isa zusammenzucken. Eilig schnappte sie sich ihre Jacke von der Lehne des Sessels, hastete zur Tür und trat ins Freie. Im ersten Moment blinzelte sie gegen die tief stehende Nachmittagssonne, bevor sie realisierte, was sich neben der Fliederhecke, keine drei Meter entfernt, abspielte. Das Bild, das sich ihr bot, ließ sie ihre Schritte beschleunigen. Enno stand einer Frau gegenüber, die einem Modemagazin entsprungen schien. Seine Gesichtsfarbe hatte einen ungesunden, tiefroten Ton angenommen und sein gesamter Körper wirkte kampfbereit. Von dem Mann, dem sie ihr Leben anvertrauen würde, fehlte jede Spur. Vor ihr stand nur noch seine äußere Hülle. Der Schreck fuhr ihr in die Glieder und sie hoffte, dass niemand ihr ansah, wie verunsichert sie auf die Szene reagierte.

„Was soll das Geschrei“, fragte sie, um Fassung bemüht. Sie zog schützend ihre Jacke enger um ihren Oberkörper und verschränkte zusätzlich die Arme vor der Brust.

„Geh zurück ins Haus, Isa. Ich komme schon klar.“ Enno würdigte sie keines Blickes und ließ die Frau, die ihm gegenüberstand, nicht aus den Augen.

„Ganz sicher nicht, bevor ich erfahre, weshalb eure Unterhaltung bis nach Dänemark zu hören ist.“ Sie beobachtete, wie Enno versuchte durchzuatmen, es ihm aber offenkundig nicht gelang. Behutsam legte sie ihm eine Hand auf den Unterarm, wollte so deutlich machen, dass sie an seiner Seite stand, egal, was hier gerade vor sich ging.

„Geh. Ins. Haus.“ Enno drehte den Kopf zu Isa und für einen winzigen Moment verfingen sich ihre Blicke. Offenbar war ihr der Schreck nicht nur in die Glieder gefahren, sondern stand ihr auch ins Gesicht geschrieben. „Bitte“, fügte er hinzu und rieb sich mit Daumen und Zeigefinger die Nasenwurzel, fast so, als müsste er um seine Beherrschung ringen.

„Deine kleine Freundin? Wie süß.“ Die abschätzigen Worte lenkten Isas Aufmerksamkeit wieder auf die Frau, von der sie mit einem überheblichen Blick gemustert wurde. In ihrer Yogahose und der Kapuzenjacke gab Isa nicht gerade das Bild einer Tochter aus gutem Hause ab. Doch das war ihr egal. Außerdem regte sich eine Erinnerung in ihrem Kopf und brachte langsam Licht ins Dunkel. Diese Frau war heute Morgen ins Café gekommen, woraufhin Enno die Flucht ergriffen hatte. Natürlich! Warum war sie da nur nicht eher drauf gekommen? Fast hätte sie sich mit der flachen Hand gegen die Stirn geschlagen. Bei dieser Person handelte es sich um Ennos Exfrau.

„Verlassen Sie auf der Stelle mein Grundstück." Mit jeder Silbe wuchs Isa ein paar Zentimeter und baute sich vor der kühlen Schönheit auf. Was zur Hölle wollte sie hier?

„Oh, wie niedlich. Wissen Sie überhaupt, mit wem Sie sich eingelassen haben?" Ihr spöttisches Lachen reizte Isa nur zusätzlich.

„Lass es, Jeanine!" Den Tonfall, mit dem Enno sprach, hatte Isa noch nie von ihm gehört. Sie drehte ihren Kopf zur Seite, um in seinem Gesicht lesen zu können, was in ihm vorging. Doch seine Miene glich einer verschlossenen Maske aus Stahl, hart und unnachgiebig.

„Sonst was?" Jeanine richtete ihr Augenmerk wieder auf Isa. „Liebchen, Sie sollten ihn schleunigst loswerden. Er wird nie wieder auf die Füße kommen. Er ist ein Verlierer. Glauben Sie mir, ich weiß, wovon ich rede." Als Jeanine einen Schritt nach vorne wagte und eine Hand erhob, vermutlich um Isa tröstend die Schulter zu tätscheln, kam Bewegung in Enno.

„Fass sie verdammt noch mal nicht an. Ich meine es ernst. Halt dich fern von ihr, sonst vergesse ich mich, das schwöre ich dir." Mit einem entschlossenen Griff legte er seine Finger um ihr Handgelenk und zerrte sie förmlich vom Grundstück.

„Du tust mir weh. Lass mich los!", verlangte Jeanine lautstark, sodass sich Passanten zu den beiden umsahen.

„Das ist mir so was von scheißegal. Verklag mich doch." Wütend knallte er die Pforte hinter der Frau, die auf ihren Highheels völlig deplatziert auf dem Sandweg stand, zu, sodass der Zaun verdächtig zu wackeln begann.

Isa lehnte sich haltsuchend gegen die Mauer der Kate und versuchte, ihr aufgewühltes Inneres zu beruhigen. Ohne seiner Exfrau noch eine Sekunde Aufmerksamkeit zu schenken, drehte Enno sich zu Isa und kam mit langen Schritten auf sie zu.

„Geht es dir gut?" Er stand so dicht vor ihr, dass sie die schnellen Bewegungen seines Brustkorbes spüren konnte. Zögernd nahm er ihre Hände in seine, zog sie an seine Lippen und küsste abwechselnd die Fingerknöchel der einen, dann der anderen. „Sag mir, dass es dir gut geht, und zwar, bevor ich durchdrehe", flehte er.

„Alles in Ordnung.“ Prüfend sah Enno ihr in die Augen. „Ehrlich. Viel wichtiger ist doch, wie es dir geht.“ Er legte seine Stirn an ihre und atmete schwer.

„Wir sollten den Passanten keine weitere Show liefern“, flüsterte er mit zusammengekniffenen Augen, als müsse er sich angestrengt auf das konzentrieren, was er sagte. Als sich seine Lider wieder hoben, traf Isa ein furchterregend leerer Blick. Dann trat Enno unerwartet einen Schritt zurück, legte eine Hand auf ihren unteren Rücken und schob sie mit äußerster Vorsicht ins Haus. Drinnen angekommen schloss er die Tür hinter ihnen, lehnte sich dagegen und rutschte kraftlos auf den Boden. „Die Frau bringt mich noch ins Grab“, sagte er, bevor sein ganzer Körper anfing zu beben und ihn ein Lachanfall allererster Güte überkam.

Sprachlos starrte Isa den Mann an, der gerade komplett die Kontrolle verlor. Sie konnte sich nicht entscheiden, ob es eine gute Idee wäre, in sein Gelächter einzufallen oder ob es klüger sein würde, ihn mit einem Eimer Eiswasser zu überschütten, damit er sich beruhigte. Lachtränen rannen über seine Wangen und als er Isas Blick einfing, konnte auch sie sich nicht mehr beherrschen.

Stunden später lagen sie nebeneinander in Isas Bett, eingehüllt in die Wärme des anderen und überaus zufrieden, nach dem Zwischenfall mit Jeanine doch noch etwas Produktives zustande bekommen zu haben. Ein letztes Mal hatten sie sich die Pläne angesehen, minimale Korrekturen vorgenommen und zu guter Letzt den Bauantrag fertiggestellt.

„Fensterläden finde ich immer noch so romantisch“, begann Isa und wagte einen erneuten Vorstoß, Enno von ihrer Idee zu überzeugen. Gemächlich ließ sie ihre Finger über seinen Brustkorb wandern. „In einem Tannengrün oder schlichtem Weiß.“

„Wie gesagt, das würde die gesamte Optik des Gebäudes ruinieren.“ Ennos sachlich fachmännische Erklärung ließ Isa mürrisch aufschauen.

„Aber schon als kleines Mädchen habe ich mir ein Haus mit Fensterläden gewünscht. Stell dir mal vor, du wachst morgens auf, trittst ans Fenster und lässt die Fensterläden aufschwingen. Wenn du dann noch einen Blick auf das Meer erhaschen kannst …“, sie ließ den Rest des Satzes offen und seufzte genießerisch.

„Grundsätzlich eine schöne Vorstellung. Aber nein – sie passen nicht ins Gesamtbild.“

„Wer ist hier der Hausbesitzer? Du oder ich?“

Enno ignorierte Isas Schmollmund.

„Ich als dein Berater empfehle dir, darauf zu verzichten. Pflanze Rosen neben dem Eingang. Das unterstreicht den Charakter der Kate.“ Als ihre

Faust seinen Brustkorb traf, keilte er Isa mühelos ein, sodass sie nur noch mit den Füßen strampeln konnte und er sich köstlich über ihre gespielte Verzweiflung amüsierte.

„Du bist so furchtbar vernünftig", hielt sie ihm nach einem langen, atemraubenden Kuss vor.

„Weil ich möchte, dass dir dein neues Zuhause auch in zwanzig Jahren noch gefällt." Enno strich ihr eine lose Haarsträhne hinter das Ohr und zog sie auf seinen Schoß.

„Die Aussicht gefällt mir auch", gab sie ihm mit einem Zwinkern zu verstehen, beugte sich nach vorn und legte erneut ihre Lippen auf seine. Als Enno erst die eine Hand, dann die andere auf ihren Rücken legte und von den Schultern bis zum Po wandern ließ, vertieften beide den Kuss. Ihre Bewegungen wurden leidenschaftlicher, wobei Isa ihre Position ausnutzte, um Enno endlich intensiver spüren zu können.

„Du musst vorsichtig sein. Ich …"

Isas erneute Positionsveränderung stoppte sein Vorhaben, sich in Zurückhaltung zu üben. „Himmel, Isa!", sein Aufkeuchen zauberte ihr ein triumphierendes Grinsen ins Gesicht.

„Was?" Diese unschuldig formulierte Frage brachte ihn dazu, voller Vorfreude die Hände hinter seinem Kopf zu verschränken und die Show zu genießen, die sie ihm offenkundig bieten wollte. Ohne die Bewegungen ihres Beckens zu stoppen, richtete Isa sich auf, streifte ihr Shirt ab und warf es achtlos zur Seite. „Ich kann nicht mehr länger warten."

„Normalerweise zögert das Mädchen, während der Kerl alle Zurückhaltung über Bord wirft." Enno schob Isa ein wenig von sich, was sie mit einem mürrischen Brummen quittierte. Er lachte. Der lange, intensive Kuss, mit dem er sie förmlich verschlang, ließ keine Fragen über den weiteren Verlauf des Abends offen. Als Enno von ihr abließ, stieg er vom Bett und entledigte sich hastig des überflüssigen Stoffs an seinem Körper. Diesmal war es Isa, die ihn mit leicht geöffnetem Mund beobachtete. Als er sich rücklings auf das Bett fallen ließ, begann sie ohne Umschweife, ihre Hände über seinen nackten Körper wandern zu lassen. Oh ja, er wollte sie spüren. Auf der Stelle. Jetzt. Überall.

„*Normalerweise* galt bei uns doch noch nie", raunte sie mit erotisch heiserer Stimme. Wo sie recht hatte, hatte sie recht. Als Isa begann, mit ihren Lippen die bereits kribbelnde Haut an seinem Hals zu berühren und ihre Finger quälend langsam durch seine Haare streichen zu lassen, daran zupfte, sich darin vergrub, schaltete er sein Denken ab und überließ ihr mehr als freiwillig die Oberhand.

Ewigkeiten später lag Enno noch immer auf dem Rücken und wagte es nicht, sich von der Stelle zu rühren. Sein Brustkorb hob und senkte sich wieder in einem normalen Rhythmus, sein Herz hatte aufgehört, wie wild zu galoppieren. Isa schlief an ihn gekuschelt, ihre Beine mit seinen verschlungen. Das, was sie miteinander erlebt, gefühlt und gegenseitig zugelassen hatten, suchte seinesgleichen. Natürlich war er nach Monaten ohne Sex ausgehungert. Welchem Mann wäre es anders ergangen. Trotzdem hatte er sich, so weit dies möglich gewesen war, beherrscht. Aber die Raffinesse, die Leidenschaft, mit der Isa ihn verführt und an den Rand des Wahnsinns gebracht hatte, überwältigte ihn selbst jetzt noch. Kein kopfloses, schnelles Suchen nach Erlösung. Weniger ist eben manchmal mehr. Die Vorsicht, die beide hatten walten lassen, um Isas Körper nur das abzufordern, was er zu geben bereit war, hatte das Ausmaß dessen, was sie beide gespürt hatten, nur noch verstärkt.

Als das Telefon klingelte, löste Enno behutsam Isas Hand von seiner Brust, legte sie auf dem Kissen ab und gab ihr einen federleichten Kuss auf ihre Stirn. Schlaftrunken vor sich hin murmelnd, kuschelte sie sich tiefer in die Decke. Enno verharrte in der Bewegung, doch glücklicherweise erwachte sie nicht vollends. Mit einem zufriedenen Lächeln auf den Lippen schnappte er sich sein Shirt und zog sich im Hinausgehen die Jeans über. Er schloss leise die Tür hinter sich und eilte zum Telefon, damit Isa nicht doch noch vom unaufhörlichen Bimmeln geweckt wurde.

„Bei Holthusen“, meldete er sich und unterdrückte ein aufsteigendes Gähnen.

„Michaelis, Dachdeckerei.“ Sofort stand Enno kerzengerade und hielt die Luft an.

„Herr Michaelis, sagen Sie mir bitte nicht, dass Sie den Termin verschieben müssen.“

„Irgendwie schon. Aber keine Sorge. Wir können einen Tag früher starten, wenn Sie keine Einwände haben und es in ihren Zeitplan passt.“

„Keine Einwände, von mir aus können die Arbeiten lieber heute als morgen beginnen.“

„Ein anderes Projekt konnte schneller beendet werden, als geplant. Der Wettergott spielt zurzeit in unserem Team.“ Der nette ältere Herr, den er bei der Begutachtung kennengelernt hatte, lachte so laut über seinen eigenen Witz, dass Enno grinsend den Kopf schüttelte.

„Na, das sind doch gute Neuigkeiten. Das Material ist vollständig geliefert worden. Ihre Leute haben freie Bahn.“

„Dann beginnen wir morgen früh Punkt sieben. Haben Sie noch irgendwelche Fragen?“

„Nein, alles klar. Frau Holthusen wird sich freuen, dass es endlich losgeht.“ Die frohe Botschaft zu überbringen, würde die erste Aufgabe des Tages werden. Enno freute sich wie ein kleiner Junge, kurz bevor er das erste Mal eines seiner Spielzeugautos über die neue Rennbahn jagen darf.

„Kann ich mir denken. So wie Sie mir die Pläne geschildert haben, wird ein wahres Schmuckstück entstehen. Drücken Sie die Daumen, dass das Wetter hält, dann sieht die beschädigte Dachhälfte bald wie neu aus.“

„Nichts anderes hatte ich vor. Bis dann.“ Enno legte auf und ging mit einem Ausdruck im Gesicht zurück ins Schlafzimmer, als hätte er gerade die Nachricht bekommen, den Jackpot geknackt zu haben.

„Wer war das denn so früh?“ Vor sich hin grummelnd und ohne die Lider auch nur einen Millimeter anzuheben, zog Isa die Decke demonstrativ bis unter das Kinn. Sein Sonnenschein outete sich als Morgenmuffel. Diese Erkenntnis ließ Enno schmunzeln. Immer neue Facetten an ihr zu erkennen, erfüllte ihn mit purem Glück.

„Jemand, der ab morgen früh einen Höllenlärm veranstalten wird.“

Er streifte die Hose ab, zog sich das Shirt über den Kopf und legte sich dicht an Isas warmen Rücken.

„Ahhh, du bist eiskalt“, jaulte sie los und drehte sich so, dass sie Enno ansehen konnte, hielt jedoch einen Sicherheitsabstand von einigen Zentimetern.

„Entschuldige.“ Für einen kurzen Moment sah er ihr in die Augen. „Guten Morgen. Gut geschlafen?“

Ein Lächeln, das ihm den Boden unter den Füßen weggezogen hätte, würde er auf seinen Füßen stehen, zierte ihr wunderschönes Gesicht.

„Sehr gut sogar“, erklärte sie und ihre Mundwinkel zogen sich enorm weit nach oben.

Enno stützte sich auf einen Unterarm, beugte sich zu Isa und gab ihr einen längst überfälligen Guten-Morgen-Kuss. Seit er ihre Lippen das erste Mal an seinen gespürt hatte, war er süchtig nach dem zuckersüßen Geschmack, der sich bei jeder noch so kleinen Berührung auf seiner Zunge ausbreitete.

„Keine Schmerzen?“, fragte er sicherheitshalber nach, zog die Decke ein Stück zur Seite und ihr Shirt ein wenig nach oben, um sich unabhängig von ihrer Antwort zu vergewissern, dass alles in Ordnung war.

„Überhaupt nicht. Alles bestens.“ Isa strich mit den Fingerkuppen über die rote Linie, die sich auf ihrem Unterbauch abzeichnete. Fasziniert verfolgte er ihr Tun, schob dann ihre Hand beiseite und ersetzte ihre Finger mit seinem Mund. Mit zärtlichen Berührungen tupfte er einzelne Küsse auf die gesamte Länge der Narbe. Als Isas Atmung sich beschleunigte und sie ihre Hände in seine Haare krallte, brach er seine Liebkosungen ab. Entschuldigend lächelte er sie von unten aufblickend an. Er wollte keine falschen Hoffnungen in ihr wecken. Für eine Wiederholung, so gerne er ihr erneut Lust geschenkt hätte, war es nach dem Manöver am gestrigen Abend noch viel zu früh. Sie brauchte Ruhe. Alles andere konnte warten. Noch einmal würde er sich nicht so leicht verführen lassen, auch wenn es ihm unglaublich schwerfallen würde. Die Waffen einer Frau verfehlten ihr Ziel nur selten und Isas Waffen im Speziellen waren gefährlicher als Schwarzpulver in der Nähe einer brennenden Kerze. Nachdem er hatte erleben dürfen, was ihre Nähe mit seinem Körper anzustellen vermochte, würde der Umstand, sich ihr zu entziehen, unmenschliche Kräfte kosten.

„Ehrlich gesagt, habe ich mir ein bisschen Sorgen gemacht, ob wir nicht zu voreilig gewesen sind.“ Langsam rutschte er zurück an ihre Seite.

„Ich habe es sehr genossen.“ Isa vergrub ihre Nase an Ennos Brust, während seine Finger jetzt in kreisenden Bewegungen über ihren unteren Rücken wanderten.

„Oh, das ging mir genauso, glaube mir.“ Er lachte. „Trotzdem sollten wir vorsichtig sein. Du musst mir immer sagen, wenn ich zu forsch sein sollte. Versprochen?“ Ihr Nicken ließ ihre Locken auf seiner Haut tanzen.

„Wer wird morgen für den Lärm verantwortlich sein?“, fragte Isa nach eine Weile einträchtigen Schweigens. Kurz musste Enno überlegen, worauf Isa mit ihrer Frage abzielte.

„Ähm … ach ja. Die Dachdecker ziehen den Termin einen Tag vor.“ Isa setzte sich so schnell auf, dass ihre Haare vollkommen wirr vor ihrem Gesicht hingen. Hastig wischte sie die Strähnen beiseite und blickte Enno hocherfreut an.

„Ehrlich?“ Sie klatschte in die Hände und grinste von einem Ohr zum anderen.

„Gut zu wissen, dass man dir mit einer so simplen Nachricht den Morgen versüßen kann.“

~~~~~
~~~~~

Isa schob das abscheuliche Gefühl, beobachtet zu werden, beiseite und widerstand dem Drang, sich wie ein aufgescheuchtes Kaninchen nach dem Störenfried umzusehen. Sie lag in eine Decke eingehüllt in einem Liegestuhl, den Enno ihr in den Garten gestellt hatte. Die Nachmittagssonne wärmte ihr Gesicht und die Aussicht, die sich ihr bot, entschädigte sie für all den Mist, den sie in den letzten beiden Wochen hatte erdulden müssen. Sie meinte damit nicht Enno und alles, was sie mit ihm erlebt hatte. Nein, die Tatsache, dass ihre Eltern sich so wenig fürsorglich verhielten, schmerzte. Von ihren unschönen Gedanken abgelenkt, beobachtete sie, wie der Vorarbeiter einmal laut pfiff und eine unmissverständliche Armbewegung folgen ließ. Die Gesellen auf dem Dach sahen einander kurz an, kletterten dann aber die Leiter nach unten und versammelten sich an der Giebelseite der Kate. Von ihrer Position aus konnte Isa nichts erkennen, musste allerdings auch nicht lange warten, bis Heiner, der großgewachsene Vorarbeiter, mit verlegen wirkender Miene auf sie zutrat.

„Frau Holthusen." Die Art, wie er ihren Namen aussprach, brachte Isa dazu, sich umgehend aufzusetzen. Irgendetwas stimmte hier ganz und gar nicht.

„Stimmt etwas nicht?", verlangte sie zu wissen, erhob sich von der Liege und verschränkte die Arme vor der Brust. Verdammt, wo blieb Enno nur? Wahrscheinlich hatte er in einer Plauderei mit Mareike die Zeit vergessen. Eigentlich wollte er nur eben schnell die belegten Brötchen abholen, die Isa bei ihrer Freundin bestellt und den Handwerkern zum Feierabend versprochen hatte.

„Nun ja. Mein Boss hat eben angerufen. Er verlangt eine Sicherheit, dass Sie sich den Spaß", er deutete auf das abgetragene Reet und das halb fertige Dach hinüber, „auch leisten können."

„Bitte?" Was sollte das jetzt? „Wir haben eine Vorauszahlung geleistet, nachdem sie gestern mit den Arbeiten begonnen haben. So war es vereinbart. Woher kommt der plötzliche Sinneswandel und weshalb kontaktiert Ihr Boss mich nicht direkt?"

„Er hat mir nur die Anweisung gegeben, die Arbeiten einzustellen, bis sich alles geklärt hat." Verlegen kratzte Heiner sich am Hinterkopf. „Ich schlage vor, wir machen eine Pause, bis Herr van Dyk zurück ist."

„Gibt es eine andere Option?" Heiner schüttelte den Kopf und Isa ließ ihren resigniert sinken. „In Ordnung. Machen Sie mit Ihren Leuten Pause. Ich …", Isa wischte sich mit der flachen Hand über ihre Stirn, „ich gehe ihm entgegen." Hierzubleiben und abzuwarten, dass sich das Problem auf wundersame Weise selbst lösen würde, wäre pure Idiotie. Heiner tippte sich einmal an seine Mütze und drehte ihr den Rücken zu.

Das morgendliche Hoch, das bis zur jetzigen Minute angehalten hatte, löste sich in Wohlgefallen auf. Isa wollte den Grund des plötzlichen Stimmungswandels der Handwerker zu gern erfahren. Am liebsten hätte sie laut geschrien. Doch was würde das ändern? Enno hatte ihr versprochen, dass die Dachdeckerfirma verlässlich wäre. Aber auch er konnte sich irren. Was, wenn man sie mit halb gedecktem Dach sitzen ließ, um mehr Geld fordern zu können?

22. Kapitel

„Vielleicht solltest du dich ein bisschen beeilen." Beim Klang der nur allzu bekannten Stimme, von der er sich gewünscht hatte, sie nach ihrer letzten Begegnung niemals wieder hören zu müssen, blieb Enno auf den Fußweg zur Kate abrupt stehen, als fesselten ihn plötzlich imaginäre Seile am Boden. „Du weißt ja, wie eigensinnig Handwerker sein können und dein kleines Liebchen auf ihren rosaroten Wolken braucht just in dieser Minute ganz sicher einen Helden an ihrer Seite. Aber warte: Du bist ja der Verlierer!" Jeanine tippte sich mit dem Zeigefinger auf die Unterlippe, als würde sie angestrengt nachdenken. „Könnte man an diesem idyllischen Ort glatt vergessen." Das höhnische Lachen, das sie von sich gab, ließ Ennos Blut in den Adern gefrieren.

„Was zur Hölle hast du angestellt?", brachte er zwischen zusammengebissenen Zähnen hervor. Das Papptablett mit den Brötchen zitterte gefährlich in seinen Händen.

„Ach, weißt du, ich hatte eine nette Unterhaltung mit einem sehr erfolgreich agierenden Herrn aus Hamburg. Er meinte, wenn ich mich an diesem verschlafenen Örtchen ein wenig umschauen würde, bestände durchaus die Möglichkeit, dass es sich für mich bezahlt machen könnte."

„Hat der gute Mann auch einen Namen oder soll ich raten?" Enno trat einen Schritt auf die Frau zu, die sein Leben zerstört hatte. Wut, Abneigung und Enttäuschung wirbelten so heftig durcheinander, dass ihm fast schwindlig wurde.

„Es ist kein Geheimnis, dass Väter sich für ihre Töchter nur das Beste wünschen. Damit bist du auf jeden Fall aus dem Rennen. Dein Aussehen allein rettet dich nicht, mein Lieber." Eine unangenehme Enge legte sich um seinen Brustkorb. Wie hatte er dieser Schlange jemals derart blind vertrauen können?

„Ich denke, das hast wohl kaum du zu entscheiden", blaffte Enno ungeachtet der Aufmerksamkeit vorbeilaufender Passanten. Diese Frau schaffte es immer wieder aufs Neue, ihn an Stellen zu treffen, die einen weiteren Dolchstoß kaum verkraften konnten.

„Wie dem auch sei. Der Spruch, kein Dach mehr über dem Kopf zu haben, trifft es für die nächste Zeit sehr passend. Aber das bist du ja gewohnt, wenn ich meinen Informationsquellen Glauben schenken kann." Mit einem albernen Winken ihrer Finger beendete Jeanine diese kräftezehrende Unterhaltung, drehte sich um und ließ Enno vollkommen konsterniert stehen.

Er musste dringend zurück, nachsehen, was es mit den kryptischen Andeutungen auf sich hatte. Ohne Weiteres hätte seine ehemals große

Liebe sicher nicht das Gespräch gesucht. Es steckte immer etwas dahinter, wenn Jeanine direkt auf ihn zukam. Enno war sich in dieser Sekunde absolut sicher, dass dieses Etwas nichts Gutes verhieß. Jeanine und berechnend gehörten zusammen wie der Mond und die Sterne, nur leider im negativen Sinne. An ihr konnte man keinen leuchtenden Funken entdecken. Jeanine war böse, kalt und nur auf ihren eigenen Vorteil aus. Genau dieser Gedanke machte Enno Angst, denn Isa hatte eine strahlende Zukunft verdient, notfalls eben ohne ihn an ihrer Seite. Sollte er der Schatten sein, der ihr Strahlen verblassen lassen würde, wüsste er genau, was zu tun wäre.

Zurück an der Kate stellte er das eingepackte Brötchentablett auf der Bank neben der Eingangstür ab. Seine Aufmerksamkeit lag jetzt voll auf der brachliegenden Baustelle. Die Dachdecker saßen auf der Rasenfläche des Deiches und unterhielten sich angeregt.

„Was zur Hölle geht hier vor sich?“, brummte Enno vor sich hin, als er Heiner anvisierte und auf ihn zuhielt. Neben ihm stand Isa und drehte sich in der Sekunde um, als die Gartenpforte krachend hinter ihm ins Schloss fiel.

„Enno!“ Der Schrecken stand ihr ins Gesicht geschrieben und die wenige Farbe, die sie in den letzten Tagen hatte gesünder aussehen lassen, war fast gänzlich verschwunden.

„Hey Sonnenschein, was ist hier los?“ Isa fasste in einer schnellen Erklärung zusammen, was sich kurz vor seinem Eintreffen abgespielt hatte. Mit jedem Wort, das ihn erreichte, zweifelte er an seinem Gehör. „Stopp. Warte eben.“ Er zog sie in seine Arme und spürte, wie sie sich zunehmend verkrampfte.

„Wenn ich auch etwas einbringen kann“, begann Heiner und die Verlegenheit stand ihm ins Gesicht geschrieben.

Enno nickte ihm auffordernd zu und war gespannt, wie der Vorarbeiter Licht ins Dunkel zu bringen versuchte.

„Mein Boss hat erwähnt, dass Sie derzeit nicht liquide sind und die Anzahlung das letzte Geld aus ihrem Sparstrumpf aufgebraucht hat. Eine mir unbekannte Person hat wohl von den Bauarbeiten erfahren und meinem Boss einen Tipp gegeben. Der Typ meinte, Sie ständen bei vielen Firmen in der Kreide.“ Heiner schob die Mütze auf seinem Kopf vor und zurück.

„Hat Ihr Boss einen Namen erwähnt?“ Enno schob Isa ein wenig zur Seite, um gegenüber dem Vorarbeiter eine bessere Position einnehmen zu können. Er wollte sich keinesfalls hinter Isa verstecken.

„Nee. Ich habe nur die Anweisung, die Arbeiten einzustellen, bis er persönlich hier vor Ort auftaucht.“ Seufzend wandte er sich Isa zu, die den Wortwechsel der beiden Männer wie gebannt verfolgte.

„Kannst du deine Bank anrufen? Sie sollen dir ein Fax schicken, aus dem hervorgeht, dass du sehr wohl in der Lage bist, die Rechnung zahlen zu können. Bist du doch, oder?“ Isa verdrehte die Augen, knuffte Enno mit dem Ellenbogen in die Seite und funkelte ihn dabei gespielt böse an.

„Ich werde sehen, was ich machen kann.“ Oh ja, sie war wütend. Doch sauer zu sein, änderte nichts an der vertrackten Situation. Jetzt hieß es, den Fokus nicht zu verlieren.

„Isa“, mahnte Enno mit sanfter Stimme. „Wenn wir Herrn Michaelis ein Schriftstück vorlegen können, aus dem hervorgeht, dass es keine Probleme geben wird, seine Rechnung zu begleichen, wird sich der Irrtum schnell aufklären.“ Mit hochgezogenen Augenbrauen musterte Enno Isa. Kurz hielt sie seinem Blick stand, dann seufzte sie, drehte sich um und stapfte zum Eingang der Kate.

Eine halbe Stunde später fuhr ein dunkler Mittelklassewagen in die Einfahrt zur Kate und parkte hinter dem Transporter. Der unübersehbare Schriftzug auf der Heckscheibe ließ erkennen, dass auch dieses Fahrzeug zur Dachdeckerfirma gehörte. Enno schlenderte betont langsam auf den Boss der weiterhin Pause machenden Handwerker zu. Isa hingegen musste sich sichtlich zusammenreißen, um den ankommenden Mann nicht lautstark zur Rede zu stellen.

„Herr Michaelis“, begrüßte Enno ihn per Handschlag.

„Herr van Dyk“, erwiderte dieser mit ernster Miene. Isa reichte ihm wortlos die Hand. Sie hatten verabredet, dass Enno das Reden übernehmen sollte, weil Isa viel zu aufgewühlt war, um eine sachliche Unterhaltung führen zu können.

„Wie wir gehört haben, soll es Zweifel an der Liquidität von Frau Holthusen geben. Was genau hat Sie dazu veranlasst, zu glauben, dass sie ihren Teil des Vertrages nicht einhalten wird?“ Er verschränkte abwartend die Arme vor der Brust und sah ziemlich finster drein, befand Isa.

„Ich habe einen telefonischen Tipp bekommen. Demnach stehen Sie, Herr van Dyk, bei etlichen Betrieben in Hamburg und Umgebung wegen nicht beglichener Rechnungen auf der Roten Liste.“

„Mein Name steht auf irgendwelchen Listen. Das ist richtig. Allerdings sollten Sie die Insolvenz meiner Firma nicht mit den Vorhaben von Frau Holthusen in Zusammenhang bringen“, hörte Isa Enno mit verbittertem

Unterton sagen. „Ich bin hier nur der Bauleiter. Mit den Finanzen habe ich lediglich am Rande zu tun."

„Meine Bank hat mir dieses Fax geschickt." Isa drängte sich nach vorn und musste sich einfach einmischen. Auf Ennos finanzieller Misere herumzureiten brachte hier niemanden weiter. Sie reichte Herrn Michaelis das Papier, auf dem alle notwendigen Informationen aufgelistet waren. Seine Augen wurden kugelrund. „Hat sich das Thema damit erledigt und schicken Sie ihre Leute jetzt wieder an die Arbeit?", forderte Isa zu wissen und nahm ihrem verwirrt dreinschauenden Gegenüber das Fax wieder ab. Ennos Mundwinkel zuckten verdächtig, doch Isa ignorierte sein Amüsement für den Moment. Sie wollte, dass endlich begonnen wurde, das Dach einzudecken.

„Heiner", rief Michaelis seinem Vorarbeiter zu. „Was steht ihr da noch rum. Weiter geht's."

„Wer hat Ihnen diesen Unfug erzählt?", fragte Enno und jegliches Vergnügen war aus seiner Mimik verschwunden. „Ich gehe davon aus, dass die Beschuldigung von jemandem kam, dem Sie den Vorwurf uneingeschränkt abgenommen haben, ohne selbst Erkundigungen eingezogen zu haben."

Isa spitzte die Ohren. Auch sie wollte nur zu gern erfahren, wer dieses Gerücht in die Welt gesetzt hatte.

„Wissen Sie", begann Michaelis zögerlich und wischte sich mit einem Tuch über die feucht gewordene Stirn. „Wenn der Vater einer Auftraggeberin sich mit einer derartigen Warnung meldet …" Er warf einen schnellen Blick zu Isa. Doch sie war gerade nicht in der Lage, irgendeine Reaktion zu zeigen. Ihr Vater hatte diesen Bockmist verzapft? Als die Erkenntnis zu ihr durchdrang, begann sie zu zittern. Eine Eiseskälte strömte durch ihre Adern. Liebevoll legte Enno einen Arm um ihre Schultern und zog sie tröstend an sich. „Ich meine, was hätten Sie an meiner Stelle denn unternommen?" Da Isa starr geradeaus in die Ferne sah, wandte Michaelis sich mit seiner Frage an Enno.

„Sollte es ein weiteres Mal Anschuldigungen gegenüber Frau Holthusen geben, von welcher Seite auch immer, wäre ich Ihnen sehr verbunden, wenn Sie uns erst kontaktieren würden, damit wir das Problem aus der Welt schaffen können, ohne die Bauarbeiten unterbrechen zu müssen."

Die Autorität, mit der Enno sprach, imponierte Isa. Langsam fing sie sich wieder und versuchte, ihre wirren Gedanken zu sortieren.

„Was bezweckt er denn damit? Ich meine, er weiß doch ganz genau, dass ich keine Geldsorgen habe?" Isa konnte ihre Niedergeschlagenheit kaum unterdrücken. Michaelis nickte den beiden eilig zu und marschierte zu Heiner hinüber. Offenbar wurde es ihm langsam zu unangenehm, der Unterhaltung weiter beizuwohnen.

„Lass uns in den Garten gehen. Du solltest dich nach der ganzen Aufregung wenigstens hinsetzen, damit dein Körper zur Ruhe kommt.

„Die Brötchen“, erinnerte Isa Enno. Die hätte er fast vergessen. Er zwinkerte ihr zu und holte das Papptablett.

Auf ihrem Weg hinter das Haus stellten sie die Brötchen auf eines der Reetbündel, die auf dem Rasen lagerten. Mit einem kurzen Fingerzeig bedeutete Enno an Heiner, dass die Stärkung für die Leute auf dem Dach gedacht war. Glücklicherweise waren die Jungs schon wieder voll bei der Arbeit. Der Vorarbeiter hob seine Hand als Zeichen des Dankes und richtete seine Aufmerksamkeit wieder auf seinen Boss.

„Ich kann es kaum erwarten, bis es fertig ist. Meinst du, sie schaffen es tatsächlich innerhalb von drei Tagen?“ Isa beobachtete fasziniert das Tun der Dachdecker. Einige hatten sich ihrer Shirts entledigt und mit freiem Oberkörper gaben die athletisch gebauten Männer ein sehr ansehnliches Bild ab.

„Du starrst sie an“, bemerkte Enno mit einem unverhohlenen Grinsen.

„Na ja. Ich bin auch nur eine Frau.“ Schulterzuckend hielt sie ihren Blick unverwandt nach oben gerichtet. Isa lag im Liegestuhl, während Enno neben ihr auf dem Rasen saß.

„Ich habe Jeanine getroffen und mein Bauchgefühl sagt mir, dass uns Ärger ins Haus steht.“ Jetzt hatte er plötzlich Isas uneingeschränkte Aufmerksamkeit.

„Wieso glaubst du das? Was hat sie denn gesagt?“ Sie drehte ihren Körper zur Seite und wartete gespannt auf seine Erklärung.

„Könnte sein, dass dein Vater und sie gemeinsame Sache machen. Jedenfalls sprach sie von einem angesehenen Hamburger Geschäftsmann, der ihr geraten habe, sich hier mal umzuschauen. Welchem Ziel er hinterherjagt, kann ich nicht sagen. Aber Jeanine wittert eine profitable Kooperation zwanzig Meilen gegen den Wind. Würde mich nicht wundern, wenn dein Vater ihr einen Deal vorgeschlagen hat, damit sie für Unruhe sorgt, während er von Hamburg aus die Strippen zieht.“ Mit eindringlichem Blick sah Enno zu ihr auf.

„Er will mich im Hotel als jemand, der ihm den Rücken freihält.“ Doch Isa wollte sich nicht länger für seine Zwecke einspannen lassen, sondern ihre eigenen Ideen umsetzen – je eher, desto besser.

„Ich vermute zu besonders günstigen Konditionen?“ Das war ein weiterer Negativpunkt auf der Liste und Enno wusste vermutlich nicht mal im Ansatz, wie richtig er mit seiner Einschätzung lag.

„Versteht sich von selbst. Seiner Ansicht nach darf ich mich glücklich schätzen, solch einen Posten innezuhaben. Auf dem freien Markt würde ich, O-Ton, mein Vater, niemals so weit kommen.“ Für einen kurzen Augenblick stockte Isa. „Ohne meinen Treuhandfonds und die Erbschaft von Marlene würde ich auf das Wohlwollen meines Vaters angewiesen sein. Es ist ihm ein Dorn im Auge, dass ich es nicht bin und er somit keine Macht über mein Leben besitzt.“

„Niemand sollte die Macht über einen anderen besitzen“, sagte Enno und schien plötzlich mit den Gedanken weit weg zu sein. Er ließ sich auf seine Unterarme zurücksinken und legte den Kopf in den Nacken.

Kleine unschuldige Schäfchenwolken zogen am ansonsten blauen Himmel vorüber. Isa hoffte inständig, dass die düstere Wolkenwand, die sein Leben verdunkelte, aufbrechen und stattdessen helle Sonnenstrahlen sein Leben durchfluten würden.

~~~~~

Vier Tage später standen Isa, Mareike und Enno auf dem Deichweg und betrachteten das restaurierte Dach der Kate. Ohne störende Blechteile gab das Gebäude gleich ein ganz anderes Bild ab – malerischer, nostalgischer, einnehmend.

„Ein Traum.“ Mareike sah bewundernd zu Enno. „Ich bin auf den Rest gespannt. Habt ihr die Bauanträge alle durchbekommen?“ Die beiden Freundinnen standen nebeneinander, die Arme um die Taille der jeweils anderen geschlungen und strahlten um die Wette.

„Haben wir. Jetzt planen wir noch den Innenausbau des Dachgeschosses. Enno hat fantastische Ideen. Wenn im unteren Bereich ein Restaurant entsteht, können wir uns oben einrichten. Von den Gauben aus hätten wir einen atemberaubend schönen Ausblick über die Ostsee. Oh mein Gott, Mareike“, hauchte Isa ehrfürchtig. „Mein sehnlichster Wunsch geht in Erfüllung. Ich kann es noch gar nicht richtig fassen.“ Ihre Augen brannten, doch sie hielt die Tränen zurück. Ihr Blick huschte zu Enno, der sie mit einem zufriedenen Lächeln ansah.

„Niemand hat es mehr verdient als du, Sonnenschein.“ Enno zog sie in seine Arme, umschloss ihre Wangen mit seinen großen, starken Händen und küsste sie in aller Öffentlichkeit auf die Lippen. Jetzt kullerte doch eine einzelne Träne ihre Wange hinunter. Enno fing sie mit seinem Daumen auf, wischte sie weg und legte seine Stirn gegen ihre.

„Danke.“ Ihr Flüstern ging im lauten Möwengeschrei unter, aber er schien sie trotzdem verstanden zu haben.
~~~~~

„Du weißt, dass es andersherum ist. Ich stehe tief in deiner Schuld und versuche nur, für ein wenig Ausgleich zu sorgen."
„Soll das heißen, wenn wir quitt sind, ziehst du weiter?"
Von seinen Worten alarmiert, trat Isa einen Schritt zurück. Aber Enno zog sie sofort wieder an sich.
„Nein. Wenn wir quitt sind, verhandeln wir neu." Mit einem frechen Zwinkern versuchte Enno, den angespannten Ausdruck in Isas Gesicht zu verscheuchen.
„Leute." Mareike hakte sich mit einem Augenrollen in die Unterhaltung ein. „Ich bin auch noch da." Sie wedelte übertrieben auffällig mit den Händen.
„Entschuldige", brachte Isa kleinlaut hervor.
„Wenn Enno das hier", Mareike deutete Richtung Kate, „alles auf Vordermann gebracht hat, wirst du jemanden an deiner Seite brauchen, der dich unterstützt. Und wenn ich die Sachlage richtig einschätze, wäre er ein unverzichtbarer Kandidat für diesen Job."
„Sachlage?" Enno schüttelte amüsiert den Kopf.
„Also das, was ihr miteinander habt, müsst ihr schon selbst definieren. Dabei kann euch niemand helfen."
„Mareike", rief Isa erschrocken aus. „Halt deine Klappe!" Die beiden Frauen kicherten wie fünfzehnjährige Teenager.
„Na kommt, lasst uns bei mir einen Kaffee trinken. Bodo hat Apfelkuchen gebacken."

Gut eine Stunde später liefen Enno und Isa am Strand entlang. Die spätnachmittäglichen Sonnenstrahlen wärmten ihre Haut. Der seit Tagen anhaltende Südwind drückte das Wasser der Ostsee weg vom Ufer, sodass einzelne Sandbänke freigelegt wurden. Kinder hatten ihre Hosen hochgekrempelt und hüpften im flachen Wasser von einer Erhebung zur nächsten.
„Bleibst du bei mir?" Isa grübelte offenkundig immer noch über Mareikes Worte nach.
Enno blieb stehen und drehte sie zu sich. Er nahm ihr Kinn zwischen Daumen und Zeigefinger gefangen, hob es ein wenig an, damit sie ihn ansah. Sie sollte in seinen Augen erkennen, dass er seine Antwort nicht nur belanglos dahinsagte, und die Ernsthaftigkeit darin begreifen. „Nichts anderes hatte ich vor. Ich möchte noch so viele Dinge mit dir gemeinsam erleben. Du bist der Traum, den ich mir lange Zeit verboten habe zu träumen. Du bist mein Sonnenschein. Ohne Sonne kann ich nicht leben."

„Du bist mehr für mich als nur mein Bauleiter“, gestand Isa, ohne den Blick von ihm abzuwenden. Ihm entging nicht, dass sie mehrfach schlucken musste, offenbar nervös, wie er auf ihre Aussage reagieren würde.

„Ich weiß.“

Zeit für Bekenntnisse, befand Enno und strich ihr mit dem Handrücken sanft über die Wange. „Und du bist die Frau, die sich in mein Herz geschlichen hat.“ Seine Lippen berührten ihre für den Bruchteil einer Sekunde. „Ich bin dabei, mich in dich zu verlieben, Isa und das macht mir eine Scheißangst.“

Ihre Wangen röteten sich auf eine verführerische Art, was sie noch bezaubernder aussehen ließ.

„Muss es nicht.“ Sie schüttelte den Kopf. „Gemeinsam können wir die Vergangenheit hinter uns lassen.“

„Isa.“

„Hm?“

„Lass uns nach Hause gehen.“ Hand in Hand schlenderten sie schweigend über den Deich. Isa legte ihren Kopf an seine Schulter. Ein Gefühl absoluter Zufriedenheit durchströmte Enno. Am liebsten hätte er diese Empfindung konserviert.

Doch er musste einsehen, dass das Leben sein eigenes Drehbuch schrieb, als sie sich der Kate auf Sichtweite näherten. Eine große schwarze Limousine stand vor der Einfahrt. Augenblicklich verspannte sich Isa und blieb abrupt stehen.

„Mein Vater“, brachte sie keuchend hervor und drückte seine Hand so fest, dass es anfing, unangenehm zu werden. Verdammt. Auf diese Begegnung hätte Enno gut verzichten können.

„Er kann dir nichts anhaben. Du bist eine taffe Frau, eine eigenständige Persönlichkeit. Alles wird gut, glaube mir.“

„Würde ich nur zu gerne. Aber du kennst ihn nicht. Wer weiß, was er sich jetzt wieder hat einfallen lassen.“

„Fragen wir ihn doch einfach. Angriff ist die beste Verteidigung.“

23. Kapitel

„Ist er das?“, fragte Isas Vater ohne ein Wort der Begrüßung. Mit grimmigem Gesichtsausdruck musterte er Enno abschätzig.

Enno reagierte gar nicht auf die Frage, sondern setzte eine neutrale Miene auf. *Wahrscheinlich sollte dies der letzte, womöglich verzweifelte Versuch werden, seine Tochter einzuschüchtern,* dachte Enno.

„Er hat einen Namen und heißt Enno, wie du sehr wohl weißt.“ Isa stand in einer defensiven Position einen halben Schritt hinter Enno, fast so, als wollte sie sich hinter ihm verstecken.

Oh nein, so würden sie dieses Spiel nicht spielen. Entschlossen zog Enno Isa an seine Seite, legte eine Hand an ihre Hüfte und signalisierte so, dass beide demselben Team angehörten. „Lassen Sie uns reingehen“, begann Enno und begegnete dem überraschten Blick seines Gegenübers. „Oder legen Sie gesteigerten Wert darauf, uns das, was auch immer Sie loswerden wollen, in aller Öffentlichkeit mitzuteilen?“

„Meinetwegen“, brummte Isas Vater, drehte seinen Kopf zum restaurierten Teil des Daches und runzelte die Stirn. Enno hätte schwören können, dass sein Gesichtsausdruck dabei noch finsterer wurde und grinste in sich hinein.

„Warum bist du hier“, fragte Isa und verzichtete darauf, ihrem Vater einen Platz anzubieten. Von einem netten, familiären Besuch waren sie offenbar so weit entfernt wie Pinguine vom Nordpol.

„Ich erwarte von dir, dass du diese Hütte aufgibst. Es liegt mir bereits ein Angebot einer Interessentin vor, die bereit ist, dir einen angemessenen Preis zu zahlen. Davon kannst du in Hamburg gut leben. Du weißt, wo du hingehörst. Deine Mutter liegt mir ständig in den Ohren, dass sie die gesellschaftlichen Verpflichtungen allein nicht bewerkstelligen kann. Es ist deine Pflicht, sie zu unterstützen, das Unternehmen zu repräsentieren, wie es von allen weiblichen Mitgliedern der Familie erwartet wird. Das Privileg, den Namen Holthusen tragen zu dürfen, obliegt nur wenigen.“

Entsetzt hörte Enno zu, was für eine gequirlte Scheiße Isas Vater da von sich gab. In welchem Jahrhundert lebte dieser Mann? Er dachte an seine Eltern, die er seit so vielen Monaten nicht gesehen hatte. Sie würden ihr letztes Hemd geben, wenn sie wüssten, in welcher bescheidenen Situation er steckte. Nur auf ihren eigenen Vorteil aus zu sein, käme ihnen gar nicht in den Sinn.

„Und das verlangst du weil? Ich bin dir und deinem Namen nichts schuldig, überhaupt gar nichts.“

„Du bist undankbar“, wetterte der alte Holthusen. Eine ungesunde Röte schoss in sein Gesicht und er trat einen drohenden Schritt auf Isa zu.

Aggressivität lag in der Luft und Enno erinnerte sich daran, wie Dag eine völlig verstörte Isa aus Hamburg weggebracht hatte, weil ihre Sicherheit in der Nähe ihres Vaters nicht mehr gewährleistet war.

„Hüten sie sich davor, erneut Hand an Ihre Tochter zu legen. Überlegen sie sich genau, was sie tun, Herr Holthusen, denn ich werde ohne Rücksicht auf Namen und Ansehen bezeugen, was ich gesehen habe. Im Gegensatz zu Ihnen habe ich nichts zu verlieren.“ Enno verengte die Augen und fixierte Isas Vater mit entschlossenem Blick. Das, was er gesagt hatte, meinte er genauso.

„Was erlauben Sie sich. Sie sind nichts weiter als ein dahergelaufener Schmarotzer, der auf das Geld meiner Tochter aus ist“, konterte Jasper.

Der Schlag hatte gesessen und Enno an seiner empfindlichsten Stelle getroffen. Offenbar sah Isas Vater ihm das an, denn jetzt verzog er seine Lippen zu einem höhnischen Grinsen.

„Enno“, begann Isa gefährlich leise. „Enno ist der uneigennützigste Mensch, den ich je kennenlernen durfte.“ Sie streckte ihre Hand nach vorn und zählte an den Fingern ab:„An ihm ist nichts Falsches, kein Getue. Er hat mir das Leben gerettet, mich ermuntert, meine Träume zu verwirklichen, und mein Leben mit Wärme erfüllt. Alles Dinge, die meine eigene Familie nicht für nötig gehalten hat.“ Ihre Stimme schwoll mit jeder Silbe an. So aufgebracht hatte Enno sie noch nie erlebt. „Wage es nicht, über ihn zu urteilen. Du kennst ihn überhaupt nicht.“

Schweigen breitete sich aus. Isa und ihr Vater maßen sich mit endlosen Blicken.

„Deine Mutter wird maßlos enttäuscht sein. Du bist undankbar, starrsinnig und benimmst dich wie ein trotziges Kind. Ich gebe dir eine letzte Möglichkeit, mit mir nach Hamburg zurückzukehren, und wir vergessen die Sache. Aber wenn ich jetzt in den Wagen steige, schließen sich für dich alle Türen. Überlege es dir.“

Jaspers Versuch, Isa doch noch auf seine Seite zu ziehen, schlug fehl. Sie schüttelte den Kopf und Enno hätte in diesem Moment nicht stolzer auf Isa sein können. Ihrem Vater die Stirn zu bieten, sich gegen ihn zu behaupten, war mit Sicherheit die schwerste Entscheidung, die sie jemals getroffen hatte. Innerlich klatschte er Beifall für ihren Mut und ihre Entschlossenheit, sich aus dem Familiengefängnis zu befreien.

„Ich werde das Hotel nie wieder betreten und auf keinen Fall werde ich mich jemals wieder in das Netzwerk begeben, das du und Mutter aufgebaut haben. Ich will endlich meine Freiheit und mein Leben genießen.“

„Du wirst ebenso unsanft auf dem Boden der Tatsachen landen wie dein Gossenfreund. Aber verschone uns dann mit deinem Gejammer."

Eine einsame Träne rollte Isas Wange hinunter, doch ihr Vater sah den enttäuschten Ausdruck in ihren Augen nicht mehr. Mit einem lauten Krachen fiel die Tür ins Schloss und Isa stand wie ein Häufchen Elend inmitten des riesigen Raumes, in einem Haus, das ihr eine glücklichere Zukunft bescheren sollte.

Enno schwor sich, alles in seiner Macht Stehende zu tun, um ihren Traum zu verwirklichen. Nach dieser Szene wuchs sein Entschluss um ein Vielfaches. Isa hatte es verdient, glücklich zu sein.

Tröstend nahm er sie in die Arme, lies sie an seiner Brust weinen. Unaufhörlich strich er ihr über den Rücken und tupfte sanfte Küsse auf ihr Haar. Nach einigen Minuten verebbten die Schluchzer, beruhigte sich ihre Atmung.

„Kann ich irgendetwas machen, damit du dich besser fühlst? Soll ich Mareike anrufen, vielleicht kann sie vorbeikommen?"

Enno startete einen Versuch, ihr aufzuzeigen, dass sie nicht allein war. Auf keinen Fall sollte sie glauben, dass niemand ihr zur Seite stand oder den Rücken stärkte oder sich schützend vor sie stellte. „Essen Mädels nicht immer Schokoeis und schauen schnulzige Filme, wenn es ihnen nicht gut geht?"

Isa musste unwillkürlich lächeln. Sein Bemühen, es ihr leichter zu machen, das eben Geschehene zu verarbeiten, war so süß, dass es ihr automatisch leichter ums Herz wurde.

„Du bist hier, bei mir. Das reicht vollkommen." Sie sah auf. Der Sturm in seinen eisblauen Augen hatte sich gelegt, doch seine Besorgnis stand ihm nach wie vor auf die Stirn geschrieben. „Die Interessentin", fragte sie vorsichtig und zog die Unterlippe zwischen die Zähne, „meinst du, er hat Jeanine damit gemeint?"

„Kann schon sein. Wundern würde ich mich nicht. Wahrscheinlich ist er bei seinen Schnüffeleien, was mich anging, an sie geraten." Enno zuckte unschlüssig mit den Schultern. Letztendlich war es jedoch nur Kaffeesatzleserei. Es gab keine Möglichkeit, herauszufinden, wie die Fäden im Hintergrund gezogen wurden. Keiner, weder der alte Holthusen, noch Jeanine würden freiwillig zugeben, den jeweils anderen zu kennen und glatt das Gegenteil behaupten.

„Hm." Noch immer lag ein Hauch Skepsis auf ihrem wunderschönen Gesicht. Enno zupfte sacht an einer ihrer Locken und kitzelte mit der Spitze neckend an ihrer Nase, einfach nur, um ihr ein kleines Lächeln zu entlocken.

„Vergiss sie. Henry hat alles im Griff. Sie kann mir nichts anhaben und dir schon dreimal nichts.“ Er ließ ihre Haarsträhne los und berührte stattdessen mit seinen Lippen ihre Nasenspitze.

„Lass *du* mich vergessen“, hauchte sie fast schon flehend. Enno schloss die Augen.

„Isa.“ Als er sie wieder ansah, lag nach wie vor dieses Verlangen in ihrem Blick und er seufzte.

„Bitte. Lass mich heute Abend an nichts mehr denken müssen.“

„Der Grund, aus dem ich mich in dir verlieren will, ist ganz bestimmt kein Geschehen, das uns negativ emotional berührt hat und schon gar nicht der Auftritt einer Person, die dich oder mich aufs Übelste verletzt hat.“ Enno presste seinen Mund auf ihren, forderte einen Kuss, der Isa mehr als deutlich beweisen sollte, dass niemand anderes in diesem Moment in ihren Gedanken Platz finden konnte.

Keuchend lösten sie sich voneinander. Als hätten sie eine stumme Absprache getroffen, sperrte Enno die Tür ab und Isa löschte die Lämpchen auf den Fensterbänken. Es dauerte eine ganze Weile, bis sie küssend, schmusend und kichernd das Schlafzimmer erreichten. Voller Übermut ließen sie sich in die Kissen sinken und schoben alle störenden Gedanken beiseite. Außer die Nähe des anderen gab es nichts, was in den nächsten Stunden noch irgendeine Relevanz hatte.

~~~~~

Schwer atmend rollte sich Enno auf den Rücken. Nach wie vor zuckten Lichtblitze vor seinen Augen auf, pulsierte das Blut in seinen Adern und brannte jede einzelne Zelle seines Körpers lichterloh.

„Ich würde mich nicht dagegen wehren, solltest du vorhaben, mich jeden Morgen auf diese Art zu wecken. Himmel, Isa. Ich bin noch nicht mal richtig wach.“ Lachend fuhr er sich mit der Hand über das Gesicht, zog die Frau, die ihm den süßesten Morgen seit langem geschenkt hatte, an seine Brust und brummte zufrieden.

„Gern geschehen.“ Isa kuschelte sich an seine Seite, legte ihre Hand auf seinen Bauch und gab ebenso unbekümmerte Laute von sich.

„Man könnte meinen, wir hätten uns in der letzten Nacht nicht ausreichend verausgabt.“ Als Enno in ihr Gesicht schaute, erkannte er die zarte Röte, die ihre Wangen durchzog. „Außerdem bekomme ich langsam den Eindruck, dass die Luftveränderung neue Energie bei dir freisetzt. Die täglichen Spaziergänge am Strand steigern offenbar deine Ausdauer, das sollte ich mir zunutze machen“, zog er Isa auf und
~~~~~

kassierte einen spielerischen Schlag mit der flachen Hand auf seine Bauchmuskeln.

„Vorsicht, mein Lieber. Wenn ich erst mal zu alter Stärke zurückgefunden habe, wirst du dich warm anziehen müssen."

Ihre Prophezeiung löste bei Enno einen Lachanfall aus.

„Und ich hatte schon gehofft, dass Ausziehen zu einer unserer Lieblingsbeschäftigungen werden würde."

Ein erneuter Hieb, diesmal gegen seine Rippen, veranlasste Enno, Isa blitzschnell auf den Rücken zu drehen und sich über sie zu beugen. Jetzt befand er sich in einer offensiven Position. Er hielt ihre Arme mit einer Hand über ihrem Kopf gefangen, kostete den Überraschungsmoment voll aus und küsste Isa, bis sie anfing, mit den Beinen zu strampeln.

„Keine Luft", japste sie. Gleichzeitig verzogen sich ihre Mundwinkel zu einem sexy Grinsen, das Enno nur zu gern erwiderte.

„Na los, lass uns aufstehen und sehen, was der Tag bringt", schlug Enno vor, rührte sich jedoch keinen Millimeter und hielt ihren Körper weiter gefangen.

„Darf ich dich mal was fragen?" Nachdenklich blickte Isa zu Enno auf.

Er löste seine Hände von ihren, setzte sich auf und lehnte sich mit dem Rücken an das Kopfteil des Bettes.

„Ich gehe mal davon aus, dass deine Frage rhetorischer Natur ist. Du darfst mich immer und alles fragen, das weißt du hoffentlich."

Isa nickte.

„Du hast mir erzählt, dass du immer nur von Henrys Büro aus mit deinen Eltern telefoniert hast. Bedeutet das, seit wir hier sind, hast du dich nicht mehr bei ihnen gemeldet?" Isa setzte sich rittlings auf seinen Schoß und verflocht ihre Finger miteinander.

„Kann schon sein." Er wich ihrem Blick aus. Doch auch der fantastische Ausblick aus dem Fenster und damit auf einen strahlend blauen Himmel, den er dabei erhaschte, änderte nichts an der plötzlichen Änderung seiner Gemütslage. Der tonnenschwere Kloß in seinem Bauch drückte bei dem Gedanken an seine Eltern um einiges mehr als vor seiner Reise an die Ostsee. Zu vieles hatte sich verändert, von dem weder sein Vater noch seine Mutter wussten.

„Ruf sie an, erzähl ihnen von deinen Problemen." Isa legte einen Finger an sein Kinn und drehte seinen abgewandten Kopf in ihre Richtung.

„Wie stellst du dir das vor? Ich meine, seit Monaten lüge ich, dass sich die Balken biegen. Glaub mir, ich zermartere mir das Hirn, wie ich aus der Nummer wieder herauskomme." Frustriert entzog er Isa die Hand und fuhr sich durch seine sowieso schon zerzausten Haare.

„Vielleicht könnten sie ja für eine Woche auf ihre Berge verzichten und Seeluft schnuppern. Mareike besitzt doch diese kleine Ferienwohnung über dem Café. Ursprünglich hatte sie selbst darin gewohnt und jetzt kommt nur ab und an ihre Cousine aus Berlin mit ihren Kindern. Wenn du deine handwerklichen Dienste anbietest, kommt ihr sicher ins Geschäft.“ Sie zwinkerte ihm wissend zu.

Offenkundig versuchte Isa, ihm eine Option aufzuzeigen, sodass sein Problem, Unterstützung anzunehmen, ohne sich selbst in irgendeiner Form einzubringen, keinen Nährboden fand.

„Du meinst, ich soll sie hierher einladen?“ Ungläubig musterte Enno Isas vor Eifer strahlendes Gesicht.

„Zeig ihnen, dass du das Tief überwunden hast, dann können sie die Wahrheit mit Sicherheit besser verkraften. Erzähl ihnen von den Plänen, die du mit der Kate hast“, redete sie unaufhaltsam weiter und steckte Enno mit ihrem Optimismus regelrecht an. „Wenn ich dich richtig verstanden habe, hattet ihr immer ein gutes Verhältnis. Also lass sie wieder an deinem Leben teilhaben.“

„Also erstens haben *wir* Pläne mit der Kate, und zweitens …“ Enno musste erst seinen Kloß im Hals herunterschlucken, bevor er weiterreden konnte. Dieses ganze Lügengespinst quälte ihn schon zu lange und seine Eltern hatten es verdient, die Wahrheit zu erfahren, da musste er Isa vollkommen recht geben. Auch Henry hatte ihn mehrfach dazu ermuntert, reinen Tisch zu machen. Vielleicht war es an der Zeit.

„Zweitens?“, hakte Isa nach, nachdem Enno ins Stocken geraten war.

„Zweitens … Ich vermisse sie. Ich vermisse das gutmütige Lächeln meiner Mutter und die langen Gespräche mit meinem Vater, die immer bis in die späte Nacht hinein dauern.“ Wehmut schlich sich in seine Worte und er scheute sich nicht, diese Regung vor Isa zuzulassen.

„Dann ruf sie an, alles andere wird sich finden.“ Ihr aufmunterndes Nicken ließ ihn Hoffnung schöpfen. Hoffnung, dass sich tatsächlich alles zum Guten wenden könnte.

Keine zwei Stunden später hatte Enno die vage Überlegung kurzerhand in die Tat umgesetzt – jedenfalls den ersten Schritt getan. Zwar hatte er noch nicht mit seinen Eltern gesprochen, aber von Mareike die Zusage erhalten, ihm die Ferienwohnung für eine Woche zu überlassen.

Isa hatte sich für den Nachmittag verabschiedet. Sie wollte einem Frisör zwei Straßen weiter einen Besuch abstatten. Ihrer Meinung nach hatten ihre Haare dringend eine Pflegebehandlung und einen Schnitt nötig. Enno war klug genug, ihr nicht zu widersprechen. Tatsächlich fluchte Isa seit ein paar Tagen, dass sie ihre Mähne, wie sie es ausdrückte, nur noch unter erschwerten Bedingungen bändigen konnte. Das Phänomen, immer das Gegenteil von dem zu wollen, was Mutter Natur für einen vorgesehen hatte, spiegelte sich offenbar auch bei Isa wieder.

Aber im Grunde ahnte Enno, weshalb Isa so daran gelegen war, unbedingt heute diesen Termin wahrnehmen zu wollen. Für das Gespräch mit seinen Eltern brauchte es keine Zuhörer und sie war sensibel genug, um ihm genügend Raum zu geben.

Also Augen zu und durch, sprach Enno sich selbst Mut zu. Es gab nur zwei Möglichkeiten, wie seine Eltern reagieren konnten: enttäuscht oder nachsichtig. Er hoffte auf Letzteres. Aber seine Eltern zu enttäuschen lag eben durchaus im Bereich des Möglichen.

Als das Freizeichen erklang, schluckte Enno, schloss kurz die Augen und wählte dann mehr als zögerlich die neunstellige Nummer. Eine dezente Übelkeit breitete sich beim ersten Klingeln in seinem Magen aus.

„Van Dyk." Gott. Die Stimme seines Vaters klang wie Musik in seinen Ohren.

„Hier ist Enno."

„Junge!", rief sein Vater. „Wir haben uns schon Sorgen gemacht. Erst gestern hat deine Mutter versucht, dich auf dem Handy zu erreichen, weil wir so lange nichts von dir gehört haben." Sein Vater redete wie ein Wasserfall. „Aber statt der Mailbox kam die Ansage, dass die Nummer nicht vergeben ist. Hast du vergessen, uns die neue zu geben?"

Er konnte den tadelnden Blick seines Vaters mit einer Spur Belustigung darin praktisch vor sich sehen.

„Ist Mutter auch da?" Er überging bewusst die Frage. Oder auch nicht. Mit dem, was er beichten wollte, würde sich logischerweise auch die Handy-Frage erklären.

„Sekunde. Sie ist … Inken", schrie er und Enno platzte dabei fast das Trommelfell. „Inken, komm her, Enno ist am Telefon."

„Jetzt habe ich einen Hörschaden." Seine halbherzig vorgetragene Beschwerde ging in einem Getuschel am anderen Ende der Leitung unter. Offenbar konnten seine Eltern sich nicht darauf einigen, wer als Erster seine Fragen abfeuern durfte. Doch dazu wollte Enno es gar nicht erst kommen lassen.

„Das Beste wird sein, ihr stellt auf Lautsprecher. Ich muss euch was erzählen und es wäre gut, wenn ihr mir einfach nur zuhört", schlug er entschlossener vor, als er sich fühlte.

„In Ordnung, du bist auf laut gestellt“, erklärte seine Mutter. „Warum hast du dich denn so rar gemacht? Ich dachte schon, es ist was passiert und nachdem ich dich nicht erreichen konnte …“

„Mutter, bitte, einfach nur zuhören“, bat Enno mit einem Schmunzeln in der Stimme. Am liebsten hätte er sich zu ihnen gebeamt, um ihnen von Angesicht zu Angesicht seine Beichte vortragen zu können. So hätten sie gleich gesehen, dass es ihm im Moment wirklich gut ging und die schlechten Tage hoffentlich hinter ihm lagen.

„Entschuldige.“

Nach einer gefühlten Ewigkeit verstummte Enno, schloss seine kleine Rede und eine drückende Stille breitete sich aus.

„Haben wir dir jemals das Gefühl gegeben, dich nur zu lieben, weil du es zu etwas gebracht hast?“, fragte sein Vater und verbarg seine Enttäuschung nicht besonders gut, falls er es überhaupt vorgehabt hatte.

„Natürlich nicht, nein.“

„Glaubst du im Ernst, deine Mutter und ich würden nicht wissen wollen, wenn es dir schlecht geht? Was zum Teufel hast du dir nur dabei gedacht, diesen ganzen Schlamassel vor uns zu verheimlichen? Wir sind deine Eltern, nicht irgendwer. Man könnte fast glauben, du wärst froh, dass wir so weit weg sind und dir nicht auf die Pelle rücken können.“

Der Vorwurf seines Vaters traf Enno hart. Aufgewühlt wanderte er hin und her, so weit das verfluchte Kabel es eben zuließ.

„Ich wollte euch da raushalten. Dass ich am Ende alles verliere, hatte ich nicht kommen sehen. Plötzlich befand ich mich in einem Abwärtsstrudel und konnte kaum Henrys mitleidigen Blick ertragen. Ihr solltet euch keine Sorgen machen.“

„Ist schon gut, Enno.“ Die leise, aber gefasste Stimme seiner Mutter beruhigte ihn.

„Ich wollte euch einfach nicht damit belasten, es hätte nichts geändert, gar nichts“, gab Enno zu bedenken. „Jeanine ist gerissen und wahnsinnig talentiert darin, Menschen für sich einzunehmen. Wer weiß, was ihr eingefallen wäre, um euch da mit reinzuziehen. Zum Glück hat Henry ihr und ihrem Anwalt von vornherein klarmachen können, dass alles, was ihr von mir bekommen habt, unantastbar ist. Und so soll es auch bleiben.“ Die Bestimmtheit seiner Aussage entlockte seinem Vater ein undefinierbares Brummen.

„Nun lass den Jungen mal, Heinrich. Jetzt hat er es uns ja erzählt. Zu ändern ist das Durcheinander ja doch nicht mehr. Aber Enno, denkst du, dass es eine gute Idee ist, sich Hals über Kopf in eine neue Beziehung zu stürzen? Ich meine, diese Isa, das, was ihr da vorhabt …“ Seine Mutter brach ab.

Wahrscheinlich weiß sie gar nicht genau, was sie fragen will, dachte Enno. Die Flut an neuen Informationen hat sie total überfordert.

„Wir haben uns überlegt, dass es schön wäre, wenn ihr uns besuchen kommt", schlug Enno vor. „Dann lässt sich alles viel leichter erklären. Ich würde mich wirklich sehr freuen. Wir würden uns sehr freuen. Es ist Isas Idee gewesen und eine Unterkunft habe ich auch schon organisiert." Er redete so schnell, dass seine Worte mit Sicherheit keinen Sinn ergaben.

Im Hintergrund hörte er seine Eltern reden. Doch im Gegensatz zum lauten Ausruf seines Vaters zu Beginn des Telefonats, sorgten sie nun dafür, dass er nichts von der Diskussion mitbekam. Offenbar hatten sie den Lautsprecher ausgestellt und hielten eine Hand über den Hörer. *Die Geschworenen haben sich zur Beratung zurückgezogen*, schoss es Enno in den Sinn und er unterdrückte ein gequältes Auflachen. Ihm blieb nichts weiter übrig, als abzuwarten, zu hoffen und innerlich zu flehen, dass sie ihm seinen Wunsch, an die Ostsee zu reisen, um ihn und Isa zu besuchen, erfüllten.

24. Kapitel

Vier Wochen später

Isa saß am Rand der Düne, den Blick auf das Wasser gerichtet und fühlte sich frei wie seit Jahren nicht mehr. Hier zu sitzen schenkte ihr jedes Mal eine Befriedigung, nach der sie so lange vergebens gesucht hatte. Zwar konnten ihre Kurzbesuche in Heisterwohlt ihr früher schon eine gewisse innere Ruhe verschaffen, doch fehlte der anhaltende Effekt. Wenn sie dann zurück in Hamburg gewesen war, vermisste sie die Wirkung, die das Meer und die Menschen dort auf die ausübten, kaum dass sie einen Fuß über die Schwelle des Hotels gesetzt hatte.

„Wusste ich doch, dass ich dich hier finde." Enno ließ sich neben sie in den sonnengewärmten Sand fallen. In seinen gut sitzenden Jeans und dem grauen T-Shirt wirkte er wie ein ganz normaler Mann, der seinen Feierabend mit seiner Freundin genießen wollte.

„Ich brauchte noch einen Moment für mich, bevor der Trubel gleich losgeht." Isa fuhr ihm mit ihren Fingern durch seine Haare, die er viel kürzer trug, als an dem Tag, an dem sie sich das erste Mal begegnet waren.

„Hey." Ennos halbherzige Beschwerde brachte Isa zum Lachen. „Soll ich aussehen wie ein Vagabund, wenn meine Eltern gleich ankommen? Ich dachte, unser Ziel sollte es sein, ihnen zu vermitteln, dass die schlechten Zeiten hinter mir liegen." Er zwinkerte ihr zu. „Nervös?"

„Merkt man mir das an?"

Er schüttelte den Kopf, aber seine Augen sprachen eine ganz andere Sprache.

„Meine Eltern haben mir gestern noch mal versichert, wie sehr sie sich freuen, dich kennenzulernen. Sie sind die offenherzigsten Menschen, die ich kenne."

„Aber die Kate ist eine einzige Baustelle. Es gibt kaum ein Zimmer, in dem keiner der Handwerker sein Unwesen treibt", beschwerte sie sich mit einem Lächeln auf den Lippen.

„Wir liegen voll im Zeitplan, nächste Woche wird die Küche geliefert und das Herzstück deines Restaurants erwacht zum Leben." Enno stupste sie aufmunternd mit der Schulter an.

„Ich weiß." Isa ließ sich nach hinten fallen und beobachtete die vorbeiziehenden Schäfchenwolken. „Dass du bei dem Chaos noch den Überblick behältst …"

„Ich bin dein Bauleiter, schon vergessen? Es ist mein Job, dass du dich um nichts kümmern musst und trotzdem alles zu deiner Zufriedenheit verläuft." Auch er legte sich auf den Rücken, umschloss ihre Finger mit seinen und drehte den Kopf so, dass er sie ansehen konnte.

„Mich von dir mit Kaffee überschütten zu lassen, war die beste Idee, die das Schicksal je gehabt hat." Enno schnaubte amüsiert.

„Mich zu dir zu führen, war die genialste Entscheidung des Universums. Die Umstände spielen dabei nur eine nebensächliche Rolle."

Er stützte sich auf den Unterarm, beugte sich zu Isa hinunter und gab ihr einen langen, intensiven Kuss, den sie nur zu gern erwiderte. Ihre Lippen verschmolzen, während ihre Zungen mit sinnlichen Bewegungen einen berauschenden Tanz aufführten.

„Ich liebe dich", hauchte Isa und spürte ihr wild schlagendes Herz gegen die Rippen hämmern.

„Wie gut, dass ich dich auch liebe." Für einen schier endlosen Augenblick sahen sie sich an, ohne die Welt um sich herum wahrzunehmen. Weder das Kreischen der Möwen, noch das malerische Bild einiger Kitesurfer auf dem Wasser, die wild über die Wellen schossen, konnte sie aus ihrer Blase reißen.

Enno tupfte ihr einen weiteren Kuss auf den Mund, stand auf, als hätte er alle Zeit der Welt und zog Isa mit sich auf die Füße. „Bereit?"

„Bereit."

„Das Taxi müsste gleich eintreffen." Er ließ seinen Blick zum Horizont schweifen. „Ich bin auch aufgeregt, meine Eltern nach so langer Zeit endlich wiederzusehen, besonders, wenn man bedenkt, was in der Zwischenzeit alles passiert ist. Aber weißt du was: Es sind immer noch meine Eltern." Er zuckte mit den Schultern. Isa legte einen Arm um seine Taille, schmiegte sich an seine Seite und legte ihre Wange an seine Brust.

„Weißt du, dass ich dich um sie beneide?" Mit tröstenden Bewegungen strich er ihr über den Rücken.

„Musst du nicht. Sie werden dich innerhalb der ersten Minuten in ihr großes Herz schließen und nie wieder freigeben."

„Spinner", murmelte Isa und konnte sich ein Grinsen nicht verkneifen.

Zehn Minuten später, nach einer tränenreichen Begrüßung von Inken van Dyk und einer väterlichen Umarmung durch Heinrich saßen die vier im Garten hinter der Kate. Isa hatte vorgeschlagen, bei Kaffee und Kuchen zusammenzusitzen, bevor Enno ihnen die Ferienwohnung zeigen würde.

„Da habt ihr euch aber ordentlich was vorgenommen", sagte Heinrich und verdrückte bereits sein zweites Stück Apfelkuchen. „Wann wollt ihr eröffnen?" Sein Interesse an ihrem Projekt freute Enno. Schon in den

Zeiten, als er sein eigener Chef gewesen war, wollte sein Vater immer die neuesten Entwürfe für anstehende Aufträge sehen. Hin und wieder hatte Heinrich ihm sogar einen wertvollen Tipp gegeben, wenn er mit einer unvollendeten Zeichnung noch haderte. Ein anderer Blickwinkel veränderte manchmal die Sicht auf das große Ganze.

„Im Herbst." Isa beantwortete die Frage, sah zu Enno und strahlte ihn an. Das Glück stand ihr praktisch auf die Stirn geschrieben. Nach anfänglicher Zurückhaltung hatte sie ihre Scheu schnell abgelegt und war seinen Eltern mit der Offenheit begegnet, die er so an ihr liebte.

Aber ihm entging nicht, dass seine Mutter ihn unaufhörlich beobachtete. Wahrscheinlich legten Mütter nie diesen Urinstinkt ab, ihre Kinder beschützen zu wollen. Nach dem Desaster mit Jeanine konnte er ihre Sorge sogar nachvollziehen. Doch Isa war eine komplett andere Persönlichkeit. Sie war mit dem sprichwörtlichen goldenen Löffel im Mund geboren worden und gab sich trotzdem natürlicher und bescheidener, als seine Exfrau es jemals getan hatte. Jeanines Charakter hatte sich mit jedem weiteren Euro auf ihrem Bankkonto zum Negativen verändert. Leider hatte Enno diesen Umstand damals erst viel zu spät und auf eine äußerst brutale Art und Weise erkannt.

„Träumst du mit offenen Augen?" Isas neckende Frage ließ alle am Tisch auflachen. Benommen schob Enno seine abschweifenden Gedanken beiseite und lächelte entschuldigend in die Runde.

„Deine Mutter hat dich gefragt, ob du uns zur Ferienwohnung bringen kannst. Nach der anstrengenden Reise wollen wir uns ein wenig ausruhen", fasste sein Vater das offenkundig verpasste Gespräch zusammen.

„Sicher. Ich helfe Isa schnell dabei, das Geschirr ins Haus zu bringen, danach können wir los." Seine Mutter musterte ihn mit einem überraschten Blick, sagte aber nichts zu seiner Äußerung. „Was?", verlangte er deswegen zu wissen und stellte gleichzeitig die Teller übereinander.

„Ich frage mich gerade, wann ich dich das letzte Mal so häuslich gesehen habe." Enno verdrehte die Augen und verkniff sich einen Kommentar.

„Lass nur." Grinsend nahm Isa das Tablett und stellte das Geschirr darauf ab. „Bring du deine Eltern zu Mareike, ich schaff das auch allein."

„Wie man es macht, ist es falsch", brummte Enno und gab Isa einen Kuss auf die Wange, bevor er mit Heinrich und Inken Richtung Deich davonging.

Kaum hatten sie die Gartenpforte hinter sich geschlossen, begann das Verhör, das Enno schon erwartet hatte. Doch ging es wider Erwarten nicht um den Verlust seines Unternehmens, sondern um die Beziehung, die er mit Isa führte.

„Sie ist bezaubernd und das ganze Gegenteil von Jeanine“, stellte seine Mutter fest und hakte sich bei ihm unter. „Es würde mich sehr beruhigen, wenn es mit euch dauerhaft klappen würde.“

„Wir werden sehen“, begann Enno zögerlich. „Freiwillig werde ich sie nicht aufgeben. Aber wer weiß schon, was die Zukunft bringt. Ich werde ihr nicht sehr viel bieten können.“

„Isa weiß doch Bescheid, kennt deine Probleme. Ich hatte den Eindruck, dass sie alles ganz realistisch einschätzt.“

„Was, wenn ihr das eines Tages nicht mehr genügt, nur mich zu sehen?“

„Stell dein Licht nicht unter den Scheffel, Junge. Mag sein, dass du ein schlechter Buchhalter bist, aber dafür umso begnadeter, was das Handwerkliche angeht. In einer Partnerschaft muss man sich ergänzen. Sie ist für die Zahlen zuständig, du für das Fachliche. Ihr seid ein tolles Team. Das wird schon.“ Das aufmunternde Schulterklopfen seines Vaters fühlte sich unfassbar gut an.

Nicht zum ersten Mal an diesem Tag fragte sich Enno, weshalb er seinen Eltern gegenüber so lange geschwiegen hatte. Seine Sorge, sie unnötig mit seinem Ärger zu belasten, war vollkommen unbegründet gewesen. Natürlich hatten sie ihm angeboten, ihn finanziell zu entlasten. Doch mit dem Vorschlag hatte er gerechnet und entsprechend schnell abgelehnt. Danach war das Thema vom Tisch und die Freude über das Wiedersehen überwog alles andere.

~~~~~

Zum gemütlichen Grillabend mit Ennos Eltern gesellte sich spontan Mareike, die mit Meterbrot, Zwiebelstangen und Partybrötchen das kleine Büfett, das Isa aufgebaut hatte, erweiterte.

„Wer steht denn sonst noch auf der Gästeliste?“, fragte Heinrich und schnappte sich einen der Käsespieße, die Isa mit Cocktailtomaten und Weintrauben dekorativ angerichtet hatte. „Man könnte meinen, wir seien noch nicht komplett.“ Genüsslich schob er sich den Käse in den Mund.

Isa räusperte sich vernehmlich. Ihr Blick huschte von Enno zu Mareike und dann zur Hausecke, als stünde dort die Antwort auf die Fragen, die sich offenbar in ihrem Kopf zu einem großen Fragezeichen formierten.
~~~~~

„Was ist los?“, fragte Enno, nachdem sich ein unverkennbares Überraschungsmoment auf Isas Gesicht abgezeichnet hatte. „Ich dachte, es wäre eine nette Idee, Mareike zu fragen, ob sie Lust hat, den Abend mit uns zu verbringen. Sie hat großen Anteil an dem, was wir erreicht haben. Außerdem ist sie deine Freundin und ich dachte, es wäre für dich in Ordnung.“

Seine Stirn legte sich in Falten. Enno wusste nicht, weshalb Isa ihn anschaute, als könne sie sich nicht entscheiden, erfreut oder verärgert zu sein.

„Du hast also meine beste Freundin eingeladen, weil wir ihr einiges zu verdanken haben?“ Isa wirkte, als müsse sie sich stark zusammenreißen, um was genau nicht zu tun? Enno stand mit beiden Füßen und vollem Körpergewicht auf dem Schlauch. Er konnte schlichtweg nicht begreifen, was sie ihm sagen wollte.

„Ich wollte dir eine Freude machen.“ Seine Finger ballten sich zu Fäusten, bevor er sie wieder streckte. Dieses Spiel wiederholte er mehrmals, als könne er dadurch etwas von der Anspannung abbauen, die sich rasant in ihm aufgebaut hatte.

„Hm. Eine Freude. So, so.“ Plötzlich schien sich hinter ihm etwas irrsinnig Komisches abzuspielen. Isa reckte sich, spähte über seine Schulter und verzog ihren Mund zu einem gigantischen Lächeln. Sie legte ihre Hände an seine Hüfte und animierte ihn dazu, sich umzudrehen.

„Isa, bitte!“ Mit einem unwilligen Brummen gab Enno ihrer Forderung nach und erstarrte in der Bewegung. „Henry?“ Henry? Was zur Hölle machte er hier?

„Ich dachte mir, dass es ganz nett wäre, deinen besten Freund bei uns zu haben. Also habe ich ihn angerufen und gefragt, ob er nicht Lust hätte, mit seiner Familie vorbeizukommen. Schließlich hat er uns in der letzten Zeit mit seinen weisen Ratschlägen zur Seite gestanden.“ Isa biss sich auf die Unterlippe.

Sie hatte Henry eingeladen? Enno konnte es kaum fassen. Diese Überraschung war ihr mehr als geglückt. Vor überschwänglicher Freude hob er sie hoch, drehte sich mit ihr einmal im Kreis und stellte sie zurück auf den Boden.

„Danke“, brachte er mit belegter Stimme gerade so heraus. „Du bist das Beste, was mir passieren konnte. Danke, Sonnenschein.“ Er umrahmte ihr Gesicht mit beiden Händen und gab ihr einen stürmischen Kuss auf den Mund.

„Wenn du deine Finger dann mal für einen Moment von der Frau deines Herzens lassen könntest, hätte ich die Chance, sie angemessen begrüßen zu können." Henry grinste amüsiert, genau wie Paula und seine Eltern.

„Schön, dass wir uns endlich persönlich kennenlernen. Darf ich dir meine Frau Paula vorstellen?" Henry zog seine brünette Frau zu sich, die Isa selbstbewusst ihre Hand entgegenstreckte.

„Du bist also die geheimnisvolle Unbekannte, die unseren Helden hier aus seinem dunklen Loch hervorgelockt hat." Liebevoll gab sie Enno einen freundschaftlichen Kuss auf die Wange.

„Isa. Hallo. Schön, dass es geklappt hat und ihr jetzt bei uns seid."

Isa neigte sich zur Seite, um dem kleinen Mädchen zuzuwinken, das sich hinter seinem Vater versteckt hielt. „Und du bist wahrscheinlich Alina. Ich habe schon viel von dir gehört. Warst du schon mal am Meer?" Mit ihrer Frage versuchte Isa, das Eis zu brechen und die Scheu des Mädchens zu vertreiben. Ein aufgeregtes Nicken musste für den Anfang als Antwort genügen. Später würde noch genügend Zeit sein, sich näher kennenzulernen.

„Wie lange könnt ihr bleiben?", fragte Enno und konnte den Moment des Glücks kaum fassen.

„Wir fahren morgen am frühen Nachmittag zurück. Ich habe am Montag Gerichtstermine." Henry lächelte seinen Freund an. „Es ist gut, zu sehen, dass eine Frau dich dazu gebracht hat, dass du dir endlich die Haare schneiden lässt. Ich hatte die Hoffnung schon aufgegeben." Dass dieser Seitenhieb lediglich als versteckter Hinweis diente, ließ Ennos Mutter aufhorchen.

„Warum hast du uns im Unklaren gelassen, Henry?" Mit ernster Miene sah sie den Freund ihres Sohnes an und Enno seufzte.

„Ich habe ihn schwören lassen, euch da rauszuhalten", beantwortete Enno eilig die Frage und zog Isa in eine Umarmung, die überdeutlich zeigte, was er für sie empfand. „Lass das Thema ruhen und uns einen schönen Abend verbringen. Ich denke, das haben wir uns alle verdient."

„Aber nur, weil ich sehe, wie gut es dir augenscheinlich geht." Inken tätschelte ihrem Sohn die Wange und strahlte Isa zufrieden an.

„Also, wer möchte etwas von den Leckereien probieren, die Gefahr laufen, auf dem Grill zu verbrennen?" Heinrich klatschte in die Hände und verscheuchte mit seiner Frage die aufkommende Melancholie. „Wir haben Würstchen." Er zwinkerte Alina zu und erntete ein zögerliches Lächeln der kleinen Lady. „Natürlich gibt es auch Steaks, Folienkartoffeln und Gemüsesticks."

„Was ist mit Bier?", fragte Henry und sah Enno mit hochgezogenen Augenbrauen an.

„Wusstest du, dass jeder Norddeutsche pro Jahr im Schnitt hundertsechs Liter Bier trinkt und eintausendfünfhundertfünfzig Kilometer zu Fuß geht? Das entspricht einem Verbrauch von ungefähr sechs Komma acht Liter auf hundert Kilometer." Enno reichte Henry eine gekühlte Flasche Bier und grinste, als sein Freund ihm mit einer eindeutigen Bewegung signalisierte, dass er einen Vogel hatte.

Lange nachdem Ennos Eltern sich zurückgezogen hatten, brach auch Henry mit seiner Familie auf. Alina war irgendwann in der Hängematte eingeschlafen und hatte ihren Eltern somit unbewusst ein wenig mehr Zeit verschafft, die Wiedersehensfreude genießen zu können.

„Ich lade euch morgen früh alle zum Frühstück ins Café ein", schlug Mareike vor. „Heinrich und Inken sind eh da und ich finde, ihr solltet es ausnutzen, dass sich alle am selben Ort befinden."

„Was meinst du?" Paula sah ihren Mann an, der die schlaftrunkene Alina auf dem Arm hielt.

„Sehr gute Idee", befand Henry mit einem zustimmenden Nicken. „Gegen halb zehn?"

„Abgemacht." Enno und Isa stimmten fast synchron zu, was die anderen amüsiert auflachen ließ.

„Ihr seid ein tolles Paar", flüsterte Paula Isa zu, was Enno nicht entging, da er dicht neben den beiden stand. Glück, Hoffnung und Zuversicht vermischten sich in seinem Inneren zu einem Cocktail, der eine mehr als euphorische Wirkung auf ihn besaß.

„Du siehst aus, als hättest du eine verbotene Substanz zu dir genommen." Henry schüttelte belustigt den Kopf und klopfte ihm auf die Schulter. „Bis morgen, mein Freund."

„Bis morgen", erwiderte Enno ebenso vergnügt.

Nach etlichen Umarmungen lief Mareike auf dem Deichweg Richtung Westen davon, während Henry seinen Wagen zum nahe gelegenen Hotel steuerte.

„Danke", hauchte Enno das eine Wort dicht an Isas Ohr, das für so vieles stand.

„Wofür?" Sie legte ihre Arme um seine Mitte und schmiegte sich an ihn.

„Für die Aussicht auf mehr." Er sprach in die Dunkelheit hinein, die mit Isa an seiner Seite einen vollkommen anderen Stellenwert besaß. Gemeinsam gingen sie ins Haus und ließen die Tür hinter sich ins Schloss fallen. Eine neue hatte sich für beide längst geöffnet. Jetzt hieß es nur noch, gemeinsam über die Schwelle zu treten und nach vorn zu sehen – in eine Zukunft, die beide mit unendlicher Zufriedenheit erfüllen sollte.